Anna Seghers
Transit

# Anna Seghers
# Transit *Roman*

Aufbau-Verlag

Seghers-Kassette 1 – 4
ISBN 3-351-02087-2
Seghers, Transit
ISBN 3-351-02089-9

1. Auflage 1991
© Aufbau-Verlag Berlin und Weimar GmbH
Einbandgestaltung Hans-Joachim Schauß
Mohndruck Graphische Betriebe GmbH, Gütersloh
Printed in Germany

# Erstes Kapitel

I

Die „Montreal" soll untergegangen sein zwischen Dakar und Martinique. Auf eine Mine gelaufen. Die Schiffahrtsgesellschaft gibt keine Auskunft. Vielleicht ist auch alles nur ein Gerücht. Verglichen mit den Schicksalen anderer Schiffe, die mit ihrer Last von Flüchtlingen durch alle Meere gejagt wurden und nie von Häfen aufgenommen, die man eher auf hoher See verbrennen ließ, als die Anker werfen zu lassen, nur weil die Papiere der Passagiere ein paar Tage vorher abliefen, mit solchen Schiffsschicksalen verglichen ist doch der Untergang dieser „Montreal" in Kriegszeiten für ein Schiff ein natürlicher Tod. Wenn alles nicht wieder nur ein Gerücht ist. Wenn das Schiff nicht inzwischen gekapert wurde oder nach Dakar zurückbeordert. Dann schmoren eben die Passagiere in einem Lager am Rande der Sahara. Vielleicht sind sie auch schon glücklich auf der anderen Seite des Ozeans. – Sie finden das alles ziemlich gleichgültig? Sie langweilen sich? – Ich mich auch. Erlauben Sie mir, Sie einzuladen. Zu einem richtigen Abendessen habe ich leider kein Geld. Zu einem Glas Rosé und einem Stück Pizza. Setzen Sie sich bitte zu mir! Was möchten Sie am liebsten vor sich sehen? Wie man die Pizza bäckt auf dem offenen Feuer? Dann setzen Sie sich neben mich. Den alten Hafen? Dann besser mir gegenüber. Sie können die Sonne untergehen sehen hinter dem Fort Saint-Nicolas. Das wird Sie sicher nicht langweilen.

Die Pizza ist doch ein sonderbares Gebäck Rund und bunt wie eine Torte. Man erwartet etwas Süßes, da beißt man auf Pfeffer. Man sieht sich das Ding näher an, da merkt man, daß es gar nicht mit Kirschen und Rosinen gespickt ist, sondern mit Paprika und Oliven. Man gewöhnt sich daran. Nur leider verlangen sie jetzt auch hier für die Pizza Brotkarten.

Ich möchte gern wissen, ob die „Montreal" wirklich unterging. Was machen alle die Menschen da drüben, falls sie doch noch ankamen? Ein neues Leben beginnen? Berufe ergreifen? Komitees einrennen? Den Urwald roden? Ja, wenn es sie wirklich da drüben gäbe, die vollkommene Wildnis, die alle und alles verjüngt, dann könnte ich fast bereuen, nicht mitgefahren zu sein. — Ich hatte nämlich durchaus die Möglichkeit mitzufahren. Ich hatte eine bezahlte Karte, ich hatte ein Visum, ich hatte ein Transit. Doch zog ich es plötzlich vor, zu bleiben.

Auf dieser „Montreal" gab es ein Paar, das ich einmal flüchtig gekannt habe. Sie wissen ja selbst, was es auf sich hat mit solchen flüchtigen Bekanntschaften in den Bahnhöfen, in den Warteräumen der Konsulate, auf der Visaabteilung der Präfektur. Wie flüchtig ist das Geraschel von ein paar Worten, wie Geldscheine, die man in Eile wechselt. Nur manchmal trifft einen ein einzelner Ausruf, ein Wort, was weiß ich, ein Gesicht. Das geht einem durch und durch, rasch und flüchtig. Man blickt auf, man horcht hin, schon ist man in etwas verwickelt. Ich möchte gern einmal alles erzählen, von Anfang an bis zu Ende. Wenn ich mich nur nicht fürchten müßte, den andern zu langweilen. Haben Sie sie nicht gründlich satt, diese aufregenden Berichte? Sind Sie ihrer nicht vollständig überdrüssig, dieser spannenden Erzählungen von knapp überstandener Todesgefahr, von atemloser Flucht? Ich für mein Teil habe sie alle gründlich satt. Wenn mich heute noch etwas erregt, dann vielleicht der Bericht eines Eisendrehers, wieviel Meter Draht er schon in seinem langen Leben gedreht hat, mit welchen Werk-

zeugen, oder das runde Licht, an dem ein paar Kinder
Schulaufgaben machen.

Geben Sie acht mit dem Rosé! Er trinkt sich, wie er
aussieht: wie Himbeersaft. Sie werden unglaublich heiter. Wie leicht ist alles zu tragen. Wie leicht alles auszusprechen. Und dann, wenn Sie aufstehn, zittern Ihnen
die Knie. Und Schwermut, ewige Schwermut befällt Sie
– bis zum nächsten Rosé. Nur sitzen bleiben dürfen, nur
nie mehr in etwas verwickelt werden.

Ich selbst war früher leicht in Sachen verwickelt, über
die ich mich heute schäme. Nur ein wenig schäme – sie
sind ja vorbei. Ich müßte mich furchtbar schämen, wenn
ich die andren langweilte. Ich möchte trotzdem einmal
alles von Anfang an erzählen.


II

Ende des Winters geriet ich in ein Arbeitslager in der
Nähe von Rouen. Ich geriet in die unansehnlichste Uniform aller Armeen des Weltkrieges: in die des französischen „Prestataires". Nachts schliefen wir, weil wir
Ausländer waren, halb Gefangene, halb Soldaten, hinter
Stacheldraht, tags machten wir „Arbeitsdienst". Wir
mußten englische Munitionsschiffe ausladen. Wir wurden furchtbar bombardiert. Die deutschen Flugzeuge
kamen so tief, daß ihre Schatten uns streiften. Damals
verstand ich, warum man sagt: unter dem Schatten des
Todes. Einmal lade ich mit einem Jungen aus, er heißt
Fränzchen, sein Gesicht ist so weit von meinem weg wie
jetzt Ihres. Es ist sonnig, es rauscht in der Luft. Da hebt
das Fränzchen sein Gesicht. Da sticht es schon tief herunter. Sein Gesicht wird schwarz von dem Schatten.
Tschuk, es schlägt neben uns ein. Sie kennen das alles
genau so gut wie ich selbst. Schließlich hatte auch alles
sein Ende. Die Deutschen näherten sich. Was galten jetzt
noch die ausgestandenen Schrecken und Leiden? Der
Untergang der Welt stand bevor, morgen, heute nacht,

sofort. Denn etwas Ähnliches, glaubten wir alle, sei die Ankunft der Deutschen. In unserem Lager begann der Hexentanz. Manche weinten, manche beteten, mancher versuchte, sich das Leben zu nehmen, manchem gelang es. Manche beschlossen, sich aus dem Staub zu machen, aus dem Staub vor dem Jüngsten Gericht! Aber der Kommandant hatte Maschinengewehre vor das Tor unseres Lagers gepflanzt. Wir stellten ihm ganz umsonst dar, die Deutschen würden uns, ihre aus Deutschland geflohenen Landsleute, alle sofort zusammenknallen. Doch er verstand nur, empfangene Befehle weiterzugeben. Nun wartete er auf Befehle, was mit dem Lager geschehen sollte. Sein Chef war längst selbst getürmt, unser Städtchen war evakuiert, aus den Nachbardörfern waren die Bauern schon geflohen – waren die Deutschen noch zwei Tage, schon zwei Stunden weit? Dabei war unser Kommandant noch nicht einmal der Schlimmste, man muß ihm Gerechtigkeit widerfahren lassen. Für ihn war es noch ein echter Krieg, er verstand die ganze Niedertracht nicht, das Ausmaß des Verrats. Schließlich trafen wir mit dem Mann eine Art von unausgesprochener Vereinbarung. Ein Maschinengewehr blieb vor dem Tor, weil der Gegenbefehl nicht gekommen war. Er würde aber vermutlich nicht allzu schlimm hinter uns herknallen, wenn wir über die Mauer kletterten.

Also kletterten wir, ein paar Dutzend Leute, nachts über die Lagermauer. Einer von uns, der Heinz hieß, hatte sein rechtes Bein in Spanien verloren. Nach dem Ende des Bürgerkrieges hatte er lange in südlichen Lagern herumgesessen. Weiß der Teufel, durch welche Verwechslung er, der wirklich für kein Arbeitslager mehr taugte, plötzlich zu uns herauf verschleppt worden war. Diesen Heinz mußten jetzt seine Freunde über die Mauer heben. Sie trugen ihn abwechselnd, weil es furchtbar eilte, in die Nacht, vor den Deutschen her.

Jeder von uns hatte einen besonders triftigen Grund, nicht in die Hände der Deutschen zu fallen. Ich selbst war im Jahre 1937 aus einem deutschen KZ getürmt. War bei Nacht über den Rhein geschwommen. Darauf war ich ein halbes Jahr lang ziemlich stolz gewesen. Nachher kamen andere neuere Sachen über die Welt und über mich. Jetzt, bei der zweiten Flucht, aus dem französischen Lager, dachte ich an die erste Flucht aus dem deutschen. – Fränzchen und ich trabten zusammen. Wie die meisten Menschen in diesen Tagen hatten wir das kindische Ziel, über die Loire zu kommen. Wir vermieden die große Straße, wir liefen über Felder. Wir kamen durch verlassene Dörfer, in denen die ungemolkenen Kühe brüllten. Wir suchten etwas zum Beißen, aber alles war ausgefressen, vom Stachelbeerstrauch bis zur Scheune. Wir wollten trinken, die Wasserleitungen waren durchschnitten. Wir hörten jetzt keine Schüsse mehr, der Dorftrottel, der allein zurückgeblieben war, konnte uns keine Auskunft geben. Da wurde uns beiden bang. Diese Abgestorbenheit war ja beklemmender als die Bombardements auf den Docks. Schließlich stießen wir auf die Pariser Straße. Wir waren wirklich noch längst nicht die letzten. Aus den nördlichen Dörfern ergoß sich noch immer ein stummer Strom von Flüchtlingen. Erntewagen, hoch wie ein Bauernhaus, mit Möbeln beladen und mit den Geflügelkäfigen, mit den Kindern und mit den Urahnen, mit den Ziegen und Kälbern, Camions mit einem Nonnenkloster, ein kleines Mädchen, das seine Mutter auf einem Karren mitzottelte, Autos, in denen hübsche steife Weiber saßen in ihren geretteten Pelzen, aber die Autos waren von Kühen gezogen, denn es gab keine Tankstellen mehr, Frauen, die sterbende Kinder mitschleppten, sogar tote.

Damals durchfuhr mich zum erstenmal der Gedanke, warum diese Menschen eigentlich flüchteten. Vor den Deutschen? Die waren ja motorisiert. Vor dem Tod? Der würde sie ohne Zweifel auch unterwegs einholen. Aber dieser Gedanke durchfuhr mich nur eben und nur beim Anblick der Allererbärmlichsten.

Fränzchen sprang irgendwo auf, auch ich fand Platz auf einem Camion. Vor einem Dorf fuhr ein anderer Camion in meinen hinein, und ich mußte zu Fuß weiter. Ich verlor das Fränzchen für immer aus den Augen.

Ich schlug mich wieder quer durch die Felder. Ich kam vor ein großes, abseitiges, noch immer bewohntes Bauernhaus. Ich bat um Essen und Trinken, zu meiner großen Verwunderung richtete mir die Frau einen Teller Suppe, Wein und Brot auf dem Gartentisch. Dabei erzählte sie, nach langem Familienzwist hätten auch sie gerade beschlossen, abzuziehen. Alles sei schon gepackt, man brauchte jetzt nur noch aufzuladen.

Während ich aß und trank, surrten die Flieger ziemlich tief. Ich war zu müde, um den Kopf zu heben. Ich hörte auch, ziemlich nah, ein kurzes Maschinengewehrfeuer. Ich konnte mir keineswegs erklären, woher es kam, war auch zu erschöpft, um nachzudenken. Ich dachte nur, daß ich gewiß nachher auf den Camion dieser Leute aufspringen könnte. Man ließ schon den Motor an. Die Frau lief jetzt aufgeregt zwischen Camion und Haus hin und her. Man sah ihr an, wie leid es ihr tat, das schöne Haus zu verlassen. Wie alle Menschen in solchen Fällen packte sie rasch noch alles mögliche unnütze Zeug auf. Sie kam dann an meinen Tisch, zog meinen Teller weg, rief: „Fini!"

Da sehe ich, wie ihr der Mund offen bleibt, sie glotzt über den Gartenzaun, ich drehe mich um, und ich sah, nein, ich hörte, ich weiß nicht, ob ich zuerst gesehen oder gehört oder beides zugleich — wahrscheinlich hatte der angelassene Camion das Geräusch der Motorradfahrer übertönt. Jetzt hielten zwei hinter dem Zaun, jeder hatte zwei Leute im Beisitz, und sie trugen die grüngrauen Uniformen. Einer sagte so laut auf deutsch, daß ich es hören konnte: „Himmel, Arsch und Zwirn, jetzt ist auch der neue Riemen kaputt!"

Die Deutschen waren schon da! Sie hatten mich überholt. Ich weiß nicht, was ich mir unter der Ankunft der

Deutschen vorgestellt hatte: Donner und Erdbeben. Es geschah aber zunächst gar nichts anderes als die Anfahrt von zwei Motorrädern hinter dem Gartenzaun. Die Wirkung war ebenso groß, vielleicht noch größer. Ich saß gelähmt. Mein Hemd war im Nu patschnaß. Was ich selbst bei der Flucht aus dem ersten Lager nicht gespürt hatte, selbst beim Ausladen unter den Fliegern nicht, das spürte ich jetzt. Zum erstenmal in meinem Leben spürte ich Todesangst.

Haben Sie bitte Geduld mit mir! Ich werde bald auf die Hauptsache kommen. Sie verstehen vielleicht. Einmal muß man ja jemand alles der Reihe nach erzählen. Ich kann mir heute selbst nicht mehr erklären, wie ich mich dermaßen fürchtete. Entdeckt zu werden? An die Wand gestellt? Auf den Docks hätte ich ebenso sang- und klanglos verschwinden können. Nach Deutschland zurückgeschickt zu werden? Langsam zu Tode gequält? Das hatte mir auch geblüht, als ich über den Rhein geschwommen war. Ich hatte außerdem immer gern auf der Kante gelebt, war immer daheim, wo es brenzlig roch. Und wie ich nachdachte, vor was ich mich eigentlich maßlos fürchtete, fürchtete ich mich schon etwas weniger.

Ich tat zugleich das Vernünftigste und das Einfältigste: ich blieb sitzen. Ich hatte gerade zwei Löcher in meinen Gürtel bohren wollen, das tat ich jetzt. Der Bauer kam mit leerem Gesicht in den Garten, er sagte zu seiner Frau: „Jetzt können wir also genau so gut bleiben." — „Natürlich", sagte die Frau erleichtert, „aber du geh in die Scheune, ich werde mit ihnen fertig, sie werden mich nicht fressen." — „Mich auch nicht", sagte der Mann, „ich bin kein Soldat, ich zeig ihnen meinen Klumpfuß."

Inzwischen war eine ganze Kolonne auf dem Grasplatz hinter dem Zaun vorgefahren. Sie kamen nicht einmal in den Garten. Sie fuhren nach drei Minuten weiter. Zum erstenmal seit vier Jahren hörte ich wieder deutsche Befehle. Oh, wie sie knarrten! Es hätte nicht viel gefehlt, ich selbst wäre aufgesprungen und hätte strammgestanden. Ich hörte später, dieselbe Motorradkolonne habe die Flüchtlingsstraße abgeschnitten, auf der ich vorhin gekommen war. All die Ordnung, all die Befehle hätten das furchtbarste Durcheinander bewirkt, Blut, Schreie von Müttern, die Auflösung unserer Weltordnung. Doch surrte im Unterton dieser Befehle etwas gemein Klares, niederträchtig Aufrichtiges: Gebt nur nicht an! Wenn eure Welt schon zugrunde gehen muß, wenn ihr sie schon nicht verteidigt habt, wenn ihr schon zulaßt, daß man sie auflöst, dann keine Flausen, dann schleunigst, dann überlaßt das Kommando uns!

Ich aber wurde plötzlich ganz ruhig. Da sitze ich nun, dachte ich, und die Deutschen ziehen an mir vorbei und besetzen Frankreich. Aber Frankreich war schon oft besetzt – alle haben wieder abziehn müssen. Frankreich war schon oft verkauft und verraten, und auch ihr, meine grüngrauen Jungens, wart schon oft verkauft und verraten. Meine Angst war völlig verflogen, das Hakenkreuz war mir ein Spuk, ich sah die mächtigsten Heere der Welt hinter meinem Gartenzaun aufmarschieren und abziehn, ich sah die frechsten Reiche zerfallen und junge und kühne sich aufrichten, ich sah die Herren der Welt hochkommen und verwesen. Nur ich hatte unermeßlich viel Zeit zu leben.

Jedenfalls war jetzt mein Traum zu Ende, über die Loire zu kommen. Ich beschloß, nach Paris zu gehen. Ich kannte dort ein paar ordentliche Leute, falls sie ordentlich geblieben waren.


III

Ich zog nach Paris in fünf Tagesmärschen. Die deutschen Kolonnen fuhren neben mir her. Der Gummi ihrer Reifen war vorzüglich, die jungen Soldaten waren Elite, stark und hübsch, sie hatten kampflos ein Land besetzt, sie waren lustig. Schon lachten einzelne Bauern hinter der

Straße — gesät worden war noch auf freiem Boden. Die Glocken läuteten in einem Dorf für ein totes Kind. Es war auf der Straße verblutet. An einer Wegkreuzung stand ein zerbrochener Bauernwagen. Er gehörte vielleicht der Familie des toten Kindes. Die deutschen Soldaten sprangen hinzu, sie flickten die Räder, die Bauern lobten ihre Freundlichkeit. Auf einem Feldstein saß ein Bursche, so alt wie ich, er trug einen Mantel über den Resten von Uniform. Er weinte. Ich klopfte ihm im Vorübergehen auf die Schulter, ich sagte: „Das wird alles vorübergehn." Er sagte: „Wir hätten den Ort gehalten; die Schweine gaben uns aber nur Munition für eine Stunde. Wir sind ja verraten worden." Ich sagte: „Das letzte Wort ist noch nicht gesprochen."

Ich ging weiter. Ich ging eines Sonntags früh nach Paris hinein. Die Hakenkreuzfahne wehte wirklich auf dem Hôtel de Ville. Sie spielten wirklich vor Notre-Dame den Hohenfriedberger Marsch. Ich wunderte mich und wunderte mich. Ich lief quer durch Paris. Und überall deutsche Autoparks, überall Hakenkreuze, mir war ganz hohl, ich fühlte schon gar kein Gefühl mehr.

Ich grämte mich, daß all der Unfug aus meinem Volk gekommen war, das Unglück über die anderen Völker. Denn daß sie sprachen wie ich, daß sie pfiffen wie ich, daran war kein Zweifel. Als ich nach Clichy hinaufging, wo Binnets wohnten, meine alten Freunde, da fragte ich mich, ob Binnets wohl vernünftig genug seien, um zu begreifen, daß ich zwar ein Mensch dieses Volkes sei, doch immer noch ich. Ich fragte mich, ob sie mich ohne Papiere aufnehmen würden.

Sie nahmen mich auf. Sie waren vernünftig. Wie hatte ich mich doch früher oft über ihre Vernunft geärgert! Ich war der Freund der Yvonne Binnet gewesen, sechs Monate lang vor dem Krieg. Sie war erst siebzehn Jahre alt. Und ich, ich Narr, der ich aus der Heimat entflohen war, entflohen dem ganzen Wust, den üblen Schwaden dicker Gefühle, ich ärgerte mich im stillen oft über die klare

14 Vernunft der Familie Binnet. Für mein Gefühl sah die ganze Familie das Leben zu vernünftig an. Sie fanden zum Beispiel in ihrer Vernunft, man streike, damit man die nächste Woche ein besseres Stück Fleisch kaufen könnte. Sie fanden sogar, wenn man täglich drei Francs mehr verdiene, dann fühle sich die ganze Familie nicht nur satter, sondern auch stärker und glücklicher. Und Yvonne glaubte in ihrer Vernunft, die Liebe sei dazu da, um uns beiden Spaß zu machen. Mir aber, was ich natürlich verbarg, mir saß es doch zu sehr in den Knochen, daß Liebe manchmal auf Leid reimt, daß man kleine Liedchen pfeifen muß, von Tod, Trennung und Ungemach, daß einen das Glück auch grundlos überfallen kann wie die Trauer, in die es zuweilen unmerklich übergeht.

Jetzt aber erwies sich die klare Vernunft der Familie Binnet für mich als ein Segen. Sie freuten sich, nahmen mich auf. Sie verwechselten mich auch nicht mit den Nazis, weil ich ein Deutscher war. Die alten Binnets waren daheim, auch der jüngste Sohn, der noch nicht Soldat war, und der zweite, der die Uniform rechtzeitig abgelegt hatte, als er sah, wie die Dinge standen. Nur der Mann der Tochter Annette war in deutscher Gefangenschaft. Sie wohnte jetzt mit dem Kind bei den Eltern. Meine Yvonne, erzählten sie mir verlegen, war nach dem Süden evakuiert, wo sie vor einer Woche ihren Vetter geheiratet hatte. Mir machte das aber gar nichts aus. Ich war von Kopf bis Fuß nicht auf Liebe eingestellt.

Die Männer Binnet waren immer daheim, ihre Fabrik war geschlossen. Und ich, ich besaß überhaupt nichts als Zeit. Wir hatten also nichts anderes zu tun, als uns alles zu erklären, von morgens bis abends. Wir waren uns völlig einig darüber, wie sehr der Einmarsch der Deutschen den hiesigen Herren zupaß kam. Der alte Binnet verstand verschiedenes besser als ein Professor von der Sorbonne. Nur über Rußland bekamen wir Streit. Die Hälfte der Binnets behauptete, Rußland denke bloß an sich selbst, es habe uns im Stich gelassen. Die andere Hälfte der Binnets behauptete, die hiesigen und die deutschen Herren hätten ausgemacht, sie sollten ihr Heer zuerst auf die Russen werfen statt auf den Westen, das eben habe Rußland vereitelt. Der alte Binnet sagte, um uns alle zu befrieden, die Wahrheit komme schon mal ans Licht, die Dossiers würden sicher schon mal geöffnet werden, er aber sei dann schon tot.

Bitte verzeihen Sie diese Abschweifung! Wir stehen dicht vor der Hauptsache. Annette, die ältere Tochter Binnets, bekam eine Heimarbeit. Ich hatte nichts Besseres zu tun, ich half ihr das Wäschepaket tragen. Wir fuhren mit der Metro ins Quartier Latin. Wir stiegen Station Odéon aus. Annette ging in ihr Geschäft auf dem Boulevard Saint-Germain. Ich wartete auf einer Bank bei dem Metro-Ausgang Odéon.

Annette ließ lange auf sich warten. Was lag mir schließlich daran? Die Sonne schien auf meine Bank, ich sah den Leuten zu, die die Metro-Treppe hinauf- und heruntersterigen. Zwei alte Zeitungsverkäuferinnen schrieen den Paris Soir aus; in ihrem uralten gegenseitigen Haß, der noch wuchs, sobald die eine zwei Sous mehr einnahm, denn wirklich, obwohl sie nebeneinander standen, machte nur die eine Geschäfte, während der Packen der andren nie dünner wurde, die schlechte Verkäuferin wandte sich plötzlich gegen die glückliche und beschimpfte sie rasend, ihr ganzes verdorbenes Leben warf sie ihr blitzschnell an den Kopf, dazwischen schrie sie: „Paris Soir!" Zwei deutsche Soldaten kamen herunter und lachten, das verdroß mich sehr, als sei die versoffene Schreierin meine französische Pflegemutter. Die Portiersfrauen, die neben mir saßen, erzählten von einer jungen Person, die die ganze Nacht geweint habe, denn sie sei von der Polizei sistiert worden, wie sie mit einem Deutschen gelaufen sei, und ihr eigener Mann sei in Gefangenschaft – die Camions der Flüchtlinge rollten noch immer unaufhörlich über den Boulevard Saint-

Germain, dazwischen sausten die kleinen Hakenkreuzautos der deutschen Offiziere. Schon fielen einzelne Blätter aus den Platanen auf uns herunter, denn dieses Jahr wurde alles früh welk, ich aber dachte, wie schwer es mich drückte, daß ich soviel Zeit hatte, ja, schwer ist es, den Krieg als Fremder in einem fremden Volk zu erleben. Da kam das Paulchen daher.

Paulchen Strobel war mit mir im Lager gewesen. Man hatte ihm einmal beim Ausladen auf die Hand getreten. Drei Tage hatte man dann geglaubt, die Hand sei futsch. Er hatte damals geweint. Wirklich, ich habe das gut verstanden. Er hatte gebetet, als es hieß, die Deutschen umzingelten bereits das Lager. Glauben Sie mir, ich habe auch das verstanden. Von solchen Zuständen war er jetzt weit entfernt. Er kam aus der Rue de l'Ancienne Comédie. Ein Kumpan aus dem Lager. Mitten im Hakenkreuz-Paris! Ich rief: „Paul!" Er fuhr zusammen, erkannte mich. Er sah erstaunlich munter aus. Er war gut gekleidet. Wir setzten uns vor das kleine Café auf dem Carrefour de l'Odéon. Ich war froh, ihn wiederzusehen. Er aber war ziemlich zerstreut. Ich hatte bisher in meinem Leben mit Schriftstellern nichts zu tun gehabt. Mich haben die Eltern Monteur werden lassen. Im Lager hatte mir jemand erzählt, der Paul Strobel sei ein Schriftsteller. Wir hatten auf demselben Dock ausgeladen. Die deutschen Flugzeuge waren en pique auf uns heruntergestoßen. Für mich war das Paulchen ein Lagerkumpan, ein etwas komischer Kumpan, ein etwas verrückter Kumpan, aber immer ein Kumpan. Ich hatte seit unserer Flucht nichts Neues erlebt, das Alte war mir noch nicht verraucht, ich war ja auch immer noch halb auf der Flucht, halb versteckt. Er aber, das Paulchen, schien dieses Kapitel abgeschlossen zu haben, ihm schien etwas Neues unterlaufen zu sein, das ihn stärkte, und alles, worin ich noch immer steckte, war für ihn schon Erinnerung. Er sagte: „Ich fahre nächste Woche ins Unbesetzte. Meine Familie wohnt in Cassis bei Marseille.

Ich habe ein Danger-Visum für die Vereinigten Staaten." Ich fragte ihn, was das sei. – Das sei ein Spezialvisum für besonders gefährdete Leute. – „Bist du denn besonders gefährdet?" Ich hatte mit meiner Frage gemeint, ob er denn vielleicht noch auf eine andere, seltsamere Art gefährdet sei als wir alle auf diesem gefährlich gewordenen Erdteil. Er sah mich erstaunt, ein wenig ärgerlich an. Dann sagte er flüsternd: „Ich habe ein Buch gegen Hitler geschrieben, unzählige Artikel. Wenn man mich hier findet – Worüber lachst du?" – Ich hatte gar nicht gelächelt, es war mir auch gar nicht danach; ich dachte an den Heinz, der von den Nazis halbtot geschlagen worden war im Jahre 1935, der dann im deutschen Konzentrationslager gesessen hatte, dann nach Paris geflohen war, nur um nach Spanien zu den Internationalen zu kommen, wo er dann sein Bein verlor, und einbeinig war er weitergeschleppt worden durch alle Konzentrationslager Frankreichs, zuletzt in unseres. Wo war er jetzt? Ich dachte auch an Vögel, die abfliegen können, in Schwärmen, die ganze Erde war unbehaglich, und doch war mir diese Art Leben ganz lieb, ich neidete Paulchen das Ding da nicht, wie hieß es? – „Das Danger-Visum wurde mir auf dem Place de la Concorde in dem amerikanischen Konsulat bestätigt. Die beste Freundin meiner Schwester ist verlobt mit einem Seidenhändler aus Lyon. Der hat mir auch die Post gebracht. Er fährt in seinem Auto zurück, er nimmt mich mit. Er braucht für sein Auto nur eine Gesamterlaubnis mit Angabe der Personenzahl. Auf diese Weise umgeh ich den deutschen Sauf-conduit."

Ich sah auf seine rechte Hand, auf die man damals getreten hatte. Der Daumen war ein wenig verschrumpelt. Das Paulchen schlug seinen Daumen ein. „Wie bist du denn nach Paris gekommen", fragte ich. Er erwiderte: „Durch ein Wunder. Wir zogen zu dritt ab, Hermann Achselroth, Ernst Sperber und ich. Den Achselroth kennst du doch sicher? Seine Theaterstücke?" Ich kannte sie nicht, aber ich kannte den Achselroth. Ein ausnehmend schöner Bursche, der besser in eine Offiziersuniform gepaßt hätte als in die verdreckten Prestatairesfetzen, die er trug wie ein Landsknecht. Er sei berühmt, versicherte Paul. Sie seien zu dritt bis nach L. gekommen. Sie seien schon ziemlich kaputt gewesen. Sie seien an einen Kreuzweg gekommen. Ein echter Kreuzweg, versicherte Paulchen lächelnd — er gefiel mir jetzt gut, ich war sehr froh, mit ihm zusammen zu sitzen, er immer noch lebend, ich immer noch lebend —, ein echter Kreuzweg mit einem verlassenen Gasthaus. Sie hätten sich auf die Treppe gesetzt, da sei ein französisches Militärauto vorgefahren, vollgepfropft mit Heeresgut. Der Chauffeur habe plötzlich alles abgeladen, sie hätten zu dritt zugesehen. Auf einmal sei Achselroth zu dem Chauffeur hinübergegangen, er habe mit ihm geschwätzt, worauf sie kaum achtgegeben hätten. Dann sei dieser Achselroth plötzlich in das Auto geklettert, er sei abgerauscht, er habe ihnen nicht einmal mehr zugewinkt, der Chauffeur aber sei zu Fuß auf dem anderen Arm des Kreuzwegs in das nächste Dorf gegangen. — „Wieviel mag er ihm dafür gegeben haben?" fragte ich. „Fünftausend? Sechstausend?" — „Du bist verrückt! Sechstausend! Für ein Auto! Noch dazu ein Militärauto! Und dann noch die Ehre des Chauffeurs! Das war doch noch außer dem Autoverkauf. Verlassen im Dienst, das war doch noch Landesverrat! Mindestens sechzehntausend! Wir hatten natürlich keine Ahnung, daß Achselroth soviel Geld in der Tasche hatte. Ich sage dir, keinen Blick hat er uns mehr zugeworfen. Wie furchtbar war das alles, wie gemein." — „Nicht alles war gemein, nicht alles war furchtbar. Erinnerst du dich an Heinz, den Einbeinigen? Dem haben sie damals über die Mauer geholfen. Sie sind auch immer zusammengeblieben, sicher, sie haben ihn geschleppt, sie schleppten ihn ins Unbesetzte." — „Sind sie denn entkommen?" — „Das weiß ich nicht." — „Ne, Achselroth, der ist angekommen. Der ist sogar schon auf dem Schiff, unterwegs nach Kuba." — „Nach Kuba?

Achselroth? Warum?" — „Wie kannst du noch warum fragen? Er nahm sich das erste beste Visum, das erste beste Schiff." — „Wenn er mit euch beiden geteilt hätte, Paulchen, dann hätte er sich ja kein Auto kaufen können." Die ganze Geschichte belustigte mich durch ihre unnachahmliche Klarheit. „Was hast du denn vor?" fragte das Paulchen. „Was hast du für Pläne?" Ich mußte ihm eingestehen, daß ich mir keine Pläne gemacht hatte, daß mir die Zukunft nebelhaft war. Er fragte mich, ob ich einer Partei angehöre. Ich erwiderte nein, ich sei auch ohne Partei damals in Deutschland ins KZ geraten, weil ich mir auch ohne Partei manche Schweinerei nicht gefallen ließ. Ich sei denn auch aus dem ersten, dem deutschen KZ entflohen, denn wenn schon mal krepiert werden mußte, dann doch nicht hinter Stacheldraht. Ich wollte ihm auch erzählen, wie ich damals über den Rhein geschwommen war bei Nacht und Nebel, doch rechtzeitig fiel mir noch ein, wieviel Menschen inzwischen über wieviel Flüsse geschwommen waren. Ich unterdrückte diese Geschichte, um ihn ja nicht zu langweilen.

Ich hatte die Annette Binnet längst allein heimfahren lassen. Ich glaubte, Paul wolle den Abend mit mir verbringen. Er schwieg und musterte mich auf eine Art, aus der ich nicht klug wurde. Er sagte schließlich in verändertem Ton: „Ach, hör doch mal. Du könntest mir einen enormen Gefallen tun. Willst du?" Ich wunderte mich, was er plötzlich von mir verlangen könne. Gewiß, ich war bereit. „Die Freundin meiner Schwester, von der ich vorhin gesprochen habe, dieselbe, die mit dem Seidenhändler verlobt ist, der mich im Auto mitnehmen will, hat zu dem Brief, den sie mir geschickt hat, einen zweiten Brief beigelegt für einen Mann, den ich sehr gut kenne. Die Frau dieses Mannes nämlich hat sie um den Dienst gebeten, die Beförderung der Post nach Paris. Sie schreibt sogar, verzweifelt gebeten.

Der Mann ist hier in Paris geblieben, er konnte nicht mehr rechtzeitig fort, er ist noch immer hier. Du hast doch sicher schon etwas gehört von dem Dichter Weidel?" Ich hatte noch nie etwas von ihm gehört. Das Paulchen versicherte rasch, das schade auch nichts für den Dienst, um den er mich bitte.

Er zeigte auf einmal Unruhe. Er war vielleicht schon die ganze Zeit unruhig gewesen, nur ich hatte nicht darauf achtgegeben. Ich war gespannt, worauf er hinaus wollte. Herr Weidel wohne in nächster Nähe, in der Rue de Vaugirard. In dem kleinen Hotel zwischen Rue de Rennes und Boulevard Raspail. Er selbst, das Paulchen, sei heute schon einmal dort gewesen. Man habe ihn aber auf seine Frage, ob der Herr Weidel daheim sei, sehr merkwürdig angesehen. Auch habe sich die Patronin geweigert, den Brief in Empfang zu nehmen. Und andererseits habe sie auf die Frage, ob der Herr denn umgezogen sei, ausweichend geantwortet. Ich möchte doch, sagte das Paulchen zögernd, noch einmal mit diesem Brief hinaufgehen und irgendwie die Adresse ausfindig machen, damit der Brief an den Mann käme. Ob ich wohl bereit sei? Ich mußte lachen und sagte: „Wenn das alles ist!" — „Vielleicht ist er von der Gestapo geholt worden?" — „Ich werde das alles schon herausfinden", sagte ich. Das Paulchen belustigte mich. Ich hatte auf unserm Dock, als wir Schiffe ausluden, kein Zeichen besonderer Angst an ihm wahrgenommen. Wir hatten uns alle gefürchtet, er auch, er hatte in unserer gemeinsamen Furcht nicht mehr Unsinn geredet als wir alle. Er hatte genau wie wir alle geschuftet, denn wenn man sich fürchtet, ist es besser, etwas zu tun, sogar viel zu tun, als den Tod mit Gezuck und Gezappel zu erwarten wie die Kücken den Geier. Und diese Betriebsamkeit vor dem Tod hat mit Mut nichts zu tun. Nicht wahr? Obwohl sie manchmal damit verwechselt, in diesem Sinn belohnt wird. Jetzt aber war Paul bestimmt furchtsamer als ich, das dreiviertel leere Paris mißfiel ihm, die Hakenkreuzfahne, er sah einen Spitzel in jedem Mann, der ihn streifte. Wahrscheinlich hatte Paulchen früher einmal irgendeinen Erfolg gehabt, er hatte ungeheure Erfolge haben wollen, er konnte es gar nicht aushalten, sich gar nicht ausdenken, daß er jetzt derselbe arme Teufel wie ich war. Er drehte also den Spieß herum und fühlte sich ungeheuer verfolgt. Er glaubte fest, die Gestapo habe nichts zu tun, als vor dem Hotel dieses Weidel auf das Paulchen zu warten.

Ich nahm ihm also den Brief ab. Das Paulchen versicherte noch einmal, der Weidel sei wirklich ein großer Dichter. Er wollte mir damit wohl meine Mission versüßen. Das war in meinem Fall unnötig. Der Weidel hätte auch ein Krawattenhändler sein dürfen. Mir hat es schon immer Spaß gemacht, durcheinandergeratenes Garn zu entwirren, und umgekehrt hat es mir immer Spaß gemacht, ganz glattes Garn durcheinander zu bringen. Das Paulchen bestellte mich auf den nächsten Tag in das Café Capoulade.

Das Hotel in der Rue de Vaugirard, schmal und hoch, war ein Durchschnittshotel. Die Patronin war über den Durchschnitt hübsch. Sie hatte ein zartes, frisches Gesicht und pechschwarzes Haar. Sie trug eine weiße Seidenbluse. Ich fragte ganz ohne Überlegung, ob ein Zimmer frei sei. Sie lächelte, während mich ihre Augen kalt musterten. „Soviel Sie wollen." — „Zuerst etwas anderes", sagte ich, „Sie haben hier einen Mieter, Herrn Weidel, ist er zufällig daheim?" Ihr Gesicht, ihre Haltung veränderten sich, wie das nur bei Franzosen zu sehen ist: Die höflichste unnachahmliche Gleichmütigkeit schlägt plötzlich, wenn da die Fäden reißen, in rasende Wut um. Sie sagte, ganz heiser vor Wut, aber schon wieder in den geläufigen Redensarten: „Man fragt mich zum zweitenmal an einem Tag nach diesem Menschen. Der Herr hat sein Domizil gewechselt — wie oft soll ich das noch erklären?" — Ich sagte: „Sie erklären es jedenfalls mir zum erstenmal. Haben Sie doch die Güte, mir zu sagen, wo der Herr jetzt wohnt." — „Wie soll ich das wissen", sagte die Frau. Ich merkte langsam, auch sie hatte Furcht, aber warum? "Sein jetziger Aufenthalt ist mir unbekannt, ich kann Ihnen wirklich nicht mehr sagen." Den hat am Ende doch die Gestapo geholt, dachte ich. Ich legte meine Hand auf den Arm der Frau. Sie zog ihren Arm nicht weg, sondern sah mich an mit einem Gemisch von Spott und Unruhe. "Ich kenne ja diesen Mann überhaupt nicht", versicherte ich, "man hat mich gebeten, ihm etwas auszurichten. Das ist alles. Etwas, was für ihn wichtig ist. Ich möchte auch einen Unbekannten nicht nutzlos warten lassen." Sie sah mich aufmerksam an. Dann führte sie mich in das kleine Zimmer neben dem Eingang. Sie rückte nach einigem Hin und Her mit der Sprache heraus. "Sie können sich gar nicht vorstellen, was dieser Mensch mir für Unannehmlichkeiten bereitet hat. Er kam am 15. gegen Abend, als die Deutschen schon einzogen. Ich hatte mein Hotel nicht geschlossen, ich war geblieben. Im Krieg, hat mein Vater gesagt, geht man nicht weg, sonst wird einem alles versaut und gestohlen. Was soll ich mich auch vor den Deutschen fürchten? Die sind mir lieber als die Roten. Die tippen mir nicht an mein Konto. Herr Weidel kommt also an und zittert. Ich finde es komisch, wenn einer vor seinen eigenen Landsleuten zittert. Ich war aber froh über einen Mieter. Ich war ja damals allein im ganzen Quartier. Doch als ich ihm meinen Anmeldezettel bringe, da bat er mich, ihn nicht anzumelden. Herr Langeron, wie Sie ja wissen, der Herr Polizeipräsident, besteht streng weiter auf Anmeldung aller Fremden, es muß ja auch Ordnung bleiben, nicht wahr?" – "Ich weiß nicht genau", erwiderte ich, "die Nazisoldaten sind ja auch alle Fremde, Unangemeldete." – "Nun, dieser Herr Weidel jedenfalls machte Chichi mit seiner Anmeldung. Er habe sein Zimmer in Auteuil nicht aufgegeben, er sei ja auch dort angemeldet. Mir gefiel das gar nicht. Herr Weidel hat schon mal früher bei mir gewohnt mit seiner Frau. Eine schöne Frau, nur hat sie zu wenig auf sich gehalten und öfters geweint. Ich versichere Ihnen, der Mensch hat überall Unannehmlichkeiten gemacht. Ich ließ ihn also in Gottes Namen unangemeldet. ‚Nur diese eine Nacht', sagte ich. Er zahlte im voraus. Am nächsten Morgen kommt mir der Mann nicht herunter. Ich will es kurz machen. Ich öffne mit meinem Nachschlüssel. Ich öffne auch den Riegel. Ich habe mir mal so ein Ding anfertigen lassen, womit man Riegel zurückschiebt." Sie öffnete eine Schublade, zeigte mir das Ding, einen schlau ausgeknobelten Haken. „Der Mensch liegt angekleidet auf seinem Bett, ein Glasröhrchen leer auf dem Nachttisch. Wenn das Röhrchen vorher voll war, dann hat er eine Portion im Bauch gehabt, mit der man alle Katzen unseres Quartiers hätte umbringen können. Nun hab ich ja zum Glück einen guten Bekannten bei der Polizei Saint-Sulpice. Der hat mir die Sache ins reine gebracht. Wir haben ihn vordatiert angemeldet, den Herrn Weidel. Dann haben wir ihn sterben lassen. Dann wurde er beerdigt. Dieser Mensch hat mir wirklich mehr Verdruß gemacht als der Einmarsch der Deutschen."

„Immerhin, er ist tot", sagte ich. Ich stand auf. Die Geschichte langweilte mich. Ich hatte zuviel vertrackte Sterbefälle mitangesehen. Da sagte die Frau: „Sie müssen nicht glauben, daß darum die Unannehmlichkeiten für mich zu Ende sind. Dieser Mensch bringt es wirklich fertig, einem bis über das Grab hinaus Unannehmlichkeiten zu bereiten." Ich setzte mich noch einmal. „Er hat einen Handkoffer hinterlassen – was soll ich nur mit dem Handkoffer tun? Er stand hier im Büro, als die Sache passierte. Ich vergaß ihn. Jetzt will ich doch nicht bei der Polizei noch einmal alles aufwärmen." – „Na, schmeißen Sie ihn doch in die Seine", sagte ich, „oder verbrennen Sie ihn in Ihrer Zentralheizung." – „Das ist unmöglich", sagte die Frau, „ich würde das nie riskieren." – „Na, hören Sie mal, Sie haben sich schließlich die Leiche vom Hals geschafft, da werden Sie doch mit dem Handkoffer fertig werden." – „Das ist etwas ganz anderes. Der Mann ist jetzt tot. Das steht amtlich fest. Der Handkoffer aber, das weiß ich, ist ein juristischer Gegenstand, der ist ein Sachwert, das kann geerbt werden, es können Anwärter kommen."

Ich war der Sache schon überdrüssig, ich sagte: „Ich nehme das Ding gern an mich, das macht mir nichts aus. Ich kenne jemand, der mit dem Toten befreundet war, der kann den Handkoffer zu der Frau bringen." Die Wirtin war überaus erleichtert. Sie bat mich nur, ihr einen Empfangsschein auszustellen. Ich schrieb einen falschen Namen auf einen Zettel, den sie datierte und quittierte. Sie drückte mir herzlich die Hand, ich aber zog eilig ab mit dem Handkoffer. Denn mein Gefallen an dieser Patronin war ganz vergangen, so hübsch sie mir auch zuerst erschienen war. Ich sah auf einmal in ihrem schlauen langen Kopf nur den Schädel, auf den man schwarze Löckchen gesetzt hat.

IV

Am nächsten Morgen zog ich mit meinem Handkoffer in die Capoulade. Ich wartete umsonst auf Paulchen. War er plötzlich mit dem Seidenhändler abgereist? War er nicht in die Capoulade gekommen, weil an der Tür ein Schild hing: „Für Juden verboten!" Mir fiel aber ein, er hatte ja, als die Deutschen kamen, das Vaterunser gebetet. Das Schild, das ihn also nichts anging, war außerdem schon verschwunden, als ich die Capoulade verließ. Vielleicht war einem der Gäste oder dem Wirt selbst das Schild zu unsinnig vorgekommen, vielleicht war es nur schlecht angenagelt gewesen und heruntergefallen, und keinem Menschen war es wichtig genug erschienen, es wieder anzunageln.

Der Tag war schön, der Handkoffer war nicht schwer. Ich ging zu Fuß bis zum Concorde. Doch wie auch die Sonne schien, an diesem Morgen beschlich mich die Sorte von Elend, die der Franzose Cafard nennt. Sie lebten so gut in dem schönen Land, so glatt ging ihnen alles ein, alle Freuden des Daseins, doch manchmal verloren auch sie den Spaß, dann gab es nichts als Langeweile, eine gottlose Leere, den Cafard. Jetzt hatte ganz Paris den Cafard, warum sollte ich verschont bleiben? Mein Cafard hatte sich schon gestern abend geregt, als ich die Wirtin nicht mehr hübsch fand. Jetzt verschlang mich der Cafard mit Leib und Seele. Zuweilen gluckst es in einer großen Pfütze, weil es inwendig noch ein Loch gibt, eine etwas tiefere Pfütze. So gluckste in mir der Cafard. Und als ich die riesige Hakenkreuzfahne sah auf dem Place de la Concorde, da kroch ich ins Dunkel der Metro.

Der Cafard herrschte auch in der Familie Binnet. Annette war wütend auf mich, weil ich gestern nicht auf sie gewartet hatte. Ihre Mutter fand, es sei Zeit, daß ich irgendein Legitimationspapier herbeischaffte, in der Zeitung stehe, es gebe bald Brotkarten. Ich aß nicht mit der Familie, weil ich beleidigt war. Ich kroch in das Loch unterm Dach, das mein Zimmer war. Ich hätte ein Mädchen heraufnehmen können, doch dazu hatte ich auch keine Lust. Man spricht von tödlichen Wunden, von tödlicher Krankheit, man spricht auch von tödlicher Langeweile. Ich versichere Ihnen, meine Langeweile war tödlich. Aus lauter Langeweile brach ich an diesem Abend den Handkoffer auf. Er enthielt fast nichts als Papier.

Aus lauter Langeweile fing ich zu lesen an. Ich las und las. Vielleicht, weil ich bisher noch nie ein Buch zu Ende gelesen hatte. Ich war verzaubert. Nein, darin kann der Grund auch nicht gelegen haben. Das Paulchen hat wirklich recht gehabt. Ich versteh gar nichts davon. Meine Welt ist das nicht. Ich meine aber, der Mann, der das geschrieben hat, der hat seine Kunst verstanden. Ich vergaß meinen Cafard. Ich vergaß meine tödliche Langeweile. Und hätte ich tödliche Wunden gehabt, ich hätte auch sie im Lesen vergessen. Und wie ich Zeile um Zeile las, da spürte ich auch, daß das meine Sprache war, meine Muttersprache, und sie ging mir ein wie die Milch dem Säugling. Sie knarrte und knirschte nicht wie die Sprache, die aus den Kehlen der Nazis kam, in mörderischen Befehlen, in widerwärtigen Gehorsamsbeteuerungen, in ekligen Prahlereien, sie war ernst und still. Mir war es, als sei ich wieder allein mit den Meinen. Ich stieß auf Worte, die meine arme Mutter gebraucht hatte, um mich zu besänftigen, wenn ich wütend und grausam geworden war, auf Worte, mit denen sie mich ermahnt hatte, wenn ich gelogen oder gerauft hatte. Ich stieß auch auf Worte, die ich schon selbst gebraucht hatte, aber wieder vergessen, weil ich nie mehr in meinem Leben dasselbe gefühlt hatte, wozu ich damals die Worte gebrauchte. Es gab auch neue Worte, die ich seitdem manchmal gebrauche. Das Ganze war eine ziemlich vertrackte Geschichte mit ziemlich vertrackten Menschen. Ich fand auch, daß einer darunter mir selbst glich. Es ging in dieser Geschichte darum — ach nein, ich werde Sie lieber nicht langweilen. Sie haben ja in Ihrem Leben Geschichten genug gelesen. Für mich war es sozusagen die erste. Ich hatte ja übergenug erlebt, aber nie gelesen. Das war nun wieder für mich etwas Neues. Und wie ich las! Es gab, wie gesagt, in dieser Geschichte einen Haufen verrückter Menschen, recht durchgedrehtes Volk, sie wurden fast alle in üble undurchsichtige Dinge verwickelt, selbst die, die sich sträubten. So hatte ich nur als Kind gelesen, nein, zugehört. Ich fühlte dieselbe Freude, dasselbe Grauen. Der Wald war ebenso undurchdringlich. Doch war es ein Wald für Erwachsene. Der Wolf war ebenso böse, doch es war ein Wolf, der ausgewachsene Kinder betört. Auch mich traf der alte Bann, der in den Märchen die Knaben in Bären verwandelt hat und die Mädchen in Lilien, und drohte von neuem in dieser Geschichte mit grimmigen Verwandlungen. All diese Menschen ärgerten mich nicht durch ihre Vertracktheit, wie sie's im Leben getan hätten, durch ihr blödes Auf-den-Leim-Gehen, durch ihr Hineinschlittern in ein Schicksal. Ich begriff ihre Handlungen, weil ich sie endlich einmal verfolgen konnte von dem ersten Gedanken ab bis zu dem Punkt, wo alles kam, wie es kommen mußte. Nur dadurch, daß sie der Mann beschrieben hatte, erschienen sie mir schon weniger übel, sogar der, der mir selbst aufs Haar glich. Sie waren schon alle klar und lauter, als hätten sie alle schon abgebüßt, als wären sie schon durch ein Fegefeuerchen durchgegangen, durch einen kleinen Brand, durch das Gehirn dieses toten Mannes. Und plötzlich, so in den dreihunderter Seiten, brach alles für mich ab. Ich erfuhr den Ausgang nie. Die Deutschen waren nach Paris gekommen, der Mann hatte alles zusammengepackt, seine paar Klamotten, sein Schreibpapier. Und mich vor dem letzten fast leeren Bogen allein gelassen. Mich überfiel von neuem die grenzenlose Trauer, die tödliche Langeweile. Warum hat er sich das Leben genommen? Er hätte mich nicht allein lassen dürfen. Er hätte seine Geschichte zu Ende schreiben sollen. Ich hätte bis zum Morgengrauen lesen können. Er hätte noch weiterschreiben sollen, zahllose Geschichten, die mich bewahrt hätten vor dem Übel. Wenn er mich rechtzeitig gekannt hätte! Nicht diesen Narren, das Paulchen, der mir alles eingebrockt hatte. Ich hätte ihn angefleht, am Leben zu bleiben. Ich hätte ihm ein Versteck gefunden. Ich hätte ihm Essen und Trinken gebracht. Jetzt aber war er tot. Zwei Schreibmaschinenzeilen auf dem letzten großen Bogen. Und ich allein! So elend wie zuvor.

Den folgenden Tag vertrödelte ich damit, Paul zu suchen. Er war und blieb verschwunden. Vermutlich aus Furcht. Dabei war doch der Tote sein „Copain" gewesen, sein Kumpan. Mir fiel die Geschichte ein, die er mir erzählt hatte von dem Autokäufer am Kreuzweg. Na, dieser Paul war eigentlich auch ein ganz netter Imstichlasser! Am Abend kroch ich wieder sehr früh zurück in mein Loch, zurück zu meiner Geschichte. Diesmal erlebte ich eine Enttäuschung. Ich wollte noch einmal alles lesen, doch leider widerstand es mir. Ich hatte mir gleich beim erstenmal alles gierig eingeprägt. Ich hatte jetzt ebensowenig Lust, die Geschichte doppelt zu lesen, wie ich zweimal das gleiche Abenteuer erleben möchte, den gleichen Ablauf von Gefahren.

Ich hatte also jetzt nichts mehr zu lesen, der Tote stand meinethalben nicht auf, seine Geschichte war unfertig und ich allein und verkommen in meinem Loch mit dem Handkoffer. Ich stöberte darin herum. Ich fand ein Paar neue seidene Socken, ein paar Taschentücher, ein Kuvert mit ausländischen Briefmarken. Der Tote hatte offenbar diesen Tick gehabt. Nun, mag er ihn gehabt haben. Ein kleines, feines Etui mit Nagelfeilen, ein Lehrbuch der spanischen Sprache, ein leeres Parfümfläschchen, ich drehte es auf und schnupperte – nichts. Der Tote war wohl ein Kauz gewesen, er hatte ausgekauzt. Dann gab es auch noch zwei Briefe.

Ich las sie aufmerksam durch. Doch glauben Sie mir, es war nicht gemeine Neugierde. Im ersten Brief teilte ihm jemand mit, daß seine Geschichte sehr schön zu werden verspreche und würdig aller Geschichten, die er im Leben geschrieben hatte. Doch leider drucke man jetzt im Krieg keine solchen Geschichten mehr. Im zweiten Brief schrieb eine Frau, die wohl seine eigene gewesen war, er möge sie nie mehr zurückerwarten, ihr gemeinsames Leben sei zu Ende.

Ich steckte die Briefe zurück. Ich dachte: Kein Mensch hat seine Geschichten mehr haben wollen, die Frau ist ihm auch durchgegangen. Er war allein. Die ganze Welt brach zusammen, die Deutschen kamen nach Paris. Das war für den Mann zuviel. Da hat er Schluß gemacht. – Ich fing an, die aufgebrochenen Schlösser zurechtzubasteln. Ich wollte den Handkoffer wieder abschließen. Was sollte ich mit ihm anfangen? Die dreiviertel fertige Geschichte! Auf den Pont d'Alma gehn und ihn in die Seine werfen? Da hätte ich lieber ein Kind ertränkt! Auf einmal fiel mir, ich will gleich sagen, zu meinem Verhängnis, der Brief ein, den Paul mir gegeben hatte. Ich hatte merkwürdigerweise den Brief völlig vergessen; als sei der Handkoffer durch die Vorsehung an mich geraten. Vielleicht gab mir jetzt der Brief einen Hinweis, wohin mit allem.

Er enthielt zwei Einlagen. Ein Schreiben vom mexikanischen Konsulat in Marseille, Herr Weidel sei eingeladen, herüberzufahren, Visum und Reisegeld lägen bereit. Hier folgten noch allerlei Angaben, Namen, Zahlen, Komitees, die ich damals übersprang.

Ein Brief von derselben Frau, die ihm auf und davon war, dieselbe Handschrift. Ich achtete jetzt erst im Vergleichen auf die Schrift, eine enge reinliche Schrift, eine Kinderschrift, ich meine rein, nicht reinlich. Sie beschwor den Mann, nach Marseille zu fahren. Sie müsse ihn wiedersehen, sofort wiedersehen. Er dürfe keinen Augenblick zaudern, er müsse gleich nach Erhalt des Briefes sich mit ihr wieder vereinen auf welche Weise immer. Man brauche sicher noch sehr viel Zeit, um dieses verfluchte Land zu verlassen. Da könne das Visum auch ablaufen. Man habe zwar dieses Visum beschafft, man habe zwar die Reise bezahlt. Doch gebe es kein Schiff, das einen stracks zum Ziel bringe. Man müsse Zwischenländer durchfahren. Die Zwischenländer verlangten Transitvisen von einem. Die dauerten lange, die seien sehr schwer zu erringen. So könne denn alles, wenn man es nicht sofort gemeinsam betreibe, von neuem zugrunde gehn. Nur das Visum sei sicher. Und dieses auch nur auf Zeit. Jetzt gehe es um das Transit.

Mir erschien der Brief etwas wirr. Was wollte sie plötzlich von dem Mann, den sie endgültig verlassen hatte? Mit ihm abfahren, da sie doch um keinen Preis bei ihm hätte bleiben wollen? In meinem Kopf entstand eine unklare Vorstellung, daß der Tote da manchen neuen Qualen entgangen war und frischen Verwicklungen. Und als ich den Brief noch einmal durchlas, den ganzen Mischmasch aus Wiedersehenswünschen und Transitvisen, aus Konsulaten und Überfahrtsdaten, erschien mir sein jetziger Aufenthaltsort vertrauenswürdig und seine Ruhe vollkommen.

Ich wußte jetzt jedenfalls, wohin mit dem Koffer. Ich fragte am nächsten Tag einen Polizisten nach dem mexikanischen Konsulat. Der Konsul in Paris sollte alle Papiere dem Konsul in Marseille schicken. Die Frau würde dort nach Nachricht fragen. So stellte ich mir den Ablauf vor. Der Polizist sah mich auf meine Frage kurz an – ein Pariser Verkehrspolizist am Place Clichy –, er wurde hier sicher zum erstenmal nach dem mexikanischen Konsulat gefragt. Er suchte in einem roten Büchlein, in dem wohl die Konsulate verzeichnet standen. Er sah mich noch einmal an, als ob er erkunden wollte, was ich mit Mexiko zu tun hatte. Mich selbst hatte meine eigene Frage belustigt. Es gibt ja Länder, mit denen man schon aus der Knabenzeit her vertraut ist, ohne sie gesehen zu haben. Sie erregen einen. Gott weiß, warum. Eine Abbildung, ein Schlängelchen von einem Fluß auf einem Atlas, der bloße Klang eines Namens, eine Briefmarke. An Mexiko ging mich nichts an, nichts war mir an diesem Land vertraut. Ich hatte nie etwas über das Land gelesen, da ich auch als Knabe nur ungern las. Ich hatte auch über das Land nichts gehört, was mir besonders im Gedächtnis geblieben wäre. Ich wußte – es gab dort Erdöl, Kakteen, riesige Strohhüte. Und was es auch sonst dort geben mochte, es ging mich ebensowenig an wie den Toten.

Ich schleifte den Handkoffer aus der Metro Place d'Alma nach der Rue Longuin. Eine hübsche Gegend, dachte ich. Die meisten Häuser waren geschlossen, das Viertel war fast leer. Die reichen Leute waren ja alle im Süden. Sie waren rechtzeitig abgereist, sie hatten gar nichts von dem Krieg gerochen, der ihnen ihr Land versengte. Wie sanft die Hügel von Meudon waren hinter der Seine! Wie blau war die Luft! Die deutschen Lastwagen rollten unaufhörlich das Ufer entlang. Zum erstenmal in Paris kam mir der Gedanke, auf was ich denn eigent-

lich hier warte. Viel welkes Laub lag auf der Avenue
Wilson, der Sommer war schon dahin, dabei war kaum
August. Ich war um den Sommer betrogen worden.

Das mexikanische Konsulat war ein kleines, hellgestrichenes Haus, es stand ganz eigentümlich im Winkel zu einem bepflanzten, schön gepflasterten Hof. In Mexiko gab es wohl solche Höfe. Ich schellte an dem Gitter. Das hohe, einzige Fenster war verschlossen. Über der inneren Tür hing ein Wappenschild. Ich konnte nicht recht klug daraus werden, obwohl es frisch und neu war. Ich unterschied einen Adler auf einem Gestrüpp von Kakteen. Ich glaubte zunächst, auch dieses Haus sei unbewohnt. Doch als ich aus Pflichtgefühl abermals schellte, erschien in der inneren Tür auf der Treppe ein klobiger Mann, der mich mürrisch musterte mit einem einzigen Auge – die andere Augenhöhle war leer. Er war der erste Mexikaner meines Lebens. Ich betrachtete ihn neugierig. Auf meine Frage zuckte er nur mit den Achseln. Er sei nur der Hauswart, die Gesandtschaft sei in Vichy, der Konsul sei nicht zurückgekehrt, der Telegraf sei gesperrt. Er zog sich zurück. Ich stellte mir alle Mexikaner wie ihn vor, breit, schweigsam, einäugig, ein Volk von Zyklopen. Man müßte alle Völker der Erde kennen, träumte ich. Auf einmal tat mir der Tote leid, den ich bisher beneidet hatte.

Ich ging in der nächsten Woche fast täglich auf das mexikanische Konsulat. Der Einäugige winkte mir immer schon von oben ab. Ich war wahrscheinlich für ihn ein Verrückter, mit meinem kleinen Handkoffer. Warum war ich so beharrlich? Aus Gewissenhaftigkeit? Aus Langeweile? Weil das Haus mich anlockte? Eines Morgens stand ein Auto vor dem Gitter. Vielleicht war der Konsul angekommen? Ich schellte wie ein Teufel. Mein Zyklop erschien auf der Treppe, doch diesmal rief er mir zornig zu, mich zu scheren, die Schelle sei nicht für mich da. Ich ging unschlüssig von einer Straßenecke zur anderen.

Als ich mich noch einmal umdrehte, erlebte ich eine Überraschung. Das Auto stand immer noch vor dem Konsulat. Es wimmelte dort jetzt von Menschen. Und dieses Gewimmel war in drei Minuten entstanden, gleichsam hinter meinem Rücken. Ich weiß nicht, durch welchen Magnetismus sie angelockt worden waren, durch welche mystische Benachrichtigung. Sie konnten unmöglich alle aus der Umgebung sein. Wie aber waren sie nur herbeigeflogen? Sie waren Spanier, Männer und Frauen, verkrochen in den Winkeln der Stadt wie ich in dem meinen, nach einer Flucht wie der meinen. Nun war das Hakenkreuz auch hier über sie gekommen. Ich stellte ein paar Fragen. Ich erfuhr, was sie hergelockt hatte: ein Gerücht, eine Hoffnung, daß dieses entfernte Volk alle republikanischen Spanier aufnehmen würde. Es gebe auch bereits Schiffe im Hafen von Bordeaux, sie stünden jetzt alle unter mächtigem Schutz. Die Deutschen selbst könnten die Abfahrt nicht hindern. Ein alter, magerer, gelber Spanier sagte bitter, das alles sei leider Unsinn, es gebe zwar Visa, denn Mexiko habe jetzt eine Volksregierung, doch leider gebe es keine Sauf-conduit von den Deutschen. Im Gegenteil, die Deutschen hätten hier und in Brüssel Spanier gefangen und dem Franco ausgeliefert. Darauf rief ein anderer, der jung war, mit schwarzen runden Augen, die Schiffe lägen nicht in Bordeaux bereit, sondern in Marseille, sie lägen aber bereit. Er wußte sogar ihre Namen: „Republica", „Esperanca", „Passionaria".

Da kam mein Zyklop die Treppe herunter. Ich war verblüfft: er lächelte. Er war allein mit mir mürrisch gewesen, als sei ich hier nur ein Hochstapler. Er gab einem jeden von uns ein Papier, wobei er mit sanfter Stimme geduldig erklärte, wir müßten jetzt unsere Namen eintragen, damit wir der Reihe nach von dem Konsul empfangen würden. Er gab auch mir ein solches Papier, doch stumm und mit drohendem Blick. Wenn ich mich nur hätte einschüchtern lassen! Ich fand auf meinem Papier die Stunde, in der ich vorstellig werden sollte. Ich wählte aus Laune den Namen, den ich auch der Wirtin des Toten angegeben hatte. Mein eigener Name blieb aus dem Spiel.

Ich war für den nächsten Montag bestellt, und um das Wochenende herum ereigneten sich in Paris ein paar Sachen, die auch für mich von Bedeutung waren. In Clichy hatten die Deutschen wie überall Plakate angeklebt, auf denen man sah, wie ein deutscher Soldat französischen Frauen hilft und sich der Kinder annimmt. In Clichy wurden diese Plakate in einer Nacht zusammengefetzt. Es gab ein paar Verhaftungen, darauf zum erstenmal einen Schwarm von Handzetteln gegen die Nazis. Man nennt diese kleinen Handzettel hierzulande Schmetterlinge. Der beste Freund unseres kleinen Binnet war in die Sache verwickelt worden, und Binnets bekamen Angst für die eigenen Jungen. Ihr Vetter Marcel schlug vor, eine Zeitlang ins unbesetzte Gebiet zu verschwinden. Die Söhne Binnets, Marcel und der Freund schlossen sich zusammen. Ihre Reisevorbereitungen steckten mich an. Ich hatte auf einmal nicht die geringste Lust mehr, mich in Paris zu verkriechen. Ich stellte mir das unbesetzte Gebiet verwildert und unübersichtlich vor, ein Durcheinander, in dem sich ein Mensch wie ich, wenn er wollte, verlieren konnte. Und wenn mein Leben vorerst nichts sein sollte als ein Herumgeschleudertwerden, so wollte ich wenigstens in die schönsten Städte geschleudert werden, in unbekannte Gegenden. Mein Wunsch, mich anzuschließen, wurde gut aufgenommen.

Am Morgen vor unserer Abreise trug ich noch einmal den Handkoffer auf das mexikanische Konsulat. Ich wurde diesmal mit meinem Papier hineingelassen. Ich fand mich in einem kühlen runden Raum, der gut zu der seltsamen Außenseite des Hauses paßte. Man rief den Namen auf, den ich angegeben hatte. Doch da man dreimal rufen mußte, bevor ich mich darauf besann, daß es meiner war, geleitete mich mein Zyklop nur widerwillig und, wie ich glaube, mißtrauisch.

Ich wußte nicht, wer der runde Mann war, der mich empfing. Der Konsul selbst, der stellvertretende Konsul, der Sekretär des stellvertretenden Konsuls oder ein Sekretärstellvertreter? Ich stellte dem Mann den Handkoffer unter die Nase. Dabei erklärte ich wahrheitsgetreu, daß er jemand gehöre, der sich das Leben genommen habe und ein Mexiko-Visum besitze, und daß man den Inhalt des Koffers der Frau schicken möge. Ich kam überhaupt nicht dazu, den Namen des Toten zu nennen. Der Mann unterbrach meinen Bericht, der ihm sichtlich mißfiel. Er sagte: „Entschuldigen Sie, mein Herr! Ich könnte Ihnen selbst in normalen Zeiten kaum helfen. Viel weniger jetzt, wo die Post unterbrochen ist. Sie können unmöglich verlangen, daß wir die Hinterlassenschaft dieses Menschen in unseren Kurierbeutel stecken, nur deshalb, weil meine Regierung ihm einmal bei Lebzeiten ein Visum ausgestellt hat. Verzeihen Sie bitte, Sie müssen es einsehen, ich bin mexikanischer Vizekonsul, ich bin kein Notar. Vielleicht sind ihm bei Lebzeiten auch andere Visa gewährt worden, uruguayische, chilenische, was weiß ich. Sie könnten sich dann mit dem gleichen Recht an meine Kollegen wenden. Sie bekämen dieselbe Antwort, das müssen Sie doch begreifen."

Ich mußte dem Vizekonsul recht geben. Ich ging beschämt weg. Seit meinem letzten Besuch war die Menge vor dem Gitter gewachsen. Unzählige glänzende Augenpaare richteten sich auf das Tor. Für diese Männer und Frauen war das Konsulat keine Behörde, ein Visum war kein Kanzleiwisch. In ihrer Verlassenheit, die von nichts übertroffen wurde als von ihrer Zuversicht, nahmen sie das Haus für das Land und das Land für das Haus. Ein unermeßliches Haus, in dem ein Volk wohnte, das sie einlud. Hier war die Tür des Hauses in der gelben Mauer. Und einmal hinter der Schwelle, war man bereits zu Gast.

Als ich zum letztenmal durch diese Menge durchging, regte sich alles in mir, was imstande ist, mit den anderen zu hoffen und zu leiden, und jener Teil meines Ichs duckte sich, der aus der Verlassenheit eine Art von kühnem Genuß macht und aus den eigenen und fremden Leiden nur Abenteuer.

Darauf beschloß ich, den Handkoffer für mich selbst zu benutzen, da mein Rucksack zerrissen war. Ich stopfte mein bißchen Zeug hinein, die Papiere des Toten zuunterst. Vielleicht kam ich wirklich noch einmal selbst nach Marseille. Wir mußten ohne Erlaubnis der Deutschen über die Demarkationslinie. Wir trieben uns ein paar Tage lang unschlüssig in den Landstädtchen vor der Grenze herum; sie wimmelten alle von deutschen Soldaten. Wir fanden schließlich in einem Wirtshaus einen Bauer, der jenseits der Grenze ein Stück Land hatte. Er führte uns in der Dämmerung durch ein Tabakfeld. Wir umarmten und beschenkten ihn. Wir küßten den ersten französischen Posten, auf den wir stießen. Wir waren gerührt und fühlten uns frei. Ich brauche Ihnen nicht zu erklären, daß dieses Gefühl uns trog.

## Zweites Kapitel

I

Sie kennen ja selbst das unbesetzte Frankreich aus dem Herbst 1940. Die Bahnhöfe und die Asyle und selbst die Plätze und Kirchen der Städte voll von Flüchtlingen aus dem Norden, aus dem besetzten Gebiet und der „verbotenen Zone" und den elsässischen und lothringischen und den Moseldepartements. Überreste von jenen erbärmlichen Menschenhaufen, die ich schon auf der Flucht nach Paris für nichts andres als Überreste gehalten hatte. Viele waren inzwischen auf der Landstraße gestorben oder in einem Waggon, aber ich hatte nicht damit gerechnet, daß inzwischen auch viele geboren würden. Als ich mir einen Schlafplatz suchte im Bahnhof von Toulouse, kletterte ich über eine liegende Frau, die zwischen Koffern, Bündeln und zusammengelegten Gewehren einem verschrumpften Kind die Brust gab. Wie war die Welt in diesem Jahr gealtert. Alt sah der Säugling aus, grau war das Haar der stillenden Mutter, und die Gesichter der beiden kleinen Brüder, die über die Schulter der Frau sahen, waren frech, alt und traurig. Alt war der Blick dieser Knaben, denen nichts verborgen geblieben war, das Geheimnis des Todes ebensowenig wie das Geheimnis der Herkunft. Alle Züge waren noch vollgepfropft mit Soldaten in verkommenen Uniformen, offen ihre Vorgesetzten beschimpfend, fluchend ihrer Marschorder folgend, aber doch folgend, weiß der Teufel wohin, um in irgendeinem übriggebliebenen Teil des Landes ein Konzentrationslager zu bewachen oder einen

Grenzübergang, der bestimmt morgen verschoben sein würde, oder sogar, um nach Afrika eingeschifft zu werden, weil ein Kommandant in einer kleinen Bucht beschlossen hatte, den Deutschen die kalte Schulter zu zeigen, aber wahrscheinlich längst abgesetzt worden war, eh die Soldaten ankamen. Aber einstweilen fuhren sie los, vielleicht, weil diese unsinnige Marschorder wenigstens etwas war, woran man sich hielt, ein Ersatz für einen erhabenen Befehl oder eine große Parole oder für die verlorengegangene Marseillaise. Einmal reichten sie uns den Rest eines Mannes herauf, Rumpf und Kopf, leere Uniformstücke hingen an ihm herunter statt Arme und Beine. Wir klemmten ihn zwischen uns, steckten ihm eine Zigarette zwischen die Lippen, da er keine Hände mehr hatte, er versengte sich seine Lippen, knurrte und fing plötzlich zu heulen an: „Wenn ich bloß wüßte wozu?" Uns war es allen auch zum Heulen – Wir fuhren in einem großen sinnlosen Bogen, bald in Asylen übernachtend, bald auf dem Felde, bald auf Camions aufspringend, bald auf Waggons, nirgends auf eine Bleibe stoßend, geschweige denn auf ein Arbeitsangebot, in einem großen Bogen immer tiefer dem Süden zu, über die Loire, über die Garonne, bis zur Rhone. All diese alten, schönen Städte wimmelten von verwilderten Menschen. Doch es war eine andere Art von Verwilderung, als ich geträumt hatte. Eine Art Stadtbann beherrschte diese Städte, eine Art mittelalterliches Stadtrecht, jede ein anderes. Eine unermüdliche Schar von Beamten war Tag und Nacht unterwegs wie Hundefänger, um verdächtige Menschen aus den durchziehenden Haufen herauszufangen, sie in Stadtgefängnisse einzusperren, woraus sie dann in ein Lager verschleppt wurden, sofern das Lösegeld nicht zur Stelle war oder ein fuchsschlauer Rechtsgelehrter, der bisweilen seinen unmäßigen Lohn für die Befreiung mit dem Hundefänger selbst teilte. Daher gebärdeten sich die Menschen, zumal die ausländischen, um ihre Pässe und ihre Papiere wie um ihr Seelenheil. Ich begann sehr zu staunen, wie diese Obrigkeiten, inmitten des vollkommenen Zusammenbruchs, immer langwierigere Prozeduren erfanden, um die Menschen, über deren Gefühle sie schlechterdings jede Macht verloren hatten, einzuordnen, zu registrieren, zu stempeln. Man hätte ebensogut bei der großen Völkerwanderung jeden Vandalen, jeden Goten, jeden Hunnen, jeden Langobarden einregistrieren können.

Durch die Schlauheit meiner Kumpane entrann ich oftmals den Hundefängern. Denn ich hatte gar keine Papiere, ich war ja geflohen, meine Papiere waren im Lager zurückgeblieben, in der Kommandantenbaracke. Ich hätte angenommen, daß sie inzwischen verbrannt seien, wenn mich nicht die Erfahrung belehrt hätte, daß Papier viel schwerer verbrennt als Metall und Stein. Einmal forderte man an einem Wirtshaustisch unsere Papiere. Meine vier Freunde hatten französische, ziemlich solide – allerdings war auch der ältere Binnet keineswegs ordentlich demobilisiert. Weil unser Hundefänger betrunken war, merkte er nicht, daß mir Marcel seine bereits kontrollierten Papiere unter dem Tisch durchreichte. Gleich darauf führte derselbe Beamte aus derselben Wirtsstube ein sehr schönes Mädchen ab, unter den Flüchen und dem Gejammer seiner Tanten und Oheime, aus Belgien geflüchteter Juden, die sie an Kindes Statt mitgenommen hatten mit viel Treue und ungenügenden Ausweisen. Wahrscheinlich sollte sie jetzt in ein Frauenlager verschleppt werden, in einen Winkel der Pyrenäen. Sie ist mir im Gedächtnis geblieben durch ihre Schönheit und durch den Ausdruck ihres Gesichtes, als sie sich von den Ihren trennte und abgeführt wurde. Ich fragte meine Freunde, was wohl geschehen wäre, wenn sich einer von ihnen bereit erklärt hätte, das Mädchen auf der Stelle zu heiraten. Alle waren sie minderjährig, aber sie fingen gleich furchtbar zu streiten an um das Mädchen, so daß es fast zum Prügeln kam. Wir waren damals schon alle erschöpft. Meine Freunde schämten sich auch für ihr Land. Von einer Niederlage steht man, wenn man gesund und jung ist, rasch wieder auf. Aber Verrat, das lähmt. Wir gestanden uns in der folgenden Nacht, daß wir Heimweh nach Paris hatten. Da war ein harter furchtbarer Feind vor unseren Augen gewesen, kaum zu ertragen, wie wir damals geglaubt hatten; jetzt aber glaubten wir, daß dieser sichtbare Feind besser gewesen war als das unsichtbare, fast geheimnisvolle Übel, diese Gerüchte, diese Bestechungen, dieser Schwindel.

Alles war auf der Flucht, alles war nur vorübergehend, aber wir wußten noch nicht, ob dieser Zustand bis morgen dauern würde oder noch ein paar Wochen oder Jahre oder gar unser ganzes Leben.

Wir faßten einen Entschluß, der uns sehr vernünftig vorkam: Wir stellten auf einer Karte fest, wo wir eigentlich waren. Wir waren gar nicht weit weg von dem Dorf, in dem Yvonne lebte, meine verflossene Freundin, die ihren Vetter geheiratet hatte. Wir machten uns also auf und kamen nach einer Woche an.


II

In Yvonnes Dorf gab es zwar auch schon eine Menge Flüchtlinge, etliche hatte man ihrem Mann auf den Hof geschickt, damit sie dort halfen, aber im großen ganzen war da noch ein gewöhnliches Bauernleben. Yvonne war schwanger, sie war stolz auf ihren neuen Besitz, allerdings war sie etwas verlegen, als sie mich ihrem Mann vorführte. Als sie erfuhr, daß ich ohne Papiere sei, schickte sie noch am selben Abend ihren Mann ins Dorf, wo er auch stellvertretender Bürgermeister war, hieß ihn in der Grappe d'Or mit seinen Freunden trinken, auch mit dem Vorstand der Vereinigten Flüchtlinge aus der Gemeinde Aigne sur Ange, so daß er mitternachts heimkam mit einem gelben Papierchen, einem überzähligen Flüchtlingsschein, den ein Mann aus dieser Gemeinde wohl zurückgegeben hatte, als er andere, bessere Papiere bekam. Seidler hatte der Mann geheißen, dessen schlechterer Schein für mich der bessere war, er war bei der Abstimmung aus der Saar nach dem Elsaß eingewandert. Yvonnes Mann drückte noch einen Stempel auf, wir suchten das Dorf im Schulatlas, nach seiner Lage mußte es glücklicherweise verbrannt sein mit dem Einwohnerregister. Yvonnes Mann erreichte sogar, daß mir in der Departementshauptstadt ein Geld ausgezahlt wurde, irgendein Flüchtlingsgeld, das mir, wie er selbst fand, gerechterweise zustand, da ich ja jetzt vollständig mit meinen Papieren in Ordnung war.

Ich verstand, daß Yvonne das alles betrieben hatte, um mich rasch loszuwerden. Meine Reisegefährten hatten inzwischen an ihre Familien geschrieben, die da und dort versprengt waren. Marcel fand für sich selbst einen Großonkel mit einer Pfirsichfarm am Meer. Der kleine Binnet wollte bei seiner Schwester bleiben mit seinem besten Freund. Ich war hier schlecht angebracht als der ehemalige Liebste der Yvonne und ganz überflüssig. Yvonne besann sich wieder auf mich, diesmal auf einen Vetter Georg. Der war in Nevers in einer Fabrik gewesen, dann war er mit der Fabrik evakuiert und, man wußte nicht recht weshalb, in Marseille hängengeblieben. Er hatte auch geschrieben, daß es ihm dort ganz gut gehe, daß er mit einer Frau aus Madagaskar zusammen lebe, die auch verdiene. Marcel meinte, er werde schon dafür sorgen, daß ich zu ihm auf die Pfirsichfarm nachkäme. Ich könne mich solange in Marseille herumtreiben. An diesem Vetter Binnet hätte ich immerhin einen Halt. Also hing ich an der Familie Binnet wie ein Kind, das seine eigene Mutter verloren hat und sich an den Rock einer anderen Frau hängt, die seine Mutter zwar nie sein kann, aber doch etwas Güte abgibt.

Ich hatte schon immer Marseille sehen wollen, ich hatte außerdem Lust auf eine große Stadt. Außerdem war mir alles einerlei. Wir nahmen Abschied. Marcel und ich fuhren noch eine Strecke zusammen. In dem Haufen von

Soldaten, Flüchtlingen, Demobilisierten, die die Züge und Straßen unentwegt füllten, suchte ich unwillkürlich ein bekanntes Gesicht, irgendeinen, der etwas mit meinem alten Leben zu tun gehabt hatte. Wie wäre ich froh gewesen, Franz wäre aufgetaucht, mit dem ich aus dem Lager geflohen war, oder gar Heinz. Wenn ich wo einen Mann auf Krücken bemerkte, hoffte ich immer auf sein kleines Gesicht mit dem schiefgezogenen Mund und den hellen Augen, die über die eigene Gebrechlichkeit spotteten. Irgend etwas war mir verlorengegangen, so verloren, daß ich nicht einmal mehr genau wußte, was es gewesen war, daß ich es nach und nach nicht einmal mehr richtig vermißte, so gründlich war es verlorengegangen in all dem Durcheinander. Eines dieser alten Gesichter aber, das wußte ich, würde es mir doch wenigstens ins Gedächtnis zurückbringen.

Ich war und blieb allein. Marcel trennte sich von mir, und ich fuhr allein nach Marseille.

III

Man hatte mir unterwegs erzählt, den gerissenen Häschern, die im Bahnhof von Marseille zum Menschenfang aufgestellt seien, könne kein Fremder durchs Netz gehen. Mein Vertrauen zu Yvonnes Flüchtlingszettel war keineswegs unbegrenzt. Ich stieg zwei Stunden vor Marseille aus dem Zug, ich stieg auf einen Autobus. Auch aus dem Autobus stieg ich aus in einem Dorf in den Bergen.

Ich kam von oben her in die Bannmeile von Marseille. Bei einer Biegung des Weges sah ich das Meer tief unten zwischen den Hügeln. Etwas später sah ich die Stadt selbst gegen das Wasser. Sie erschien mir so kahl und weiß wie eine afrikanische Stadt. Ich wurde endlich ruhig. Die große Ruhe kam über mich, die dann immer über mich kommt, wenn mir etwas sehr gut gefällt. Ich glaubte beinah, ich sei am Ziel. In dieser Stadt, glaubte ich, müßte endlich alles zu finden sein, was ich suchte, was ich immer gesucht hatte. Wie oft wird mich dieses Gefühl noch trügen bei dem Einzug in eine fremde Stadt!

Ich stieg bei der Endhaltestelle auf eine Elektrische. Unbehelligt fuhr ich ein. Ich zottelte zwanzig Minuten später mit dem Handkoffer über die Cannebière. Meistens ist man enttäuscht von Straßen, von denen man viel gehört hat. Ich aber, ich war nicht enttäuscht. Ich lief mit der Menge hinunter im Wind, der Licht und Schauer über uns trieb in rascher Folge. Und meine Leichtigkeit, die vom Hunger herrührte und von Erschöpfung, verwandelte sich in eine erhabene, großartige Leichtigkeit, wie geschaffen für den Wind, der mich immer schneller die Straße hinunterblies. Wie ich begriff, daß das, was blau leuchtete am Ende der Cannebière, bereits das Meer war, der Alte Hafen, da spürte ich endlich wieder nach soviel Unsinn und Elend das einzige wirkliche Glück, das jedem Menschen in jeder Sekunde zugänglich ist: das Glück, zu leben.

Ich hatte mich in den letzten Monaten immer gefragt, wohin denn das alles münden sollte, das ganze Rinnsal, der Abfluß aus allen Konzentrationslagern, versprengte Soldaten, die Söldner aller Heere, die Schänder aller Rassen, die Fahnenflüchtigen aller Fahnen. Hier also floß alles ab, in diese Rinne, die Cannebière, und durch diese Rinne ins Meer, wo endlich für alle wieder Raum war und Friede.

Ich trank, meinen Handkoffer zwischen die Beine geklemmt, einen Kaffee im Stehen. Ich hörte um mich herum ein Gerede, als stünde die Theke, vor der ich trank, zwischen zwei Pfeilern des Turmes von Babel. Doch schlugen beständig einzelne Worte an mein Ohr, die schließlich auch ich verstand, in einem bestimmten Rhythmus, als sollten sie mir eingeprägt werden: Kuba-Visa und Martinique, Oran und Portugal, Siam und Casablanca, Transit und Dreimeilenzone.

Ich kam glücklich am Alten Hafen an – zu der gleichen

Stunde wie heute. Er lag durch den Krieg fast verödet da — wie jetzt. Wie jetzt glitt die Fähre langsam unter der Eisenbahnbrücke hin. Doch mir kommt es heute vor, als hätte ich alles zum erstenmal gesehen. Die Rahen der Schifferboote durchschnitten die großen kahlen Flächen uralter Häuser — wie jetzt. Die Sonne ging unter hinter dem Fort Saint-Nicolas. Ich dachte nach Art sehr junger Leute, daß alles, was mir geschehen sei, mich hierher geführt hatte, und damit war es gut gewesen. Ich fragte mich durch nach der Rue du Chevalier Roux. Dort wohnte der Vetter Georg Binnet. Die Menschen drängten sich in den Basaren und in den Straßenmärkten. Es war schon dämmrig in diesen Höhlen von Gassen, und um so stärker glühte das Obst in Rot und Gold. Ich spürte einen Geruch, den ich nie im Leben gerochen hatte. Ich suchte die Frucht, aus der es kam, ich fand sie nicht. Ich setzte mich, um ein wenig zu rasten, auf den Rand des Brunnens im korsischen Viertel, den Handkoffer auf den Knien. Dann stieg ich die steinerne Treppe hinauf, von der ich noch nicht wußte, wohin sie führte.

Das Meer lag unter mir. Die Arme der Leuchtfeuer auf der Corniche und auf den Inseln waren noch matt in der Dämmerung. Wie hatte ich doch das Meer gehaßt auf den Docks. Es war mir unbarmherzig erschienen in seiner unzugänglichen, seiner unmenschlichen Öde. Jetzt aber, nachdem ich mich bis hierher gequält hatte auf meinem langen Weg durch das zerrüttete und besudelte Land, da gab es für mich keinen größeren Trost als eben diese unmenschliche Leere und Öde, in ihrer Spurlosigkeit, ihrer Unbefleckbarkeit.

Ich stieg in das korsische Viertel zurück. Es war inzwischen stiller geworden. Die Märkte waren geräumt. Ich fand die Rue du Chevalier Roux. Ich schlug den bronzenen Türklopfer, der die Form einer Hand hatte, auf die große geschnitzte Tür. Ein Neger rief, was ich wolle. Ich fragte nach den Binnets.

Man sah an den Knaufen am Treppengeländer, an den

Resten von bunten Fliesen, an den abgeschabten Wappensteinen, daß das Haus einstmals einem vornehmen Mann gehört hatte, einem Kaufmann oder Seefahrer. Jetzt wohnten Einwanderer aus Madagaskar darin und noch ein paar Korsen und Binnets.

Ich starrte Binnets Geliebte an. Sie erschien mir außerordentlich schön, wenn auch unwünschbar fremd. Der Kopf eines schwarzen, wilden Vogels, mit scharfer Nase und funkelnden Augen auf zartem Hals. Die langen Hüften, die langen, in den Gelenken lockeren Hände, die Zehen selbst auf den Espadrillen, das alles war immer ein wenig bewegt, wie sonst nur die Mienen der Menschen, als seien Zorn und Freude und Trauer wie Wind.

Auf meine Frage erwiderte sie kurz angebunden, Georg habe Nachtdienst in einer Mühle, sie sei selbst gerade erst aus der Zuckerfabrik gekommen. Sie drehte sich von mir weg und gähnte. Ich war ganz ernüchtert.

Ich stieß auf der Treppe mit einem schmalen, dunklen Jungen zusammen, der, ein paar Stufen auf einmal nehmend, von unten heraufsprang. Er drehte sich noch einmal um, gerade, als ich mich selbst nach ihm umdrehte. Ich hatte nachprüfen wollen, ob mir mein Ankunftsfieber auch diesen Jungen verzauberte, er aber, ob ich denn wirklich der völlig Fremde, der überraschende Eindringling sei. Ich hörte gleich darauf Binnets Freundin, die noch in der offenen Tür stand – unschlüssig, wie sie mir später gestanden hat, ob sie mich nicht doch noch zurückrufen und zum Warten auffordern sollte –, den verspäteten Sohn ausschelten. Sie werden später verstehen, warum ich das alles genau erzähle. Mein Besuch erschien mir damals verfehlt, der weitere Abend leer. Ich hatte mir eingebildet, die Stadt habe mir schon ihr Herz geöffnet, wie ich ihr meines. Sie lasse mich auch gleich am ersten Abend in sich hinein, und ihre Menschen gäben mir Obdach. Als Rückschlag auf meine Ankunftsfreude fühlte ich jetzt eine große Enttäuschung. Yvonne hatte sicher nicht an den Vetter geschrieben, sie hatte mich nur beruhigt, um mich fortzuschicken. Mich kränkte auch der Bescheid, Georg sei auf Nachtdienst. Es gab also doch noch Menschen, die ein gewöhnliches Leben führten.

IV

Ich aber suchte mir wieder ein Nachtquartier. Das erste Dutzend Hotels war voll. Ich wurde hundemüde. Ich setzte mich an den nächsten Tisch vor ein schäbiges Café an einem kleinen stillen Platz. Die Stadt war aus Furcht vor Fliegern verdunkelt, doch gab es in vielen Fenstern schon schwache Lichter. Ich dachte, wie viele tausend Menschen diese Stadt ihr eigen nannten und ruhig in ihr dahinlebten, wie ich einstmals in der meinen. Ich sah zu den Sternen hinauf und dachte ein wenig getröstet, ich weiß nicht warum, daß diese Sterne wohl mehr für mich da seien und für meinesgleichen als für die, die jetzt eigene Lichter ansteckten.
Ich bestellte ein Bier. Ich wäre gerne allein geblieben. Ein kleiner alter Mann setzte sich zu mir. Er trug einen Rock von der Sorte, die längst bei jedem anderen in Fetzen gegangen wäre, hier aber zufällig an einen Besitzer geraten war, der ihn durch Würde und Sorgfalt nicht untergehen ließ. Und wie der Rock, so der Mann. Er hätte längst im Grab liegen dürfen, doch sein Gesicht war fest und ernst. Sein Haarrest war gescheitelt, seine Nägel waren sorgfältig geschnitten. Er fragte mich fast sofort mit einem Blick auf den Handkoffer, für welches Land ich ein Visum hätte. Er fragte nicht etwa, wohin ich fahren wollte, sondern für welches Land ich ein Visum hätte. Darauf erwiderte ich, ich hätte kein Visum und keine Absicht, eines zu erwerben, ich wolle bleiben. Er rief: „Sie dürfen nie bleiben ohne Visum!" Ich verstand seinen Ausruf nicht. Ich fragte aus Höflichkeit, was er selbst vorhabe. Er sei Kapellmeister in Prag gewesen, jetzt habe

man ihm eine Stelle verschafft bei einer berühmten Kapelle in Carácas. Ich fragte ihn, wo das liege, er erwiderte spöttisch, das sei die Hauptstadt von Venezuela. Ich fragte ihn, ob er Söhne habe; er erwiderte, ja und nein, sein ältester Sohn sei in Polen verschollen, sein zweiter in England, sein dritter in Prag. Er könne jetzt nicht mehr länger auf Lebenszeichen von Söhnen warten, sonst sei es für ihn zu spät. Ich glaubte, er meine den Tod. Er meinte aber die Kapellmeisterstelle, die mußte er vor dem neuen Jahr antreten. Er hatte schon einmal einen Kontrakt besessen, auf den Kontrakt ein Visum, auf das Visum das Transit. Die Gewährung des Visa de sortie habe aber so lange gedauert, daß ihm inzwischen das Transit erloschen sei, darauf das Visum, darauf der Kontrakt. Letzte Woche habe man ihm das Visa de sortie gewährt, er warte jetzt Tag und Nacht auf die Verlängerung des Kontraktes, die ja dann ihrerseits die Verlängerung seines Visums bedinge. Die aber sei die Vorbedingung für die Gewährung des neuen Transits. Ich fragte verwirrt, was das bedeute: Visa de sortie? Er starrte mich entzückt an. Ich war ein unwissender Neuankömmling. Ich nahm ihm viele Minuten Einsamkeit ab durch die Möglichkeit einer langen Erklärung. Er sagte: „Das ist die Erlaubnis, Frankreich zu verlassen. Hat Sie denn niemand unterrichtet, armer junger Mann?" — „Welchen Zweck soll das haben, Menschen zurückzuhalten, die doch nichts sehnlicher wünschen, als ein Land zu verlassen, in dem man sie einsperrt, wenn sie bleiben?"

Darauf lachte er, daß ihm die Kiefer knirschten. Mir kam es vor, sein ganzes Gerippe knirschte. Er tickte mit einem Handknöchel auf den Tisch. Er war mir ziemlich zuwider. Ich hielt aber bei ihm aus. Es gibt im Leben der verlorensten Söhne Augenblicke, wo sie auf die Seite der Väter übergehen, ich meine der Väter anderer Söhne.

Er sagte: „Sie wissen doch wenigstens eins, mein Sohn, daß jetzt die wirklichen Herren die Deutschen sind. Und da Sie vermutlich selbst aus diesem Volke stammen, so wissen Sie auch, was die deutsche Ordnung bedeutet, die Naziordnung, die sie jetzt alle hier rühmen. Sie hat nichts zu tun mit der Weltordnung, mit der alten. Sie ist eine Art von Kontrolle. Die Deutschen lassen sich nicht die Gelegenheit nehmen, die Menschen durchzukontrollieren, die aus Europa abziehen. Sie finden vielleicht dabei irgendeinen jahrzehntelang gesuchten Störenfried."

„Gut. Gut. Wenn ihr aber nun kontrolliert seid, wenn ihr ein Visum habt, was hat das für eine Bedeutung mit dem Transit? Warum läuft es überhaupt ab? Was ist es überhaupt? Warum läßt man die Leute nicht durchziehen nach ihren neuen Wohnstätten?" Er sagte: „Mein Sohn, weil sich alle Länder fürchten, daß wir statt durchzuziehen, bleiben wollen. Ein Transit – das ist die Erlaubnis, ein Land zu durchfahren, wenn es feststeht, daß man nicht bleiben will."

Er änderte plötzlich seine Haltung. In einem neuen, höchst feierlichen Ton, den Väter nur dann gebrauchen, wenn sie die Söhne endgültig ins Leben hinausschicken, sprach er mich folgendermaßen an: „Junger Mensch! Sie kommen hierher fast ohne Gepäck, allein, ohne Ziel. Sie haben noch nicht einmal ein Visum. Sie machen sich keine Gedanken, daß selbst der Präfekt Sie keineswegs wohnen läßt, wenn Sie nicht einmal ein Visum haben. Nun, nehmen wir an, durch irgendeinen Glücksfall, durch eigene Kraft, was selten, aber immerhin vorkommt, vielleicht auch durch eine Freundeshand, die sich Ihnen aus dem Dunkel, will sagen, über den Ozean, entgegenstreckt, wenn Sie sie am wenigsten erwarten, vielleicht durch die Vorsehung selbst, vielleicht durch ein Komitee, erhalten Sie ein Visum. Da sind Sie einen Augenblick glücklich. Doch sehr rasch merken Sie, daß damit gar nichts getan ist. Sie haben ein Ziel – das ist wenig. Das hat jeder. Sie können nicht bloß durch den Willen, bloß durch die Stratosphäre in jenes Land kommen, Sie fahren durch Meere, durch Zwischenländer. Sie brauchen ein Transit. Das braucht Ihren Scharfsinn. Ihre Zeit. Sie ahnen noch nicht, wieviel Zeit! Bei mir, da eilt es. Doch wenn ich Sie ansehe, scheint es mir plötzlich, für Sie ist die Zeit noch kostbarer. Sie ist ja die Jugend selbst. Sie dürfen sich aber nicht zersplittern, Sie dürfen nur an Ihr Transit denken. Sie müssen, wenn ich so sagen darf, Ihr Ziel eine Zeitlang vergessen, jetzt gelten nur die Zwischenländer, sonst wird aus der Abfahrt nichts. Jetzt gilt es, den Konsuln klarzumachen, daß es Ihnen ernst ist, daß Sie keiner von jenen Burschen sind, die an den Orten festbleiben wollen, die nur zum Durchfahren da sind. Und dafür gibt es Beweise, jeder Konsul verlangt sie. Nun nehmen wir einmal den Glücksfall an, der ein Wunder ist, wenn man bedenkt, wieviele abfahren wollen auf wie wenig Schiffen, Ihr Schiffsplatz als solcher, die Fahrt als solche sei gesichert. Wenn Sie Jude sind, aber Sie sind ja keiner, nun, durch die Juden, wenn Sie Arier sind, nun, durch christliche Hilfe, wenn Sie gar nichts sind, gottlos, rot, nun dann in Gottes Namen durch Ihre Partei, durch Ihresgleichen. Sie könnten sich irgendwie einschiffen. Doch glauben Sie ja nicht, mein Sohn, daß damit Ihr Transit schon sicher sei, und selbst, wenn es sicher wäre! Inzwischen ist soviel Zeit vergangen, daß wieder das erste, das Hauptziel entschwunden ist. Dein Visum ist abgelaufen, und wie auch das Transit notwendig war, es ist wieder gar nichts ohne das Visum, und so immer weiter, immer weiter, immer weiter.

Nun stell dir vor, du hast es erreicht. Mein Sohn, gut, träumen wir jetzt gemeinsam, du hast es erreicht. Dein Visum, dein Transit, dein Visa de sortie. Du bist reisefertig. Du hast dich von deinen liebsten Menschen verabschiedet. Dein Leben hinter dich geworfen. Du denkst jetzt nur an das Ziel. Du willst endgültig an Bord gehen –

Ich sprach gestern einen jungen Mann, so alt wie du. Der hatte alles. Doch als er an Bord gehen wollte, verweigerte ihm das Hafenamt den letzten Stempel."

„Warum?"

„Er war aus einem Lager geflohen, als die Deutschen kamen", sagte der alte Mann in seinem früheren müden Ton; er war auch – nicht eigentlich zusammengesunken, dafür hielt er sich zu aufrecht, eher angeknickt. „Er hatte keinen Entlassungsschein aus dem Lager – so war denn alles für ihn umsonst."

Ich horchte auf. Der letzte Punkt immerhin berührte mich in diesem dunklen Gewirr mir völlig gleichgültiger Ermahnungen. Ich hatte noch nie in meinem Leben etwas von einem Hafenstempel gehört. Ein beklagenswerter junger Mann! Doch schuldig aus Mangel an Voraussicht. Ich würde an diesem letzten Stempel nicht scheitern, ich war gewarnt. Ich würde aber auch niemals abfahren. Ich sagte: „Zum Glück kommt das alles für mich nicht in Betracht. Ich hab nur den einen Wunsch: eine Zeitlang hier in Ruhe zu bleiben." Er rief: „Wie Sie sich täuschen! Ich sage Ihnen zum drittenmal: Man läßt Sie hier nur eine Zeitlang in Ruhe bleiben, wenn Sie nachweisen, daß Sie abfahren wollen. Verstehen Sie das nicht?" Ich sagte: „Nein."

Ich stand auf. Ich hatte ihn herzlich satt. Er rief mir nach: „Ihr Handkoffer!" Bei seinem Ausruf fiel mir etwas ein, was ich wochenlang vergessen hatte: die Briefschaften jenes Mannes, der sich das Leben genommen hatte in der Rue de Vaugirard beim Einmarsch der Deutschen in Paris. Ich hatte mich längst daran gewöhnt, den Koffer als den meinen zu betrachten. Die schmale Hinterlassenschaft des Toten nahm den kleinsten Raum ein unter meinem eigenen Wust. Ich hatte sie vollkommen vergessen. Ich konnte jetzt alles selbst zu dem Konsul tragen. Die Frau des Toten würde dort sicher nach Post fragen. Mir ging durch den Kopf, wieso etwas, was mich noch in Paris dermaßen beherrscht hatte, sich vollständig hatte verflüchtigen können. Aus diesem Stoff war also der Zauber des Toten gemacht! Vielleicht aber war das auch nur ich, der aus diesem Stoff gemacht war, der sich verflüchtigte.

Ich begab mich abermals auf die Zimmersuche. Ich stieß auf einen riesigen formlosen Platz mit drei beinahe dunklen Seiten und einer vierten von Lichtern punktierten, die wie eine Küste aussah. Das war der Belsunce. Ich strebte gegen die Lichter zu, darauf verlor ich mich wieder in einem Netz von Gassen. Ich stieg durch die erste beste Hoteltür eine steile Treppe hinauf zu dem hellen Fenster der Wirtin. Ich war auf ein „Alles besetzt" gefaßt, doch schob mir diese Wirtin sofort ihr Anmeldebuch hin. Sie sah scharf zu, wie ich meinen Flüchtlingsschein abschrieb. Sie fragte mich nach meinem Sauf-conduit, ich zögerte. Sie lachte und sagte: „Ihr Pech, nicht meines, wenn die Razzia kommt! Sie zahlen mir jetzt für die Woche im voraus. Sind ja ohne Erlaubnis hier. Sie hätten zuerst die Erlaubnis unseres Präfekten einholen müssen, um nach Marseille zu kommen. In welches Land wollen Sie denn fahren?" Ich sagte, ich hätte gar nicht die Absicht, irgendwohin zu fahren. Vor den Deutschen geflohen, von einer Stadt zur anderen getrieben, sei ich eben in dieser gelandet. Ein Visum hätte ich nicht, eine Schiffskarte hätte ich nicht, übers Meer laufen könne ich nicht. Sie schien eine ruhige, fast träge Frau, jetzt war sie aber bestürzt. Sie rief: „Der Herr will doch nicht etwa bleiben?" Ich sagte: „Warum denn nicht? Sie bleiben ja auch." Sie lachte über diesen Witz.

Sie händigte mir den Schlüssel ein mit der Blechnummer. Ich konnte kaum zu dem Zimmer vordringen. Der Gang war blockiert mit Dutzenden von Gepäckstücken. Sie gehörten einem Trupp Spanier, Männer und Frauen, die alle in dieser Nacht abreisen wollten, über Casablanca nach Kuba, von dort nach Mexiko. Ich dachte befriedigt: So hat er also doch recht gehabt, der Knabe in der Rue Longuin in Paris vor dem Gitter des mexikanischen Konsulats. Es gehen doch Schiffe. Sie liegen im Hafen bereit.

Ich hatte selbst beim Einschlafen die Empfindung, auf einem Schiff zu sein, nicht, weil ich soviel von Schiffen gehört hatte oder eins benutzen wollte, sondern weil ich mich schwindlig und elend fühlte in einem Gewoge von Eindrücken und Empfindungen, die ich keine Kraft mehr hatte, mir zu erklären. Auch drang von allen Seiten ein Lärm auf mich ein, als schliefe ich auf einer glitschigen Planke inmitten einer betrunkenen Mannschaft. Ich hörte Gepäckstücke rollen und krachen, als lägen sie schlecht verwahrt im Lagerraum eines vom Meer geschüttelten Schiffes. Ich hörte französische Flüche und spanische Abschiedsbeteuerungen, und endlich hörte ich noch aus weiter Ferne, doch durchdringender als alles, ein kleines einfaches Lied, das ich zum letztenmal in meiner Heimat gehört hatte, als noch niemand von uns wußte, wer Hitler war, nicht einmal er selbst. Ich sagte mir, daß ich sicher nur träumte. Ich schlief dann auch wirklich ein.

Ich träumte, ich hätte den Handkoffer stehenlassen. Ich suchte ihn an den unsinnigsten Orten, in meiner Knabenschule daheim, bei den Binnets in Marseille, bei Yvonne auf dem Bauernhof, auf den Docks in der Normandie. Da stand der Handkoffer auf einem Laufsteg, die Flieger stießen en pique herunter, ich rannte noch einmal zurück in Todesangst.

## Drittes Kapitel

I

Ich fuhr hoch. Die Nacht war noch nicht vorbei. Das Hotel war still, die Spanier waren vielleicht schon auf dem Meer. Ich schrieb, weil ich nicht mehr einschlafen konnte, einen Brief an Yvonne. Ich brauchte, um nach Marseille zu fahren, einen Sauf-conduit. Ich sei zwar inzwischen gut angekommen, ich müsse jetzt aber noch einmal ankommen, mit Papieren und auf Papieren, ordnungsgemäß. Ich ging gleich weg, um den Brief einzuwerfen. Ein häßliches, strubbliges Mädchen, das in dem Fenster der Wirtin die Nachtwache machte, hielt mich an. Ob ich bezahlt hätte? – Ja. – Ob ich abführe? – Mein Gott. Nein!

Es war noch finster und kalt in den hohen Gassen, doch fielen die Sterne schon ab. Ich wartete ungeduldig auf den Tag, als könnte er mir nicht nur diese Stadt erhellen, sondern alles, was mir unbekannt geblieben war. Doch meinethalben erwachte nichts früher, die Cafés waren noch geschlossen, ich mußte noch einmal zurück.

Mein Gang war wieder blockiert von denselben Gepäckstücken derselben Spanier, die in der Nacht hatten abfahren wollen. Sie waren aus dem Hafen zurückgekehrt. Nur die Männer fehlten. Die Frauen und Kinder saßen klagend und fluchend auf den Koffern. Sie waren inzwischen mit ihrem Zeug schon im Hangar gewesen, abfahrtbereit. Man hatte das Schiff vor dem Tor des Hangars liegen sehen. Da war die französische Polizei gekommen. Sie hatte alle waffenfähigen Männer verhaftet auf Grund eines Abkommens mit der Franco-Regierung. Die spanischen Frauen weinten nicht, sie fluchten dem Zustand der Welt, bald leise, die Köpfe der Kinder schaukelnd, bald laut mit ausgebreiteten Armen. Auf einmal beschlossen sie, zu dem mexikanischen Konsulat zu ziehen, unter dessen Schutz sie stünden, da sie mexikanische Visen hätten. Dort solle man ihnen Recht verschaffen.

Sie zogen ab, voran eine junge, helle, jetzt düster blickende Frau mit einem kleinen, kirschenäugigen Mädchen in einer Reisekapuze. Ich schloß mich an. Ich hatte das Bündel Papiere des Toten eingesteckt. Mich hatte das Ziel dieser Frauen, ihr Konsulat, an das Bündel erinnert. Ich hatte ja Zeit! Ich konnte ebensogut gleich mitgehen. Es war inzwischen Morgen geworden, ein beinahe zu heller Morgen für meine unausgeschlafenen Augen. Wir zogen die Cannebière hinauf, ich war der einzige Mann in dem Haufen spanischer Frauen und Kinder. Sie hatten sich schon an mich gewöhnt. Mir schien, ich sei unter allen Menschen in dieser Straße der einzige, der nicht abfahren wollte. Doch war es auch zuviel behauptet, daß ich durchaus hätte bleiben müssen. Wie schwer es auch sein mag, abzufahren, dachte ich, ich würde es zwingen können. Ich hatte mich bis hierher durchgeschlagen, ein sichtbares Unheil war mir bisher nicht widerfahren außer dem üblen Zustand der Welt, der leider zufällig mit meiner Jugend genau zusammenfiel. Das allerdings bedrückte auch mich. In Paris waren sicher die Bäume schon kahl, man fror dort, die Nazis raubten Kohlen und Brot. Wir bogen ein auf den Boulevard de la Madeleine an der häßlichen großen protestantischen Kirche. Die Frauen wurden schweigsam. Das war das mexikanische Konsulat? Ein Stockwerk in einem Mietshaus, das sich durch nichts von anderen Häusern unterschied. Die Haustür unterschied sich durch nichts von anderen Türen, bis auf das Wappen, das aber kaum sichtbar war für die achtlos Vorübergehenden, nur für unsere Augen nicht, die es unruhig suchten. Es war stark nachgedunkelt, seit ich in Paris versucht hatte, es zu entziffern. Kaum, daß ich den Adler noch unterschied auf dem Gestrüpp von Kakteen. Bei seinem Anblick zog sich mein Herz zusammen in einem Gefühl von schmerzlich freudigem Fernweh, eine Art von Hoffnung, doch wußte ich nicht, auf was. Vielleicht auf die Weite der Erde, auf unbekanntes gelobtes Land.

Der Pförtner – er war keineswegs ein Zyklop, er war ein lederhäutiges Männchen mit klugem, trockenem Blick aus zwei schmalen Augen – wählte mich aus dem wartenden Haufen heraus, ich weiß nicht, warum. Ich mußte Begehr und Namen auf sein Papier schreiben. Ich schrieb: In Angelegenheit des Schriftstellers Weidel. Ich weiß nicht, wodurch er sofort den Eindruck gewann, er müsse mir gleich durch die Menge hindurch einen Weg nach oben bahnen. In dem engen, kleinen Vorraum gab es ein Dutzend vermutlich bevorzugter Wartender. Drei hagere und ein schwammiger Spanier schienen heftig zu streiten, es schien bis zum Messerziehen zu kommen, doch ging es vermutlich nur um einen gewöhnlichen Gegenstand mit riesigem Aufwand an Leidenschaft. Ein ganz zerlumpter, bärtiger Prestataire lehnte müde vor dem grellen Plakat: zwei bunte Kinder mit riesigen Hüten. Es war ein Reiseplakat und stammte aus Zeiten, in denen schwerbewegliche Menschen durch Buntheit der Länder zum Fahren verführt wurden. Auf dem einzigen Stuhl saß ein alter, schwer atmender Mann. Es gab noch ein paar Männer und Frauen, die nach der Beschaffenheit ihrer Kleider und ihres Haares und ihrem Geruch nach bestimmt aus Lagern kamen. Dann kam noch ein schönes, gutgekleidetes goldhaariges Mädchen – auf einmal sprachen alle zusammen, es kam mir nicht einmal mehr zum Bewußtsein, in welcher Sprache, es war eine Art von Chorgesang: Man läßt keine Fremden mehr nach Oran. – Unsereins läßt Spanien nicht durch. – Portugal läßt niemand mehr hinein. – Es soll ein Schiff über Martinique fahren. – Man kann von dort aus nach Kuba. – Doch ist man immer noch unter französischer Hoheit. – Doch immerhin, man ist fort.

Ich hatte halb belustigt gewartet, halb gelangweilt. Und ohne Gefühle und ohne Absicht betrat ich das Zimmer des Konsulats-Kanzlers, als man mich aufrief, halb belustigt, halb gelangweilt.

Vor mir stand ein kleiner, noch junger Mann mit ungeheuer wachen Augen. Sie funkelten vor Vergnügen bei meinem Anblick. Nicht etwa, weil ihn gerade mein Besuch besonders erquickte. Er war von Natur aus so beschaffen, daß er imstande war, vielleicht als einziger unter seinesgleichen, sich täglich an jedem einzelnen Besucher seiner Kanzlei, und wären es ihrer tausend, die kamen, neu zu beleben. Ein jeder Vorgang in diesem Raum machte seine Augen funkeln, die Schliche der kleinen Schieber, außer der Reihe dranzukommen, die Hoffnung der ehemaligen Minister, auch einmal vorgelassen zu werden. Mit seinen überaus wachen Augen beluchste er jeden Menschen, der nach Mexiko fahren wollte: den Kaufmann aus Holland, dem seine Lagerhäuser in Rotterdam verbrannt waren, der aber noch Geld genug hatte, um die höchsten Kautionen anzubieten, den Spanier auf Krücken, der sich aus dem Bürgerkrieg über die Pyrenäen von einem Lager ins andere und schließlich bis hierher auf den Boulevard de la Madeleine geschleppt hatte. Seine Augen drangen in jeden Visenbittsteller ein. Und je nachdem es ihm angebracht schien, diesen Menschen sein Land betreten zu lassen, tat er alles, um Lücken und Blößen des Dossiers zu verringern, auf daß der Mensch reif sei für sein Visum.

Mich fragte er kalt, was ich wünschte. Der Blick seiner fest auf mich gerichteten Augen, die vor Witz und Scharfsinn funkelten, riß mich plötzlich aus meiner Trägheit, er weckte in mir das Bewußtsein meines eigenen Witzes, meines eigenen Scharfsinns.

„Ich komme", sagte ich, „in der Angelegenheit Weidel." Er erwiderte: „Stimmt. Der Name ist bei mir eingetragen." Er rief den Namen, durch seine seltsame Betonung leicht verändert, dem dicken Mann zu, der in den Dossiers fummelte. Er wandte sich noch einmal an mich mit den Worten: „Verzeihen Sie, wenn ich mich unterdes mit anderen beschäftige." Ich wollte ihn sogleich unterbrechen, mein Paket auf den Tisch legen, abziehen. Er aber, der offenbar Unterbrechungen haßte, sah meine als Zeitverlust an und winkte mir ab. Es wurden dann auch schon nacheinander hereingerufen: vier Spanier auf einmal – sie kamen und gingen achselzuckend und offenbar unverrichteter Sache, der kleine Kanzler zuckte auch mit den Achseln –, die goldhaarige Frau, die ihren Liebsten suchte, der bei den Ebro-Brigaden gestanden hatte, der Kanzler bedeutete ihr, er habe keine Brigadeliste, wobei seine wachen Augen gewohnheitsmäßig die junge Person abschätzten, das Maß ihrer Zuneigung für den Vermißten – ein Kaufmann, schwitzend vor Visumdank – der Prestataire, dem die Staaten kein Visum gaben – ein Handwerker, der das Konsulat frisch streichen sollte. Zuletzt kam ein sehr junges Paar, fast ein Kinderpaar, Hand in Hand. Verstand ich auch nicht, was verhandelt wurde, verstand ich doch die Zeremonie. Sie bekamen Visa. Sie lächelten alle drei. Sie verbeugten sich voreinander. Ich neidete ihnen ihr Davonfliegen, Hand in Hand. Ich blieb allein auf dem Stuhl in der mexikanischen Kanzlei. Man hatte inzwischen dem Kanzler das Dossier gebracht. Er sagte: „Hier sind die Papiere Weidel." In meinem Kopf entstand eine nebelhafte Erinnerung an einen Brief, den ich in Paris gelesen hatte. Ich starrte auf die Papiere auf dem Schreibtisch, die von dem Toten übrig waren. Visum zu Visum, Papier zu Papier, Dossier zu Dossier. In vollkommener und gewisser Hoffnung.

Ich wurde mir plötzlich einer winzigen Überlegenheit über den Kanzler bewußt. Einem lebenden Weidel wäre er überlegen gewesen, den hätte er durchschaut, der hätte ihn belustigt. Jetzt aber war es für mich belustigend, wie er genau das Dossier studierte mit dem überflüssigsten Scharfsinn. Ein Schatten unter dem Reigen der Visumantragsteller, ein Schatten, der glatt verzichtete. Anstatt ihn sofort aufzuklären, überließ ich ihn einen Augenblick seiner zwecklosen Beschäftigung. Bis das Telefon läutete – „Nein!" rief der Kanzler, selbst am Telefon funkelten seine Augen, „die Bestätigung meiner Regierung ist noch nicht eingetroffen. – Dieser Fall", sagte er plötzlich zu mir, „ähnelt stark dem Ihren."

Ich sagte erstaunt: „Verzeihen Sie, Sie irren sich. Mein Name ist Seidler. Ich bin nur gekommen –" Ich wollte alles genau erklären. Er aber, langen Erklärungen abhold, unterbrach mich zornig: „Aber ja, das weiß ich." Er hielt die ganze Zeit über den Zettel mit meinem Namen und meinem Anliegen zwischen zwei Finger geklemmt. „Sie können gleichfalls, wie ich soeben am Telefon einem Ihrer Kollegen bereits zum zehnten Male erklärt habe, nur dann Ihr Visum ausgestellt bekommen, wenn meine Regierung Ihnen bestätigt, Ihr Paßname Seidler sei gleich mit dem Schriftstellernamen Weidel, was meine Regierung tun kann, wenn für Ihre Identität gebürgt wird." Mein Kopf fing bei dieser Erklärung zu surren an wie ein Draht, den der Wind streicht. Mein eigenes Läutewerk, eine Art Selbstwarnung, die bei mir immer einsetzt, ehe mir selbst noch bewußt wird, daß ich vielleicht im Begriffe bin, etwas zu unternehmen, was mein augenblickliches Leben zerstören kann, ja zerstören soll.

Ich selbst erwiderte ihm ganz ordnungsgemäß: „Bitte, hören Sie mich doch erst an! Es handelt sich hier um etwas anderes. Ich habe schon einmal alles Ihrem Konsul in Paris erklärt. Hier ist ein Bündel Papiere, Manuskripte, Briefschaften –" Er machte eine Bewegung der Ungeduld und des Ärgers. „Sie können mir vorlegen, was Sie wollen", begann er, wobei er mir in die Augen sah. Sein wacher, scharfsinniger Blick erregte in mir das starke Gefühl meiner eigenen Wachheit, den unwiderstehlichen Wunsch, mich an einem ebenbürtigen Scharfsinn zu messen. „Lassen Sie uns nicht unnötig Zeit verlieren. Die Zeit ist ja ebenso kostbar für Sie wie für mich. Sie müssen sofort die richtigen Schritte tun." Ich stand auf. Ich nahm das Bündel Papiere. Er ließ mich nicht aus den Augen. Ich sah jetzt fest zurück in die seinen. Ich fragte: „Was soll ich also für Schritte unternehmen? Bitte, raten Sie mir!" Er sagte: „Ich wiederhole zum letztenmal: Veranlassen Sie dieselben Freunde, die für das Visum vorstellig wurden, bei meiner Regierung zu bürgen für die Identität Ihres Paßnamens Seidler mit dem Schriftstellernamen Weidel."

Ich bedankte mich für den Rat. Wir zogen unsere Blicke auseinander — nicht ohne Anstrengung.

II

Ich ging in tiefen Gedanken heim. Ich meine damit, ich ging in jenes Hotel, in dem ich seit gestern abend wohnte. Ich sah es zum erstenmal aufmerksam an am hellen Tag. Die Gasse war hoch und eng, doch mir gefiel sie. Ihr Name gefiel mir auch. Sie hieß Rue de la Providence. Das Hotel hieß nach der Gasse. Ich hatte mich sehr gefreut, ein Zimmer für mich allein zu haben. Jetzt merkte ich, daß ich erst wieder lernen mußte, in einem Zimmer allein zu sein. Ich trat ans Fenster und sah hinunter. Man hatte gerade die Wasserspülung der Gasse geöffnet, ein scharfer Strahl Wasser schleuste eine ganze Flottille von Schmutz das Pflaster abwärts. Was sollte ich wohl in diesem Zimmer anfangen? Was sollten mir vier Wände? Auf eine Razzia warten? Ich fühlte stark, das einzige, was ich auf Erden noch wirklich fürchtete, war der Verlust meiner Freiheit. Ich würde mich kein drittes Mal mehr einsperren lassen, unter keinen Umständen. Der alte Narr gestern abend, der Kapellmeister von Caracas, hatte recht gehabt. Man mußte weg von hier, und wenn nicht weg, dann brauchte man ein unzweideutiges Recht, zu bleiben. Ich aber gehörte keineswegs zu den Auserwählten, ich hatte kein Visum, kein Transit und andererseits kein Aufenthaltsrecht. Gedanken flogen mir zu, ich vertrieb sie — ein schwaches Surren in meinem Kopf — das nachgedunkelte Wappenschild — des kleinen Kanzlers überwacher, durchtriebener Blick. Ich konnte das Alleinsein nicht mehr ertragen. Wie kühl man mich auch gestern abend empfangen hatte, ich wollte es noch einmal mit dem Georg Binnet versuchen, dem einzigen Mann, den ich hier kannte. Ich ging in die Rue du Chevalier Roux. Ich packte die bronzene Faust, ich ließ sie aufklopfen.

Selbst wenn ich Sie jetzt noch einmal mit der Familie Binnet langweile — wir stehen schon wieder dicht vor der Hauptsache, Sie werden dann sehen, wie manche Schatten durch alle Türen hineinschlüpfen.

Georg Binnet war der einzige Mensch, der mich nicht fragte, wohin ich wolle, sondern woher ich käme. Ich erzählte ihm sofort alles, was ich Ihnen bis jetzt erzählt habe. Nur eins ließ ich völlig aus: die Angelegenheit Weidel. Was ging auch den Binnet ein Fremder an, der sich in Paris vergiftet hatte beim Einmarsch der Deutschen? Georg hörte mir aufmerksam zu. Er war ein mittelgroßer, kräftiger Mensch mit grauen Augen von nordfranzösischer Art. Er war nach Marseille verschlagen worden durch blöde Anordnungen seiner Fabrik, die ihn im Betrieb mobilisiert gehalten, zur Evakuation befohlen, sich aber später aufgelöst und die Belegschaft im Stich gelassen hatte. Er machte jetzt schlechtbezahlten Nachtdienst in einer Mühle. Doch außerhalb seiner Arbeit lebte er frei, heiter, locker. Er pflegte seinen Wundervogel von Freundin und ihren Knaben, doch diesen sacht, damit er ihn ja nicht verletze, denn dieses Kind war sehr stolz.

Ich hatte vom ersten Augenblick an zu dem Knaben eine schmerzhafte Zuneigung. Er saß am Tisch und hörte meinen Berichten schweigend zu. Ich gab mir um seinethalben Mühe. Wozu leuchteten seine Augen? Sie würden nie etwas anderes zu sehen bekommen als eben diese Welt. Wozu war seine Haut aus dunklem Gold? Das Mädchen, um das er einmal seine Arme legen würde, war sicher aus anderem Stoff. Wozu die Aufmerksamkeit, mit der er unseren Gesprächen folgte — so angestrengt, daß ihm die Lippen zitterten? Er hörte von uns zwei Erwachsenen auch nichts anderes als die wirren Erfahrungen dieses Jahres, Verrat und Unordnung.

An diesem Abend lud mich Binnets Geliebte ein, mit ihnen zu essen. Es gab eine große Schüssel gewürzten Reis. Ich fühlte, daß alle drei mich litten, und ich, ich war dankbar. Man macht ja gewöhnlich viel Aufhebens von dem Beginn einer großen Liebe. Doch eine Geborgenheit von ein paar Stunden, eine unvermutete Geborgenheit, ein Tisch, an dem man für dich auseinanderrückt, das ist es, was einen hält, das ist es, warum man doch nicht zugrunde geht.

Ich war an diesem Abend bei Binnets ruhiger geworden. Denn wenn man lange allein lebt, beruhigt es einen bereits, wenn einem das Leben abgefragt wird. Mir wurde erst wieder bang, als ich allein war in meinen vier Wänden in der Rue de la Providence.

Kaum, daß ich mich niederlegte, begann ein Höllenlärm im Zimmer zur rechten Hand. Ich sprang hinüber, um mir Ruhe zu verschaffen. Ein Dutzend Leute spielten Karten in zwei Gruppen. Ich sah ihren Uniformstücken an und ihren verrückten arabischen Kopfbedeckungen, daß sie Fremdenlegionäre waren. Sie waren fast alle angetrunken oder gaben sich für betrunken aus, um draufloszubrüllen. Sie hatten zwar keine Rauferei, doch war der Unterton einer Drohung in allem, was sie von sich gaben, sogar wenn sie nur ein Glas verlangten oder die Karten ausriefen, als könne man sich unter Menschen nur mit diesem Unterton durchsetzen. Ich hockte mich auf einen Koffer, obwohl mich niemand aufforderte. Ich fing zu trinken an, statt um Ruhe zu bitten. Ich war jetzt nicht mehr allein — das war alles. Und sie, trotz ihrer Spielwut und trotz ihrer Rauflust, sie stutzten nicht einmal, sondern ließen mich da auf dem Koffer, weil sie verstanden, warum ich gekommen war. Sie verstanden also trotz allem das Wichtigste. Ein kleiner Mensch, der etwas besser uniformiert war und einen reinen Burnus trug, betrachtete mich aufmerksam aus ernsten Augen. Auf seiner Brust glänzten viele Medaillen.

Ein ziemlich scharfes Gemisch, das in diesem Zimmer getrunken wurde! Mir wurde heiß. Im Nebel glänzten die Medaillen auf der Brust des einzelnen Mannes. „Was treibt ihr hier?" — „Wir sind auf Urlaub aus dem Durchgangslager Les Milles. Wir haben das Zimmer alle zusammen gemietet für alle Urlauber. Es ist uns, verstehst du? Es ist unser Zimmer." — „Wo fahrt ihr hin?" — „Nach Deutschland", rief ein Zwerg, der durch einen mächtig geschlungenen Kopfputz seine Zwerghaftigkeit verminderte. „Die nächste Woche geht's heim." Ein Mensch, der rauchend im offenen Fenster ritt, ein Bein nach außen, den schönen frechen Kopf an den Fensterrahmen gelehnt, erzählte leichthin: „Da kam eine deutsche Kommission. Nach Sidi-bel-Abbès. Sie forderte alle Deutschen in der Fremdenlegion auf, heimzufahren. Der große Ablaß! Vergebung aller Sünden!" — „Gefällt euch Hitler?" — „Er ist uns egal", sagte einer — so sonderbar war sein Gesicht verschandelt, daß ich mich vorbeugte, um zu erkennen, ob nur der Nebel vor meinen Augen seine Züge verqualmte, daß weder Mund noch Nase an der richtigen Stelle waren und platt und breit gezogen —, „egal wie alle. Noch mehr egal." Der Mann im Fenster sagte über die Schulter zurück — er hatte auch das andere Bein nach außen gezogen, so daß er dem Zimmer den Rücken kehrte —: „Lieber daheim an die Wand gestellt als hier mit der Fremdenlegion bestattet." — „Bei uns wird nicht mehr an die Wand gestellt", sagte der Zwerg, „bei uns wird enthauptet." Der Mann im Fenster packte sich seinen eigenen Kopf an den Ohren. „Ihr könnt Kegel damit spielen." Der Mensch mit dem verquälten Gesicht fing zu singen an: „In der Heimat, in der Heimat —" Gar einfach und fein kam das Liedchen aus seiner Fratze heraus, aus seinem verqueren Mund. Ich hatte entweder gestern abend gar nicht geträumt, oder ich träumte auch jetzt. Der kleine Mann mit den vielen Medaillen setzte sich neben mich auf den Koffer. „Ich, nein, ich fahre nicht heim, ich fahre in anderer Richtung. Mir ist es gar nicht egal. Und du?" — „Ich bleibe", sagte ich, „du wirst schon sehen. Ich werde letzten Endes doch bleiben." Er sagte: „Das sagst du, weil du betrunken bist. Man kann nicht bleiben." Er stieß mit mir an in seiner ernsten ausgewogenen Art. Ich hätte ihn gern umarmt, doch hinderte mich der undurchdringliche, golden glänzende Nebel vor seiner Brust. „Warum hat man dir das umgehängt?" — „Ich war tapfer." Ich rollte mich auf dem Koffer zusammen. Ich hatte den größten Teil meines Geldes ausgegeben, um einmal in einem Zimmer allein zu sein. Jetzt aber wollte ich hier schlafen. Der kleine Mann mit den ernsten Augen zog mich hoch und brachte mich mit geübten Griffen aus dem Zimmer. Er legte mich sogar auf mein Bett.

III

Die Woche war fast zu Ende gegangen, da klopfte jemand frühmorgens wild an die Tür. Der Legionär mit den vielen Medaillen drang bei mir ein. „Razzia!" Er schleifte mich durch eine kleine Tür am Ende des Flurs eine Stiege hinauf in den Bodenraum. Dann lief er hinunter, um sich mit seinen Urlaubspapieren in mein Bett zu legen. Ich fand eine zweite Stiege, die aus dem Bodenraum aufs Dach führte. Ich hockte mich hinter eines der Schornsteinchen.

Der Wind war so stark, daß ich mich festhalten mußte. Ich konnte die ganze Stadt sehen und die Berge, die Kirche Notre-Dame de la Garde, das blaue Viereck des

Alten Hafens mit seiner eisernen Überführung und etwas später, sobald der Nebel verdunstete, das offene Meer mit den Inseln. Ich rutschte ein paar Meter weiter. Ich vergaß, was sich unter mir abspielen mochte, das Polizistengejage in allen Stockwerken. Ich sah mir die Joliette an mit ihren zahllosen Hangars und Molen. Doch lagen sie alle leer. Wie ich auch spähte, ich sah kaum ein einziges richtiges Schiff. Mir ging durch den Kopf, daß man gestern in allen Cafés geplappert hatte, es fahre dieser Tage ein Schiff nach Brasilien. Kein Platz für uns alle, dachte ich, die Arche Noah! Von jedem Tier nur ein Paar. Doch damals hat es auch reichen müssen, die Anordnung war weise, wir sind auch wieder vollzählig.

Ich hörte ein schwaches Geräusch. Ich fuhr zurück. Doch war es nur ein Kätzchen. Es starrte mich wütend an. Wir starrten uns an, gebannt, beide zitternd vor Schreck. Ich fauchte, da sprang es aufs nächste Dach.

Ein Autohupen kam von der Gasse. Ich spähte über den Dachrand. Die Polizisten kletterten auf ihr Auto. Zwei zerrten jemand aus der Hoteltür auf die Gasse, ich konnte an der Art des Zerrens erkennen, daß dieser Jemand durch Handschellen mit den beiden verbunden war. Und wie sie absausten, dachte ich froh und böse, daß dieser Jemand nicht ich war.

Ich kletterte in mein Stockwerk hinunter. Im Zimmer zu meiner linken Wand umstand ein Haufe Hotelbewohner fragend und tröstend die schreiende Frau des Abgeführten. Sie war vom Weinen bereits so blasig und rot wie ein Kobold. Sie schrie: „Mein Mann kam gestern nacht aus dem Var. Wir wollen morgen nach Brasilien. Er kam sogar auf einen Sauf-conduit. Er hatte kein Aufenthaltsrecht für Marseille, wozu auch? Wir wollten ja morgen weg. Und wenn wir um die Erlaubnis gefragt hätten? Wir wären ja längst auf dem Meer vor der Antwort! Und jetzt verlieren wir die Billette, und unser Visum läuft ab." Die Fragen verstummten und der Trost, weil es keinen vernünftigen gab. Man konnte den stumpfen Zügen der Legionäre, die auch dabei standen, ablesen, mit wieviel schreienden Frauen ihre Straßen von jeher gesäumt waren. Ich verstand kein Wort. Es war mir auch nicht verstehenswert, ein Gestrüpp von Unsinn, dürr und undurchdringlich.

IV

Die nächsten Tage glaubte ich fast, mein eigenes Leben sei etwas zur Ruhe gekommen. Yvonne schickte mir das Sauf-conduit. Ich fuhr mit dem Schein in die Rue Louvois auf das Fremdenamt. Ich kam zum zweitenmal, diesmal amtlich an. Ich wurde gestempelt. Der Beamte fragte mich nach dem Zweck meines Hierseins. Ich sagte, bereits gewitzt, ich sei gekommen, um meine Abreise vorzubereiten. Er gab mir, zwecks Vorbereitung der Abreise, das Aufenthaltsrecht in Marseille für vier Wochen. Die mir gewährte Zeit kam mir lang vor. Ich war fast glücklich.

Ich lebte ruhig und ziemlich allein in dieser Horde abfahrtssüchtiger Teufel. Ich trank meinen bitteren Kaffee-Ersatz oder meinen süßen Banjuls auf meinen hungrigen Magen und horchte entzückt auf das Hafengetratsch, das mich gar nichts anging. Es war schon kalt. Ich saß aber immer im Freien, im Winkel eines Fensters, geschützt vor dem Mistral, der einen von allen Seiten zugleich angriff. Das Stück blauen Wassers da unten am Ende der Cannebière, das also war der Rand unseres Erdteils, der Rand der Welt, die, wenn man will, vom Stillen Ozean, von Wladiwostok und China, bis hierher reicht. Sie heißt nicht umsonst die Alte Welt. Hier aber war sie zu Ende. Ich sah einen kleinen buckligen Kommis aus dem gegenüberliegenden Büro der Schifffahrtsgesellschaft heraustreten, um auf das dürre Täfelchen vor der Tür einen Schiffsnamen einzutragen, eine Abfahrtszeit. Sofort gab es hinter dem kleinen Buckel eine Schlange von Menschen, die alle hofften, gerade mit diesem Schiff unseren Erdteil hinter sich zu lassen, ihr bisher gelebtes Leben, womöglich für immer den Tod.

Wenn der Mistral allzu scharf blies, dann setzte ich mich hierher, in die Pizzaria, an diesen Tisch. Ich wunderte mich damals noch, daß eine Pizza nicht süß schmeckt, sondern nach Pfeffer, Oliven und Sardellen. Mir war leicht vor Hunger, ich war schwach und müde, fast immer ein wenig betrunken, denn ich hatte nur Geld für ein Stück Pizza und Roséwein. Ich hatte nur noch eine schwere Frage in diesem Leben zu lösen, sobald ich die Pizzaria betrat: Sollte ich mich auf den Platz setzen, auf dem Sie jetzt sitzen, mit dem Gesicht gegen den Hafen vor mir, oder auf den Platz, auf dem ich jetzt sitze, vor das offene Feuer? Denn beides hat seine Vorteile. Ich konnte stundenlang die weiße Häuserfront auf der anderen Seite des Alten Hafens betrachten hinter den Rahen der Fischerboote unter dem Abendhimmel. Ich konnte auch stundenlang zusehen, wie der Koch den Teig schlug und knetete, wie seine Arme hineintauchten in das Feuer, auf das man frisches Holz warf. Dann ging ich zu den Binnets hinauf, sie wohnen ja fünf Minuten weit. Binnets Freundin hatte gewürzten Reis für mich zurückgestellt oder auch eine Fischsuppe. Sie brachte Fingerhütchen voll echten Kaffees. Sie pflegte ihn aus der Monatsration herauszulesen, die ein Gemisch war von wenigen Kaffeebohnen und vielen Gerstenkörnern. Ich schnitzte etwas für den Jungen, damit er im Zusehen den Kopf an mich legte. Ich fühlte, wie mich das gewöhnliche Leben von allen Seiten umspannte, doch gleichzeitig fühlte ich auch, daß es für mich unerreichbar geworden war. Binnet kleidete sich unterdes für den Nachtdienst an. Wir stritten, worüber man sich damals stritt, ob den Deutschen die Landung in England gelingen werde, ob der Russenpakt von Dauer sei, ob Vichy den Deutschen Dakar als Flottenbasis abgebe.

Ich machte damals auch die Bekanntschaft eines Mädchens. Sie hieß Nadine. Sie hatte früher in der Zuckerfabrik mit Binnets Freundin gearbeitet. Sie war durch Schönheit und Schlauheit hochgekommen. Sie war jetzt Verkäuferin in der Hutabteilung des Warenhauses Les Dames de Paris. Sie war groß gewachsen, sie ging sehr aufrecht, stolz trug sie den klugen, schmalen blonden Kopf, sie war auch immer sehr schön gekleidet in ihrem dunkelblauen Mantel. Ich sagte ihr gleich, daß ich arm sei. Sie sagte, das werde vorerst nichts schaden, sie habe sich nun einmal in mich verliebt, das sei ja nun auch keine Ehe, bis daß der Tod uns scheidet. Ich holte sie jeden Abend um sieben ab. Wie gut gefiel mir damals ihr schöner, großer, kräftig nachgezogener Mund, der starke Geruch von frischem Puder, der gelblich rosa wie Schmetterlingsstaub auf ihrem Gesicht und ihren Ohren lag, die echten, nicht aufgemalten Schatten äußerster Müdigkeit unter den hellen, harten Augen! Ich hungerte gern den ganzen Tag, um sie abends ins Regence mitzunehmen, ihr Lieblingscafé, wo leider der Kaffee zwei Francs kostete. Dann gab es jedesmal einen kleinen Streit, ob wir auf ihr oder mein Zimmer gehen sollten. Die Legionäre schnalzten mit der Zunge, wenn ich mit Nadine vorüberging. Ich wuchs in ihren Augen durch den Besitz dieser Freundin. Sie stimmten, kaum daß wir uns niederlegten, ihr wüstes Gesinge an, um uns zu feiern oder zu ärgern oder beides zugleich. Nadine fragte mich, wer diese Teufel denn seien und was sie zusammensängen. Wie hätte ich ihr erklären können, was ich mir selbst nicht erklärte, daß mich etwas fortzog in diese Horde, weg von dem schönen Mädchen, das ich zufällig in meinem Arm hielt.

Binnet und ich hatten immer viel Spaß an unseren Frauen, von denen die eine so hell war wie die andere dunkel. Die Frauen aber waren eifersüchtig und konnten sich nicht leiden.

V

Inzwischen war der Monat zu Ende gegangen, für den man mir Aufenthalt gewährt hatte. Ich fühlte mich schon ganz eingemeindet. Ich hatte ein Zimmer, einen Freund, eine Geliebte. Doch der Beamte im Fremdenamt in der Rue Louvois war anderer Meinung. Er sagte: „Sie müssen morgen abfahren. Wir dulden hier in Marseille nur Fremde, die uns den Beweis erbringen, daß sie die Abfahrt beabsichtigen. Sie haben ja nicht einmal ein Visum, ja nicht einmal eine Aussicht auf ein Visum. Es liegt kein Grund vor, Ihren Aufenthalt zu verlängern." Da fing ich an zu zittern. Ich zitterte vielleicht im tiefsten Innern, weil der Beamte recht hatte. Ich war gar nicht eingemeindet. Mein Dach war fragwürdig in der Rue de la Providence. Meine Freundschaft mit dem Georg Binnet war unerprobt, meine Zärtlichkeit für den Knaben ein schwaches Gefühl, das zu nichts verpflichtete, und was Nadine anging, fing ich nicht schon an, ihrer müde zu werden? Das war dann die Strafe für die unverbindliche Flüchtigkeit meines Durchzugs – ich mußte fort. Ich hatte eine Bewährungsfrist bekommen, eine Probe, ich hatte sie schlecht genutzt. Da sah der Beamte auf, er sah, daß ich blaß geworden war. Er sagte: „Wenn Sie durchaus noch bleiben müssen, dann bringen Sie bitte sofort die Bescheinigung eines Konsulats, daß Sie hier auf Abfahrtspapiere warten."

Ich ging zu Fuß zurück bis zum Place d'Alma. Es war bitterkalt. Die Kälte des Südens, die nicht an die Tageszeit gebunden ist; denn manchmal kann der Mistral die Mittagssonne vereisen. Er griff mich von allen Seiten an, um meine schwächste Stelle zu finden. Ich brauchte also sofort den Nachweis der Abfahrt, damit man mich bleiben läßt. Ich ging die Saint-Ferréol hinunter. Soll ich mich in dieses Café setzen gegenüber der Präfektur? Ich gehöre nicht hierher. Es ist das Café der Abfahrtsbereiten, die nur noch auf der Visa-de-sortie-Abteilung zu tun haben oder gar auf dem amerikanischen Konsulat. Vielleicht ist heute abend mein Abschiedsfest mit Nadine. Ich brauche jeden Sou. Ich stand jetzt schon auf der Cannebière. Warum ging ich nicht zum Alten Hafen hinunter, warum in entgegengesetzter Richtung hinauf, zur protestantischen Kirche? Kam mir dadurch der Gedanke, zum Boulevard de la Madeleine abzubiegen? Wählte ich diese Richtung sofort, weil ich eben dorthin wollte? Die Menschen drängten sich vor dem trüben Haus, in dem sich das mexikanische Konsulat verbarg. Das Wappen über der Tür war fast erloschen, unkenntlich war der Adler. Der Pförtner fand mich sofort heraus mit seinem trockenen, klugen Blick, als trüge ich auf meiner Stirne das Geheimzeichen äußerster Dringlichkeit von irgendeiner den Konsulaten der Welt übergeordneten Behörde.

„Nein, ich bedauere", sagte der kleine Kanzler mit funkelnden Augen, „ich bedauere herzlich. Wir haben immer noch keine Bestätigung unserer Regierung, daß Sie mit Herrn Weidel identisch sind. Es handelt sich nicht um meine persönlichen Zweifel, um mein persönliches Vertrauen. Ich kann leider noch nichts für Sie tun." Ich sagte: „Ich bin nur gekommen –" Seine Blicke wetzten sich an den meinen. Ich fühlte so stark wie noch nie den Wunsch, noch schlauer zu sein als er, noch gerissener, mich unter allen Umständen durchzuschlagen.

Ich sagte: „Ich bin ja nur gekommen, um –" Er unterbrach mich: „Seien Sie vernünftig. Ich brauche die Benachrichtigung meiner Regierung, ich brauche –" „So hören Sie mich doch zu Ende an", sagte ich leise, ich fühlte selbst, daß jetzt mein Blick eine Spur fester, eine Spur zwingender war als der seine, „ich bin ja heute ausschließlich deshalb hierhergekommen, um eine Bescheinigung zu erbitten über die Verzögerung meiner Identifizierung zwecks Aufenthaltsverlängerung." Er dachte einen Augenblick nach. Dann sagte er: „Das kann ich Ihnen ohne weiteres geben. Entschuldigen Sie bitte!"

Ich lief mit meiner Bescheinigung in die Rue Louvois

zurück. Ich erhielt einen Monat Verlängerung. Mein Herz klopfte stark. Wie würde ich diesen Monat nutzen? Ich bin ja jetzt gewitzt.

Doch fand ich durchaus keinen Anhaltspunkt, wie ich mein Leben ändern könnte. Mit Nadine höchstens konnte ich etwas anders verfahren — das kam für mich selbst unerwartet. Ich hätte sie sicher als große Leidenschaft im Gedächtnis behalten, wenn ich hätte abfahren müssen. So aber, am Ende derselben Woche, war mir plötzlich der Geruch ihres Puders zuwider, es war mir zuwider, daß ihr nie, nie, selbst in meinen Armen nie eine Gebärde entschlüpfte, von der ihr Verstand nichts wußte, zuwider war mir das seitliche Lächeln, mit dem sie abends ihr schönes Haar aufwickelte. Ich fand einen Vorwand, ich ließ einen Abend ausfallen. Ich wußte nicht mehr recht weiter, ich wollte sie nicht kränken, sie war mir ja auch gut. Da kam sie mir selbst zur Hilfe. „Du mußt mir nicht böse sein, Kleiner", sagte sie, „aber jetzt auf Weihnachten — gibt es bei uns auch Sonntagsarbeit und Überstunden." Wir wußten, daß wir uns beide beschwindelten, und auch, daß solche Art Lüge viel besser, viel anständiger ist als die Wahrheit.

VI

Inzwischen war auch mein letztes Geld zu Ende gegangen. Ich machte mir immer noch keine Sorgen. Bei großem Hunger ging ich zu Binnets. Bei kleinem Hunger rauchte ich. Ich setzte mich nach dem nicht gegessenen Mittagessen vor das billigste Café. Der Kaffee-Ersatz war fürchterlich bitter und fürchterlich süß das Sacharin, trotzdem war ich damals zufrieden, ich war frei, mein Zimmer war für den Monat vorausbezahlt, ich war am Leben geblieben, ein dreifaches Glück, das wenige mit mir teilten.

Vor meinen Augen strömte sie an, mit ihren zerrissenen Fahnen aller Nationen und Glauben, die Vorhut der

Flüchtlinge. Sie hatten ganz Europa durchflüchtet, doch jetzt vor dem schmalen, blauen Wasser, das unschuldig zwischen den Häusern glitzerte, war ihre Weisheit zu Ende. Denn keine Schiffe, nur eine schwache Hoffnung auf Schiffe bedeuteten die mit Kreide notierten Namen, die auch immer sofort ausgelöscht wurden, weil irgendeine Meerenge vermint oder eine neue Küste beschossen wurde. Schon rückte der Tod immer dichter nach mit seiner noch immer unversehrten, knarrenden Hakenkreuzfahne. Mir aber, vielleicht weil ich ihm schon einmal begegnet war und ihn überholt hatte, mir schien es, auch er, der Tod, sei seinerseits auf der Flucht. Wer aber war ihm auf den Fersen? Mir schien es, ich brauchte nur Zeit zum Warten, und ich könne auch ihn überleben.

Ich zuckte zusammen, als jemand meine Schulter berührte: mein Kapellmeister von der Kurkapelle in Carácas. Er trug bei Tag eine dunkle Sonnenbrille, die seine Totenkopf-Augenhöhlen bodenlos machte. „Da sind Sie ja immer noch", sagte er. Ich erwiderte: „Sie doch auch." – „Man hat mir gestern mein Visa de sortie gegeben. Eine halbe Woche zu spät." – „Zu spät?" – „Weil mir mein Visum Anfang der Woche ablief. Der Konsul verlängert es nur, wenn mir meine Kapelle den Arbeitsvertrag erneuert." – „Das tut sie jetzt nicht mehr?" Er sagte ganz erschrocken: „Warum nicht? Doch. Die Komitees haben telegrafiert. Wenn ich's nur in einem Monat schaffe. Sonst ist mir wieder das Visa de sortie abgelaufen. Sie werden alles am eigenen Leib verspüren." – „Ich? Wozu?" Er lachte und ging weiter. Er ging so greisenhaft langsam, daß mir vorkam, er könne die Cannebière nie überqueren, geschweige denn Länder und Meere. Ich döste in der Sonne. Wie lange läßt mich der Wirt bei einem einzigen kleinen Kaffee sitzen? Wovon bin ich denn erschöpft? Ich bin doch jung. Vielleicht haben doch die Leute recht, die auf Schiffe steigen. Ich würde schon fertig werden, ich, mit diesen Dämonen, den Konsuln. Da gab es mir einen Ruck.

Aus dem gegenüberliegenden Café, dem Mont Vertoux, kam das Paulchen heraus. Er sah gut aus. Er war neu gekleidet. Ich sprang über die Cannebière, ich zog ihn an meinen Tisch. Er war zwar nie mein Freund, keineswegs. Er war aber mit mir im Lager gewesen, er war auch mit mir in Paris gewesen unter den Deutschen. Jetzt hätte ich ihn beinahe geküßt. Er aber sah mich an – so unverbindlich. Er war auch eilig. „Das Komitee", sagte er, „schließt um zwölf. Was gibt's denn schon wieder?" – Schon wieder? dachte ich. Ich verstand, daß er gar nicht begriff, daß das unser erstes Wiedersehen war, so viele Menschen sah er zum erstenmal wieder an jedem Tag. „Wie geht's dir denn, Paulchen?" Da wurde er munter. „Furchtbar! Ich bin in der furchtbarsten Lage." Er setzte sich an meinen Tisch, da er merkte, er hatte in mir einen Mann gefunden, dem er alles noch einmal erzählen konnte. „Ich machte, als ich hier ankam, mein Gesuch um Aufenthaltserlaubnis. Ich wollte es ganz besonders korrekt machen. Ich wollte durchaus in Ordnung sein. Ich reichte dieses Gesuch auf dem Fremdenamt ein. Und weil mir dazu ein Beamter riet, reichte ich ein zweites Gesuch bei dem Präfekten persönlich ein. Mehr, dachte ich, kann man nicht tun. Ich bekam auch auf beide Gesuche Antwort. Aber was für eine Antwort! Das Fremdenamt gab mir den neuen Ausweis, hier sieh, da steht draufgedruckt: ‚Zwangsaufenthalt in Marseille.' Die Präfektur ließ mich rufen und druckte auf meine alte Karte: ‚Muß zurück in sein Ursprungsdepartement.'" Ich lachte los. Das Paulchen sagte fast weinend: „Du hast gut lachen. Ich aber, ich muß aus dem Land. Ich bin auf der Gefährdetenliste. Man gibt mir aber mein Visa de sortie nicht. Denn auf der Präfektur bin ich ausgewiesen." – „Dann fahr doch zurück in dein letztes Departement und komm von neuem hier an!" – „Das kann ich doch nicht", klagte Paul, „gerade auf diesem Ausweis, den ich zum Fahren brauche, steht ja gedruckt: ‚Zwangsaufenthalt in Marseille.' Hör doch auf zu lachen! Zum Glück sind Freunde dabei, für mich die Dinge zu ordnen, höchst angesehene Freunde. Ich habe schließlich das Danger-Visum."

Das letzte Wort war mein Stichwort. Ich sah uns zusammen sitzen in Paris auf dem Carrefour de l'Odéon. Das mußte in uralten Zeiten gewesen sein. Ich hatte mich mit den Papieren des Toten herumgetrieben, seinen Namen verwertet. Es hätte ebensogut ein anderer, mir zufällig nützlicher Name sein können. Zum erstenmal gedachte ich wieder des Mannes selbst, des toten Mannes, in Ehrfurcht und Trauer.

„Warum bist du, Paul, damals nicht mehr in die Capoulade gekommen? Mit deinem Freund, weißt du, dem Weidel, das war eine schlimme Sache." — „Ja", sagte Paul, „das ist eine schlimme Welt." — „Sie ist ziemlich schlimm. Und dabei hat nun dieser Mann ein Visum, ein schönes Visum auf dem mexikanischen Konsulat." — „So? Eigentlich sonderbar. Hat er kein Visum nach den Staaten? Nach Mexiko fahren doch nur —" — „Weißt du Paul, ich glaube, da hast du recht gehabt, ich verstehe ja nichts von Kunst. Ich glaube aber, dein Freund, der Weidel, der hat was davon verstanden."

Paul sah mich sonderbar an. „Du hast das ganz richtig ausgedrückt, er *hat* einmal etwas davon verstanden. Seine letzten Arbeiten sind — wie soll ich es nennen? — etwas blasser." — „Ich verstehe gar nichts davon, Paul, ich habe nur einmal etwas von diesem Weidel gelesen, das letzte, was er schrieb. Ich verstehe nichts davon. Mir gefiel es." — „Wie heißt es?" — „Ich weiß nicht." — Da sagte Paul: „Ich bezweifle stark, daß ein Mann seiner Art in Mexiko jemals schreiben kann." Ich schwieg vor Überraschung. Ich brauchte mich also nicht zu schämen, wenn unser Wiedersehen dürftig ausfiel. Das Paulchen wußte nicht einmal, daß Weidel tot war. Er konnte vielleicht auch nichts davon wissen im Wirbel des Krieges. Oder doch? Er hätte doch fragen und forschen müssen und keine Ruhe geben. Der Tote war doch seinesgleichen. Ich verstand jetzt noch besser, warum dieser Weidel alles satt gehabt hatte. Sie hatten ihn sicher schon vorher gründlich allein gelassen. Paul sagte: „Die Hauptsache ist: Er hat ein Visum." Wir schwiegen, und während wir schwiegen, surrte mein Kopf. Ich sagte: „Mit dem Visum klappt es auch noch nicht. Das Visum lautet auf seinen Schriftstellernamen." – „Solche Fälle kommen oft vor. So heißt er in Wirklichkeit gar nicht Weidel? Das wußte ich nicht." – „Du weißt eine Menge Sachen nicht, Paul." Ich sah ihm in die Augen. Ich dachte: Du bist ja dumm, Paulchen. Das ist es ja, was dir fehlt. Sonst nichts. Das ist ja dein verborgenes Gebrechen. Daß ich noch nicht darauf gekommen bin! Weil du klug redest, klug daherkommst. Die Dummheit leuchtet dir aus den braunen Augen. „Wie heißt er denn in Wirklichkeit?" fragte Paul. Ich dachte: Ob dein Freund lebt oder stirbt, darauf warst du nicht neugierig, doch dieser Namenstratsch, der erfüllt dich mit Neugier. Ich erwiderte: „Er heißt Seidler." – „Sehr sonderbar", sagte Paul, „daß jemand sich Weidel nennt, wenn er Seidler heißt. Ich werde mein Komitee veranlassen, da ich selbst dort als Vertrauensperson fungiere, daß es sich dieses Falles annimmt." – „Wenn du das fertigbrächtest, Paulchen, du, der du soviel Macht hast – soviel Einfluß auf soviel Menschen." – „Ich habe einen bestimmten Einfluß auf einen bestimmten Menschenkreis. Weidel soll bei uns vorbeikommen." Der Paul hat sich irgendwo eingebaut, dachte ich, hinter einem Schreibtisch verschanzt. Hab ich ihn denn nicht selbst immer in hilflosen Lagen getroffen? In Paris? In der Normandie? Er ist dumm. Gewiß. Eben darum macht er gar keine Abschweifung. Er gebraucht all sein bißchen magere Kraft, das ihm gewährte bescheidene Quantum von Menschenverstand, sich an irgend jemand, an irgend etwas zu heften, was ihm schließlich immer heraushilft. In Paris war's, wenn ich mich recht erinnere, ein Seidenhändler, der Mann der besten Freundin – Ich sagte: „Weidel geht nicht so leicht mehr unter Menschen. Er ist ja scheu. Erledige du, der du alles kannst, der du sehr gewitzt bist, die Sache für ihn. Es dreht sich nur um ein Telegramm –" – „Ich werde mein Komitee veranlassen. Wenn ich auch sagen muß, daß ich für Weidels Scheuheit, wie du das nennst, nichts übrig habe. Ich halte sie für gekünstelt. Du scheinst inzwischen sein Kuli geworden zu sein." – „Was bin ich inzwischen geworden?" – „Sein Kuli. Das kennen wir. Weidel hat immer seinen Kuli gefunden, bis sie mit Heidenkrach auseinandergingen. Er versteht es, die Leute zu verzaubern – aber nur auf Frist. Selbst seine eigene Frau." – „Was ist das eigentlich für eine Frau, Paulchen?" Er dachte nach. „Sie ist nicht nach meinem Geschmack. Sie ist –" Ich fühlte grundlos ein leises Unbehagen. Ich unterbrach ihn rasch: „Also gut, du wirst für den armen Weidel tun, was in deiner Macht steht. Du hast ja eine gewisse Macht über einen gewissen Menschenkreis. Kannst du mir auch ein paar Francs pumpen?" – „Mein Lieber, da steh du nur ein paar Stunden Schlange an auf irgendeinem Komitee." – „Bei was für einem Komitee?" – „Du lieber Himmel! Bei den Quäkern, bei den Juden von Marseille, bei der Hicem, bei der Hayas, bei den Katholiken, bei der Heilsarmee, bei den Freimaurern." Er entfernte sich eilig. Er war im Nu die Cannebière hinuntergespült.

VII

Beim Heimkommen hielt mich die Wirtin an. Ich hatte von dieser Frau stets nur den Kopf und den Busen wahrgenommen, die Teile ihrer äußeren Erscheinung, die in dem Fenster über der hohen Stiege sichtbar waren. Von diesem Platz aus verfolgte sie gleichgültig aufmerksam das Auf und Ab ihrer Gäste. Sie schwatzte, ich hätte Glück gehabt, die Polizei sei wiedergekommen, sie hätten die Zimmernachbarin mitgenommen. – Warum? – Weil sie durch die Verhaftung ihres Mannes bei der letzten

Razzia ohne männlichen Schutz in der Stadt lebt. Und alle Frauen, die ohne eigene Männer und ohne genügende Ausweise hier in Marseille entdeckt werden, die sperrt man ein in dem neuen Frauenlager, dem Bompard.

Der Wirtin war alles offenbar herzlich gleichgültig. Sie legte sich jeden Franc zurück, den sie aus ihren unsicheren Gästen herausholte, um sich so bald wie möglich ein Spezereigeschäft einzurichten. Vielleicht stand sie auch im Bunde mit einem der Polizisten, dem Führer der Razzien, mit dem sie, die über uns alle Bescheid wußte, die Prämie für jeden Menschenfang teilte. So lebte sie ganz unternehmend in ihrem stillen Schlupfwinkel. Und alle Klagen und alle Verzweiflung der Festgenommenen verwandelten sich in ihren Gedanken zuletzt in Erbsen, Seife und Makkaroni.

Die nächsten Tage versuchte ich Paulchens Rat zu befolgen. Doch fielen auf allen Komitees meine Versuche kläglich aus. Anfangs erzählte ich allen, ich erwartete Arbeit auf einer Farm, ich brauchte nur ein klein bißchen Geld, um solange hier durchzuhalten. Darauf zuckten alle die Achseln. Ich bekam nichts und hatte nicht einmal Geld für Zigaretten. Darauf schlug ich endlich die Lehren in den Wind, die mir meine Eltern gegeben hatten und die mir immer noch im Blut steckten: daß der Mensch standhalten müsse, seine Sache immer erst aufgeben, wenn es unumgänglich geworden sei. Ich aber fing jetzt gleich an zu erzählen, daß ich alles aufgeben wolle und abreisen. Das begriffen alle. Hätte ich sie um Geld gebeten für eine Hacke, damit ich noch mal mein Glück versuchte auf einem Rübenacker, irgendwo auf der alten Erde, sie hätten mir bestimmt keine fünf Francs für die Hacke gegeben. Sie belohnten allein die Abfahrtsbereiten, die alles aufgaben. Also stellte ich mich von nun an abfahrtssüchtig, worauf ich Geld genug bekam für die Wartezeit auf das Schiff. Ich zahlte mein Zimmer, ich kaufte mir Zigaretten und Bücher für Binnets Jungen.

Mein zweiter Marseiller Monat ging noch nicht zu

Ende, war aber gehörig angebrochen. Inzwischen hatte mir Marcel geschrieben, er stehe mit seinem Onkel nicht schlecht, ich könne im Frühjahr vielleicht auf die Farm. Doch hätte ich diesen Grund meines Wartens auf dem Fremdenamt angegeben, ich wäre sicher eingesperrt worden oder weiß der Teufel wohin zurückgeschickt. Denn Flüchtlinge müssen weiterfliehen, sie können nicht plötzlich Pfirsiche ziehen. Ich brauchte zur Verlängerung meines Aufenthaltes zum zweitenmal eine Bescheinigung, daß ich hier auf ein Visum wartete. Ich mußte also wohl oder übel noch einmal aufs mexikanische Konsulat. An dieser Bescheinigung ist nichts Arges, dachte ich damals, ich nehme sie niemandem weg. Sie wird mich Atem holen lassen. Inzwischen können unzählige Dinge geschehen, die mein Leben verändern. Vielleicht kann ich früher auf Marcels Farm. Es kommt darauf an, daß ich meine Freiheit bewahre. So dachte ich, so denken wir alle seit Jahren. Im schlimmsten Fall wird es ein Stempel sein auf einem Stück Papier. Dem Toten wird es nicht weh tun. Ich aber bekomme dadurch die sicherste, nützlichste Aufenthaltsverlängerung. Ich glaubte fest, mein Leben könne sich echt verwurzeln mit einer echten Aufenthaltsverlängerung. Ich hätte sogar den Trieb des Fortzugs verloren.

Mein Herz klopfte stark, als ich den Boulevard de la Madeleine hinaufging. Ich glaubte zuerst, ich hätte mich in der Nummer geirrt. Kein Wappenschild mehr! Das Tor geschlossen!

Ein Haufen Menschen stand auf der Straße, vom Wind durchblasen, unschlüssig, bestürzt. Sie stöhnten mir entgegen: Das Konsulat ist wegen Umzug geschlossen. Es gibt keine Visen. Wir können nicht fort. Vielleicht fährt diese Woche das letzte Schiff. Vielleicht kommen morgen die Deutschen. – Der bärtige Prestataire trat hinzu. Er sagte: „Beruhigt euch doch, ihr Leute. Die Deutschen kommen vielleicht, doch sicher fährt jetzt kein Schiff. Mit Visen oder ohne. Geht heim, ihr Leute!"

Sie aber, als ob der Wind sie zwar drehe und schüttele, doch gleichzeitig auf der Stelle zusammenhalte in einem Wirbel von Angst, sie warteten noch, als lasse sich das verschlossene Tor erweichen. Sie waren so bleich und durchgefegt, als sei das erwartete Schiff nun die letzte Fähre über den dunklen Strom, doch selbst diese Fähre sei ihnen verwehrt, weil sie noch ein wenig lebendig waren, zu seltsamen Leiden bestimmt.

Sie trotteten endlich auseinander. Ein alter großer Mann blieb zurück mit glänzend weißen Haaren. Er sagte finster: „Ich hab genug. Sie meinen doch nicht, ich soll jetzt noch einmal auf das neue Konsulat gehen? Meine Kinder sind alle krepiert im Bürgerkrieg. Beim Übergang über die Pyrenäen starb mir die Frau. Ich verstehe alles. Ich weiß nicht warum, mich trifft nichts. Nur finden Sie, junger Mann, daß es großen Zweck für mich hat, mich mit meinen weißen Haaren, mit meinem zerrissenen Herzen hier in Marseille herumzuschlagen mit diesen törichten Männern, den Konsuln?" – „Der kleine Kanzler ist nicht töricht", erwiderte ich, „er behandelt Sie sicher mit Ehrerbietung." – „Es handelt sich um das Transit", sagte der alte Mann. „Wenn man mir hier auch das Visum gibt, muß ich mich dort um das Transit anstellen. Ich könnte den Wunsch nie unterdrücken, das Schiff möge unterwegs untergehen. Sie finden doch nicht, daß es Zweck für mich hat, jetzt noch einmal auf das Konsulat zu gehen, das man neu eröffnen wird?" Ich erwiderte: „Es hat keinen Zweck." Er sah mich starr an und ging weg.


VIII

Auch ich ging weg. Ich ging ein paar Schritte die Straße hinunter. Da fuhr die Elektrische an mir vorbei. Sie hielt fünf Meter von mir entfernt. Es gab an der Haltestelle eine kleine Verzögerung. Man half jemand beim Aussteigen. Ich schrie: „Heinz!"

Denn wirklich: Heinz, nachdem man ihn auf das Pflaster gestellt hatte mit seinen zwei Krücken, kam langsam den Boulevard de la Madeleine herauf, er erkannte mich auch, doch war er zu atemlos, um zu rufen.

Er war noch mehr zusammengeschrumpft seit unserer gemeinsamen Lagerzeit. Sein Kopf sah noch schwerer aus, seine Schultern waren noch dünner. Bei seinem Anblick erschien es mir neu und merkwürdig, wieso das Leben eingesperrt ist in einem zerbrechlichen Körper, den man verstümmeln und quälen kann. Ja, eingesperrt. Die Helligkeit seiner Augen spottete über diese Gefangenschaft, sein großer Mund war verzogen vor Anstrengung.

Im Lager hatte ich oft versucht, diese Augen auf mich zu ziehen mit den lächerlichsten Mitteln. Sie pflegten sich rasch und entschieden auf den einzelnen Menschen zu richten in hellster Aufmerksamkeit, um etwas in ihm zu suchen und auch zu finden, was jedesmal die ohnedies scharfe Helligkeit dieser Augen noch heller machte, wie wenn ein Licht frischen Stoff zum Brennen bekommt. Ich habe vielleicht gerade deshalb immer wieder einen neuen Zufall gesucht, der diesen Blick auf mich lenkte. Denn selbst in mir fand er etwas, ich weiß nicht was, wovon ich selbst nicht mehr wußte, daß es noch immer in mir vorhanden war, und daß es noch immer in mir vorhanden war, merkte ich eben auch nur, solang dieser Blick auf mir ruhte, an seiner etwas schärferen Helligkeit. Dabei war mir klar, daß Heinz wenig mit mir zu schaffen hatte. Ihm gefielen Eigenschaften, die mir abgingen, die für mich nichts bedeuteten. Mindestens war ich damals davon überzeugt, daß sie für mich nichts bedeuteten. Ich meine: unbedingte, für mich damals sinnlose und langweilige Treue, Zuverlässigkeit, die mir uneinhaltbar dünkte, unbeirrbarer Glaube, der mir kindisch und nutzlos vorkam wie das Herumschleppen alter Fahnen auf uferlosen Schlachtfeldern. Jedesmal hatte sich Heinz von mir weggedreht mit einer Bewegung, die mir bedeutete: Ein Mensch bist zwar auch du, aber —

Mein Hochmut hatte mich dann so lange abgehalten, mich ihm von neuem zu nähern, bis das andere Gefühl wieder stärker geworden war als mein Hochmut. Ich hatte wieder versucht, seine Augen auf mich zu ziehen, manchmal durch Hilfsbereitschaft, manchmal durch Albernheiten. Das kam mir alles ins Gedächtnis, als Heinz die paar Schritte auf mich zuging. Ich hatte die letzte Zeit Heinz fast vergessen, vergessen, was mich mit ihm verband. Ja, in Paris, auch noch unterwegs, hatte ich viel an ihn gedacht, hatte ihn unbewußt gesucht in den gottverlassenen Horden, die die Straßen und Bahnhöfe füllten. In Marseille war er mir aus dem Kopf gekommen. Denn umgekehrt, wie man gewöhnlich annimmt, vergißt man zuweilen das Wichtigste rasch, weil es still in einen übergeht, weil es sich unmerkbar mit einem vermischt, während einem unwichtige Dinge oft durch den Sinn gehen, weil sie unvermischt an einem haftenbleiben.

Als Heinz seinen Kopf kurz an mich lehnte — er konnte seine Hände nicht frei machen — und sein Blick mich wieder traf, da verstand ich auf einmal, was sein heller werdender Blick suchte und fast sofort wiederfand: mich selbst und sonst gar nichts, und ich wußte auf einmal auch zu meiner unendlichen Beruhigung, daß ich immer noch da war, daß ich nicht verlorengegangen war, in keinem Krieg und in keinem Konzentrationslager, in keinem Faschismus, in keinem Herumgeziehe, in keinem Bombardement, in keiner Unordnung, wie gewaltig sie auch gewesen war, ich war nicht verlorengegangen, nicht verblutet, ich war da, und auch Heinz war da.

„Wo kommst du her?" fragten wir beide. Heinz sagte: „Ich bin von oben her nach Marseille hereingefahren, vor deinen Augen ausgestiegen. Denn ich muß zuerst auf das mexikanische Konsulat."

Ich erklärte ihm, das Konsulat sei auf ein paar Tage geschlossen. Wir setzten uns in ein kleines schmutziges Café. Damals gab es noch Kuchenverkauf an vier Wochentagen. Ich lief weg. Heinz lachte, als ich mit einem großen Paket zurückkam. „Ich bin ja doch kein Mädchen." Ich merkte, daß er schon lange nicht mehr dergleichen gegessen hatte. Er erzählte: „Meine Freunde haben mich vor den Deutschen hergetragen. Sie wechselten untereinander ab. Wir sind über die Loire gekommen. Ich litt unterwegs, du kannst es mir glauben, daß ich ihnen zur Last war. Doch dann an der Loire, da war ein Fischer, der sagte, er bringe uns nur hinüber um meinetwillen. So glich es sich dann wieder aus. Da war freilich einer unter uns, du erinnerst dich wohl an den Hartmann, der mußte zurückbleiben, weil das Boot voll war. Er ließ mich mitfahren und blieb zurück." – „Das ist doch sonderbar", sagte ich, „daß du schließlich rascher als ich warst. Mich haben die Deutschen überholt." – „Du warst wahrscheinlich allein. Damit ich nicht noch einmal in ein Lager rutschte, versteckte man mich in einem Dorf in der Dordogne. Jetzt hat man mir das Visum verschafft. Warum muß das Konsulat geschlossen sein, wenn ich ankomme?" Er sah mich kurz an, lachte und sagte: „Ich hab manchmal an dich unterwegs gedacht." – „Du an mich?" – „Ja, ich habe an alle gedacht, auch an dich. Wie du immer unruhig gewesen bist, immer auf dem Sprung. Heute dieser Einfall, morgen ein anderer. Ich war sogar überzeugt davon, daß ich dich irgendwo noch einmal wiedersehe. Was machst du hier? Willst du auch abfahren?" Da erwiderte ich: „Keine Spur! Ich muß sehen, was aus allem wird. Ich muß sehen, wie das alles ausgeht." – „Wenn nur unser Leben ausreicht, um diesen Ausgang zu sehen. Ich bin im Laufe der Ereignisse stark beschädigt worden. Ich kann dir nicht sagen, wie mir das Fahren bitter wird. Mein Name steht auf der Auslieferungsliste der Deutschen. Ich würde trotzdem irgendwo bleiben, wenn ich noch meine zwei Beine hätte. So lauf ich als mein eigener Steckbrief herum."

Ich sagte: „Ich kenne die Stadt schon gut. Gibt es etwas, wobei ich dir helfen kann? Du willst dir aber am Ende nicht einmal von mir helfen lassen." Er lächelte, sah mich genau an, und seine Augen glänzten noch einmal genau so hell wie vorhin auf der Straße beim ersten Wiedersehen. Ich spürte auch noch einmal, daß es doch noch diesen Stoff in mir gab, der seine Augen heller machte. „Ich kenne dich ja genug, um zu wissen, was du auch sonst treibst, was du auch sonst für Unfug treibst, was du dir auch für einen Unsinn aussheckst, daß du mich trotzdem unter gar keinen Umständen je im Stich lassen wirst." Warum hat er mir das nicht früher schon einmal gesagt, dachte ich, früher, bevor wir alle in dieser Mühle gemahlen wurden? Ich fragte ihn, ob er Papiere hätte. „Ich habe einen Entlassungsschein aus dem Lager." — „Wie kommst du denn zu dem Entlassungsschein? Wir sind doch alle zusammen nachts über die Mauer." — „Einer von uns war so klug, in der letzten Minute, als schon alles drunter und drüber ging, einen Packen blanker Entlassungsscheine einzustecken. Ich hab mir einen ausgefüllt. Auf den Schein bekam ich den Aufenthalt im Dorf, auf den Aufenthalt meinen Sauf-conduit." Er hatte noch ein paar dieser Scheine in der Tasche. Er gab mir einen ab. Er erklärte mir, daß man vermeiden müsse, über den Stempel wegzuschreiben. Man müsse vielmehr den vorgestempelten Schein so ausfüllen, daß der Stempel auf der Schrift zu sitzen scheine.

Ich bat Heinz um ein Wiedersehen. „Vielleicht brauchst du mich, ich kenne viele Quartiere im Alten Hafen, ich kenne manche Schliche. Ich möchte außerdem mit dir sprechen. Mir gehen die Dinge im Kopf herum, ich werde nicht mit ihnen fertig." Heinz sah mich aufmerksam an. Plötzlich wurde mir klar, daß es ziemlich schlecht mit mir stand. Ich machte mir nicht viel draus, aber ich konnte vor mir selbst nicht länger ableugnen, daß es schlecht mit mir stand. Ich hatte nur diese eine Jugend, und sie ging daneben. Sie verflüchtigte sich in den Konzentrationslagern und auf den Landstraßen, in den öden Hotelzimmern bei den ungeliebtesten Mädchen und vielleicht noch auf Pfirsichfarmen, wo man mich höchstens duldete. Ich fügte laut hinzu: „Mein Leben geht ganz daneben."

Heinz bestellte mich für denselben Tag in der nächsten Woche, für die gleiche Stunde an denselben Ort. Ich freute mich kindisch auf das Wiedersehen. Ich zählte die Tage. Trotzdem bin ich schließlich nicht hingegangen. Es ist mir etwas dazwischengekommen.

# Viertes Kapitel

I

Georg Binnet kam plötzlich spätabends zu mir. Er war der einzige Mensch in Marseille, der wußte, wo ich wohnte. Doch war er noch nie in mein Zimmer gekommen. Soweit war damals unsere Freundschaft noch nicht gediehen. Der Junge sei plötzlich erkrankt, eine Art Asthma, an dem er bisweilen litt, doch nie so schwer wie diesmal. Er brauche dringend einen Arzt. Der alte Arzt in der Nachbarschaft sei ein versoffener Schmutzfink, er sei vor zehn Jahren von der Marine hinausgeworfen worden und im korsischen Viertel gelandet. Claudine behaupte, unter den deutschen Flüchtlingen gebe es gute Ärzte. Ich möchte einen in meiner Umgebung ausfindig machen.

Ich hing an dem Jungen vom ersten Tag ab. Um seinetwillen verbrachte ich Stunden um Stunden auf den albernsten Komitees, um von dem dort erbeuteten Geld, das man für Abfahrtsvorbereitungen austeilte, die Dinge zu kaufen, die ihm fehlten. Ich schielte, wenn ich mit Binnets sprach, nach dem Fenster hin, wo er saß und lernte. Ich wählte auch unwillkürlich die Worte, die er verstehen konnte. Ich nahm ihn manchmal auf Bootsfahrten mit oder hinaus in die Berge. Zuerst war er ziemlich schweigsam gewesen. Ich glaubte, das jähe Zurückwerfen seines Kopfes, das Aufleuchten seiner Augen bedeute nichts mehr als das Spiel eines jungen Pferdes. Doch auch als bloßes Spiel erschien es mir gut. In dieser heruntergekommenen Welt beschwichtigte mich manchmal schon ein ruhiger, noch unschuldiger Blick, die sanfte und stolze Bewegung, mit der mir Claudine den Reis anbot, das überraschte Lächeln des Knaben, wenn ich eintrat. Dann merkte ich, daß ihm nichts entging, daß er sich über uns mehr im klaren war als wir über ihn. Jetzt kam mir die Krankheit, die ich gewiß übertrieb, wie ein Anschlag auf sein Leben vor, wie ein Versuch, ich weiß nicht welcher Macht, vielleicht ganz einfach der groben blöden gemeinen Wirklichkeit, sich seiner zu entledigen, die leuchtenden, unbequemen Augen für immer zu schließen. Ich war noch besorgter als Georg, den Arzt zu finden. Ich fragte in meinem Hotel. Man schickte mich in die Rue du Relais, eine winzige Gasse am Cours Belsunce. Dort wohnte im Aumage auf 83 ein ehemals berühmter Arzt, der frühere Leiter des Dortmunder Krankenhauses. Der Ausdruck „ehemals" hatte mich auf einen alten Mann gefaßt gemacht. Ich vergaß, daß für diese Art Menschen die Zeit umschlug mit ihrer Ausreise aus der Heimat. Als ich vor der Tür 83 stand, hörte ich auf mein Klopfen die junge, ängstliche Stimme einer Frau, die ihren Gefährten beruhigte. Wahrscheinlich fürchteten beide eine Razzia um diese ungewöhnliche Stunde. Man öffnete mir zunächst, ohne herauszukommen. Ich sah nur den blauen seidenen Saum auf einem dünnen Handgelenk. Ich fühlte eine leise Regung von Eifersucht, wie sie mich manchmal grundlos befällt, vielleicht, weil dieser mir fremde Arzt so nützlich und fähig war, daß er gebraucht wurde, vielleicht, weil er nicht einmal alt war und die Frau, die ich gar nicht sah, vielleicht sanft und schön. Ich sagte: „Man braucht einen Arzt", und die Stimme der Frau wiederholte, wie mir schien, mit einem Anflug von Freude: „Man braucht einen Arzt."

Gleich darauf kam der Mann heraus, er hatte ein rechtes Arztgesicht. Sein Haar war zwar schon ziemlich grau, doch sein Gesicht war jung. Mit dieser Jugend hatte es allerdings seine besondere Bewandtnis. Schon vor tausend, vor zweitausend Jahren hatte ein Arzt nicht anders ausgesehen, dasselbe Kopfnicken, derselbe aufmerksame, genaue, zugleich unbeteiligte Blick, der sich schon unzählige Male auf einzelne Menschen gerichtet hat, auf das am einzelnen Menschen, worauf auch der Zweifler den Finger legen kann, die körperlichen Leiden. Wir gaben an jenem Abend kaum aufeinander acht. Er fragte mich kurz nach dem Kranken. Für seine Begriffe war meine Auskunft ungenau. Ich war verwirrt durch meine Zuneigung für den Jungen.

Wir überschritten schweigend das rohe, halb angelegte Gelände des Cours Belsunce. Auf der Nordseite standen immer noch Wagen von Flüchtlingen. Wäsche war aufgespannt. Hinter einem der Wagenfenster brannte noch Licht. Wir hörten im Innern lachen. Mein Begleiter sagte: „Die Leute haben schon längst vergessen, daß ihre Wagen Räder haben. Sie betrachten jetzt diese Ecke des Cours Belsunce als ihre Heimat." — „Bis sie ein Polizist wegjagt." — „Auf die andere Seite des Cours Belsunce. Bis sie ein anderer Polizist auf die andere Seite zurückjagt. Sie haben wenigstens keinen Ozean zu überqueren wie wir." — „Wollen Sie, Doktor, auch einen Ozean überqueren?" — „Ich muß." — „Warum müssen Sie?" — „Weil ich Kranke heilen will. In einem Krankenhaus in Oaxaca wird man mir eine Abteilung geben. Läge das Krankenhaus am Belsunce, dann brauchte ich nicht über den Ozean." — „Wo liegt denn das?" — „In Mexiko", sagte er ganz erstaunt, und ich sagte noch erstaunter: „Da wollen Sie auch hin?" — „Ich habe einmal in alten Zeiten den Sohn eines hohen Beamten dieses Landes geheilt." — „Ist es schwer, dahin zu kommen?" — „Geradezu teuflisch schwer. Es gibt kein direktes Schiff. Die Schwierigkeit liegt beim Transit. Man braucht wahrscheinlich ein amerikanisches Schiff. Man muß über Spanien nach Portugal fahren. Jetzt heißt es freilich bisweilen, es gebe da noch eine andere Route: ein französisches Schiff nach Martinique, von dort über Kuba." Ich dachte: Dieser

Mann ist Arzt mit Leib und Seele. Er kann den Menschen helfen. Das ist eine andere Abfahrt als die meines Prager Totenschädels, der noch einmal einen Taktstock schwingen will.

Auf dem Baugrundstück zwischen der Maternité und dem arabischen Café lagen die beiden Clochards, die auch bei Tage dort immer lagen. Ihre tagsüber zum Betteln erhobenen Arme waren unter den Köpfen gekrümmt. Sie schlafen gleichwohl in der Heimat, was sie auch betroffen haben mag. Sie schämen sich ebensowenig wie Bäume sich schämen, die verschimmeln und vermodern. Ihre Bärte sind verlaust, ihre Haut hat sich mit Schuppen bedeckt. So wenig wie Bäumen ist ihnen der Gedanke gekommen, ihre Heimat zu verlassen.

Wir überquerten die Rue de la République, die jetzt völlig leer lag. Der Arzt sah sich aufmerksam um in dem schwarzen Gassengewimmel am Alten Hafen, um sich später ohne mich heimzufinden. Die Nacht war still und kalt.

Ich schlug den Türklopfer in der Rue du Chevalier Roux. Der Arzt warf einen scharfen Blick auf Claudine, die Frau, deren Kind er heilen sollte. Dann ging er rasch durch die winzige Küche auf sein Ziel los, das Bett des Kindes. Er bedeutete uns, ihn allein zu lassen. Georg war bereits in der Mühle. Claudine stützte den Kopf auf den Küchentisch. Ein dünner Streifen zartesten Rosas, die Innenfläche der Hand, lief ihr Kinn entlang. Ich hatte sie immer nur mit den Augen wahrgenommen wie eine Blume oder eine Muschel, jetzt erst, durch den gemeinsamen Kummer, verwandelte sie sich in eine gewöhnliche Frau, die über Tag auf Arbeit war, für Mann und Kind sorgte, sich abplagte. Für Georg bedeutete sie nichts Zauberhaftes, viel weniger und viel mehr. Sie fragte mich nach dem Arzt aus, und ich, aus Eifersucht, übertrieb im Lob. Er trat darauf selbst in die Küche. Er tröstete Claudine in ungeschminktem Französisch, die Krankheit sehe sich schwerer an, als sie sei, man müsse sich nur davor hüten, das Kind, mit was auch, zu beunruhigen. Mir schien diese letzte Bemerkung auf mich gemünzt, obwohl er mich überhaupt nicht beachtete und ich mir auch nicht die geringste Schuld zuschreiben konnte. Er kritzelte ein Rezept. Ich begleitete ihn trotz seinem Widerspruch bis zur Rue de la République. Er beachtete mich auch jetzt nicht, er stellte auch keine Fragen über die Familie Binnet, als ob er dergleichen Fragen nicht schätzte und alles aus eigener Wahrnehmung lernen wollte. Ich fühlte mich wie ein Schuljunge, dem ein Neuer gefällt, obwohl er sich über den Mangel an Beachtung ärgert. Ich kaufte noch in der Nacht die geforderte Arznei aus dem Komiteegeld für die Vorbereitung meiner Abreise.

Als ich wieder zu Binnets hinaufkam, war das Kind schläfrig und beruhigt. Der Arzt hatte ihm für den nächsten Tag ein Schema des menschlichen Körpers versprochen, das man auseinandernehmen konnte. Der Knabe redete noch im Einschlafen von dem Arzt. Ich dachte, der Mann ist nur zehn Minuten hier gewesen, da gibt es schon eine neue Welt, Versprechungen, frische Träume.

II

Ich komme jetzt auf das Wichtigste. Es war am 28. November. Ich habe das Datum behalten. Mein zweiter Aufenthaltsschein sollte in kurzem ablaufen. Ich grübelte, was ich machen solle. Noch einmal neu ankommen auf den Lagerentlassungsschein, den mir Heinz geschenkt hatte? Zu den Mexikanern hinaufgehen? Ich setzte mich in den Mont Vertoux. In diesem Café saß ich jetzt vier- bis fünfmal die Woche.

Ich kam von den Binnets. Das Kind war damals schon fast gesund. Wir hatten mit dem Arzt, ich will nicht sagen Freundschaft geschlossen, dazu war er doch der Mann nicht – aber ganz gute Bekanntschaft. Er machte uns Spaß, er war anders als wir. Er erzählte immer zunächst von dem

Stand seiner Abreise. Es gab auch bei ihm immer neue Zwischenfälle. Er sehe, sagte er, Tag und Nacht die weiße Wand eines neuen Krankenhauses, die Kranken ohne Arzt. Seine Besessenheit gefiel mir. Seine Selbstüberschätzung belustigte mich. Der Arzt war bereits so vertraut mit dem Ort seiner späteren Wirksamkeit, daß er annahm, wir müßten es auch sein. Er hatte sein Visum bereits im Paß. Der Knabe drehte sich, wenn die Visengespräche begannen, mit dem Kopf zur Wand. Ich war damals noch so töricht, anzunehmen, daß sie ihn maßlos langweilten.

Sobald der Arzt seinen Kopf auf die Brust des Kindes legte, um es abzuhorchen, wurde er selbst ruhig und vergaß seine Visen. Sein Gesicht, das gespannte Gesicht eines abgehetzten Mannes, der von irgendeinem Wahn behext ist, bekam einen Ausdruck von Weisheit und Güte, als richte sich plötzlich sein ganzes Dasein nach Weisungen anderer Ordnung als der von Kanzleibeamten und Konsuln.

Ich dachte an die Umstände dieser Abreise und an meinen eigenen Aufenthalt. Das Café Mont Vertoux liegt Cannebière, Ecke Quai des Belges. Was später kam, warf keinen Schatten voraus, weit eher ein klares Licht, das mich und alles an jenem Nachmittag erhellte, auch das Müßigste und Belangloseste meines ohnedies belanglosen müßigen Daseins.

Zwischen mir und dem Büfett gab es zwei Tische. An einem saß eine kleine Frau mit zottigem Haar, die immer da saß um dieselbe Zeit und immer den Stuhl schräg stellte und immer jedem dasselbe erzählte mit immer neuem Schreck in den Augen: wie sie ihr Kind bei der Evakuation von Paris verloren hatte. Sie hatte es auf ein Soldatenauto gesetzt, weil es müde geworden war. Da waren die deutschen Flieger gekommen, die Straße war bombardiert worden. Der Staub! Das Geheul! Und dann war das Kind nicht mehr da. Man hatte es erst Wochen später weitab in irgendeinem Gehöft gefunden, es würde nie mehr werden wie andere Kinder. An ihrem Tisch saß ein langer vertrackter Tscheche, der wollte durchaus nach Portugal, doch nur, um von dort nach England zu fahren, wo er mitkämpfen wollte, was er jedem zuflüsterte. Ich horchte sogar eine Weile hin, halb gelähmt vor Langeweile. Am anderen Tisch saß eine Gruppe von Einheimischen. Sie waren zwar nicht Marseiller, doch Festgesetzte, die hier ganz gut von der Furcht und der Abfahrtswut der Neuankömmlinge lebten. Sie erzählten sich lachend von einem Schiffchen, das zwei junge Ehepaare, die Männer waren gemeinsam aus dem Lager geflohen, für höllisch viel Geld gemietet hatten. Doch die Verkäufer hatten sie betrogen, das Schiffchen hatte ein Leck. Sie kamen bis an die spanische Küste. Da mußten sie wieder zurück. Sie fuhren noch in die Rhonemündung hinein, da wurden sie von der Küstenwache beschossen und bei der Landung gestellt. Ich hatte diese Geschichte auch schon hundertmal erzählen hören. Neu war mir nur der Schluß: Die Männer waren gestern zu zwei Jahren Bagno verurteilt worden. – Der Teil des Cafés, in dem wir saßen, stieß an die Cannebière. Ich konnte von meinem Platz aus den Alten Hafen übersehen. Ein kleines Kanonenboot lag vor dem Quai des Belges. Die grauen Schornsteine standen hinter der Straße zwischen den dürren Masten der Fischerboote über den Köpfen der Menschen, die den Mont Vertoux mit Rauch und Geschwätz erfüllten. Die Nachmittagssonne stand über dem Fort. Hatte der Mistral wieder begonnen? Die vorübergehenden Frauen hatten ihre Kapuzen hochgezogen. Die Gesichter der Menschen, die durch die Drehtür hereinkamen, waren gespannt von Wind und von Unrast. Kein Mensch bekümmerte sich um die Sonne über dem Meer, um die Zinnen der Kirche Saint-Victor, um die Netze, die auf der ganzen Länge des Hafendamms zum Trocknen lagen. Sie schwatzten alle unaufhörlich von ihren Transits, von ihren abgelaufenen Pässen, von Dreimeilenzone und Dollarkursen, von Visa de sortie und immer wieder von Transit. Ich wollte aufstehen und fortgehen. Ich ekelte mich. – Da schlug meine Stimmung um. Wodurch? Ich weiß nie, wodurch bei mir dieser Umschlag kommt. Auf einmal fand ich all das Geschwätz nicht mehr ekelhaft, sondern großartig. Es war uraltes Hafengeschwätz, so alt wie der Alte Hafen selbst und noch älter. Wunderbarer, uralter Hafentratsch, der nie verstummt ist, solange es ein Mittelländisches Meer gegeben hat, phönizischer Klatsch und kretischer, griechischer Tratsch und römischer, niemals waren die Tratscher alle geworden, die bange waren um ihre Schiffsplätze und um ihre Gelder, auf der Flucht vor allen wirklichen und eingebildeten Schrecken der Erde. Mütter, die ihre Kinder, Kinder, die ihre Mütter verloren hatten. Reste aufgeriebener Armeen, geflohene Sklaven, aus allen Ländern verjagte Menschenhaufen, die schließlich am Meer ankamen, wo sie sich auf die Schiffe warfen, um neue Länder zu entdecken, aus denen sie wieder verjagt wurden; immer alle auf der Flucht vor dem Tod, in den Tod. Hier mußten immer Schiffe vor Anker gelegen haben, genau an dieser Stelle, weil hier Europa zu Ende war und das Meer hier einzahnte, immer hatte an dieser Stelle eine Herberge gestanden, weil hier eine Straße auf die Einzahnung mündete. Ich fühlte mich uralt, jahrtausendealt, weil ich alles schon einmal erlebt hatte, und ich fühlte mich blutjung, begierig auf alles, was jetzt noch kam, ich fühlte mich unsterblich. Doch dieses Gefühl schlug abermals um, es war zu stark für mich Schwachen. Verzweiflung überkam mich, Verzweiflung und Heimweh. Mich jammerten meine siebenundzwanzig vertanen, in fremde Länder verschütteten Jahre.

Am Nebentisch erzählte jetzt jemand von einem Dampfer namens „Alesia", der, unterwegs nach Brasilien, von den Engländern in Dakar gestoppt worden war, weil er französische Offiziere an Bord gehabt hatte. Jetzt endeten alle Passagiere in einem afrikanischen Lager. Wie munter war der Berichterstatter! Wahrscheinlich weil diese Leute nicht ankamen, so wenig wie er selbst. Ich hatte auch diese Geschichte bereits unzählige Male anhören müssen. Ich sehnte mich nach einem einfachen Lied, nach Vögeln und Blumen, ich sehnte mich nach der Stimme der Mutter, die mich gescholten hatte, als ich ein Knabe gewesen war. O tödliches Getratsche! Die Sonne verschwand jetzt hinter dem Fort Saint-Nicolas.

Es war sechs Uhr nachmittags. Ich sah gleichgültig über die Leute weg auf die Tür. Sie drehte sich wieder auf. Eine Frau kam herein. Was soll ich Ihnen darüber sagen? Ich kann nur sagen: sie kam herein. Der Mann, der sich das Leben nahm in der Rue de Vaugirard, hat es anders ausdrücken können. Ich kann nur sagen: sie kam herein. Sie werden von mir auch keine Beschreibung verlangen. Ich hätte übrigens an diesem Abend nicht sagen können, ob sie blond oder dunkel gewesen war, eine Frau oder ein Mädchen. Sie kam herein. Sie blieb gleich stehen und sah sich um. Auf ihrem Gesicht lag ein Ausdruck von angespannter Erwartung, fast von Furcht. Als hoffe und fürchte sie, jemand an diesem Ort zu finden. Was für Gedanken sie auch bewegen mochten, mit Visen hatten sie nichts zu tun. Sie ging zuerst quer durch den Teil des Raumes, den ich selbst überblicken konnte, der an den Quai des Belges stieß. Ich sah noch den spitzen Zipfel ihrer Kapuze gegen das große, jetzt graue Fenster. Ich wurde von Angst ergriffen, sie könne nie mehr zurückkommen, es gebe dort in dem anderen Teil des Raumes eine Tür, die ins Freie führe, sie könne nur einfach hindurchgegangen sein. Sie kam aber gleich drauf wieder zurück. Der Ausdruck von Erwartung in ihrem jungen Gesicht ging bereits in Enttäuschung über.

Bisher, wenn eine Frau an den Ort kam, wo ich war, eine Frau, die mir wohl gefallen konnte, doch nicht zu mir kam, dann ist es mir immer gelungen, festzustellen, daß ich sie dem gönnte, dem sie gefiel, daß mir nichts Unersetzliches abging. Die Frau, die eben an mir vorbeiging, gönnte ich niemand. Es war für mich furchtbar, daß sie hereingekommen war, aber nicht zu mir, es gab nur etwas, was ebenso furchtbar hätte sein können: wenn sie nicht hereingekommen wäre. Sie sah sich jetzt noch einmal genau in dem Teil des Raumes um, in dem ich selbst saß. Sie suchte alle Gesichter ab, alle Plätze, wie Kinder suchen, zugleich gründlich und ungeschickt. Wer war der Mensch, nach dem sie verzweifelt suchte? Wer war imstande, so stark erwartet zu werden, so bitter zu enttäuschen? Ich hätte den Mann, der gar nicht vorhanden war, mit Faustschlägen bearbeiten mögen. – Zuletzt entdeckte sie unsere drei etwas abseitigen Tische. Sie sah sich die Menschen an diesen drei Tischen aufmerksam an. So töricht es war, ich hatte einen Augenblick die Empfindung, ich selbst sei der, den sie suchte. Sie sah mich auch an, aber leer. Ich war der letzte, den sie ansah. Sie ging jetzt wirklich hinaus. Ich sah noch einmal ihre spitze Kapuze draußen vor dem Fenster.

III

Ich ging zu Binnets hinauf. Der Arzt saß auf dem Kinderbett. Er hatte bereits seinen unvermeidlichen Tagesbericht über den Stand seiner Transitangelegenheit abgelegt. Sein grauer, kurz geschorener Kopf lag an dem blanken dunklen Körper des Knaben, und während er horchte, verklärte sich sein von Transitsorgen entstelltes Gesicht, sein Ausdruck von Hast und Zuspätkommens- und Zurückbleibensfurcht verwandelte sich in das Gegenteil: unendliche Geduld. Sein Wunsch, unter allen Umständen abzufahren, so rasch wie möglich, wer auch zurückbleiben möchte, verwandelte sich in Güte. Er schien mit nichts anderem beschäftigt zu sein und sich auch nichts anderes zu wünschen, als auf die Geräusche zu horchen, die ihn belehrten, wie dieser Knabe zu heilen sei. Der Knabe war auch still geworden; denn er bekam von dem Arzt die Beruhigung zurück, die er ihm selbst gewährt hatte. Der Arzt hob schließlich sein Gesicht, gab dem Kind einen leichten Klaps, zog sein Hemd herunter und wandte sich dann an die Familie. Denn er behandelte den Georg Binnet, da er nun einmal da war und sonst kein anderer, ganz als den Vater des Kindes. Mir erschien es sogar, er habe nicht bloß die Beziehungen Georgs zu dem Kind, selbst die zu seiner Geliebten etwas verändert, indem er beide an Eltern Statt einsetzte, da nun einmal bei einem kranken Kind Eltern gebraucht werden; er hatte fast unmerklich alle Verhältnisse in diesem Zimmer verändert, um die Heilung des Kindes zu beschleunigen. Doch wenn hier keine Krankheit mehr herrschen würde, dann waren ihm wieder alle gleichgültig.

Er erklärte gerade den Eltern, womit man das Kind ernähren solle. Ich saß auf Claudines Kohlenkiste. Ich hörte mir alles an. Ich betrachtete alles. Ich war plötzlich scharfsinnig geworden und hellhörig. So flüchtig war das gewesen, was ich soeben erlebt hatte, daß nichts mehr davon in mir zurückblieb als ein dünnes, gleichmäßiges Brennen und gleichzeitig, als sei ich plötzlich ausgedörrt, ein Gefühl von Durst. Ich fühlte plötzlich eine verrückte Eifersucht auf den Arzt. Ich war eifersüchtig auf ihn, weil er den Jungen heilte, der ihm vermutlich, einmal geheilt, vollständig einerlei wäre, und weil er eine gewisse Macht auf die Menschen ausübte, nicht durch Schliche und List, sondern durch Wissen und Geduld. Ich war eifersüchtig auf seine Kenntnisse, auf seine Stimme, an der der Junge jetzt hing. Ich war eifersüchtig, weil er anders als ich war, weil er nicht litt, weil sein Mund nicht ausgedörrt war; weil etwas in dem Mann steckte, was ich mein Eigen nie nennen würde, so wenig er sich selbst jemals allein vernünftige Visen, Transits und Aufenthaltserlaubnisse beschaffen könnte.

Ich unterbrach ihn grob. Ich behauptete, daß die Heilkunst nichts tauge, ja, überhaupt nicht existiere. Nie sei ein Mensch in Wirklichkeit durch einen Arzt geheilt worden, sondern durch irgendwelche Zufälle. Er sah mich scharf an, als wolle er die Diagnose meiner Leidenschaft stellen. Dann sagte er ruhig, daß ich recht hätte. Er könne selbst nichts anderes tun, als von dem Kranken alles fernhalten, was seine Heilung störe, höchstens mit größter Vorsicht hinzufügen, was ihm mangle an Leib und Seele. Doch selbst, wenn ihm das alles gelinge, bleibe etwas, vielleicht das Wichtigste, was aber kaum zu erklären sei, etwas, was weder von seinem Kranken abhänge noch von ihm selbst, sondern von der ewig gegenwärtigen Fülle alles geliebten Lebens. Wir horchten auf – da fuhr der Arzt zusammen, sah nach der Uhr, rief uns zu, er habe eine Verabredung mit dem Sekretär des Konsuls von Siam, und der Konsul von Siam sei der Freund des Chefs einer Spedition, welche Visen nach Portugal ohne amerikanisches Transit ausgebe. Er lief hinaus, Georg lachte, das Kind drehte sich zur Wand.

IV

Der nächste Tag war wind- und sonnenlos. Die Luft war so grau wie das Kanonenboot, das immer noch am Alten Hafen lag. Die Leute wurden nicht müde, es anzustarren, als ob es ihnen erzählen könnte, was der Admiral Darlan mit ihm beabsichtigte; die Engländer näherten sich der tripolitanischen Grenze. Ob Frankreich seinen Hafen Biserta freiwillig den Deutschen überlasse, ob es sich weigere, ob die Deutschen darauf jetzt auch den Süden Frankreichs besetzen würden, das waren die Fragen des Tages. Falls das letzte geschah, dann könnten die Engländer uns die Stadt zusammenknallen. Alle Transitsorgen wären zunächst gelöst. Ich ging in den Mont Vertoux. Mein gestriger Platz war frei. Ich rauchte, und ich wartete. Das Warten am selben Ort war unsinnig. Wo hätte ich aber sonst warten sollen?

Die Stunde war längst vorüber, in der die Frau gestern gekommen war. Mir war es unmöglich, aufzustehen. Die Glieder wie Blei. Vom törichten Warten gelähmt. Viel-

leicht blieb ich jetzt nur noch sitzen, weil ich todmüde war. Das Café war stickvoll. Es war Donnerstag, Alkoholerlaubnis. Ich hatte selbst ziemlich viel getrunken.
Da trat Nadine an meinen Tisch, meine alte liebe Nadine. Wollen Sie, daß ich Nadine beschreibe? Ich sehe sie vor mir, wann ich will. Sie war und ist mir einerlei. Sie fragte mich, was ich die ganze Zeit getrieben hätte. – „Konsulate besucht." – „Du? Seit wann willst du denn fahren?" – „Was soll ich denn sonst tun, Nadine? Alle fahren. Soll ich in einem eurer dreckigen Lager verrekken?" – „Meine Brüder sind auch in Lagern", beruhigte mich Nadine, „einer im besetzten Gebiet, einer in Deutschland. Jede Familie hat ein paar Männer hinter Stacheldraht. Ihr Ausländer seid alle sonderbar. Ihr wartet nie ab, bis die Sachen von selbst vorbeigehen." Sie fuhr mir leicht übers Haar. Ich wußte nicht, wie ich sie wegschicken könnte, ohne sie allzusehr zu verletzen. Ich sagte: „Wie du schön bist, Nadine, dir ist's sicher inzwischen gut gegangen." Sie erwiderte mit einem schlauen Lächeln: „Ich hab Glück gehabt." Sie bückte sich, daß sich unsere Gesichter berührten. „Er ist bei der Marine. Seine Frau ist viel älter als er. Außerdem ist sie ihm jetzt in Marrakesch hängengeblieben. Er sieht gut aus. Leider ist er viel kleiner als ich." Sie machte eine Bewegung, die sie in den Dames de Paris gelernt hatte. Sie schlug ihren Mantel ein wenig zurück, so daß man die helle Seide sah, mit der er gefüttert war, und ihr neues sandfarbiges Kleid. Ich war verblüfft durch diese eindeutige Darstellung eines irdischen Glücksfalls. Ich sagte: „Mach dir den Mann ja nicht scheu! Er wartet." Sie fand, das schade nichts, doch schließlich gelang es mir trotzdem, sie wegzubringen durch eine Verabredung auf acht Tage später. Ich hatte dabei das Gefühl, daß diese Verabredung nie zustande komme. Ich hätte mich ebensogut auf acht Jahre später verabreden können.
Ich sah Nadine, die Cannebière aufwärts, noch einmal draußen am Fenster vorbeigehen. Man ließ gleich darauf

die Läden herunter: Verdunkelungsvorschrift. Mir war es beklemmend, nicht mehr das Meer zu sehen und die Schatten auf der Straße. Ich fühlte mich überlistet, eingesperrt mit allen Dämonen, von denen der Mont Vertoux heute abend bevölkert war. Durch meinen müden, vom Warten zermalmten Kopf schoß ein einzelner klarer Gedanke, daß ich, wenn jetzt ein Fliegergeschwader die Stadt beschießen würde, hier nicht mit ihnen zusammen sterben wollte. Doch schließlich war auch das einerlei. Worin unterschied ich mich denn von ihnen? Daß ich nicht abfahren wollte? Auch das war nur halb wahr. – Auf einmal begann mein Herz zu klopfen. Es hatte früher als meine Augen verstanden, wer eben eintrat. Sie kam wie gestern eilig herein, auf der Flucht oder auf der Suche. Ihr junges Gesicht war so stark gespannt, daß es mich schmerzte. Ich dachte, als wäre sie meine Tochter: Das alles taugt nichts für sie, nicht der Ort, nicht die Stunde. Sie suchte den ganzen Mont Vertoux ab, indem sie von Tisch zu Tisch ging. Sie kehrte in meine Nähe zurück, bleich vor Verzweiflung. Doch fing sie gleich wieder zu suchen an, allein und ratlos, in dieser Rotte aus einem Sack entflohener Teufel. Sie trat dicht an meinen Tisch. Ihr Blick ruhte jetzt auf mir. Ich dachte: Sie sucht mich, wen sonst? Doch schon war ihr Blick von mir abgezogen. Sie lief schon hinaus.

V

Ich ging in die Rue de la Providence. Mein Zimmer erschien mir kahl und leer, als hätte man mich inzwischen beraubt. Auch mein Kopf war leer. Denn nicht einmal ein genaues Bild war mir im Gedächtnis zurückgeblieben. Selbst diese Spur war verloren.

Wie ich da saß vor dem kahlen Tisch, da klopfte es an die Tür. Ein Unbekannter trat ein, untersetzt, mit einer Brille. Er fragte mich, ob ich zufällig wisse, wohin seine Frau verschwunden sei, ihr Zimmer sei plötzlich leer.

Aus seinen Fragen entnahm ich, daß er der Mann war, den ich in Handschellen hatte abführen sehen von meinem Versteck auf dem Dach aus. Ich fing nun vorsichtig an, ihm zu erklären, daß jetzt leider seine Frau verhaftet sei. Er geriet in äußerste Wut. Ich hatte wahrhaftig Angst, er ersticke mit seinem gedrungenen Hals. Man hatte ihn selbst, gekettet, in sein Ursprungsdepartement zurückgebracht, doch war der Beamte dort guter Laune gewesen und hatte gerufen: „Laßt ihn laufen!" Er hatte gehofft, doch noch das Schiff zu erwischen, jetzt hatte man ihm die Frau in das Lager Bompard verschleppt, auf daß man Kaution für sie zahle, zu deutsch das Lösegeld. Er lief sofort in die Stadt, um Freunde aufzutreiben. Wie ich ihn beneidete! Die kleine dickliche Frau war unzweifelhaft sein. Sie saß fest, wenn auch im Lager. Sie konnte sich nicht verflüchtigen. Er konnte sich die Beine nach ihr ablaufen. Er konnte sich seinen dicken Kopf zerbrechen, um sie zurückzubekommen.

Ich aber, ich hatte nichts, woran ich mich halten konnte. Ich legte mich zu Bett, weil ich fror. Ich wünschte mir ihr Gesicht zurück, einen Schimmer ihrer Gestalt. Ich suchte und suchte im dünnen, bitteren Rauch meiner Zigaretten, der langsam das Zimmer füllte. Das Haus war ausgestorben. Die Legionäre waren weg auf irgendwelche gemeinsame Belustigungen. Es war einer jener Abende, an dem sich alles von einem zurückzieht wie auf Verschwörung.

## VI

Ich wachte auf von einem Hundegejaul. Es wurde noch schlimmer, als ich klopfte. Ich sprang hinaus, mir Ruhe zu verschaffen. Ich fand das Nebenzimmer besetzt von zwei mächtigen Doggen und einem häßlich grell gekleideten Weib mit frechen Augen und schiefen Schultern. Ich hielt sie für die Angehörige einer der kleinen schäbigen Bühnen, die in den Gassen hinter dem Hafen allerlei

Unsinn darbieten. Ich machte ihr auf französisch klar, daß ihre Tiere mich störten. Darauf erwiderte sie im schnoddrigsten Deutsch, ich müsse mich leider daran gewöhnen, die Tiere seien nun mal ihre Reisegefährten, sie wünsche selber nicht mehr, als nach erteiltem Transit nach Lissabon mit ihnen abzuziehen. Ich fragte sie, ob sie denn dermaßen an diesen zwei Kötern hänge, daß sie sie durch die ganze Welt mitschleife. Sie lachte und rief: ,,Ich könnte sie auf der Stelle schlachten. Doch bin ich durch eine Reihe merkwürdiger Zufälle an sie gefesselt. Ich hatte bereits ein Billett für die Export-Line. Mein amerikanisches Visum war bewilligt. Doch als ich mich zur Verlängerung neuerdings zu dem Konsul begebe, da heißt es, ich brauche ein neues, ein einwandfreies Affidavit, eine moralische Bürgschaft, das Zeugnis amerikanischer Bürger, daß ich völlig makellos sei. Wo sollte ich, eine Frau, die immer allein lebt, zwei amerikanische Bürgen hernehmen, die für mich ihre Hand ins Feuer legen, daß ich nie Geld unterschlagen habe, den Russenpakt verdamme, den Kommunisten nicht gewogen bin, nicht war und nicht sein werde, keine fremden Männer in meinem Zimmer empfange, ein sittliches Leben führe, führte und führen werde? Ich stieß in ziemlich verzweifeltem Zustand auf ein altes Paar aus Boston, die wohnten einmal im Sommer mit mir an einem Ort an der Küste, der Mann ist etwas bei der Electromotor, das ist etwas, was der Konsul achtet. Die wollten sofort mit dem Klipper weg, so wenig gefiel es ihnen noch hier, nur liebten sie ihre zwei Hunde, doch die durften nicht in den Klipper. Wir klagten uns unsere beiden Verzweiflungen, da war uns beiden zu helfen. Die beiden amerikanischen Menschen bekamen von mir das Versprechen, die Hunde heil über den Ozean zu bringen auf einem gewöhnlichen Schiff, und ich bekam die moralische Bürgschaft. Sie werden jetzt ohne Zweifel verstehen, warum ich diese zwei Hunde, die meine Bürgen sind, wasche, bürste, hege. Ich würde sie auch mit mir über den Ozean schleppen, wenn sie Löwen wären."

Ich ging, ein wenig erheitert, hinaus in den kalten Vormittag. Ich wählte der Billigkeit halber ein schäbiges kleines Café, das doch auf der Cannebière liegt, dem Mont Vertoux gegenüber. Ich starrte hinaus auf die volle Straße. Der Mistral trieb bald einen jähen Regen gegen die Menge, bald ebenso jähes Licht. Die Scheibe des Cafés klirrte. Ich war mit meinen Gedanken auf dem Fremdenamt, wo ich morgen mein Glück versuchen wollte, vielleicht mit dem mir von Heinz geschenkten Lagerentlassungsschein.

Auf einmal erschien auf der Schwelle die Frau, an die ich gerade einmal nicht gedacht hatte. Sie hatte das schäbige kleine Café, in dem es außer mir nur drei Straßenarbeiter gab, die vor dem Regen geflüchtet waren, mit einem Blick übersehen, so daß sie nicht einmal eintrat. In der Kapuze erschien ihr Gesicht noch kleiner und bleicher.

Ich trat auf die Straße. Die Frau schien bereits in der Menge verschwunden. Ich lief die Cannebière hinauf und hinunter. Ich stieß in die Menschen, ich störte sie auf in ihrem Abfahrtsgetratsch, in ihren Konsulatsprozessionen. Ich sah die hohe spitze Kapuze weit von mir entfernt am Ende der Cannebière. Ich lief ihr nach, sie verschwand auf dem Quai des Belges. Ich folgte ihr auf den Quai die Treppen hinauf, durch die kahlen, langen Straßen bis zur Kirche Saint-Victor. Da blieb sie stehen im Tor der Kirche bei den Kerzenhändlerinnen. Ich sah jetzt, daß sie gar nicht die Frau war, die ich suchte, sondern ein fremdes häßliches Weib mit verschrumpelten geizigen Zügen. Ich hörte auch, daß sie sogar um die Kerzen feilschte, die für ihr Seelenheil brennen sollten.

Ich setzte mich, als ein Regen anbrauste, auf die nächste Kirchenbank. Ich weiß nicht, wie lange ich da sitzen blieb, den Kopf in den Händen. So war ich denn wieder einmal am Rand angelangt, am Rand meiner Unternehmungen. Trotzdem trieb ich das alte Spiel immer weiter, selbst auf dem Rand. Mir fiel auch ein, daß ich heute morgen Heinz hätte treffen sollen. Doch längst war die Stunde verpaßt und mit der Stunde, so kam es mir vor, das Beste, was mir bestimmt war. Wie kalt es hier war! Nicht nur in der Kirche Saint-Victor, auch in dem halboffenen Tor war tiefe Regendämmerung. Der Mistral knickte sogar hier drinnen die Kerzenflämmchen auf den Altaren. Wie leer war das mächtige Kirchenschiff, und doch kamen immer neue Menschen von außen, wohin verschwanden sie nur? Ich hörte einen schwachen Gesang, von dem ich nicht wußte, woher er kam, denn die Kirche blieb leer. Die Kirchgänger wurden von einer Mauer verschluckt. Ich folgte ihnen die Treppe hinunter in die Erde, die an dieser Stelle Fels war. Je tiefer wir kamen, desto deutlicher wurde auch der Gesang. Schon fiel aus der Krypta das flackrige Licht auf die Stufen. Wir mußten jetzt unter der Stadt sein, ja, wie mir deuchte, unter dem Meer.

Dort hielten sie ihre Messe. Verwitterte Kapitäle uralter Säulen verwandelten sich in dem dünnen Geriesel aus Rauch in die Fratzen der heiligen Tiere. Der uralte Priester trug einen weißen Bart und eine kostbar bestickte, weiße Stola. Er glich einem jener ewig uralten Priester, die in der heiligen Handlung betroffen werden, wenn ihre unheilige Stadt auf den Meeresgrund sinken muß, weil sie die Drohungen dessen verachtet hat, der diesen Felsen gründete. In ewiger bleicher Jugend, die nie heranreifen darf, trugen Chorknaben singend ihre Kerzen um die Säulen herum. Das dünne Geriesel vor unseren Gesichtern wurde zu zittrigem Wellenschlag. Gewiß, das Meer rauschte über uns. Auf einmal war der Gesang zu Ende. Mit jener gleichzeitig schwachen und harten Stimme, die Greisen eigen ist, begann der Priester uns zu beschimpfen wegen unserer Feigheit und unserer Verlogenheit und unserer Todesangst.

Auch heute kamen wir nur hierher, weil dieser Ort uns

sicher dünke. Doch warum ist dieser Ort denn sicher? Warum hat er denn die Zeit überstanden, die Kriegszüge von zwei Jahrtausenden? Weil der, der um das Mittelmeer in viele Felsen sein Haus schlug, die Furcht nicht gekannt hatte.

„Ich bin dreimal gestäupt, einmal gesteinigt, dreimal hab ich Schiffbruch erlitten, Tag und Nacht zugebracht in der Tiefe des Meeres, ich bin in Gefahr gewesen durch Flüsse, Gefahr durch Mörder, Gefahr unter Juden, Gefahr unter Heiden, Gefahr in den Städten, Gefahr in der Wüste, Gefahr auf dem Meere, Gefahr unter falschen Brüdern."

Die Adern traten dem Greis aus der Stirn, seine Stimme erlosch. Die Kirche schien immer tiefer zu sinken, und furchtsam und zitternd vor Scham und Angst horchten die Menschen gleichsam auf das erbitterte Schweigen des Greises. Da fing der Gesang der Knaben an in seiner unerträglichen Engelsreinheit, sinnlose Hoffnung in uns erweckend, solange der Ton verschwebte. Und dumpf und Reue erweckend erwiderte ihm ein furchtbarer Ton aus der tiefen Brust des Greises.

Ich rang nach Atem. Ich wollte nicht auf dem Meeresgrund klebenbleiben, ich wollte dort oben zugrunde gehen mit meinesgleichen. Ich stahl mich hinauf. Die Luft war kalt und klar. Die Sintflut hatte aufgehört. Der Mistral hatte ausgeblasen. Die Sterne glänzten schon in den Zinnen des Forts Saint-Nicolas, das der Kirche Saint-Victor gegenüber liegt.

VII

Der Junge durfte am nächsten Tag zum erstenmal ausgehen. Claudine bat mich, ihn in die Sonne zu führen. Der Auftrag gefiel mir. Wir stiegen langsam die Cannebière auf der Sonnenseite hinauf. Die alte Eintracht war wieder da, fast ohne Anlaß, ein einfacher Wunsch, die Cannebière möge endlos sein, die Nachmittagssonne stillstehen, der Kopf des Jungen an meinen Arm gelehnt bleiben. Er zog die Beine ein wenig träge und redete nur, wenn ich fragte. Er wolle einmal Arzt werden, sagte er. Ich fühlte sofort eine Regung von Eifersucht, obwohl ich wieder sein ganzes Vertrauen besaß und den ruhigen vollen Blick seiner Augen. Er war inzwischen so müde geworden, daß ich ihn beinahe nachzog. Ich lud ihn ein in ein Café am Cours d'Assas. Es gab leider keine Schokolade zu trinken, keinen Fruchtsaft, nur irgendein dünnes, grünlich gefärbtes Zeug. Und trotzdem erglänzte ein Anflug von Freude auf seinem Gesicht, die kostbaren Dingen zu gelten schien, wie man sie selten im Leben findet. Ich liebte ihn sehr. Ich sah über seinen Kopf durch das Fenster auf den mit gewundenen Bäumen bestandenen, noch immer sonnigen Platz. Gerade drängte sich eine Menschenmenge vor einem großen Haus. „Was ist denn dort los?" fragte ich. „Dort? Gar nichts", sagte der Kellner. „Das sind nur Spanier. Sie stehen Schlange vor dem mexikanischen Konsulat."

Ich ließ den Jungen bei seinem grünlichen Saft. Ich ging hinüber. Ich sah an dem hohen Portal hinauf zu dem großen Wappenschild. Zu meinem Erstaunen glänzte es frisch, der Staub war von ihm abgefallen. Ich konnte jetzt sogar eine Schlange erkennen im Schnabel des Adlers. Die Spanier ihrerseits sahen mir zu und lächelten. Nur einer sagte ärgerlich: „Halten Sie die Reihe ein, mein Herr!" Ich trat also in die Reihe. Ich hörte vor und hinter mir reden, dieselben Sätze, die ich vor Monaten schon gehört hatte, vor dem Konsulat in Paris. Jetzt hieß es von neuem und mit noch größerer Gewißheit, von Marseille sollten Schiffe nach Mexiko abfahren. Man nannte auch wieder ihre Namen: „Republica", „Esperanca", „Passionaria". Bestimmt mußten diese Schiffe abgehen, da man selbst auf den Namen beharrte, nie würden sie mit einem Schwämmchen abgewischt werden von den Tafeln der Schiffahrtsgesellschaften, nie würden ihre Bestimmungshäfen in Flammen aufgehen, für sie gab es keine unpassierbaren Meerengen. Auf einem solchen Schiff wäre auch ich gern gefahren, mit solchen Mitreisenden.

Da stand ich auch schon im Portal. Der Türhüter sprang auf mich zu, als hätte er mich erwartet. Der lederne magere Mann aus dem Boulevard de la Madeleine war kaum wiederzuerkennen. Er sah stolz aus und gut gekleidet, was unser aller Hoffnung auf Abfahrt bestärkte. Man führte mich in die Kanzlei. Sie war jetzt kein schlichtes Zimmer mehr, sondern ein Ehrfurcht gebietender Raum mit Schaltern und einer Schranke. Und hinter der Schranke, an einem mächtigen Tisch, saß klein und funkelnd mein Kanzler, mit den wachsten Augen der Welt. Ich wollte rasch wieder hinaus. Da sprang er hoch und rief: „Da sind Sie ja endlich! Wir haben Sie überall suchen lassen. Sie haben Ihre Adresse nicht ordentlich eingetragen. Die Bestätigung meiner Regierung ist angekommen."

Ich stand steif da, ich dachte: Das Paulchen hat also wirklich Macht. Dem Paulchen ist also wirklich eine gewisse Macht auf Erden gegeben. Ich machte in meiner Bestürzung das Allereinfältigste, eine leichte Verbeugung. Der Kanzler betrachtete mich belustigt. Ich verstand seinen spöttischen Blick. Ich habe in deiner Sache bestimmt keinen Finger gerührt. Da waren ganz andere Mächte im Spiel. Wir werden sehen, wer zuletzt lacht. Er ließ mich hinter die Schranke treten; und während ich wartete, zogen zehn, zwanzig Abfahrtsbesessene an der Schranke vorbei. Ich sah auch den weißhaarigen Spanier wieder, der meinen Ratschlag eingeholt hatte, ob es sich für ihn lohne, noch einmal hierher zu kommen. Er war aber doch gekommen, ungeachtet meines Ratschlags und seiner eigenen Bitterkeit. Er hoffte vielleicht auf Verjüngung dort drüben, auf eine Art von ewigem Leben, das ihm seine Söhne wiederschenken werde. Man brachte mein eigenes Dossier herbei, man blätterte, man raschelte.

Auf einmal drehte der kleine Kanzler sich nach mir

um, seine Augen funkelten, ich hatte den Eindruck, daß er mich nur hatte einschläfern wollen. „Was haben Sie eigentlich für Papiere, Herr Seidler?" Er sah mich überaus fröhlich, fast lachend an. „Hier gibt es einige Ihrer Landsleute, die zwar schon zwei Monate ihre Visen haben. Doch warten sie ebensolange auf eine Bestätigung der Deutschen, daß sie nicht mehr als deutsche Bürger betrachtet werden. Nur dann gibt ihnen die Präfektur das Visa de sortie, die Erlaubnis, das Land zu verlassen."

Wir sahen einander in die Augen. Wir spürten unzweifelhaft beide die Gegnerschaft, doch beide spürten wir auch unzweifelhaft Vergnügen an einer so ebenbürtigen Gegnerschaft. Ich erwiderte: „Beunruhigen Sie sich bitte nicht! Ich habe ein Flüchtlingspapier, halb saarländisch, halb elsässisch." – „Sie sind aber doch in Schlesien geboren, Herr Seidler?" Wir sahen einander mit großer Belustigung in die Augen. Ich sagte hochmütig: „Bei uns in Europa hat kaum jemand mehr die Staatsbürgerschaft seines Ursprungslandes. Ich war im Saargebiet zur Abstimmungszeit." – „Gestatten Sie, daß ich mich weiter ernstlich um Sie beunruhige. Dann sind Sie ja fast Franzose. Sie werden bei der Erlangung des Visas de sortie auf ganz erhebliche Schwierigkeiten stoßen." Ich sagte: „Ich werde mich sicher mit Ihrer Hilfe schon durchbeißen. Was raten Sie mir zu tun?" Er sah mich lächelnd an, als sei meine Frage witzig. „Sie gehen zuerst mit meiner Bestätigung Ihres Visums auf das Amerikanische Reisebüro. Dort lassen Sie sich die Bescheinigung geben, daß Ihre Passage bezahlt ist." – „Bezahlt?" – „Gewiß, Herr Seidler, bezahlt. Dieselben Freunde, die, um Ihr Leben besorgt, bei meiner Regierung Ihr Visum durchsetzten, haben Ihr Reisegeld voll ausgezahlt bei der Export-Line in Lissabon. Hier liegt der Nachweis im Dossier. Überrascht Sie das?" Gewiß, ich war überrascht. Er brauchte also nur tot zu sein, und schon war die Überfahrt beglichen, sein Dossier voll von den besten Papieren, die ihre Nützlichkeit desto besser erwiesen, je sicherer er verweste. Als sei für seinesgleichen der Tod die natürliche Vorbedingung, daß Freunde sich seiner erinnerten und alles bis ins kleinste ebneten. „Mit diesem Nachweis und mit der Bescheinigung Ihres Visums begeben Sie sich sofort auf das amerikanische Konsulat. Dort stellen Sie einen Antrag auf Transit." — „Bei dem amerikanischen Konsulat?" Er sah mich scharf an. „Sie können doch wahrscheinlich nicht auf dem Wasser gehen. Über was für Fähigkeiten Sie auch sonst verfügen. Es gibt kein direktes Schiff nach Mexiko. Sie brauchen also ein Transit." — „Man spricht doch unentwegt von direkten Schiffen." — „Gewiß. Man spricht. Es handelt sich hier jetzt um Phantomschiffe. Die Export-Line zum Beispiel ist sicherer. Versuchen Sie jedenfalls, ob man Ihnen ein Transit gibt. Sie sehen etwas weltlicher aus als Ihre Kollegen sonst. Kein Zweifel an Ihrer Kunst! Versuchen Sie's beim amerikanischen Konsulat. Und dann verlangen Sie Transit durch Spanien und Portugal." Er hatte die letzten Sätze bereits in dem Ton eines Mannes gesagt, der eine Sache nur beiläufig erklärt, in der Überzeugung, daß sie nie zustande kommt und allzuviel Mühe zwecklos ist.

Auf jeden Fall, dachte ich, als ich zurückging über den Platz, der jetzt schon kalt und still war, wird man mir auf dem Polizeiamt den Aufenthalt wieder verlängern mit meiner prächtigen neuen Visenbestätigung. Ich habe jetzt Abfahrtsunternehmungen vor, Transitbeschaffungen, die wochenlang dauern. Man wird mir glauben, daß es mir ernst ist, abzufahren, man wird mich deshalb bleiben lassen.

Mein Junge kaute an seinem Strohhalm vor dem leeren Glas. Ich war vielleicht eine Stunde weggeblieben. Ich schämte mich, ja, ich fürchtete mich vor seinen Augen. Erst auf dem Heimweg sagte er: „Sie hauen also jetzt auch ab." Ich sagte: „Wie kommst du denn darauf?" Er antwortete: „Sie waren in einem Konsulat. Ihr kommt auf einmal und fahrt auf einmal." Ich drückte ihn an mich, küßte ihn, schwor, ich würde nie von ihm weggehen.

## VIII

Als wir heimkamen, saß der Arzt da. Er schimpfte, weil er auf den Patienten warten mußte. Er brachte den Jungen selbst zu Bett und horchte ihn ab. Ich stand traurig und ausgescholten dabei. Der Junge schlief sofort ein, so müde war er.

Wir gingen zusammen weg, der Arzt und ich. Wir hatten uns nichts zu sagen. Wir stellten nur fest, daß es bitterkalt war. Ich schlug die Richtung ein nach dem Quai des Belges, und er, ich weiß nicht warum, er folgte mir. Er sagte mehr zu sich selbst als zu mir: „Zu denken, ich hätte heute wegfahren können!" Ich rief: „Sie hätten wegfahren können? Warum sind Sie nicht gefahren?" Er öffnete kaum den Mund, weil jetzt der eisige Wind gegen uns blies. „Ich müßte hier eine Frau zurücklassen. Ihr fehlen noch die Papiere. Wir hoffen, zusammen fahren zu können bei der nächsten Gelegenheit." – „Und haben Sie keine Furcht", fragte ich, „Ihre Arbeit zu verlieren, wenn Sie hier auf die Frau warten? Sie sind doch vor allem Arzt." Er sah mich zum erstenmal an. „Das ist ja gerade die unlösbare Frage, über die ich Tag und Nacht nachgrüble." Ich sagte mit großer Anstrengung, weil mir der Wind in die Kehle hineinblies: „Da gibt es eigentlich nichts mehr zum Grübeln. Sie sind ja geblieben." – „So einfach ist diese Sache nun nicht", erwiderte er fast keuchend, da er den Mistral und mich zu Gegnern hatte, „es gibt auch gewichtige äußere Gründe, die meine Abfahrt verzögert haben. Wie immer in solchen Fällen trifft ja die innere Disposition zusammen mit einem äußeren Umstand. Mein Passagegeld liegt in Lissabon. Ich war gewillt, von dort aus zu fahren. Ich warte noch auf mein spanisches Transit, und plötzlich von einer Stunde zur anderen erzählt man, es gäbe da noch einen kleinen Dampfer, der auf die Insel Martinique fährt. Ein Kargo mit Waren für Fort de France und einem Dutzend Beamte und Plätze für dreißig Passagiere. Da hieß es, für diese Route das Reisegeld aufbringen, die nötigen Ausweise, die Kaution, rasch einer von dreißig sein. Und gleichzeitig diesen Abschied bewältigen – Sie verstehen." Ich erwiderte: „Nein." Wir sahen uns von der Seite an mit verkrampften Hälsen, als könnte der Wind unsere Blicke wegblasen. Ich blieb an der Ecke stehen, weil ich ihn endlich loswerden wollte. Er würde gewiß nicht an dieser eisig angeblasenen Ecke hängenbleiben, nur um meine Meinung zu ergründen. Die Sache mußte ihm aber verteufelt nahegehen, da er trotzdem fragte: „Was verstehen Sie nicht?" – „Daß jemand nicht wissen soll, was ihm das Wichtigste ist. Es kommt ja außerdem doch an den Tag." – „Wodurch?" – „Mein Gott, durch seine Handlungen, wodurch sonst? Es sei denn, ihm sei alles gleichgültig. Dann geht es ihm eben wie diesem Stück weißem Papier da drüben, das wie ein Vogel aussieht." Er sah auf den leeren, von einer abgeblendeten Laterne spärlich erleuchteten Quai so angestrengt, als hätte er nie zuvor ein Stück weißes Papier gesehen, das ein Windstoß wegbläst. Ich fügte hinzu: „Oder wie mir." Er sah mich sofort ebenso angestrengt an. Dann sagte er: „Nein." Er klapperte vor Frost. „Ach Unsinn! Sie haben sich diese Haltung nur zugelegt, damit Sie von nichts und von niemand überrascht werden." Darauf trennten wir uns. Ich hatte dasselbe Gefühl, das ich als Knabe gehabt hatte, wenn unser Erster mich endlich gewürdigt hatte, an einem bevorzugten Spiel teilzunehmen; an dem aber, wie sich sofort herausgestellt hatte, auch nichts Besonderes dran war, und außerdem war ich wieder einmal vom düsteren Transitgeschwätz angesteckt worden.

## IX

Ich trat ganz betäubt von der eisigen Luft in das nächste Café. Es hieß Roma. Die Wärme machte mich schwindlig. Ich stand noch unsicher auf den Beinen, ich suchte mit den Augen einen Platz. Ich fühlte mit leichtem Unbehagen, daß irgend jemand mich fest ansah. Der Schwindel legte sich; ich gewahrte an einem Tisch eine Gruppe von Männern, darunter den kleinen Kanzler des mexikanischen Konsulats. Er betrachtete mich mit lachenden Augen, als ob er sich über mich lustig machte. Ich merkte, daß alle an diesem Tisch zum mexikanischen Konsulatspersonal gehörten. Sogar der Türhüter saß darunter mit seinem stolzen dunklen Gesicht. Ich sagte mir, daß es dem kleinen Kanzler an diesem eisigen Abend freistand, seinen Kaffee wo immer zu trinken. Auch traf er sicher auf seinen Wegen so viele Transitäre wie ein Pfarrer Kirchgänger. Ich ließ mich trotzdem nicht nieder, sondern tat, als ob ich weitersuchte. Da standen die Mexikaner auf und gingen hinaus. Ich setzte mich an ihren frei gewordenen Tisch, der für mich zu groß war.

Ich setzte mich gewohnheitsmäßig mit dem Gesicht zur Tür. Ein leidlich kräftiger Mensch, den irgend etwas verwundet hat, denkt wohl nicht Tag und Nacht an seine Verwundung. Doch während er arbeitet, spricht und geht, bleibt ihm das Bewußtsein seiner Verwundung, der feine, unleugbare Schmerz. Mich hatte er keine Sekunde verlassen, ob ich nun mit dem Knaben ausging oder trank, mich auf den Konsulaten herumtrieb oder mit dem Arzt schwatzte. Ich suchte, was ich auch sonst unternahm, jeden Ort mit den Augen ab.

Ich hatte mein Glas noch nicht angerührt, da wurde die Tür schon aufgestoßen, die Frau lief herein. Sie lief, blieb stehen, sah sich atemlos um, als sei das öde Café Roma ein Richtplatz, als sei sie abgeschickt von einer hohen Instanz, um einen Urteilsspruch aufzuhalten. Mir aber, warum sie auch kommen mochte, erschien ihr

Kommen die Folge meines Wartens. Und ich, weil ich ahnte, sie kam zu spät, ich aber nicht zu spät kommen wollte, ich ließ mein Glas auf dem Tisch und stellte mich auf an der einzigen Tür. Sie ging auch gleich darauf an mir vorbei mit abgewandtem Gesicht. Ich lief ihr nach. Wir überquerten die Cannebière. Es war noch nicht so dunkel im Freien, wie es drinnen den Anschein gehabt hatte. Der Wind hatte völlig aufgehört. Sie lief in die Rue des Baigneurs. Ich hoffte, jetzt gleich zu erfahren, wo sie wohnte, wohin sie gehörte, unter welchen Umständen sie hier lebte. Sie lief aber kreuz und quer durch die vielen Gassen zwischen dem Cours Belsunce und dem Boulevard d'Athènes. Sie hatte vielleicht zuerst die Absicht gehabt, nach Hause zu gehen, doch plötzlich die Absicht aufgegeben. Wir überquerten den Cours Belsunce und dann die Rue de la République. Sie lief in das Gassengewirr hinein hinter dem Alten Hafen. Wir kamen sogar an dem Haus vorbei, in dem Binnets wohnten. Seine Tür mit dem bronzenen Klopfer erschien mir wie eines der Stücke Wirklichkeit, die sich mit Träumen vermischen. Wir liefen an dem Brunnen vorbei auf dem Marktplatz im korsischen Viertel. Sie suchte vielleicht hier eine Gasse, ein Haus. Ich hätte ihr meine Dienste anbieten können. Ich lief nur hinter ihr her, als sei ein Wort von mir genug, daß sie auf immer verschwände. Eine Tür war drapiert mit schwarzen, silberbortigen Schärpen, wie man es hierzulande tut, wenn ein Toter im Hause liegt. Auf diese Weise bekam die klägliche Gasse ein stolzes Portal für den mächtigen Gast. Mir war es wie ein Traum, ich sei selbst der Tote, und gleichzeitig griff es mir ans Herz. Sie lief die Treppe hinauf, die zum Meer führt. Sie drehte sich jäh um. Ihr Gesicht war dem meinen gegenüber. Es war unsinnig, daß sie mich nicht erkannte. Sie lief an mir vorbei. Ich sah einen Augenblick lang hinunter auf das nächtliche Meer. Es war von Kranen und Brücken fast zugedeckt. Zwischen Molen und Hangars gab es einzelne Flächen Wasser, etwas heller als der Himmel. Von der äußersten, mit einem Leuchtturm besteckten Spitze der Corniche bis zur linken Mole der Joliette lief dünn und unscheinbar, nur wahrnehmbar durch die größere Helligkeit des Wassers, jene Linie, die unversehrbar war und unerreichbar, die keine Abgrenzung war, sondern sich allem entzieht. Von einem Augenblick zum anderen überwältigte mich der Wunsch, abzufahren. Wenn ich nur wollte, ich könnte abfahren. Ich würde alles erreichen. Meine Abfahrt würde auch anders vonstatten gehen, furchtlos, die alte ehrliche Abfahrt, die dem Menschen allein gemäß ist, jenem feinen Strich entgegen. Ich schrak zusammen. Als ich mich nach der Frau umdrehte, war sie schon weg. Auch die Treppe war leer, als hätte sie mich mit Absicht heraufgelockt.

## X

Ich kehrte zurück in die Rue de la Providence. Ich war noch keineswegs müde. Was wollte ich tun? Lesen? Das hatte ich einmal getan an einem ähnlichen leeren Abend. Nie wieder! Ich spürte den alten Unwillen meiner Knabenzeit gegen Bücher, die Scham vor bloß erfundenem, gar nicht gültigem Leben. Wenn etwas erfunden werden mußte, wenn dieses zusammengeschusterte Leben gar zu dürftig war, dann wollte ich selbst der Erfinder sein, doch nicht auf Papier. Doch mußte ich jetzt sofort etwas unternehmen in meinem unerträglich kahlen Zimmer. Einen Brief schreiben? Es gab auf der Welt keinen Menschen mehr, an den ich hätte schreiben können. Ich hätte vielleicht meiner Mutter geschrieben – vielleicht war sie lange tot. Die Grenzen waren schon lange gesperrt. Zurück in ein Café gehen? Bin ich denn schon solchermaßen von dem Gewimmel angesteckt, daß ich mitwimmeln muß? Dann fing ich doch an, einen Brief zu schreiben. Ich schrieb an Binnets Vetter Marcel. Er möge ja bald meine Sache bei dem Onkel zur Sprache bringen.

Er möge ihm ja erklären, ich sei ein Saarländer. Man müsse ja schließlich auch für mich einen Winkel finden auf einer großen Farm. Ich lebte zwar in Marseille dahin, die Stadt sei auch nach meinem Herzen, gar manches halte mich fest – An dieser Stelle brach ich ab. Es klopfte an die Tür. Der kleine Legionär trat herein, der mich in meiner zweiten Marseiller Nacht zu Bett gebracht hatte. Seine Brust war mit Orden bedeckt – den Burnus hatte er abgelegt. Ich hatte ihm nichts anderes anzubieten als ein aufgerissenes Päckchen Zigaretten Gaulois Bleu. Er fragte, ob er mich störe. Und ich, als Antwort, zerriß den angefangenen Brief. Er setzte sich auf mein Bett. Er war viel klüger als ich: er hatte den törichten, aussichtslosen Einzelkampf gegen die Übermacht des Alleinseins aufgegeben, sobald er den Lichtspalt unter der Tür bemerkt hatte. Er gestand mir, was ich längst wußte: „Ich habe geglaubt, das Paradies sei ein Zimmer allein. Und nun sind die anderen alle weg, die Rotte ist ausgekehrt, und wie ich sie vermisse!" – „Wo sind sie hin?" – „Nach Deutschland zurückverfrachtet. Ich glaube kaum, daß man dort ein Kalb für die verlorenen Söhne schlachten wird. Man wird sie in einen besonders widerlichen Betrieb einpferchen oder auf den gefährdetsten Punkt der Front stellen." Er saß ganz aufrecht auf meinem Bettrand, ein strammer kleiner Mann in einer Spirale von Rauch. Er erzählte: „Die Deutschen kamen nach Sidibel-Abbes, sie setzten Kommissionen ein. In deutschem Stil. Sie erließen einen Aufruf. Die Legionäre deutscher Geburt möchten sich melden, warum sie auch immer geflohen seien. Das Vaterland und so weiter. Die Großmut der Volksgemeinschaft und so weiter. Da meldeten sich die Deutschen der Fremdenlegion, gemeine Soldaten und mittlere Chargen. Die Deutschen aber prüften genau, ungeachtet des Aufrufs, und nahmen dann doch nur den kleinsten Teil. Die übrigen schickten sie wieder zurück. Die aber hatten nun ihren französischen Eid gebrochen, weil sie zu den Deutschen gegangen waren.

Die Deutschen hatten sie nicht mehr genommen, da machten ihnen jetzt die Franzosen den Prozeß. Sie kamen alle zur Strafe in afrikanische Bergwerke." Die Geschichte mißfiel mir. Ich fragte beklommen meinen Gast, wie er denn bei lebendigem Leib die Kommission passiert hätte. „Bei mir ist es etwas anderes", sagte er, „ich bin Jude. Für mich kam die Großmut der Volksgemeinschaft erst gar nicht in Betracht." Ich fragte, warum er denn in die Fremdenlegion gegangen sei. Die Frage schien einen ganzen Schwarm unliebsamer Gedanken in seinem Kopf aufzustöbern. Er sagte: „Ich geriet durch den Krieg hinein, auf Kriegsdauer verpflichtet. Es gibt da eine lange Geschichte, mit der ich Sie nicht langweilen will. Durch meine Verwundung und meine Orden kam ich denn auch frei. Erzählen Sie mir jetzt lieber, was aus dem schönen Mädchen geworden ist, um das ich Sie in der ersten Woche beneidet habe." Es dauerte eine Weile, bis ich darauf kam, daß er Nadine meinte. Er habe sich, versicherte er, die Augen nach ihr wund gesehen, sobald er gemerkt habe, daß sie nicht mehr meine Geliebte war. Er sprach von Nadine, wie ich selbst hätte sprechen können. Mir jagten seine verliebten Worte einen eisigen Schrekken ein, als bliese ein Windstoß auch in den Nebel meiner eigenen Verzauberung.

## Fünftes Kapitel

I

Ich traf die Frau in den nächsten Tagen nicht mehr. Sie hatte vielleicht ihre nutzlose Suche aufgegeben, vielleicht den gefunden, den sie suchte. Bald drohte mein Herz, sie sei bereits auf dem Meer, vielleicht auf jenem Martiniqueschiff, über dessen angebliche Abfahrt die Menschen in dieser Woche gerätselt hatten. Bald drohte mein Herz, ich würde sie wiederfinden, wo immer, wie immer. Ich zwang mich, das Warten aufzugeben. Doch die Gewohnheit behielt ich bei, mit dem Gesicht zur Tür zu sitzen.

Schon kannte ich viele Gesichter in dem ununterbrochenen Strom der Abfahrtsbesessenen. Der Strom schwoll an, Tag um Tag, ja von Stunde zu Stunde. Und keine Netze von Polizisten und keine Razzien, und keine drohenden Konzentrationslager und keine noch so harten Verordnungen des Präfekten von Bouches-du-Rhône konnten verhindern, daß der Zug abgeschiedener Seelen in Überzahl blieb gegen die Lebenden, die hier ihre festen Siedlungen hatten. Für Abgeschiedene hielt ich sie, die ihre wirklichen Leben in ihren verlorenen Ländern gelassen hatten, in den Stacheldrähten von Gurs und Vernet, auf spanischen Schlachtfeldern, in faschistischen Kerkern und in den verbrannten Städten des Nordens. Sie mochten sich noch so lebendig stellen mit ihren verwegenen Plänen, mit ihren bunten Drapierungen, mit ihren Visen auf seltsame Länder, mit ihren Transitstempeln. Mich konnte nichts täuschen über die Art ihrer Überfahrt. Ich staunte nur, daß der Präfekt und die

Herren und Beamten der Stadt sich noch immer weiter so stellten, als sei der Strom Abgeschiedener etwas, was man mit Menschenmacht eindämmen könne. Ich fürchtete mich beim Zusehen, ich könnte in diesen Strom hineingeraten, ich, der ich mich noch am Leben fühlte, durchaus zum Bleiben gewillt, als könnte ich in den Strom gerissen werden durch einen Gewaltstreich oder durch eine Verlockung.

Ich war mit meiner Bestätigung auf das Amt gelaufen, das zuständig war für Fremde mit vorübergehendem Aufenthalt. Der fette Beamte musterte uns, ein Häuflein Menschen mit allerhand Visenbestätigungen in den Händen und abgelaufenen Sauf-conduits und Lagerentlassungsscheinen, als kämen wir nicht von anderen Ländern, sondern von anderen Sternen, und nur für den seinen, den eigenen, bevorzugten, gelte das Vorzugsrecht eines ewigen Aufenthalts. Man schickte mich in ein anderes Amt, weil ein derartig verlängerter Aufenthalt entweder unstatthaft oder in ein beschränktes Aufenthaltsrecht zu verwandeln sei.

Sie kennen ja selbst die Rue Stanislas Lorein. Sie haben ja selbst bei Regen und Schnee in der seltsamsten Menschenschlange gewartet, die in diesem furchtbaren brotarmen Winter um Nahrung anstand, ich meine um die Vorbedingung der Nahrung, das Recht, sie an diesem Ort zu verzehren. Da warteten tschechische Prestataires und polnische, die vollständig überflüssig geworden waren, man brauchte sie nicht einmal mehr als Kanonenfutter, man hatte sich ja mit dem Feind verglichen; zerlumptes Volk, das seine nutzlosen Waffen an einem Ort niedergelegt hatte, an dem es nicht zuständig war. Alle diese Heerscharen, die zufällig noch ein wenig am Leben geblieben waren oder sich nur so stellten, sollten unbedingt registriert werden. Da fand ich meinen kleinen Kapellmeister wieder, klappernd vor Kälte, als sei er aus einem Grab gekrochen, um noch einmal mit den Lebenden registriert zu werden, da fand ich den Fremdenlegionär, meinen Zimmernachbarn, da fand ich eine Zigeunerin, ihre Kinder im Rückentuch, da fand ich mich selbst.

Sie kennen ja auch die Höhle von innen. Sie kennen die Schar gelockerter bebrillter Kobolde, die mit ihren Pfötchen, mit ihren rotlackierten Klauen die Dossiers aus den Wänden herauskratzen, und je nachdem, ob man an einen tückischen Kobold geraten ist oder an einen holden, verläßt man die Höhle beglückt oder zähneknirschend. Mir schenkten sie eine neue Magie, eine neue Vorladung. Man bedeutete mir, ich bekäme nur dann das beschränkte Aufenthaltsrecht, wenn ich an Stelle der allgemeinen Abfahrtsnachweise einen festen Schiffstermin mitbrächte, das Datum der Abfahrt und das Transit, mein Durchfahrtsrecht durch die Vereinigten Staaten.

II

Ich trat fast betäubt in den Mont Vertoux, um ein wenig Atem zu schöpfen. Da war denn die Frau das erste, was ich erblickte, als ich klarsehen konnte. Sie stand, an die Wand gelehnt, hinter dem Tisch, an dem ich am liebsten zu sitzen pflegte. Ich nahm mich rasch zusammen und setzte mich. Ihre Hand lag minutenlang auf meiner Stuhllehne. Vom Nachbartisch beugte sich jemand zu mir herüber, er werde in dieser Woche mit einer Ladung Drahtrollen nach Oran befördert. Er habe auch schon seine Route nach Tanger aufs englische Konsulat. Der Mensch entwickelte wie ein Schauspieler eine weit hörbare Technik des Flüsterns. Die Drehtür schob meine Zimmernachbarin in den Mont Vertoux mit ihren zwei Hunden, die freudig auf mich zu jaulten. Sie zog ihre Leine strammer und grüßte lachend. Am gegenüberliegenden Tisch bekamen zwei Leute Streit, auf welche Weise Gibraltar künstlich vernebelt werde, sobald ein Schiff gemeldet war. Und ihre Hand lag noch immer auf meiner Stuhllehne. Ich sah an ihr hinauf. Ihr braunes, schlecht und recht geschnittenes Haar steckte achtlos in der Kapuze. Sie machte plötzlich die einzige Bewegung, die in Betracht kam: Sie hielt sich die Fäuste vor die Ohren. Dann lief sie weg.

Ich war bereits auf der Straße. Da packte mich jemand am Ärmel. „Dein Weidel hätte sich bei mir bedanken dürfen", sagte das Paulchen. Ich wollte ihn abschütteln, doch er stellte wahrhaftig den Fuß in die Drehtür, und ich, ich kämpfte wahrhaftig mit diesem Fuß, der zäh und frauenhaft klein war, und braunrot, widerlich blank beschuht. „Na, was denn", sagte das Paulchen, „ich habe mir wirklich für deinen Weidel die Zunge aus dem Hals geredet. Es gab da große, sogar berechtigte Voreingenommenheiten. Ich habe meine Macht gebraucht. Ich habe nicht meine Zeit gescheut, mich durchgeackert durch Komitees, für ihn aber ist ein Gang, eine Geste, ein Dankeswort –" – „Entschuldige, Paulchen", ich brachte mit großer Willensanstrengung mein Herz, mein Gesicht zur Ruhe, „das alles ist ausschließlich meine Schuld. Ich hätte mich längst in seinem Auftrag bedanken müssen. Seiner ganzen Natur nach ist ihm ein solcher Gang auf ein Komitee, eine solche Geste, die für uns nichts ist, ein unausführbares Unternehmen." – „Nur Mätzchen!!" rief Paul, „nach einer gewissen Seite hin sind ihm gewisse Gesten leichter gefallen."

Ich mußte ihn auf der Stelle versöhnen und lud ihn zu einem Aperitif ein. „Das darfst du mir jetzt nicht abschlagen", sagte ich. „Du bist es im Grunde, der spendet. Die Befolgung deiner Ratschläge –"

Er ließ sich befrieden. Wir tranken zusammen. Ich fühlte freilich, daß er sich mit mir langweile. Er drehte den Kopf nach allen Seiten und wurde unruhig und wechselte schließlich mit einer Entschuldigung an einen anderen Tisch, wo er von einer Gesellschaft Männer und Frauen mit Ah und Oh begrüßt wurde.

III

Ich folgte, wem sollte ich sonst auch folgen, dem Kanzler des mexikanischen Konsulats. Es war der einzige menschliche Rat, an meine Person ergangen, die längst aller Ratgeber ledig war. Ich ging auf das Reisebüro.
Der kleine Laden war unansehnlich und glanzlos, als hätte man die Verwaltung des Jüngsten Gerichts in ein Tabakgeschäft gelegt, an irgendeiner Straßenecke. Doch war er längst groß genug für die, die sich bis hierher durchrangen. Sie traten, geschmückt oder zerlumpt, vor der Schranke an und flehten um Schiffsplätze. Da gab es gültige Transits, doch unbezahlte Plätze, bezahlte Plätze und abgelaufene Transits. Und all das Betteln und Winseln schlug jenseits der Schranke an die breite Brust eines braunen, ölig gescheitelten Mannes, dem ich schon einmal im korsischen Viertel unter seinen Landsleuten begegnet war, als ich dort mit meinem Freund Binnet Wein getrunken hatte. Er unterdrückte ein Gähnen, das schließlich doch aus seinen Kinnladen hervorquoll, gleichzeitig mit dem Aufschluchzen einer jungen Frau, deren Passage nicht umgebucht werden durfte. Sie schlug mit ihren zwei kleinen Fäusten auf die Schranke. Er sah sie flüchtig an. Dann strich er die Buchung endgültig aus und bohrte sich mit dem Blei im Ohr. Ich traf auch hier wieder meinen kleinen Kapellmeister. Seine Augen glänzten im Fieber, als hätte man in einem Schädel ein Licht angesteckt. Er versicherte mir, vor Freude bebend, er trage die letzte Vorladung für das amerikanische Konsulat in der Tasche, sein Transit erwarte ihn endgültig, sein Kontrakt sei frisch verlängert, sein Visa de sortie gesichert, sein Schiffsplatz ordnungsgemäß gebucht. Ein Polizist löste auf der Schwelle die Kette von dem Handgelenk eines Menschen, den er hineinschob. Der kurze gedrungene Mann rieb gleichmütig sein Handgelenk. Er kam mir bekannt vor. Er begrüßte mich. Er war der Mann meiner ersten Zimmernachbarin. Die freilich,

erzählte er ziemlich gelassen, sei schon aus dem Bompard nach Curs überführt, in das Massenlager am Abhang der Pyrenäen. Er selbst sei ja damals zurückgekehrt in sein Departement, wohin die Frau ihm auch hatte nachfolgen wollen, was aber verhindert worden sei durch die nur in seinem Departement gültige neue Order, daß alle waffenfähigen Fremden zwangsverschickt werden sollten. Die Order sei widerrufen worden, er aber habe noch vor dem Widerruf einen Fluchtversuch unternommen, daher die weitere Haft, die neuen Handschellen. Natürlich seien inzwischen alle, aber auch alle seine Papiere hoffnungslos abgelaufen. Er habe sich jetzt nach Marseille bringen lassen, um eine neue Vorbuchung zu versuchen. Der Korse hörte ihn gähnend an, er bohrte, er gähnte ein sanftes Unmöglich. Der Polizist hatte scharf gehorcht, die Handschellen klirrten, er schob seinen Mann hinaus.

Ein gutgekleideter Mensch trat ein, bei dem ich weder die Herkunft abschätzen konnte noch das Alter. Er bekam einen Haufen Geld ausbezahlt, den er rasch und gleichgültig durchzählte. Dann zählte er ein paar Scheine ab, warf sie auf die Schranke zurück und bat, nein, befahl eine Umbuchung seiner Passage auf den nächsten Monat wegen Visenverzögerung. Unsere Blicke kreuzten sich, als er mich im Hinausgehen streifte. Ich weiß nicht, ob ich mir später erst eingebildet habe, ich hätte schon damals den Wunsch gespürt, zu wissen, wer er sei, eine Ahnung unserer Zusammengehörigkeit, worin, das würde sich später erhellen. Dabei war gewiß keine Wärme in dem Blick, der mich aus dem bis zur Leere zusammengenommenen Gesicht gestreift hatte, weit eher menschliche Kühle – Nach ihm war die Reihe an mir. Ich zeigte meine Visenbestätigung. Der Korse nahm gähnend zur Kenntnis, daß Weidel gleich Seidler sei. Ein Mann dieses Namens war ohne Zweifel schon längst erwartet, sein Dossier war vorbereitet, seine Passage war bezahlt, für ihn, den Korsen, stand nichts im Weg, einen Schiffsplatz für diesen Mann zu buchen, wenn er nur zum

Visum sein Transit beschaffte. Zuerst das amerikanische, die Durchfahrt durch Spanien und Portugal sei danach ein Kinderspiel. Er sah mich flüchtig an. Ich hatte auf meinem Gesicht die Empfindung, als bestehe sein Blick aus einem Tropfen Flüssigkeit, ja, ich wischte mein Gesicht ab. Ich trat zurück und las die Bestätigung meiner bezahlten Passage, die er mir gut und gern ausgestellt hatte. Ich sah im Fortgehen noch einmal zu ihm hinüber – zu meiner Verblüffung war jetzt sein fettes, braunes Gesicht belebt, er lächelte jemandem zu.

Natürlich war es keiner von uns, der imstand war, sein Dauergähnen zu unterbrechen. Das Lächeln galt einem schäbigen Männlein, das plötzlich neben der Tür stand. Es trug ein schmutziges Mäntelchen. Seine Ohren waren rot gefroren. Er sagte trocken in das Gewinsel der Transitgänger hinein, die seiner keineswegs achteten, obgleich der Korse mit ganzem Herzen bei diesem Männlein war, und nur die Spitze des Bleistifts auf eine Stelle des Dossiers gesetzt hielt, das eben vor ihm lag: „Hör mal, José, Bombello fährt bloß bis Oran mit. Wir warten noch immer auf eine Ladung Kupferdraht." Der Korse erwiderte freundlich: „Wenn ihr plötzlich abfahren solltet, dann grüßt mir die Freunde in Oran. Vor allem grüß mir Rosario!" Er machte die Andeutung einer Kußhand. Das Männlein lächelte kläglich. Es huschelte mäuseartig ins Freie.


IV

Ich folgte ihm nach aus purer Langeweile. Es stellte sein schmales Krägelchen hoch, das doch seine Ohren nicht schützte. Der Wind war so scharf, daß er selbst das Wasser des Alten Hafens kräuselte. Wir waren beide auf einen solchen Winter schlecht vorbereitet. Er aber war Südländer. Ich konnte die Sache schon besser durchhalten. Wir zottelten hintereinander her auf der rechten Hafenseite. Er hielt vor einem winzigen, elenden Café.

Ein Rest von Bemalung, ein kläglicher ausgewachsener Schnörkel belehrten mich, daß dieses Haus in fernen Friedens- und Sommerzeiten afrikanische Kunden bedient hatte. Mein Männlein huschelte durch die Perlenschnüre des Türvorhangs. Ich wartete zwei Minuten, bevor ich ihm folgte — aus purer Langeweile folgte. Mein Männlein saß bereits unter seinesgleichen, die Tafelrunde bestand aus vier bis fünf Mitmäusen, einem traurigen Mulatten und dem alten Barbier aus dem Nachbarhaus, dem sicher der Pinsel vereist war. Sie alle waren mit gar nichts beschäftigt. Der Wirt war hinter der Theke hervorgetreten und hatte sich zwischen zwei blaugefrorene Straßenmädchen gesetzt. Sie starrten mich allesamt an. Das Café starrte vor Kälte und Langeweile. Und dieser steinerne Fußboden, auf dem nicht einmal mehr Flöhe hüpften! Und diese verdammten durchlässigen Perlenschnüre, die leise im Winde klirrten! Es war bestimmt der ödeste Ort in Marseille, vielleicht am ganzen Mittelmeer. Bestimmt wurden hier keine schwereren Sünden begangen als ein Aperitif an einem alkoholfreien, eisigen Mittwoch.

Ich bekam ein Gläschen. Sie sahen mir alle zu mit der stursten Aufmerksamkeit. Ich beschloß, zu warten, bis jemand mich ansprach. — Nach zwanzig Minuten begann ihnen meine stumme Anwesenheit unerträglich zu werden. Das Männlein tuschelte mit seinen Nachbarn. Dann kam es an meinen Tisch gehuschelt und fragte mich, ob ich warte. Ich erwiderte: „Ja." Er war durchaus nicht der Mensch, der imstande ist, sich mit einer einzigen Silbe Antwort abzufinden. „Sie warten auf Bombello?" Ich sah ihn kurz an. Seine Mäuseäugelchen wurden unruhig. „Es hat keinen Zweck zu warten, Herr. Er hat einen Zwischenfall gehabt. Er kann vor morgen nicht hier sein." — „Gestatten Sie, meine Herren", sagte ich, „daß ich mein Glas in Ihrer Gesellschaft austrinke?"

Ich fragte dann später vorsichtig nach dem Boot für Oran. — Ein portugiesischer Kargo. — Man warte noch auf die Kupferdrahtladung. Die mußte die deutsche Kommission erst freigeben. – Von Oran ab fahre der Kahn nach Lissabon, wahrscheinlich mit Leder. – Ob ich denn Papiere hätte? – Dann brauchte ich nicht auf Bombello zu warten, behauptete ich, sondern könnte gleich auf die Transports Maritimes gehen. Mein Männlein fing jetzt zu klagen an, die Sache sei viel zu riskant, die Arbeitserlaubnis stehe jetzt auf dem Spiel, Kassierung der Lizenz. Ich deutete einen Zweifel an, ob er je welche ordnungsgemäß besessen hätte. Und langsam gediehen wir bis zu dem ersten Kostenvorschlag. Ich rang die Hände über dem Kopf.

Ich hatte dabei nichts anderes vor, als die Mittagszeit zu vertrödeln. Ich hatte nicht die geringste Verwendung für eine Passage Oran–Lissabon. Mir wurde gerade ein neues, weit günstigeres Preisangebot gemacht, als jemand ungeschickt, mit zwei Händen zugleich, den Schnurvorhang teilte. Ich erblickte die Frau auf der Schwelle. Sie war wohl gegen den Wind gelaufen, um jemand einzuholen. Sie hielt sich am nächsten Stuhl fest. Ich stand auf, ging einen Schritt auf sie zu. Sie sah mich an. Ich weiß nicht, ob sie mich damals erkannt hat – Wenn ja, dann höchstens als einen der Transitäre, die man in dieser Stadt mit einer gewissen Regelmäßigkeit wiedertrifft. Vielleicht war mein Gesicht auch allzu verändert – denn mehr als Bestürzung, Furcht empfand ich damals bei ihrem Anblick, als hefte sich etwas immer zäher an meine Fersen, das mir kein Zufall erklären konnte und keine Bestimmung. Sie lief hinaus, sofort fiel die törichte Furcht von mir ab, ich erschrak nur, weil sie fort war. Ich lief ihr nach. Ich hatte eine Sekunde gezögert, doch war die Straße schon leer. Sie war vielleicht auf die Bahn gesprungen, die an dem Haus vorbei nach der Innenstadt fährt.

Ich kehrte an meinen Platz zurück. Ich fand die ganze Gesellschaft ein wenig lächelnd, ein wenig angewärmt. Und ich, ich hatte jetzt Wärme nötig, ich nahm sie, wo ich sie fand. Der Barbier fragte mich, ob ich mich mit ihr entzweit hätte. Die Worte trafen erstaunlich genau mein eigenes Gefühl, ich hätte sie längst gekannt, ein gemeinsames Leben liege hinter uns, dann hatten wir uns entzweit. Der ganze Vorgang hatte die Gäste für mich günstig eingenommen. Wahrscheinlich stimmt es die Menschen günstig, wenn einer etwas von sich aufdeckt, was sie begreifen. Sie rieten mir alle eine rasche Versöhnung an. Es könne plötzlich zu spät sein. Als ich wegging, hießen sie mich am nächsten Tag wiederkommen, abends um neun sei Bombello da.

## V

Ich trat danach in das nächste Café – was sollte ich sonst auch tun? Das Café hieß Brûleurs des Loups. Ich sah im Vorbeigehen den Korsen in der geheizten Glasveranda des Cafés Kongo. Er erkannte mich und lächelte. Ich schrieb dieses Lächeln dem Umstand zu, daß ich seinem Herzen näherstand als seine üblichen Prestatairekunden. Es gibt in den Brûleurs des Loups manchmal echte Franzosen. Sie sprechen statt von Visen von vernünftigen Schiebungen. Ich hörte sogar ein gewisses Boot nach Oran erwähnen. Während im Mont Vertoux die Besucher alle Umstände der Passage breittraten, verhandelten diese Leute hier über alle Umstände der Kupferdrahtladung.

Der Alte Hafen war blau. Sie kennen ja das helle Nachmittagslicht, das kalt in alle Ecken der Welt hineinscheint, und alle Ecken der Welt sind öde. An meinem langen Tisch saß eine großfrisierte dicke Person. Sie fraß unzählige Austern. Sie fraß aus Kummer. Ihr Visum war ihr endgültig verweigert worden, deshalb verfraß sie ihr Reisegeld. Doch gab es kaum etwas anderes zu kaufen als Wein und Muscheln. – Der Nachmittag schritt vor. Die Konsulate wurden geschlossen. Jetzt überschwemmten die Transitäre, von Furcht gepeinigt, die Brûleurs des

Loups und jeden denkbaren Ort. Ihr tolles Geschwätz erfüllte die Luft, das unsinnige Gemisch verwickelter Ratschläge und blanker Ratlosigkeit. Das dünne Licht der einzelnen Anlegestellen bestrich schon die dunkler werdende Fläche des Alten Hafens. Ich legte mein Geld auf den Tisch, um in den Mont Vertoux hinüberzuwechseln.

Da trat die Frau in die Brûleurs des Loups. Sie hatte noch immer den traurig finsteren Ausdruck eines Kindes, das man beim Spiel zum besten hält. Sie suchte sorgfältig alle Plätze ab, mit jener traurig ergebenen Sorgfalt, die in den Märchen die kindlichen Frauen haben, die eine nutzlos aufgegebene Arbeit umsonst tun. Denn ihre Suche war wieder nutzlos, sie zuckte die Achseln und ging. Mir flog der Rat durch den Kopf, den ich am Mittag empfangen hatte: Wart nicht, bis es zu spät ist!

Ich folgte ihr auf die Cannebière. Ich wußte bereits, daß dieses entschiedene Zulaufen doch kein Ziel hatte. Der Mistral hatte längst aufgehört. Und ohne seine eisigen Pfiffe war die Nacht ganz erträglich, eine Mittelmeernacht. Die Frau überquerte die Cannebière vor dem Cours d'Assas. Ich sah ihr an, daß sie plötzlich zu müde war, einen Schritt weiterzugehen.

Die Bank stand gegenüber dem mexikanischen Konsulat. Ich erkannte das große ovale Wappenschild, den Adler auf den Kakteen, in der Dunkelheit nur, weil ich es kannte. Für die Frau war es nichts, so glaubte ich, als irgendeine matt glänzende Fläche, und auch das Tor war für sie nur eines der tausend nächtlich verschlossenen Tore der Stadt. Mich aber verließ das Gefühl nicht mehr, daß dieses Wappen dabei war. Es war nun einmal an mich geraten wie irgendeins an irgendeinen Kreuzfahrer. Ich wußte nicht ganz genau, wie und warum, doch schmückte es nun einmal mein Schild, mein Visum, mein Transit, wenn ich je eins erwerben würde. Und jetzt war es auch dabei.

Ich setzte mich auf das andere Ende der Bank. Die Frau

wandte mir ihr Gesicht zu. In ihrem Blick, in ihrem Gesicht, in ihrem ganzen Wesen war eine solche Bitte, eine so flehentliche Bitte um Alleinsein, um in Ruhe gelassen zu werden, daß ich augenblicklich aufstand.

VI

Ich ging zu Binnets hinauf. Claudine war damit beschäftigt, aus nationalem Kaffee-Ersatz, der diesmal statt aus Gerste aus getrockneten Erbsen bestand, die echten Kaffeebohnen herauszulesen. Sie hatte alle Kaffeekarten des Monats geopfert, um einen einzigen echten Kaffee zusammenzubrauen für ihren Gast, den Arzt. Der Arzt war heute verzweifelt.

Er hatte den Martiniquedampfer abfahren lassen, um sich für den kommenden Monat in Lissabon buchen zu lassen. Jetzt war ihm das spanische Transit verweigert worden. Ein Zwischenfall, mit dem er nicht hatte rechnen können. Er war der Sache schon nachgegangen; er hatte in Erfahrung gebracht, daß er auf dem Konsulat mit einem Arzt gleichen Namens verwechselt wurde, der während des Bürgerkrieges den Sanitätsdienst der Internationalen Brigaden geleitet hatte. Ich frage ihn, ob er selbst in Spanien gewesen sei. „Ich? Nein. Es gab ja wohl damals niemand, dem nicht zumindest einmal die Frage durch den Kopf ging, ob er dort notwendig sei. Ich hatte für mich die Frage mit nein beantwortet. Ich hatte gerade damals Aussicht, am Krankenhaus Saint-Evrian zugelassen zu werden. Das hätte die Nutzbarmachung meiner Kenntnisse auf die Dauer versprochen." – „Und hat man Sie zugelassen?" – „Die Sache hat sich hingezogen", sagte er müde, „wie jede Sache in diesem Lande. Endlos hingezogen. Dann kam der Krieg." – „Ihr Namensvetter war sicher inzwischen aus Spanien längst zurück?" – „Er war sogar vor mir hier in Marseille. Ich habe Erkundigungen über den Mann eingezogen. Gerade das ist mir fatal geworden, daß er sein Transit nicht eingereicht hat.

Dann wär es doch ihm, dem Richtigen, gleich verweigert worden, die ganze Verwechslung wäre unmöglich gewesen, man hätte mich durchgelassen. Der Mann aber hat erst gar nicht sein Transit verlangt. Er ist, wie man mir in seinen Kreisen erzählt hat, mit falschen Papieren über die Berge und fast zu Fuß bis nach Portugal. Ein abenteuerlicher Mensch, mein Namensvetter. So traf die Transitverweigerung mich, weil ein Arzt dieses Namens auf dem spanischen Konsulat signalisiert war."

Ich hatte mir während dieses Berichts zuletzt unseren Knaben betrachtet. Er starrte dem Arzt auf den Mund. Ich hätte etwas darum gegeben, in seinem Gesicht zu lesen. Er horchte angestrengt auf die Erzählung papierener Abenteuer, den Durchbruch durch einen Urwald von Dossiers.

Claudine brachte den Kaffee. Er hatte auf uns, die wir längst keinen echten getrunken hatten, die Wirkung von starkem Wein. Wir wurden hellwach. Ich hatte auf einmal das Bedürfnis, dem Arzt zu helfen. Ich prahlte ihm vor, ich wisse ein Mittel, Lissabon über Oran zu erreichen. Ob er Geld habe? Der Ausdruck des Knaben, der uns beobachtete, war noch gespannter als der des Arztes. Plötzlich drehte er sich zur Wand und zog sich die Decke über die Ohren. Da stand der Arzt auf, zu rasch, wie mir schien, nachdem man ihm einen so kostbaren Kaffee vorgesetzt hatte. Er hatte jetzt nichts anderes mehr im Sinn, als „meine Ratschläge noch einmal genau und allein zu hören". Er schleppte mich durch die Gassen, seinen Arm in meinem. Ich mußte ihm alle Einzelheiten erklären, obwohl sie mir damals selbst noch unklar waren. Vor allem fragte ich mich, ob er je imstande sein werde, die Tips zu verwerten, die ich ihm gab. Er hörte gierig alle Möglichkeiten an, selbst die absurdesten. Und Ecke Rue de la République lud er mich ein zum Abendessen. Ich nahm auch an, obwohl ich wußte, daß er mich nicht einlud, weil ich ihm gefiel, sondern weil ich einen Tip wußte. Er würde in dem Café morgen erzählen: Ich habe gestern mit einem Menschen zu Abend gegessen, der einen Tip gewußt hat. Ich nahm aber trotzdem an. Ich war allein. Ich fürchtete mich vor dem Rest des Abends. Mein kaltes Zimmer, ein Paket Gaulois Bleu, und immer gequält von demselben Bild.

Wir betraten die Pizzaria. Ich setzte mich mit dem Gesicht zum offenen Fenster. Der Arzt ließ drei Gedecke bringen. Er sah auf die Uhr. Er bestellte eine Pizza für zwölf Francs. Man brachte den Rosé. Die ersten zwei Gläser Rosé trinken sich immer wie Wasser. Das offene Feuer da, sehen Sie, kann mir gefallen. Und wie der Mann auf den Teig schlägt mit lockerem Handgelenk. Ja, eigentlich gefällt mir auf Erden nur das: ich meine, nur das gefällt mir, was immer vorhält. Denn immer hat hier ein offenes Feuer gebrannt, und seit Jahrhunderten hat man den Teig so geschlagen. Und wenn Sie mir vorwerfen, daß ich selbst immer wechsle, so antworte ich, das ist auch nur eine gründliche Suche nach dem, was für immer vorhält.

Der Arzt sagte: „Erzählen Sie mir doch bitte noch einmal alles, was Sie über die Fahrt nach Oran wissen!" Ich erzählte ihm also zum drittenmal, wie ich den kleinen, kläglichen Mausemann bei dem Korsen entdeckt hatte und ihm nachgegangen war, um etwas über eine Passage in Erfahrung zu bringen, so wie jetzt der Arzt mir nachging, um etwas über eine Passage in Erfahrung zu bringen. Nicht ich, der Arzt saß mit dem Gesicht zur Tür. Auf einmal veränderte sich sein Gesicht. Er sagte: „Erzählen Sie bitte Marie alles noch einmal." Ich drehte mich um. Da kam denn die Frau an den Tisch. Sie sagte nichts. Sie nickte ihm nur leicht zu in altem, geläufigem Einverständnis.

Der Arzt sagte: „Der Herr hier hat die Freundlichkeit, uns einen guten Ratschlag zu geben." Sie sah mich kurz an. Zuweilen ist das Erkennen statt an die Nähe an eine gewisse Strecke Entfernung gebunden. Ich machte keinerlei Anstrengung, mich ihr zu erkennen zu geben.

Mir war eiskalt. Inzwischen wurde die Pizza gebracht, so groß wie ein kleines Wagenrad. Der Kellner schnitt für jeden von uns ein Dreieck heraus. Der Arzt sagte: „So iß doch etwas, Marie, du siehst müde aus." Sie erwiderte: „Es war wieder nichts." Er nahm ihre Hand. Ich spürte keine Eifersucht. Ich hatte nur das Gefühl, ich müsse rechtzeitig etwas wegnehmen, was ihm nicht zustand, womit er unmöglich umgehen konnte. Ich faßte ihn wirklich am Handgelenk. Ich drehte ein wenig seine Hand, so daß die Frau ihre Finger herauszog, ich aber das Zifferblatt seiner Armbanduhr zu sehen bekam. Ich hatte mich wieder in der Gewalt und teilte ihm mit, ich müsse gleich weggehen. Er sagte enttäuscht, er habe gehofft, mein Abend sei frei. Marie habe auch keinen Hunger, er könne unmöglich die Pizza allein essen, er werde sogar für mich Brotkarten auslegen. Vor allem müsse ich noch Marie die ganze Sache erzählen. Er schenkte mir Rosé ein. Nachdem ich auch dieses Glas hinuntergetrunken hatte, wurde mir klar, daß die Frau, wenn ich jetzt von hier wegging, mir keineswegs folgen, sondern bei dem Arzt sitzen bleiben würde. Ich trank also auch das Glas aus, goß es mir rasch wieder voll. Ich erzählte die ganze lange, belanglose Sache zum viertenmal. Die Frau hörte sich die Sache an, wie sie erzählt wurde, mit vollkommener Gleichgültigkeit. Der Arzt aber konnte sich an dem Unsinn nicht satt hören. Denn Unsinn, Unsinn, Unsinn war dieser Kraftaufwand, um eine brennende Stadt mit einer anderen brennenden Stadt zu vertauschen, das Umsteigen von einem Rettungsboot auf das andere, auf dem bodenlosen Meer. Ich sagte: „Sie würden da aber allein fahren müssen. Für eine Frau ist diese Art Reise nichts, kommt gar nicht in Betracht." Darauf sagte sie rasch: „Für mich kommt alles in Betracht. Ich will nur von hier weg. Wie, das ist mir gleich. Ich fürchte mich vor nichts." – „Das hat mit Furcht überhaupt nichts zu tun. Einen Mann kann man überall verstecken. Man kann ihn unterwegs absetzen. Die Leute würden das

Risiko gar nicht erst übernehmen." Wir sahen uns zum erstenmal in die Augen. Ich glaube, daß sie mich jetzt auch zum erstenmal erkannte. Ich meine nicht, wiedererkannte als einen, dem sie schon oft begegnet war, vielmehr als den Fremden, der ihren Weg unwiderruflich kreuzt, zum Guten oder zum Bösen.

Der Arzt ließ die Flasche Rosé, die ich fast allein geleert hatte, mit einer vollen vertauschen. Und während ich trank, erwog ich ihre Worte: „Ich will fort von hier, wie, ist mir gleich." Aus ihrem Mund erschien mir dieses Geständnis, obwohl ich es hundertmal täglich hörte, frisch und neu in seiner Torheit und Selbstverständlichkeit, als hätte sie mir angesichts dieses offenen Feuers, angesichts dieser angeschnittenen Pizza versichert, daß der Tod einmal auch ihre Züge zerstören würde. Ich dachte sogar einen Augenblick auch daran, an diese einfachste Art von Zerstörung, das unvermeidliche Ende alles Zerstörbaren. Ihr kleines, bleiches Gesicht tauchte dicht vor mir auf, noch unversehrt, in einer roséfarbenen, roséglitzernden Welt. Der Arzt schnappte wieder nach ihrer Hand. Ich machte rechtzeitig mit meinem Ellenbogen eine Schranke, indem ich nach der Flasche griff. Worauf der Arzt sagte: „Du würdest ja sowieso zu diesem Termin noch nicht fahren können. Und wenn, dann kannst du ja ebensogut über Spanien fahren." Ich goß uns dreien ein. Und während ich selbst mein Glas austrank, wurde mir klar, daß ich den Mann von dem Tisch wegschieben mußte, aus der Pizzaria weg, aus der Stadt, über das Meer, möglichst rasch und weit.

VII

Ich heftete mich dem Paar an die Fersen, ich will es gestehen. Ich schämte mich nicht, denn wenn ich es heute bedenke, ich war ihnen eher willkommen als lästig. Mein Vorwand war die Passage nach Oran. Ich verhandelte mit dem Arzt und dem Mausemännchen und auch mit

Bombello, den ich inzwischen zu Gesicht bekam. Es war ein magerer schnurrbärtiger Korse von spießerhaftem Aussehen; er hatte kaum eine andere Passage hinter sich als die von Ajaccio nach Marseille. Ich sagte dem Arzt, der Kargo könne ebensogut noch wochenlang steckenbleiben wie plötzlich abgehen von einer Stunde zur andern, ob er unwiderruflich bereit sei? Er erwiderte mit gesenkten Augen, er habe sich durchgerungen, er sei bereit. Er rechne damit, Marie in Lissabon zu treffen.

Ich pflegte in Binnets Wohnung zu warten unter dem argwöhnischen Blick von Claudine, die aus meinen neuen langen Besuchen nicht klug wurde, und auch der Junge wartete stumm auf den Arzt, der ihn flüchtiger begrüßte, je gesünder er wurde. Er schleppte mich ab in die Pizzaria, um auf Marie zu warten, wobei er zu meinem Erstaunen erklärte, er habe Marie fest versprochen, mich mitzubringen, die Anwesenheit eines Fremden nehme die Beklemmung, die einem Abschied vorangehe; ihm selbst sei alles lieb, was Marie ein wenig erheitere oder beruhige. Oft hatten wir lange zu zweit zu warten, ehe Marie eintrat. Ich sah ihren Eintritt immer schon auf dem Gesicht des Arztes, dessen Ausdruck sich jäh veränderte, ein sonderbarer, mir unerklärlicher Ausdruck von Argwohn und Besorgnis. Ich aber, während wir warteten, sah Marie die Stadt durchlaufen, von Tür zu Tür gehen auf einer Suche, deren Zeuge ich nun nicht mehr war, da ich abends an einem Tisch mit ihr landete. Ich fragte einmal beiläufig den Arzt, und er erwiderte ebenso beiläufig: „Ach Gott, die alte Visenseuche." Seine Antwort klang unaufrichtig, was mich erstaunte bei dem geringen Anlaß in Anbetracht der nutzlosen Aufrichtigkeit seiner häufigsten Geständnisse.

Wir warteten, er und ich, an einem eisigen Abend. Der Quai vor der Pizzaria war leergefegt von dem Wind. Die paar Lichter in den Häusern der gegenüberliegenden Hafenseite blinkten wie von einer entfernten Küste. Ich fragte mich, ob mein Begleiter wirklich so ruhig war, wie er sich stellte. Wenn morgen die Kommission den Kargo freigab und damit seine Abfahrt, dann hatte er noch viel weniger Macht, Mariens Wege zu hüten. Ich sah am Zusammenziehen seiner Brauen, an seinen enger werdenden Augen, daß eben der kleine spitze Schatten, auf den wir beide warteten, vor dem Fenster erschien, und jetzt ging die Tür.

Es war nicht der Wind allein, der ihr den Atem nahm. Sie war nicht vor Kälte bis in die Lippen bleich. Sie machte kein Hehl aus ihrer Angst. Sie beugte sich zu dem Freund und sagte ihm ein paar Worte, und er, zum erstenmal, seit ich ihn kannte, bestürzt, stand halb auf, sah sich um. Auch ich, von seiner Bestürzung angesteckt, sah mich um. Doch keinerlei Drohung enthielt dieser Raum, nur Ruhe. Die ganze Familie des Wirtes saß um den Nachbartisch, der mit dem gleichen Wein, mit der gleichen Speise gedeckt war wie unserer. Der Wirt, der zugleich der Hauptkoch war, gab, während er seine Lieblingstochter streichelte, Anweisungen an den zweiten Koch, der sein Schwiegersohn war und gleich bei Mariens Eintritt die Hölzer ergriffen hatte, um Teig zu schlagen. Es gab noch zwei Liebespaare mit ineinandergeschobenen Händen und Knien, so reglos, als hätte sie die flüchtigste aller Begegnungen für die Ewigkeit zusammengeschmiedet. Das war alles. Man konnte uns an den Fingern abzählen, unsere Schatten nicht eingerechnet, die das Feuer an die Wand warf. Es brannte mäßig, da bei diesem Wetter, um diese Stunde nicht mehr viele Gäste erwartet wurden. Mir schien es das letzte Feuer, die letzte Herberge in der Alten Welt, die uns Obdach gewährte, ja, und eine letzte Frist, um uns zu entscheiden: fort oder bleiben. Die Wände waren erfüllt von unzähligen solcher Fristen, die unzähligen Menschen hier gewährt worden waren, damit sie noch einmal vor dem Feuer das Wichtigste bedenken konnten, was sie festhielt. Hier war nur Ruhe, was auch für Unglücksbotschaften nachher die letzten Zeitungsverkäufer krächzen mochten, sobald wir die Cannebière betraten. Nie würde jemand wagen, das Feuer zu löschen, das alle brauchten, die, die von Furcht gepeinigt sich bis zum Alten Hafen geschleppt hatten, und die, die ihnen auf den Fersen waren, denn auch die Verfolger, wie sehr sie auch Furcht verbreiten, sind nicht gefeit vor Furcht.

Der Arzt beruhigte sich auch, er schüttelte seinen Kopf und sagte: „Sieh selber, Marie, hier ist gar nichts." Er fügte hinzu: „Es war auch vorhin niemand da." Er deutete plötzlich auf mich. „Nur er." Ich spürte ein leichtes Unbehagen, weil ich nicht leiden kann, wenn man auf mich deutet. Ich sagte: „Ich will lieber gehen." Da faßte Marie meine Hand, sie rief: „Nein, bleiben Sie! Es ist nur gut, daß Sie da sind." Ich sah, daß ihre Furcht sich legte durch meine bloße Anwesenheit und daß sie sich Schutz von mir versprach vor wirklichen oder eingebildeten Drohungen.

VIII

Gewiß, jetzt war ich bereit, jedwede Forderung zu erfüllen, damit man mich bleiben ließ, die unsinnigsten Abfahrtsbeweise zu beschaffen.

Mit mistralverzerrten Gesichtern drängten sich die Menschen in den Vorraum des amerikanischen Konsulats. Hier war es wenigstens warm. Seit ein paar Tagen gesellte sich noch die bitterste Kälte zu allen Leiden der Abfahrtssüchtigen.

Der Türhüter der Kanzlei des Konsulats der Vereinigten Staaten stand, stark wie ein Boxer, hinter dem aktenbeladenen Tisch, der den Aufgang der Treppe versperrte. Er hätte mit einer kleinen Bewegung seines mächtigen Brustkorbs den ganzen dürren Schwarm Abfahrtsbesessener hinausschieben können, die an diesem Morgen ein eisiger Windstoß auf den Place Saint-Ferréol trieb. Wie Kalk lag der Puder auf den von Kälte gesteiften Gesichtern der Frauen, die nicht bloß sich und die Kinder, sondern auch ihre Männer geputzt hatten, um Gnade bereits vor den Augen des Türhüters zu erlangen. Er drehte zuweilen mit seiner gewaltigen Hüfte den aktenbeladenen Tisch, so daß ein Spalt frei wurde, ein Nadelöhr, durch das ein bevorzugter Transitär nach oben steigen konnte.

Ich erkannte kaum den Kapellmeister wieder ohne Sonnenbrille. Der eisige Mistral der letzten Tage hatte ihn völlig verheert, soweit ein Mistral noch ein Gerippe verheeren kann. Er war aber fein gescheitelt, er zitterte freudig. „Sie hätten früher beginnen sollen. Ich werde heute das Konsulat mit meinem Transit verlassen." Er drückte die Ellenbogen an sich, damit sein schwarzes Fräckchen in dem Gedränge nicht Not leide.

Die Wartenden gerieten plötzlich in Wut. Meine eigene Zimmernachbarin, bunt gekleidet, zog gleichmütig ein mit ihren zwei Doggen an straffen Leinen. Der Türhüter aber, der bereits wußte, daß sie dem Konsul genehm war, gab augenblicklich den Weg zwischen Tisch und Treppe frei mit einer stumpfen Ehrerbietung, als seien die beiden Doggen die durch einen Bann verzauberten Bürgen. Ich hatte die kleine Bresche genutzt, ich sprang der Hundefrau nach. Ich warf dem Türhüter meinen Anmeldeschein zu, Seidler, genannt Weidel. Der Türhüter schrie, da sah er, wie mich die Hunde vertraut begrüßten, worauf er mich aufwärtsziehen ließ in die Region der Konsulatssekretariate.

Auch hier gab es wieder Warteräume. Die Hunde erschreckten hier oben ein halbes Dutzend kleiner jüdischer Kinder. Die drängten sich um ihre Eltern und ihre Großmutter, eine gelbe, starre Frau, die so alt war, als sei sie nicht durch Hitler, sondern durch das Edikt der Kaiserin Maria Theresia aus Wien vertrieben worden. Um festzustellen, was dieser Lärm bedeute, erschien aus einer der Konsulatstüren ein junges Fräulein, das sicher den ganzen Krieg, die ganze Verheerung der Erde auf einem Wölkchen schwebend verbracht hatte, so zart und rosa wie ihr Gesicht. Sie führte lächelnd und flügelschlagend die ganze Familie, die aber beklommen und düster blieb, gegen den Schreibtisch des Konsuls. Ich fühlte in meiner Ansteckung von Transitärwut, in meinem eigenen Nebel von Visumbesessenheit, ein Augenpaar auf mich gerichtet. Ich fragte mich, wo ich dem Mann schon einmal begegnet war, der mich jetzt ruhig musterte, da er die anderen Wartenden schon gemustert und augenblicklich nichts Besseres zu tun hatte. Er trug seinen Hut in der Hand – ich hatte gestern auf dem Reisebüro nicht wahrnehmen können, daß er fast kahl war. Wir begrüßten uns nicht. Wir lächelten uns nur spöttisch an, weil jeder von uns sich im klaren darüber war, daß wir wohl oder übel einander noch hundertmal treffen mußten als Mittransitäre, wodurch unser Leben nun einmal verknüpft war, selbst gegen unsere Neigung und gegen unseren Willen und sogar gegen das Schicksal. Dann kam auch mein Kapellmeisterlein. Er hatte rote Flecken auf seinen Kinnbacken. Seine Knöchelchen zuckten. Er zählte Photographien ab, wobei er uns ständig versicherte: „Es waren zwölf im Hotel, ich schwöre es Ihnen." Meine Zimmernachbarin nutzte die Zeit, ihre Hunde zu bürsten.

Ich schäme mich, es einzugestehen: Mein Herz klopfte damals bange. Ich gab eine Weile nicht mehr auf die Menschen acht, die nach mir einzeln, mit dünnem Atem, den zweiten, höheren Warteraum betraten. Ich dachte: Wie auch der Mensch aussehen mag, den man Konsul nennt, er hat Macht über mich, das ist sicher. Zwar ist seine Macht, zu lösen und zu binden, nur auf sein eigenes Land beschränkt. Doch wenn er mir jetzt das amerikanische Transit verweigert, dann bin ich gebrandmarkt als ein mißratener Transitär, gebrandmarkt für alle Beamten der Stadt und für alle Konsulate. Ich werde von neuem flüchten müssen, und ehe ich sie noch gewonnen habe, meine Liebste verlieren.

Doch als man den Namen Weidel ausrief, wurde ich

ruhig. Ich fürchtete mich vor keiner Entlarvung mehr und vor keiner Verweigerung. Ich spürte den unermeßlichen, den uneinholbaren Abstand, der diesen aufgerufenen Mann von dem Konsul trennte, der Fleisch und Blut, dürr das eine, dünn das andere, gleichmütig hinter dem Schreibtisch saß. Ich sah, als stünde ich außerhalb meiner selbst, mit Neugierde dieser Geisterbeschwörung zu, der Aufrufung eines Schattens, der sich längst in irgendeiner der schemenhaften, verwesenden, hakenbekreuzten Totenstädte verflüchtigt hatte.

Er aber, der Konsul, musterte mich, den Lebenden, der zwischen ihm und dem Schatten stand, mit hochmütiger Genauigkeit. Er sagte: „Sie heißen Seidler? Sie schreiben unter dem Namen Weidel. Warum?" Ich sagte: „Bei Schriftstellern kommt es häufig vor."

„Was hat Sie bewogen, Herr Weidel-Seidler, sich um ein mexikanisches Visum zu bewerben?"

Ich antwortete auf seine strenge Frage mit bescheidener Offenheit: „Ich habe mich nicht beworben, ich nahm das erste Visum, das sich mir bot. Das entsprach meiner Lage."

Er sagte: „Wie kommt es, Herr, daß Sie sich niemals um Einreise in die Vereinigten Staaten bemüht haben als Schriftsteller, wie die meisten Ihrer Kollegen?" Ich antwortete diesem Manne: „Wo hätte ich wohl diesen Antrag stellen sollen? Bei wem? Wie? Ich, außerhalb der Welt. Die Deutschen zogen ein! Der Abend aller Tage war gekommen."

Er tickte mit dem Bleistift. „Das Konsulat der Vereinigten Staaten versah gleichwohl seinen Dienst am Place de la Concorde."

„Wie hätte ich das erfahren sollen, Herr Konsul? Ich ging nicht mehr auf den Concorde. Unsereins zeigte sich nicht auf den Straßen." Er runzelte die Stirn. Ich wurde gewahr, daß in seinem Rücken die Schreibmaschinen das ganze Verhör mitklapperten. Ein wenig Geklapper mehr in dem großen Lärm, der großen Furcht vor der Stille.

„Welchen Umständen, Herr Seidler, verdanken Sie die Ausstellung Ihres mexikanischen Visums?" — „Vermutlich günstigen Zufällen", erwiderte ich, „und irgendwelchen guten Freunden." — „Warum irgendwelchen? Sie haben gewisse Freunde in den Kreisen der ehemaligen Regierung der ehemaligen spanischen Republik, die heute mit gewissen Kreisen der mexikanischen Regierung verbunden sind."

Ich dachte an meinen armen Toten, in Hast bestattet, an seine klägliche Hinterlassenschaft. Ich rief: „In einer Regierung? Freunde? Gewiß nicht!"

Er fuhr fort: „Sie haben der ehemaligen Republik gewisse Dienste erwiesen, für ihre Presse gearbeitet."

Ich dachte an das Bündelchen Papiere auf dem Boden des Handkoffers, an jenes vertrackte Märchen, das mich, wie lang war das alles her, an einem traurigen Abend benommen hatte. Ich rief: „Ich habe nie dergleichen geschrieben."

„Verzeihen Sie, wenn ich auch hier wieder Ihrem Gedächtnis nachhelfe. Da gibt es zum Beispiel aus Ihrer Feder eine gewisse, in zahlreiche Sprachen übersetzte Darstellung von den Erschießungen in Badajos." — „Von was, Herr Konsul?" — „Von den Massenerschießungen von Roten in der Arena von Badajos."

Er sah mich scharf an. Er schrieb gewiß mein Erstaunen der unüberbietbaren Vollständigkeit seines Wissens zu. Ich war auch unmäßig erstaunt. Was auch meinen Toten bewogen hatte, jene Begebenheit aufzuschreiben, die ihm jemand erzählt haben mochte, er hatte ihr sicher den Zauber verliehen, der jetzt mit ihm im Grab lag. Erloschen, zerbrochen lag sie bei ihm, die Wunderlampe, die alles für immer erhellte, worauf er sie je gerichtet hielt, zumeist auf verzwickte Abenteuer, doch einmal auch auf diese Arena. Wie blöd war mein Toter gewesen, daß er sie selbst ausgeblasen hatte. Wer die Lampe hat, so heißt es doch, nicht wahr, dem gehorcht der Geist der Lampe. Ich hätte viel darum gegeben, die Begebenheit zu lesen.

Ich sagte: „Ich habe nie vorher, nie nachher etwas Ähnliches geschrieben."

Der Konsul stand aufrecht da und sah mich mit einem Blick an, den man hätte durchdringend nennen können, wenn er nur den richtigen durchdrungen hätte.

Er fragte: „Haben Sie hier einen Bürgen?"

Woher, in aller Welt, sollte ich einen Bürgen nehmen, der dem Konsul beschwor, daß mein Toter nie vorher, nie nachher etwas Ähnliches geschrieben habe, der beschwor, daß mein Toter nie mehr über die Massenerschießung von Roten in welcher Arena immer schreiben würde? – Die Schreibmaschinen waren mit dem Verhör verstummt. Und als die Stille selbst diesen Raum bedrohte, besann ich mich auf den Anfang der langen Begebenheit, ich besann mich auf das Paulchen. Ich sagte: „Gewiß, mein Freund, Paul Strobel, im Hilfskomitee in der Rue Aix." Der Name wurde zu Namen gegeben, die Akten zu den Akten, das Dossier zu den Dossiers, und ich erhielt meine Konvokation auf den 8. Januar.

Mich zog es nach solchem Verhör ins nächste Café. Doch als ich die Treppe hinunterstieg aus den Konsulatsräumen in die untere große Vorhalle, da konnte ich mich lange nicht durch das Gedränge durchzwängen. Da herrschte Bestürzung und Schreck. Ein Sanitätswagen hielt vor dem Tor, und als ich hinaustrat, packten sie einen auf ihre Bahre und schleppten ihn ab. Ich erkannte den kleinen Kapellmeister. Er war jetzt tot. Die Menschen sagten: Er ist in der Reihe zusammengebrochen. Er sollte heute sein Visum bekommen. Da hat ihn der Konsul zurückgeschickt, weil er ein Photo zu wenig hatte. Dadurch war seine Konvokation vertagt, seine Abfahrt hinfällig, was ihn stark erregte. Und wie wir ihm helfen, die Photos nachzuzählen, da hatte er sich überdies nur verzählt, zwei Photos waren zusammengeklebt, da hat er sich noch einmal in die Reihe gestellt, da ist er zusammengebrochen.

# IX

Ich hatte dem Wagen nachgesehen, der mir mein Kapellmeisterlein für immer entführte. Mein Unbehagen verging, ich war ja stark und jung. Ich trat in das Café Saint-Ferréol. Es liegt nur drei Minuten entfernt vom amerikanischen Konsulat. Ich hatte ja jetzt mein Anrecht erworben auf das Café der amerikanischen Transitäre. Ich hörte hinter mir Schritte. Mein kahler Mittransitär trat hinter mir ein. Wir setzten uns an zwei gesonderte, aber zusammengerückte Tische, wodurch wir beide andeuteten, daß wir allein trinken, doch unter Umständen ein paar Worte wechseln wollten. Ein jeder von uns bestellte seinen Cinzano. Er beugte sich plötzlich zu mir und stieß sein Glas an meines. Er sagte: „Auf sein Wohl! Wir dürften die einzigen bleiben, die seiner gedenken." Ich sagte: „Ich traf den Mann zum erstenmal am Abend meiner Ankunft in Marseille. Sein erstes Papier war stets abgelaufen, sobald sein letztes gewährt wurde." — „Wenn man nicht mit dem letzten anfängt. Ich suchte mir hier zuerst einen Menschen aus, der mir seinen Schiffsplatz abtrat. Erst dann begann ich die Visenjagd."

Ich fragte ihn, ob es denn Menschen gebe, die auf einen Schiffsplatz verzichteten. Er sagte: „Es handelte sich um eine Frau, die irgendwo neben mir wohnte. Sie freute sich auf die Reise. Da wurde sie plötzlich krank. Sie hat das Rennen aufgegeben. Sie hat mir den Schiffsplatz abgetreten." Ich sagte: „Ach bitte, was für eine Frau? Was für eine Krankheit?" Er sah mich zum erstenmal aufmerksam an. In seinen grauen Augen war keine Güte, doch etwas, was mehr wiegt als Güte. Er erwiderte lächelnd: „Ihre Neugierde ist ungebrochen. Sie fragen einen Unbekannten nach den unbekannten Leiden einer unbekannten Frau." Er sah mich genauer an, dann fragte er: „Sie sind vielleicht bloß ein Schriftsteller? Sie fragen nur, um zu schreiben?" Ich rief erschrocken: „Ich? Nein! Keine Spur!" Ich erschrak zum zweitenmal. Meine Antwort war unüberlegt gewesen. Jetzt war sie nicht mehr zurückzunehmen. Ich fügte hinzu: „Ich habe mir selbst auf alle Fälle ein Billett sichern lassen." Er rief: „Auf alle Fälle! Auf alle Fälle ein Billett! Auf alle Fälle ein Visum! Auf alle Fälle ein Transit! Und wenn diese Sicherungen gegen Sie ausschlagen? Die Sicherungen vor den Gefahren mehr Kraft wegnehmen als die Gefahren selbst? Wenn Sie eingefangen werden in diesem Netz aus Voraussicht?"

Ich erwiderte: „Ach was! Sie glauben doch nicht, daß ich diesen Unsinn überschätze. Es ist ein Spiel wie jedes andere. Es ist ein Spiel um den irdischen Aufenthalt." Er sah mich an, als ob er sich jetzt erst im klaren sei, mit wem er es zu tun hatte. Er wandte sich ab. Er bezog jetzt deutlich seinen abgesonderten Tisch, der doch an den meinen anstieß. Sein Gesicht war streng, seine Haltung stramm. Ich überlegte umsonst, wo er hingehöre.

X

Er vergaß, beim Weggehen zu grüßen. Das Café Saint-Ferréol füllte sich teils mit den abgefertigten Besuchern des amerikanischen Konsulats, teils mit den Visa-de-sortie-Anwärtern, die sich stärkten, bevor sie zur Präfektur hinaufgingen. Ich wäre gern auf den Quai des Belges übergewechselt, wo man immerhin auf den Hafen sah. Ich saß wie gelähmt. Zu Binnets hinaufgehen? Ich kann ihnen auch nicht immer auf der Pelle liegen.

Auf einmal klopfte mein Herz, bevor meine Augen die Frau noch erkannt hatten. Sie kam herein, ging zwischen den Tischen herum. Ihre Traurigkeit steckte mich an. Mir wurde bang. Ich stand auf, als sie näher kam. Sie gab mir freudlos die Hand. Ich aber sagte: „Jetzt setzen Sie sich an diesen Tisch. Jetzt trinken Sie, was ich bestelle. Jetzt hören Sie mich an." Sie setzte sich gleichgültig neben mich. Sie fragte müde: „Was wollen Sie von mir?" – „Ich? Nichts. Nur wissen, was Sie suchen. Sie suchen ja von morgens bis abends, in allen Straßen, an allen Orten." Sie sah mich verwundert an, dann sagte sie: „Warum fragen Sie mich? Wollen Sie mir etwa helfen?"

„Kommt Ihnen das so sonderbar vor, ein Hilfsangebot? Was suchen Sie? Wen?"

„Ich suche einen bestimmten Mann, von dem einmal behauptet wird, daß er da, das andere Mal, daß er dort sitzt. Nur wenn ich selbst komme, ist er immer schon fort. Ich aber muß ihn wiederfinden. Das Glück meines Lebens hängt davon ab." Ich unterdrückte ein Lächeln. Das Glück des Lebens! Ich sagte: „Das kann nicht schwerhalten, einen Mann in Marseille zu finden. Eine Frage von Stunden, wenn es darauf ankommt."

Sie sagte traurig: „Das hab ich zuerst selbst gedacht. Der Mann ist wie verhext." — „Ein sonderbarer Mann. Kennen Sie ihn selbst genau?" Ihr Gesicht wurde etwas bleicher. „O ja, ich kenne ihn gut. Er war mein eigener Mann."

Ich nahm ihre Hand. Sie sah mir ernst ins Gesicht mit zusammengezogenen Brauen. „Wenn ich diesen Mann nicht finde, kann ich nicht abfahren. Er hat alles, was mir fehlt. Er allein hat das Visum. Er allein kann mir mein Visum verschaffen. Er muß vor dem Konsulat erklären, ich sei seine Frau." — „Um dann mit dem anderen zu fahren, dem Arzt, wenn ich alles richtig verstehe?"

Sie zog ihre Hand zurück. Ich hatte etwas zu streng gesprochen, das bereute ich jetzt. Sie sagte mit gesenktem Gesicht: „So ähnlich, so ungefähr." Ich nahm ihre Hand zurück. Sie ließ sie gedankenlos in meiner. Mir erschien das viel. Sie sagte zu sich selbst: „Das Schlimme ist, daß ich den einen nicht finde, den anderen nur aufhalte. Er hat schon lange nutzlos auf mich gewartet, der zweite, der andere. Er hat seine Abreise meinetwegen verschoben. Er kann nicht mehr länger warten. Nur meinetwegen."

Ich sagte: „Gut! Man muß zuerst einmal alles klären,

der Reihe nach. Wer sagt Ihnen, daß der Mann hier ist? Wer hat ihn gesehen?"

Sie antwortete: „Die Angestellten des Konsulats. Er war erst vor kurzem dort, um sein Visum abzuholen. Der Kanzler des mexikanischen Konsulats hat ihn selbst mehrmals gesprochen, darüber kann gar kein Zweifel bestehen, auch der Korse im Reisebüro."

Warum wurde ihre kühle Hand kalt zwischen meinen warmen Händen? Sie rückte dicht an mich heran. Und ich, ich wünschte mir jetzt einen Augenblick lang, ihr Bild möge sich verflüchtigen, möge wieder verfliegen im Mistral dieser Stadt. Doch hätte sie's jetzt wohl gelitten, wenn ich den Arm um sie legte. Nur wie ein Kind, das aus Furcht an einen erwachsenen Menschen anrückt. Doch ich, ich war angesteckt von dieser kindischen, unergründlichen Furcht. Ich fragte leise, als ob wir über verbotene Dinge redeten: „Woher kam er denn nach Marseille? Aus dem Krieg? Aus einem Lager?"

Sie erwiderte mir im selben Ton: „Nein, aus Paris. Wir wurden getrennt, als die Deutschen kamen. Er blieb dort hängen. Ich schickte ihm, als ich hier ankam, sofort einen Brief. Sofort. Ich traf eine Frau, die ich kannte. Die Schwester eines Menschen, den wir früher gekannt hatten. Ein gewisser Paul Strobel. Und diese Frau hatte eine Freundin, die war die Braut eines französischen Seidenhändlers. Der fuhr in seinen Geschäften hinauf ins besetzte Gebiet. Ich beschwor ihn, den Brief in Paris abzugeben. Das hat er auch getan. Ich weiß es."

Sie rief plötzlich: „Was haben Sie denn? Was fehlt Ihnen?"

Ich ließ ihre Hand los. Was, loslassen! Ich warf ihre Hand auf den Tisch.

„Mir fehlt gar nichts. Was sollte mir fehlen? Das spanische Transit höchstens, wie? Auch das nicht mehr lange. Nur weiter!"

„Es gibt kein Weiter mehr. Das ist alles." Ich sagte, ohne sie anzusehen: „Die Konsuln sehen jeden Tag

Hunderte von Gesichtern. Ein Name ist ihnen nichts. Vielleicht ist er gar nicht hier. Vielleicht ist er immer noch in Paris. Vielleicht —"

Sie hob blitzschnell ihre Hand in einer fast wilden Warnung. Sie starrte mich an und sagte mit veränderter, rauher Stimme: „Es gibt kein Vielleicht. Man hat ihn an vielen Orten gesehen. Man hat ihn viermal im Mont Vertoux gesehen. Der Kanzler des mexikanischen Konsulats sah ihn im Roma, nicht nur auf dem Konsulat. Der Korse sah ihn im Reisebüro und später in einem Café am Quai des Belges. Er sah ihn auch in einem kleinen Café am Quai du Port. Nur ich komme immer zu spät." — „Sie haben doch sicher gedrängt auf dem mexikanischen Konsulat? Die Angestellten bestürmt? Nach dem Mann forschen lassen?" — „O nein, das habe ich nicht getan. Denn gleich bei meinem ersten Besuch, als ich merkte, daß die Adresse nicht stimmt, die er dort auf dem mexikanischen Konsulat zurückließ, da war mir klar, daß er wohl unter falschen Papieren zugereist sei, vielleicht unter einem anderen Namen, so daß ich keinesfalls forschen darf, auffällige Fragen stellen, weil ich sonst alles zugrunde richten kann, für ihn und daher auch für mich. Verstehen Sie?"

Gewiß, ich hatte alles verstanden. Die Trauer würde nie mehr von mir weichen. Das war die Hinterlassenschaft meines Toten. Ich war es, der litt.

Ich sagte: „Sie wollen zu diesem Visum kommen. Ohne Mann kein Visum. Sie haben den Mann bewogen, hierher zu fahren, durch die Hoffnung auf ein neues gemeinsames Leben." Sie sah mich mit klaren, weitgeöffneten Augen an, den Augen des Kindes, das noch die Lüge scheut, was für Streiche es auch sonst begeht. Ich fragte weiter: „Jetzt lieben Sie diesen Arzt?"

Sie sagte nach einem leichten Zögern, das ich begierig in mich aufnahm: „Er ist sehr gut." — „Mein Gott, Marie, ich hab Sie nicht nach seiner Güte gefragt." Wir schwiegen eine Zeitlang. „Kommt es Ihnen nicht sonderbar vor, daß ihr Mann, falls er wirklich hierher gekommen ist, Sie nicht gesucht hat, nicht alles getan hat, um Sie wiederzufinden?" Sie legte die Hände ineinander. Sie sagte leise: „Gewiß, das kommt mir sonderbar vor. Viel mehr als sonderbar. Trotzdem, er muß hier sein, seine Anwesenheit ist bezeugt. Er weiß vielleicht, daß ich mit einem anderen Mann hier bin. Er will mich nicht mehr wiedersehen. Er kümmert sich nicht mehr um mich."

Ich ergriff wieder ihre Hand. Ich versuchte, meine Traurigkeit zu bezwingen, das Vorgefühl eines Unglücks. Ich würde, einmal mit ihr allein, schon alles in Ordnung bringen. Ich mußte zuerst den zweiten Mann, den Arzt, rasch und weit wegschicken. Und was ich von den Forderungen des anderen zu halten hatte, das wußte ich selbst am besten. Ich glaubte wenigstens damals, es zu wissen.

Ich sagte: „Sie fürchten sich wohl vor dem Wiedersehen?" Ihr Gesicht verschloß sich. „Gewiß, ich fürchte mich auch, nach allem, was geschehen ist. Ein Wiedersehen nach so langer Zeit ist beinah so schwer wie ein Abschied." Ich sagte: „Am besten wäre es daher für Sie, man könnte alles auf dem Papier erledigen. Im Dossier, auf den Konsulaten. Man trägt Ihren Namen in sein Visum ein. Man gibt Ihnen eine Bestätigung für das Visa de sortie. Ich habe gewisse Beziehungen. Ich könnte sehen, was sich tun läßt?"

„Und wenn ich ihn auf dem Schiff wiedersehe? Zusammen mit dem anderen?" – „Der andere muß über Oran fahren. Ich werde ihm dazu verhelfen." – „Das Ende wird sein, daß ich hier allein bin." – „Allein? Ach so. Warum fürchten Sie sich, allein zu sein? Sie fürchten sich vielleicht, im Bompard eingesperrt zu werden? Vergessen Sie nicht, daß ich da bin. Ich werde jetzt gut auf Sie achtgeben." – Sie sagte ruhig: „Ich fürchte mich nicht. Denn wenn ich allein zurückbleiben muß, dann ist es mir gleich, ob ich in Freiheit bin oder eingesperrt, im

Bompard oder in sonst einem Lager. Auf der Erde, unter der Erde."

Ich hatte bei ihren Worten die Vorstellung eines völlig leeren, völlig von Menschen geräumten Erdteils, das letzte Schiff abgefahren und sie allein zurückgeblieben in der vollkommenen Wildnis, die alles sofort überwuchert hatte.

# Sechstes Kapitel

I

Damals hatten alle nur einen einzigen Wunsch: abfahren. Alle hatten nur eine einzige Furcht: zurückbleiben.

Fort, nur fort aus diesem zusammengebrochenen Land, fort aus diesem zusammengebrochenen Leben, fort von diesem Stern! – So lange hören ihnen die Menschen gierig zu, wie sie von Abfahrten sprechen, von beschlagnahmten und nie angekommenen Schiffen, von gekauften und von gefälschten Visen und von neuen Transitländern. Aller Klatsch dient dazu, die Wartezeit zu verkürzen, denn die Menschen sind wie verzehrt vom Warten. Von den Schiffen, die ohne sie abfuhren, aber aus irgendeinem Grund ihr Ziel nie erreichten, hören alle am liebsten.

Ich fürchtete mich, auf dem mexikanischen Konsulat einen Menschen zu treffen, der mich kannte. Doch als ich unter den Wartenden Heinz erblickte, hüpfte mein Herz vor Freude. Ich vergaß sogar mein schlechtes Gewissen. Ich umarmte ihn, wie sich die Spanier umarmen, indem ich alle seine zerschossenen, dürren Knochen an mich drückte. Die wartenden Spanier standen lächelnd um uns herum mit dem unversehrbaren Herzen der leidenschaftlichen Menschen, die nicht durch Kriege, nicht durch Lager, nicht durch die Schrecken tausendfacher Tode jemals abstumpften, und betrachteten unser Wiedersehen. „Ich hatte Angst, Heinz, du seiest mir für immer durchgegangen. Ich konnte unsere Verabredung damals nicht einhalten. Mir war etwas dazwischengekommen, etwas, was einem nur einmal im Leben passiert. Ich hätte dich für nichts Geringeres aufsitzen lassen." Er sah mich an wie im Lager, wenn ich versucht hatte, seine Aufmerksamkeit durch einen Unsinn wieder auf mich zu lenken.

Er fragte ziemlich kalt: „Was treibst du denn hier?" – „Ich richte nur einen Auftrag aus. Ich habe mir in den letzten Tagen – oder sind es vielleicht schon Wochen? – die Augen nach dir wundgesehen. Ich habe gefürchtet, du seiest schon auf und davon."

Seit unserem ersten Wiedersehen war sein Gesicht noch kleiner geworden. Wie es bei kranken und todesmüden Menschen geschieht, war sein Blick desto härter und fester, je leichter und dünner sein Körper war. Seit meiner Kindheit hatte mich niemand ebenso aufmerksam angesehen. Dann fiel mir ein, daß er alles mit gleicher Aufmerksamkeit betrachtete: den lederhäutigen Türhüter, den alten Spanier, der sich trotz der Ausrottung seiner ganzen Familie doch entschlossen hatte, ein Visum zu erringen, als sei dieses Land ein Gefilde der Seligen, wo man die Seinen wiederfände, das kirschenäugige Kind, dessen Vater seit meiner Ankunftsnacht eingesperrt war, nachdem er schon sein Schiff durch das Tor des Hangars erblickt hatte, den Prestataire, dem inzwischen der Bart noch mehr gewachsen war, was ihm ein eulenhaftes Aussehen gab. „Du mußt aus dem Land, Heinz, bevor die Falle zuschnappt. Sonst wirst du nun zu guter Letzt von den Deutschen geschluckt. Hast du ein Transit?"

„Man hat mir ein Portugaltransit verschafft. Von dort geht es weiter – durch Kuba."

„Aber durch Spanien kannst du nicht fahren. Wie willst du nach Portugal?" – „Ich weiß noch nicht", erwiderte er, „das muß sich erst finden."

Plötzlich wurde mir klar, worin die Macht dieses Menschen bestand. Während wir alle gelernt hatten, daß Gott uns hilft, wenn wir uns selbst helfen, war dieser

Mensch in jeder Sekunde, selbst in der finstersten, davon überzeugt, daß er nie allein war, daß er, wo er auch war, über kurz oder lang auf seinesgleichen stoßen mußte, die aber selbst auch dann da waren, wenn er zufällig nicht auf sie stieß, daß es aber auch keinen noch so verrotteten Teufel, noch so erbärmlichen Feigling, noch so abgestorbenen Toten gab, der nicht zum Aufhorchen zu bringen war, wenn ihn eine menschliche Stimme um Hilfe anging.

„Warte doch auf mich, bitte, Heinz, in den Triaden. Drei Minuten von hier am Cours d'Assas. Glaub mir, ich kann dir Ratschläge geben. Glaub mir, ich werde diesmal bestimmt kommen. Hast du nicht selbst gesagt, daß ich dich nie im Stich lassen werde? Bitte, warte auf mich." – Er sagte trocken: „Sieh mal nach, ob ich noch dort sitze."

Der Kanzler empfing mich mit den spitzesten Augen. „Wie? Ihre Frau mit einbegriffen? Ohne spezielle Genehmigung meiner Regierung? Wie? Das finden Sie selbstverständlich? Ich gar nicht. Ihre Frau trägt nicht Ihren Namen. Warum haben Sie sie nicht rechtzeitig eintragen lassen in die Rubrik ‚Visenantragsteller begleitende Personen'? Ihre Frau, die ich die Ehre hatte, kennenzulernen, ist zwar überaus anmutig, aber nichts versteht sich von selbst. Manchmal muß man sich auch von überaus anmutigen Frauen trennen. Ja, der Papst hat sogar schon Ehen getrennt. Ich bin unglücklich, lieber Freund, über den neuen Zwischenfall. Sie müssen warten." – „Wie lange, glauben Sie, wird die neue Bestätigung auf sich warten lassen?" – „Denken Sie nach, wie lange die erste gedauert hat. Treffen Sie danach Ihre Dispositionen." – Seine Augen musterten mich mit neuer List. Aber gerade weil sie so sehr darauf aus waren, mich zu durchschauen, fühlte ich mich von neuem bestärkt in meiner eigenen List, in meiner eigenen Undurchschaubarkeit. Ich sagte: „Ich bitte Sie sehr, meine Frau noch nachträglich einzutragen in die Rubrik ‚Visenantragsteller begleitende Person'."

Niemand hat einen Schaden davon, dachte ich, als ich den Cours d'Assas überquerte. Niemand wird sich je darum kümmern, ob wir zwei abfliegen, ob wir zwei hierbleiben. Für mich ist der Aufschub gut, eine Frist, in der man noch alles klären kann. Damals fing ich schon an, in Konsulatsfristen zu rechnen, eine Art von Planetenzeit, in der man irdische Tage für Millionen von Jahren setzt, weil Welten verbrannt sind, ehe das Transit abläuft. Ich fing auch schon an, meine Träume ernst zu nehmen – warfen sie denn nicht ihre echten Schatten auf die weißen Seiten der Dossiers? Und der Ernst meines Lebens, mit dem es nie weit her gewesen war, hatte sich fast schon verflüchtigt in den zahllosen Tricks und Zauberkunststücken, die man in dieser Welt anwenden mußte, nur um am Leben, nur um in Freiheit zu bleiben.

Heinz saß am gleichen Tisch, an dem ich mit Binnets Jungen gesessen hatte, an dem Tag, an dem ich zum erstenmal in das neueröffnete mexikanische Konsulat gegangen war. Ich konnte auch jetzt von meinem Platz aus die Wartenden übersehen. Sie kämpften mit zwei Polizisten, die sie in den Schatten abdrängen wollten, aus einem schmalen Viereck von Wintersonne. Heinz fragte mich, was ich für Ratschläge feil hätte. Mir kam es vor, er hätte schon alles durchschaut. Wenn er mich nur noch ein wenig länger, nur noch ein wenig schärfer anblickte, mußte es ihm gelingen, alles aus mir herauszulesen. Was es auf sich hatte mit meinen Gängen auf das mexikanische Konsulat, wie ich den Freund jener Frau weit fort wünschte, wie mir der Gedanke zuwider war, ihn auf dem Hals zu behalten. Dann mußte er auch durchschauen, wie ich ihm, Heinz, helfen wollte, mehr als irgendeinem Menschen, mehr als mir selbst. Dabei wußte ich nur zu genau, daß ich für ihn nur einer von denen blieb, an die man sich nun einmal wenden muß, wenn solche Passagen glücken sollen. Trotzdem wollte ich mitgeholfen haben, würde für immer stolz darauf sein, bei dieser Rettung mitgeholfen zu haben.

Ich fing also fast gegen meinen Willen an, von dem Kupferdrahtkargo zu erzählen, von der Passage nach Oran, die ich einem gewissen Bekannten zugedacht hatte, aber jetzt lieber ihm, Heinz, abtreten wollte. Heinz erklärte, er wolle die Sache jedenfalls in Betracht ziehen. Er bestellte mich auf den Abend in eine Herberge, weit weg in Beaumont. Ich war immer in seinem Bann, solange ich vor ihm saß. Sobald ich wegging, fühlte ich, daß ich ihm gleichgültig war, daß er mich niemals zu seinesgleichen, niemals für voll zählte, das verdroß mich, und ich fing wieder an, mich zu fragen, warum ich plötzlich auf diese Hilfeleistung versessen war, die noch dazu meine eigenen Wünsche durchkreuzte.

II

Abends fragte man mich in dem kleinen Café am Alten Hafen, ob ich mich mit meiner Frau versöhnt hätte. Ich sagte ja. – Ob sie herkäme. – Nein, heute abend kaum. Wir seien versöhnt. Die Zeit des Einandernachlaufens sei vorbei. Sie erwarte mich ruhig daheim. – Bombello, der wieder gekommen war, fragte mich, ob die Passage für mich selbst sei. Er nehme grundsätzlich ähnliche Aufträge nur für Personen an, die er selbst begutachtet habe. Trotz dieser lobenswerten Vorsicht ahnte er nichts von dem Passagiertausch vor seiner Nase, da er den Arzt bisher nie erblickt hatte. Um der Wahrheit die Ehre zu geben, er hat uns immer in den Grenzen seines Berufes redlich bedient, uns nicht mit den Daten beschwindelt, und, als das Geld einmal ausgemacht war, nie aus einem erfundenen Anlaß einen Zusatz verlangt. Er betrachtete mich mit starkem Zwinkern, ein Tick, der ihm seit einer schiefgegangenen Sache geblieben war. Ich packte ihn und den Portugiesen in ein Taxi und fuhr sie nach Beaumont hinauf. Ich merkte sofort, daß beide mit ihrem neuen Kunden zufrieden waren. Und ich fühlte erstaunt und eifersüchtig, daß es sogar diesen beiden wohltat, ernst und aufmerksam angeredet zu werden. Wie es uns allen lächerlich wohltut, mit Ernst behandelt zu werden! Trotzdem ist es auch nur ein Trick von Heinz, sagte ich mir, ein Kunststück. Mich aber setzt er wahrscheinlich mit diesen beiden auf eine Stufe oder höchstens eine halbe höher.

Später, nachdem ein neues Zusammenkommen vereinbart worden war, luden wir die zwei in das Taxi und schickten sie in ihr eigenes Café zurück. Heinz lud mich zum Abendessen ein, zu Reis und Fioliwurst. Es gab hier oben auch zu trinken. Das Haus war fast leer im Winter, es lag an einer abgelegenen Straße, auf die ich im Anfahren kaum geachtet hatte, am Rand der Berge. Wir waren ganz verlassen, so dicht bei der großen Stadt. Ich hatte das Gefühl, daß Heinz sich mit mir langweile. Ich trank viel. Ich geriet plötzlich in Wut und Verzweiflung. Warum hatte ich alles für Heinz getan, ich, der ich ihm selbst gleichgültig war und langweilig, den er nie mehr wiedersehen würde? Ich trank weiter, manche Teile meines Lebens waren mir klar, andere waren verdunkelt von zartem, schwärzlichrotem Rosénebel. „Du gehst jetzt weg. Ich habe immer gedacht, wenn ich einmal wieder in einer Stadt mit dir leben sollte, was ich alles mit dir sprechen müßte, ich hätte dich wunder was zu fragen. Jetzt ist der Abend schon vorbei, doch weiß ich nicht mehr, was ich Dringendes fragen wollte, und die Zeit ist vorbei, in der wir in dieser Stadt zusammen gelebt haben, und ich habe dich nichts gefragt."

„Du hast mir geholfen."

„Gerade dadurch fährst du jetzt weg. Du hast es gut, du bist nicht wie ich, du hast dein Ziel."

„Du könntest dir sicher auch selbst helfen, abfahren."
– „Von dieser Art Ziel spreche ich nicht. Ja, diese Art Ziel kann ich mir beschaffen, ein Ziel und einen Schiffsplatz. Visen nach Gott weiß was für Ländern kann ich mir beschaffen. Transitvisen, Visa de sortie, dazu bin ich wohl der Mann. Aber was nützt es mir, daß mir

einerlei ist, wohin ich fahre, da mir das meiste einerlei ist?"

„Trotzdem, du hast mir geholfen."

„Wenn ich bei dir sitze, und du hast etwas Festes in dir und vor dir, etwas Festes, das nie in die Brüche geht, auch wenn du selbst in die Brüche gehst, Heinz, und ich seh es in deinen Augen, kommt es mir vor, ich hätte dann auch daran teil. Du verstehst wahrscheinlich kein Wort. Denn du kannst dir nicht vorstellen, wie es jemandem zumut ist, der ganz leer ist."

Wir horchten auf den Wind, der hier oben genauso tönte wie bei uns in den Bergen. Heinz sagte: „Ich kann mir alles vorstellen. Es gibt nichts, was ich nicht hinter mir habe. Wie ich zum erstenmal aufstand auf meinen Krücken – früher war ich wie du, groß und stark –, und ich versuchte zum erstenmal, durch die Tür zu kommen, da schien die Sonne durch diese Tür, ganz bös und grell, und ich sah vor mir meinen Schatten, meinen abgehackten Schatten, da war auch mir recht leer zumute. Ich bin wohl so alt wie du. Mein Herz sagt mir, daß ich noch unermeßlich viel Zeit vor mir haben muß, damit ich heimfahren kann und dabeisein kann, wenn sich alles verändert. Denn wie kann sich alles verändern, fragt sich mein Herz, ohne mich, der ich alles dazu hergab, meine Knochen und mein Blut und meine Jugend? Doch mein Verstand sagt mir, daß ich nur wenige Jahre zu leben habe, vielleicht nur wenige Monate." Er sah mich anders an als gewöhnlich, schräg und nachdenklich, mit dem Blick eines Menschen, der auch Hilfe braucht. Dadurch wurde er mir noch lieber.

III

Der Arzt nahm meine Mitteilung ziemlich ruhig auf, daß die Passage nach Oran doch nicht für ihn klappe. Er sagte: „Man hat mir auf der Transports Maritimes versichert, daß auch im nächsten Monat ein Schiff nach

Martinique abgeht. Ich habe mich verbuchen lassen. Das ist eine sicherere Fahrt als über Oran und der Zeitunterschied gering in jedem Fall." — Also du hast mich eifrig verhandeln lassen, dachte ich, immer mit einer Rückversicherung. Er fuhr fort: „Marie hat mir erzählt, Sie wollen ihr helfen. Sie haben vielleicht in ihrer Sache eine bessere Hand." — „Ich glaube kaum, daß das Visum kommt, bevor Sie abreisen. Und wenn! Bedenken Sie doch, was dann noch zu tun bleibt: Kaution, Visa de sortie, Transit." Er sah mir so scharf, so plötzlich in die Augen, daß ich mein Gesicht nicht mehr verändern konnte. Er sagte ruhig: „Ich möchte Ihnen etwas erklären. Ein für allemal: Ich habe Marie in meinem kleinen braven schäbigen Auto durch den Krieg durch, aus dem Krieg heraus gefahren. Wahrscheinlich liegen die Trümmer meines Autos noch immer im selben Chausseegraben, fünf Stunden hinter der Loire. — Wir kamen heil hier an. Wir wären damals noch weiter gekommen. Wir hätten damals nach Afrika fliehen können. Es gab noch Schiffe nach Casablanca. Es gab noch Passagen. Wir konnten alle noch fliehen. Da fing Marie zu zögern an. Sie war mir bisher gefolgt, auf einmal begann sie zu zögern, sie zögerte und zögerte. Ein Schiff nach dem andern fuhr ab. Sie war auf kein Schiff zu bringen. Sie war mir zwar aus Paris gefolgt, durch das ganze Land, bis in diese Stadt. Doch auf das Schiff war sie nicht zu bringen. Und damals brauchte man noch kein Visum, noch kein Transit, man stürzte sich auf die Schiffe und fuhr. Marie aber gebrauchte Vorwände, die Schiffe fuhren ab. Ich drohte, allein abzufahren. Ich wollte sie zur Entscheidung zwingen. Sie war nicht zu zwingen, sie zögerte. Dadurch allein, durch Mariens Schuld, ist es jetzt so gekommen, daß ich nicht mehr warten kann. Ich möchte gern, daß Sie alles verstehen."

„Sie sind mir keine Aufklärung über Ihre Gefühle schuldig."

„Über meine gewiß nicht. Ich möchte Sie nur darauf

aufmerksam machen: Marie wird immer zögern. Selbst wenn sie sich plötzlich entscheidet, zu bleiben, auch dann wird sie im geheimen zögern. Sie wird sich auch nie entscheiden können, endgültig zu bleiben. Sie wird sich zu nichts auf Erden endgültig entscheiden, bevor sie nicht einen Mann wiedergesehen hat, der vielleicht tot ist."

Ich rief: „Wer sagt Ihnen, daß er tot ist?"

„Mir? Niemand. Ich sagte: Vielleicht."

Da geriet ich ganz außer mir, ich rief: „Verlassen Sie sich nicht zu sehr darauf! Der Mann kann zurückkommen. Er ist vielleicht wirklich schon in der Stadt. Im Krieg ist alles möglich."

Er sagte, indem er mich ruhig betrachtete aus seinem langen unbeweglichen Gesicht: „Sie vergessen eine Kleinigkeit, Marie ist schließlich mit mir fort, als der Mann noch lebte."

Ja, das war wahr. Ich mußte zugeben, daß es wahr war. Es hätte dem Toten nicht weher tun können als mir. Der Krieg war über das Land gekommen, der Tod hatte auch sie gestreift, die Furcht hatte auch sie gepackt. Vielleicht nur einen Tag lang. Dann war es schon zu spät gewesen. Der eine Tag hatte sie von dem Mann für die Ewigkeit selbst getrennt.

Was aber ging mich der Mann an? Ich war ihn los, das war alles. Und wäre er wirklich auferstanden, ich hätte auch nichts Besseres gewünscht, als ihn loszuwerden. Mit ihm verglichen, dachte ich, ist der Bursche, der vor mir sitzt, ein magerer Schatten. Warum will sie ihm folgen? Warum läßt sie mich im Stich?

Der Arzt sagte in verändertem Ton, als ob er mich ablenken oder beruhigen wollte: „Aus einigen Ihrer Äußerungen entnehme ich, wie Sie zu dem Transitwesen stehen, zum Visentanz, diesem ganzen Konsulatszauber. Ich fürchte, mein Freund, Sie nehmen die Sache zu leicht. Ich jedenfalls denke anders darüber. Denn wenn eine höhere Ordnung in der Welt regiert — sie braucht nicht unbedingt göttlich zu sein, ganz einfach Ordnung, ein höheres Gesetz —, dann schimmert sie sicher auch durch die blöde Ordnung der Dossiers. Ihr Ziel ist Ihnen gewiß, ob Sie vorher Kuba oder Oran oder Martinique gestreift haben, was ficht es Sie an? Gewiß ist Ihnen die Kürze und Einmaligkeit des Lebens, ob es nun in Mond- oder Sonnenjahre eingestellt ist oder in Transitfristen."

„Da wundert es mich bloß bei der Erhabenheit Ihrer Gedankengänge, warum Sie eigentlich zappeln, vor was Sie sich eigentlich fürchten." — „Das ist doch wirklich ganz einfach. Natürlich vor dem Tod. Vor dem gemeinen, sinnlosen Tod unter SA-Stiefeln." — „Ich, sehen Sie, meine immer, ich müsse der sein, der alles überlebt." — „Ja, ja, ich weiß, es fehlt Ihnen völlig an Vorstellungsgabe, was Ihren eigenen Abgang angeht. Sie, lieber Freund, wenn ich mich nicht in Ihnen täusche, möchten gern zwei Leben haben; da es nacheinander nicht geht, dann nebeneinander, dann zweigleisig. Sie können es nicht."

Ich rief erschrocken: „Wie kommen Sie darauf?"

Er erwiderte leichthin: „Mein Gott, dafür gibt es Symptome. Ihr übertriebenes Aufgehen in fremden Lebensbezirken. — Ihr dankenswertes, doch auch erstaunliches Helfen-, Einspringenwollen. Ich sage Ihnen, Sie können es nicht, Sie können es nicht. Und falls es nichts mit der Ordnung ist, falls es doch nur das Schicksal gibt, das blinde Schicksal, dann ist es wirklich auch einerlei, ob Ihnen das Schicksal aus dem Mund eines Konsuls verkündet wird oder von dem Orakel von Delphi oder aus den Sternen, oder ob Sie es nachträglich selbst herauslesen aus den zahllosen Zwischenfällen Ihres Lebens, meistens falsch, meistens voreingenommen."

Ich wollte gerade sagen, er möchte mit seinem Geschwätz aufhören, da stand er auch schon von selbst auf, verbeugte sich vor Claudine und ging weg. Wir hatten bei diesem Gespräch in Claudines Küche gesessen, an ihrem winzigen, von einem reinen, blaugewürfelten Wachstuch bedeckten Küchentisch. Sie war mit großer Aufmerksamkeit unseren Worten gefolgt, obwohl wir deutsch sprachen, als teile sich ihr der Sinn unserer unverständlichen Worte auf andere Weise mit. Ihre langen Hände, außen dunkel, innen rosa, bewegten sich mit den Stricknadeln wie ein schmales kräftiges Blattwerk.

Nach dem Abgang des Arztes muß ich lange geschwiegen haben. Claudine begann: „Was fehlt dir eigentlich? — Seit einigen Wochen bist du verändert. Du bist nicht mehr der Mensch, der du warst, als du zum erstenmal zu mir kamst. Erinnerst du dich noch? Ich warf dich hinaus. — Ich war außerordentlich müde, ich wollte Essen vorkochen für den nächsten Tag. Dir fehlt etwas, widersprich nicht. Was fehlt dir? Warum gehst du immer mit diesem Arzt, mischst dich in seine törichten Abfahrtsgeschäfte? Dieser Mann ist kein Freund für dich. Er ist ein Fremder." — „Ich bin ja auch einer." — „Uns bist du jedenfalls nicht fremd. Dieser Arzt ist sicher ein guter Mensch. Er hat meinen Jungen geheilt. Deshalb bleibt er uns doch fremd." — „Claudine, bist du denn nicht selbst hier fremd?" — „Du vergißt, daß ich hierhergekommen bin, um zu bleiben. Für euch ist die Stadt zum Abfahren da, für mich war die Stadt zum Ankommen. Sie war mein Ziel, genau wie für euch die anderen Städte da drüben, und jetzt bin ich eben hier." — „Warum bist du weg von zu Hause?" — „Davon verstehst du nichts. Was verstehst du von einer Frau, die, ihr Kind im Tuch, ein Schiff besteigt, weil daheim kein Platz mehr für sie ist? Weil man allerlei Volk anwirbt für eine Farm, für eine Fabrik, für irgend etwas, wovon sie gar nichts begreift, was es ist. Und dann ihr! Eure kalten Augen! Die ihr lange braucht für etwas, was für uns im Augenblick abgemacht ist, und in einem Augenblick abmacht, was für uns das Leben lang dauert. Du fragst auch nur, damit du selbst nicht gefragt wirst. Du bist nicht mehr mit Nadine? Hast du eine andere? Macht sie dir Kummer?" — „Laß mich in Frieden. Sag lieber, hast du nie Lust, wieder heimzufahren?" — „Vielleicht, wenn mein Sohn ein Lehrer geworden ist oder ein Arzt. Nicht jetzt allein. Denn ein Blatt, das im Wind herumweht, würde eher auf seinen Zweig zurückfinden. Ich will mit meinem Kind bei Georg bleiben, solange es möglich ist."

Sie machte sich selber kein Hehl aus der Brüchigkeit ihrer vier Wände. Sie würden vielleicht gerade deshalb um so haltbarer sein. Ich hatte jedenfalls stark wie nie das Gefühl, in ein Heim geraten zu sein. Wahrscheinlich war sein Anfang auch nur Georgs Wunsch gewesen, einmal diese fremde Hand zu berühren. Georg, den ein falscher Evakuationsplan seiner Fabrik nach dem Süden verpflanzt hatte. Wie kam es nur, daß sich um solche Georgs immer vier Wände stellten, während für mich nie etwas seine Folgen hatte, weder glückliche noch schmerzliche? Ich blieb letzten Endes immer allein zurück, unbeschädigt zwar, aber dafür auch allein.

## IV

Ich setzte mich in die Brûleurs des Loups. Die Leute um mich herum waren alle in furchtbarer Aufregung, nur weil um die Mittagszeit ein Hakenkreuzauto die Cannebière hinuntergesaust war. Wahrscheinlich nur eine der Kommissionen, die mit den spanischen, italienischen Vichy-Agenten in einem der großen Hotels verhandelten. Die Menschen gebärdeten sich, als sei der Leibhaftige selbst die Cannebière hinuntergerasselt, als könnte er die verlorene Herde fangen in seinem Pferch aus Stacheldraht. Ich glaube, sie waren alle nahe daran, ins Meer hineinzulaufen, da ja zunächst keine Schiffe mehr fuhren.

Auf einmal sah ich in einem der Spiegel, die hier die Wände bedeckten, als wollte man das Durcheinander von Fratzen noch fratziger und verwickelter machen, Marie still hereinkommen. Ich sah gespannt ihre Suche mit an, das Abgehen aller Plätze, das Ablesen aller Gesichter. Und ich, der einzige Mensch, der wußte, daß ihre Suche zwecklos sei, ich wartete atemlos, daß sie an meinen Tisch treten müsse. Ich fühlte plötzlich, ich müsse jetzt dieser Suche ein Ende machen, ein für allemal. Ich fühlte schon die ganze Verheerung voraus, die ich jetzt gleich anrichten würde mit drei Worten verfluchter Wahrheit.

Da fiel ihr Blick auf mich, ihr bleiches Gesicht wurde frisch und rot, in ihren grauen Augen erglänzte ein warmes, gutes Licht, sie rief: „Ich suche dich seit Tagen."

Ich vergaß meinen Vorsatz. Ich ergriff ihre Hände. Ihr kleines Gesicht war der einzige Ort auf Erden, wo es für mich noch Frieden gab. Ja, Frieden und Ruhe legten sich augenblicklich auf mein gejagtes Herz, als säßen wir miteinander auf einer Wiese in unserer Heimat und nicht in diesem verrückten Hafencafé, dessen Wände das Zappeln und Grauen der Flüchtlinge spiegelten.

Sie sagte: „Wohin warst du denn verschwunden? Nun sag mir, du hast wohl noch keine Antwort von deinen Freunden da auf den Konsulaten?"

Meine Freude verging fast. Ich dachte: Darum sucht sie mich! Genau wie den Toten! Ich sagte: „Nein. So schnell kommt keine Antwort." Sie seufzte auf. Ich konnte aus dem Ausdruck ihres Gesichtes nicht klug werden. Es sah fast aus wie Erleichterung. Sie sagte: „Wir wollen jetzt ruhig beieinandersitzen. Wir wollen uns stellen, als gäbe es keine Abfahrt, keine Schiffe, keinen Abschied."

Zu diesem Spiel war ich leicht zu haben. Wir saßen vielleicht eine Stunde zusammen so schweigsam, als hätten wir später viel Zeit, unermeßlich viel Zeit zum Wortemachen, einträchtig, als könne uns nichts mehr trennen. Mir wenigstens war es so zumut. Ich wunderte mich nicht einmal, wie fügsam sie mir ihre Hände ließ, als wäre es das Selbstverständlichste von der Welt – oder vollständig belanglos, wer jetzt ihre Hände noch halte. Sie sprang plötzlich auf. Ich fuhr zusammen. Auf ihrem Gesicht lag der sonderbare, unklare, etwas spöttische Ausdruck, der immer darauf entstand, wenn sie an den

Arzt dachte. Ich spürte schon die wilde Jagd, die über mich einbrechen, die mich mitreißen würde, sobald sie mich zurückließ.

Doch blieb ich auch nachher noch ziemlich ruhig. Noch sind wir in *einer* Stadt, dachte ich, noch schlafen wir unter demselben Himmel, noch ist alles möglich.

V

Auf meinem Heimweg über den Cours Belsunce rief jemand aus der Glasveranda des Cafés Rotonde meinen alten Namen.

Ich schrak zusammen wie jedesmal, wenn man mich bei dem echten Namen rief. Und jetzt und immer beruhigte ich mich, daß fast alle Leute hier unter allerlei Namen herumliefen, und sei es auch nur, weil sie ihren Namen in fremde Sprachen übersetzten. Die Gruppe von Menschen, die mir zuwinkte, war mir zunächst ganz fremd. Dann merkte ich, alle winkten, weil Paul winkte. Ich hatte ihn übersehen. Sein Kopf sah hinter der Schulter des Mädchens hervor, das er auf den Knien hielt. Wahrscheinlich war es der Umstand, der an und für sich nicht unwahrscheinliche, für mich aber höchst verblüffende Umstand, daß Paul ein Mädchen auf seinen Knien hielt, der mich blöd dastehn ließ, ohne Wiedererkennen. Das Paulchen hatte Gebrauch gemacht von dem Alkoholtag, seine schwermütigen braunen Augen glänzten, mit seiner dünnen bebrillten Nase stieß er in einem fort in den Hals des Mädchens. Das Mädchen, mit langen hübschen Beinen, mit nettem kleinem Gesicht, schien recht zufrieden mit dieser Art von Zärtlichkeit. Sie fühlte wahrscheinlich bei jedem Schnabelstoß, das Paulchen sei ein mächtiger Mensch, ein verfolgter mächtiger Mensch. Mit der einen Hand faßte das Paulchen das hübsche Mädchen, mit der freien Hand winkte er mir. Ich zögerte. Doch die Menschen am Tisch winkten weiter, nur weil Paulchen winkte. „Mein alter Mitprestataire!" rief Paul,

„jetzt Pistolero von Francesco Weidel." Die übrigen hatten sich ausgewinkt und beguckten mich. Ich setzte mich, obwohl ich fühlte, wie fremd ich an diesem Tisch war.

Es gab außer Paul und dem Mädchen auf seinen Knien hier ihrer noch fünf. Ein kleiner dicker Mann mit einem Doppelkinn, seine ebenfalls kleine und plumpe Frau, die eine Feder am Hut trug; eine junge Person, die so schön war, daß ich sie noch und noch einmal ansehn mußte, ob sie wirklich so schön war mit ihrem zarten Hals, ihrem goldenen Haar, ihren langen Wimpern. Ich hatte sogar das Gefühl, sie sei in Wirklichkeit überhaupt nicht da, sondern in die Luft gehaucht. Sie war auch völlig reglos. Bestimmt in Wirklichkeit da und gar nicht gehaucht war ein strichdünnes, aber zähes Mädchen mit großem frechem Mund. Sie sah mich weiter von oben bis unten an aus schiefen Augen, den Kopf an den Arm des Freundes gelehnt. Der war ein ausnehmend prächtiger, großgewachsener, aufrechter Bursche, der über uns wegsah mit einem dünnen Lächeln von Macht und Hochmut. Er war mir fremd bis ins Mark, doch kam er mir auch, ich wußte durchaus nicht warum, vertraut vor. – Das Paulchen rief: „Erkennst du den Achselroth nicht?"

Ich sah ihn genau an. Ich erkannte den Achselroth. Hatte Paul mir nicht einmal erzählt, der sei schon auf und davon nach Kuba? Ich gab ihm die Hand. Er sah in seinen vornehmen Zivilkleidern ebenso verkleidet aus wie früher im Lager in seinen Prestatairefetzen. Dabei fiel mir ein, was das Paulchen auch noch von dem Achselroth erzählt hatte, von seiner unübertrefflichen Imstichlasserei damals auf der Flucht am Kreuzweg. Das Paulchen hatte offenbar alles vergessen und verziehen. Ich hatte ja auch selbst alles vergessen gehabt und dem Achselroth die Hand geschüttelt.

Achselroth sagte: „Sie sind an den Weidel geraten? Da ist er also doch eingetrudelt. Ein Glück, daß ich nicht in euch alle mein Gewissen investiert hatte. – Ich stoße nämlich auf Schritt und Tritt auf Leute, die mir grollen, weil ich mich nicht genug christlich an ihnen bewährt habe. Und Weidel verstand von jeher am besten zu grollen. Ich traf ihn kürzlich im Mont Vertoux —"

Ich rief: „Sie, Weidel?"

Er sagte: „Der fürchtet schon, daß sich sein Herr und Meister etwas vergeben hat. Nein, nein, er grollte. Er krümmte sich hinter seiner Zeitung zusammen, damit es ja nicht zu einem Wiedersehen komme. Ihr wißt doch, Weidel steckt im Café immer den Kopf hinter eine Zeitung, damit ihn ja keiner anredet, und in die Zeitung hat er mit einer Stecknadel Löchlein gestochen, damit er versteckt dem Treiben der Menschen zusehn kann. Er gibt ja was auf das Treiben der Menschen, auf das Stoffliche, Verwicklungen alten Stils, die grobe Fabel."

Der dicke Mann mit dem Doppelkinn murmelte: „Ein großer Zauberer — mit dem alten Trick."

Ich hatte Achselroth etwas zu stark angestarrt, er runzelte die Stirne. Ich zog meinen Blick rasch von ihm ab auf das zarte engelschöne Gesicht des goldhaarigen Mädchens. Paul flüsterte: „Sie war seine Freundin bis vor kurzem. Auf einmal erklärte er, daß er es satt hat, noch länger ‚das schönste Paar an der Côte d'Azur' mit ihr zu spielen."

Achselroth fuhr fort: „Die große Fabel in diesem Fall war übrigens folgende: Du kannst dich doch wohl noch an unsere Flucht aus dem Lager erinnern, Paulchen, an unseren Kreuzweg, und wie ich ohne euch abhaute? J'éspère que cela ne te fait plus du mauvais sang?"

„Jetzt sind wir doch zusammen am selben Ort", sagte Paul, für den das offenbar der springende Punkt war.

„Ich bekam einen großen Vorsprung vor den Deutschen. Ich zog vor Hitler in Paris ein. Ich schloß meine Wohnung in Passy auf, ich packte mein Geld zusammen, meine Wertsachen und Manuskripte, ein paar Kunstgegenstände, benachrichtigte dieses teure Paar" — er deutete auf die gefiederte Dame und den Mann mit dem Doppelkinn, die beide ernst nickten, „diese Dame hier", er deutete auf das goldhaarige Mädchen, das reglos und anteilslos blieb, als könne eine geringe Bewegung ihre dahingehauchte Schönheit verwischen. „Da kommt mir dieser Weidel an, wahrscheinlich hat er Paris nach Freunden durchstöbert, er ist bleich und zittert, die Nazis, so nahe, gehen ihm auf die Nerven. In unserem Auto war anscheinend damals noch Platz. Ich versprach, ihn mitzunehmen, ihn abzuholen, eine Stunde später. Dann erwies sich das Gepäck dieser Dame als recht beträchtlich, denn sie braucht ihre Kostüme, ihre Berufskleider. Die Dame konnte nicht leben ohne ihre Koffer, ich konnte damals nicht leben ohne die Dame, also mußten wir auf Weidel verzichten."

„Weidel hat immer in seinen Taschen eine Menge Konfliktstoffe", sagte Paul, „jetzt beschäftigt er wochenlang unser Komitee, man könnte für ihn ein besonderes Komitee einrichten. Wir haben wirklich nur mit halbem Gewissen bei dem Konsul der Vereinigten Staaten für den Mann bürgen können. Er hat sich damals in diese Sache eingelassen."

„In welche Sache?" fragte der Mann mit dem Doppelkinn.

„Ach, vor vier Jahren. Im spanischen Bürgerkrieg. Kommt ausgerechnet dem Weidel irgend so ein Brigadenmajor auf die Bude, erzählt ihm Greuelgeschichten und beeindruckt den armen Kerl, der nun mal zugänglich ist für Absurditäten und Blut und Grauen, und das Ergebnis: eine Novelle à la Weidel über eine Massenerschießung in einer Arena vor einem Inquisitionsgericht. Diese Novelle versandte der spanische Pressedienst. Ich hab ihn übrigens damals gewarnt, er solle sich von diesen Leuten zurückhalten. Er hat mir geantwortet, das Motiv locke ihn." — „Daher das Mexikovisum", sagte Achselroth, „jedenfalls beruhigt es mich, daß ich die nächsten

Jahre sein gekränktes Gesicht nicht zu sehen brauche." – "Beruhige dich nicht zu früh", sagte Paul, "er wird wahrscheinlich durch unsere Bürgschaft sein amerikanisches Transit bekommen, vielleicht fahrt ihr auf einem Schiff." Ich fragte: "Warum sind Sie nicht schon abgefahren? Sie kamen doch Wochen vor uns hier an?"

Achselroth drehte sich scharf nach mir um. Er sah mir gerade ins Gesicht, als prüfe er, ob ich mich über ihn lustig mache, die übrigen starrten mich an und lachten dann alle laut heraus. Paul sagte: "Du bist bestimmt der einzige in Marseille, der diese Geschichte nicht kennt. Ich stelle dir eine Reisegesellschaft vor, die bereits in Kuba war." Der Mann mit dem Doppelkinn nickte traurig, wodurch sich bei ihm drei Kinne bildeten. Die Frau mit der Feder rückte zu mir. "Herr Achselroth hat uns bereits in Paris herausgefischt und in besagtes Auto verstaut, zusammen mit dieser Dame und ihren Koffern, so daß denn kein Platz mehr für Weidel war. Uns aber brauchte er, für uns war Platz, wir schreiben ihm die Musik für sein neues Stück, er fuhr wie der Teufel selbst vor den Deutschen her, er rettete uns mitsamt der Musik für sein Stück. Kein Mensch kam so rasch hier unten an wie er mit uns. Er kaufte schon in der ersten Woche die Visen. Wir waren die ersten, die fuhren, nur leider war er beschwindelt worden, die Visen waren gefälscht, in Kuba ließ man uns nicht an Land, wir mußten zurück auf demselben Schiff."

Ich dachte bei mir, wie merkwürdig schlecht dem Achselroth das zu Gesicht stand, was man Pech nennt. Er schien für das Glück geschaffen, vergoldet von Glück. Er verzog den Mund und sagte: "Wir haben ein wenig gelernt, gefährlich zu leben. Die Musik für das Stück wird in der westlichen Hemisphäre geschrieben. Ein wenig Geduld. Wir sind jetzt hübsch ordnungsgemäß in Lissabon vorgebucht. Wir haben Konsuln zu Freunden. Wir haben die Transits für Spanien und Portugal in der

Tasche. Wir können hier jede Stunde abhauen." — Er deutete auf das schöne Mädchen, das leicht zusammenzuckte, dann aber gleich zurückfiel in seine blendende Reglosigkeit. „Ich hatte auch noch anderen Gewinn aus der erzwungenen Rückfahrt: Befreiung von Imaginationen. Es gibt einen alten Aberglauben von den Folgen gemeinsamen Schicksals. Gewöhnlich bezeichnet man diese Folgen als Treue. Ich hätte mir, wäre die Landungsbehörde von Kuba humaner gewesen, gewiß noch lange eingeredet, das gute Kind gehöre auch weiter zu mir, nur weil es eine erregende Strecke meines Lebens geteilt hat. Da kam mir die seltene Gelegenheit, noch einmal zwangsweise an meinen Ausgangspunkt zurückgeführt zu werden. Ich revidierte meine Papiere und meine Gefühle. Der Spuk von Treue verflog." Ich sah mir noch einmal das Mädchen an und hätte mich nicht gewundert, es wäre, ein reines Erzeugnis von Achselroths Einbildungskraft, das gänzlich überflüssig geworden war, über den Belsunce abgeflogen.

Ich fühlte mich etwas unbehaglich, als sei ich, ein höchst gewöhnlicher Bursche, in die Gesellschaft von Magiern geraten. Der Mann mit dem Doppelkinn hielt mich auf, als ich wegging.

Er nahm mich beiseite. „Ich bin sehr froh, Sie getroffen zu haben. Ich achte Herrn Weidel. Er kann viel. Ich war die ganze Zeit um ihn besorgt. Jetzt bin ich froh, weil ich weiß, daß er außer Gefahr ist. Als wir damals ohne Weidel aus Paris abfuhren, da hab ich mir immer Vorwürfe gemacht, daß ich nicht statt seiner zurückgeblieben bin. Er hätte das verdient. Ich war natürlich dazu zu schwach. Und als uns das Unglück in Kuba zustieß, als wir wieder zurück mußten, da kam es mir vor, das sei die Strafe für meine Schwäche, für meine übergroße Eile." — „Beruhigen Sie sich, solche biblischen Strafen werden heute nicht mehr erteilt. Denn wenn es der Fall wäre, müßten die meisten Menschen wieder zurückgeschickt werden." — Ich sah ihn an und merkte, das Fett, das seine Augen vergrub, das Falten um sein Kinn warf, verbarg seine wahren Züge. Er steckte mir einen Geldschein zu und sagte: „Weidel war immer arm. Er wird es brauchen. Versuchen Sie, ihm zu helfen. Er hat nie verstanden, sein Geld zu machen."

VI

Ich war frühmorgens aufgestanden. Ich hatte Claudine versprochen, noch vor der Eröffnung rechtzeitig Schlange zu stehen vor einem kleinen Geschäft in der Rue de Tournon. So früh ich kam, schon standen Frauen genug vor dem verschlossenen Laden, in Tücher und Kapuzen vermummt, denn es war windig und kalt. Man sah zwar schon etwas Sonne auf den äußersten Dächern, doch zwischen den hohen Häusern der Gasse lag schwerer, uralter Schatten.

Die Frauen waren zu müde und steif, um zu schimpfen. Sie dachten an nichts als an den Erwerb der Sardinenbüchsen. Wie Tiere auf eine Erdöffnung lauern, in der sich etwas Genießbares zeigen wird, so lauerten diese Menschen auf den Türspalt, und ihre Kraft war auf nichts gerichtet als auf den Fang der Sardinenbüchsen. Warum sie so früh hier anstehen mußten um etwas, was sonst im Überfluß da war, wohin der Überfluß ihres Landes gekommen war, darüber nachzudenken, waren sie viel zu müde. Die Tür wurde endlich aufgeschlossen, die Schlange rückte jetzt langsam vor in den Laden hinein, doch hinter uns war die Schlange gewachsen, fast bis zum Belsunce. Ich dachte an meine Mutter, die sich jetzt ebenfalls eingereiht haben mochte im Morgengrauen in irgendeine Schlange vor irgendeinem Laden ihrer Stadt für ein paar Knochen oder ein paar Gramm Fett – In allen Städten des Erdteils warteten jetzt diese Schlangen vor unzähligen Türen. Wenn man sie aneinanderreihte, reichten sie wohl von Paris bis Moskau, von Marseille bis Oslo.

Auf einmal kam auf der anderen Seite der Gasse, vom

Boulevard d'Athènes her, Marie in ihrer spitzen grauen Kapuze, blaß vor Kälte. Ich rief Marie. Ein wenig Freude glänzte unleugbar auf ihrem Gesicht bei unserer Begegnung. Ich dachte: Wenn sie jetzt bei mir stehenbleibt, wird es gut ausgehen – Sie stellte sich neben mich, so daß die Frauen nicht fürchteten, daß sie sich in die Reihe einschleichen wollte. Sie fragte: „Was gibt es denn hier?" – „Sardinenbüchsen. Ich brauche sie für den kranken Jungen, zu dem ich damals deinen Freund brachte." Sie trat von einem Fuß auf den anderen. Die Frauen knurrten. Ich drehte mich schnell um und beruhigte sie, nur ich sei es, der um Sardinen anstünde. Doch gaben sie argwöhnisch acht, daß sich Marie nicht einschleiche, statt sich hinten anzureihen.

Ich fragte Marie, warum sie so früh herumlaufe. – Auf die Schiffahrtsgesellschaften, auf das Reisebüro. – Ich dachte bei mir, daß sie loszog, um ihre tägliche Suche rechtzeitig zu beginnen. Doch unwillkürlich machte sie gleich am Anfang halt, blieb neben mir stehen, verschob ihre Suche um meinetwillen. Ich mußte sie sacht daran gewöhnen, mich zu suchen. – Die Menschen hinter uns wurden unruhig. Sie reckten die Hälse. Da sagte Marie: „Ich fürchte, ich muß jetzt weitergehen." – „Jetzt stehen ja nur noch sechs Leute vor uns, Marie. Ich komme gleich an die Reihe. Dann kann ich dich begleiten."

Die Frauen wurden von neuem unruhig. Doch ließen sie diesmal einer den Vortritt, die ein Kind erwartete. Dabei erzählten sie hinter mir von einem Weib, das sich gestern den Vortritt erschlichen habe, indem es sich ein Kissen in seinen Rock steckte. – Doch diese neuangekommene Frau trug ohne Zweifel echtes Leben unter dem großen wollenen Kleid. In ihren Augen, die aus dem vor Kälte gesteiften Gesicht heraussahen wie die Augen einer Maske, verwandelte sich der Schreck, zu spät gekommen zu sein, in einen scharfen Glanz von Hoffnung, der etwas anderem galt als einer Fischbüchse. In ihrem stumpfen Gesicht verwandelte sich die Verzweiflung in einen Ausdruck von Geduld.

„Da siehst du, man stellt sich auch vor uns an", sagte Marie, „ich muß jetzt weg." — Warum bin ich nur nicht mit ihr gegangen, dachte ich, warum lüge ich nicht Claudine an, der Laden sei geschlossen worden? Warum bleib ich hier in der Kälte stehen und warte?

## VII

Ich lud Marie ein in ein kleines Café am Boulevard d'Athènes. Sie ließ mich kaum warten. Doch wartete ich die wenigen Augenblicke verzweifelt, töricht. Da war es für mich denn ein Wunder, daß sie eintrat, geradewegs auf mich zuging. Sie warf ihre nasse Kapuze weg und setzte sich neben mich. „Wie steht es? Ist etwas erreicht?" — Ich sagte: „Ich habe schon manches erreicht. Du darfst dich da nur nicht einmischen, nichts verwirren. Man wird dich zur rechten Zeit rufen. Dann wird man nichts mehr von dir verlangen als eine Unterschrift."

Sie rückte ein wenig ab und stützte sogar den Kopf in die Hand, um mich besser zu betrachten. Sie sagte: „Mir kommt es bisweilen vor, daß mir ein Fremder hilft, wo ich selbst keinen Rat mehr weiß, ein Fremder, der plötzlich auftaucht, ein Unbekannter." Sie berührte leicht meine Hand zum Dank. Doch heute erschien sie mir, ungeachtet unserer gemeinsamen Unternehmung, weit entfernter, weniger offen, weniger zugetan. Sie fuhr fort: „Wie lange, glaubst du, wird es dauern? Tage? Wochen? Wird man mich noch zur rechten Zeit abfertigen? Mein Freund will ja weg, rasch weg."

Ich sagte: „Er wird noch ein wenig warten müssen. Aus dieser Passage, fürchte ich, wird diesmal nichts werden. Man wird sich weiter gedulden müssen. Man wird noch weiter zu dritt hier auskommen müssen."

Ein Schatten flog über ihr Gesicht. „Zu dritt? Wer ist der dritte?"

Ich sagte: „Natürlich ich."

Sie sah hinaus in die Menschen, die von dem hochgelegenen Bahnhof zum Boulevard d'Athènes hinunterstiegen, beladen mit Gepäckstücken. Bald drangen auch welche in unser Café ein mit Kindern, Handkoffern und Taschen. Marie sagte: „Ein Zug ist angekommen. Wie viele Menschen noch immer kommen aus allen Teilen des Landes. Aus Lagern, aus Spitälern, aus dem Krieg. Da sieh nur das kleine Mädchen mit dem verwickelten Kopf."

Wir rückten zusammen, um Platz für die Neuankömmlinge zu machen, die Frau, wie finster war ihr Gesicht, zwei halbwüchsige Söhne und noch ein kleines, doch für den Korb, in dem es gezogen wurde, zu großes, weißbandagiertes Mädchen. Marie legte die Finger ineinander auf eine, wie es mir vorkam, verquere, verzweifelte Art. Doch ihre Stimme war ruhig: „Wie, wenn man mich dann zu dem Konsul ruft und mein Mann stünde doch dort! Man hätte ihn auch gerufen. Ich käme hin und er stünde dann dort?"

Ich sagte: „Laß. Er wird nicht dort stehen. Man braucht ihn nicht. Wir brauchen ihn nicht."

Sie sagte: „Man braucht ihn nicht. Wir brauchen ihn nicht. Er könnte ja auch durch Zufall dastehn. Uns hat ja auch der Zufall zusammengeführt, dich und mich. Ich sah ihn ja auch das erstemal nur durch Zufall, und ihn, den anderen, den Arzt, das erstemal auch nur durch Zufall."

Ich wußte nicht, was ihr an dieser Zufallsfeststellung gelegen war. Sie mißfiel mir. Auch flog es mir durch den Kopf, daß ich einmal über etwas Ähnliches nachgedacht hatte, was sie da laut vor sich hinsagte, aber aufgehört hatte, darüber nachzudenken, weil es mir mißfiel. Ich sagte: „Weder zufällig noch durch den Konsul bestellt. Diese Furcht laß." Ich nahm ihre immer noch ineinander geschlungenen Hände, die erst in meinen locker wurden. Mich störte jetzt nur noch der Blick jener neu angekommenen Frau, die wie alle Menschen, deren Leben von Grund auf zerstört wurde, jede Regung der Liebe mit Argwohn beobachtete.

VIII

Ich traf jetzt Marie täglich. Wir waren manchmal verabredet. Wir trafen uns manchmal durch Zufall. Bisweilen erklärte sie selbst, sie hätte mich in den Cafés gesucht. Sie suchte jetzt mich, nicht den Toten. Ich ließ meine Hand auf dem Tisch, weil ich wußte, daß ihre Hand in die meine griff. Sie setzte sich dicht neben mich. Ich hatte damals das Gefühl, das Blatt wende sich zu meinen Gunsten.

Den Kopf an meine Schulter gelehnt, sah sie stumm den Menschen zu, die durch eine Tür in das Café hineingedreht wurden wie in eine Mühle, in der man sie täglich ein dutzendmal durchmahlte an Leib und Seele. Ich kannte viele, sie kannte andere, und manchmal erzählten wir uns, was wir wußten von ihren Transitärleben. Marie sagte: „Wir gehören auch dazu." Ich wollte erwidern, ich nicht, doch damals dachte ich schon bisweilen, ich könnte auch mit ihr abfahren. Mit ihr bleiben? Mit ihr abfahren? Das waren die beiden Gedanken, mit denen ich spielte. Marie sagte: „Der Tag ist lang. Der einzelne Tag ist lang, wenn man nichts tut als warten. Doch all diese langsamen Tage sind plötzlich ein Haufen Zeit. Ich glaube jetzt selbst nicht mehr, daß mein Mann in der Stadt ist. Es hat keinen Zweck, ihn zu suchen. Man läuft nur aneinander vorbei. Er wohnt vielleicht draußen am Meer in einem der Dörfer. Er kommt vielleicht nur bisweilen herein. Ich warte, bis er mich selbst findet." – Ich erwiderte: „Du wirst dein Visum auch ohne ihn bekommen. Ich habe die beste Hoffnung." – „Und wenn? Und dann?" – „Dann wirst du auf dein Visum dein Transit bekommen, und auf dein Transit dein Visa de sortie. So ähnlich läuft es doch." – Sie schwieg. Ihre

Hand in meiner, den Kopf an meine Schulter gelehnt, mit eben noch heiterem, jetzt schon traurig finsterem Ausdruck verfolgte sie alle Gesichter, die an uns vorbeizogen.

Auf einmal kam mir der Argwohn ins Herz, sie lege nur ihre Hand in meine Hand, sie suche mich nur, damit ich ihr dieses verfluchte Visum verschaffe, damit sie abziehen könne mit dem anderen. Denn hatte sie nicht auch den Toten bewogen, sich zu ihr zu gesellen, um abzufahren mit dem anderen? Ich sah sie argwöhnisch von der Seite an. Ich sah auf ihrem bleichen Gesicht die Schatten dichter Wimpern. Da war mir alles einerlei. Ich jedenfalls lebte, sie saß jetzt neben mir. Ich fragte: „Woher bist du eigentlich?"

Ich freute mich, weil die Trauer aus ihrem Gesicht verflog, als hätte ich sie an etwas Gutes erinnert. Sie lächelte und sagte: „Ich bin aus Limburg an der Lahn." – „Wer waren denn deine Eltern?" – „Warum waren? Ich hoffe, sie leben beide noch. Sie leben gewiß in dem alten Haus in der alten Gasse. Jetzt sind es wir Jungen, die sterben. – Ich glaube, sie waren seit ihrer Hochzeit nie einen Tag getrennt. Wie war mir als Kind doch bang zumut in dem niedrigen Zimmer unter meiner Familie. Und ihr Gerede lief immer weiter, zärtlich und dünn, wie das Brünnlein unter dem Fenster. Ich wünschte mich weg, weit weg, kannst du das verstehen? Die Hofmauern waren rot im Herbst vom Wein, es gab im Frühjahr Flieder und Rotdorn." – Ich sagte: „Es gibt ihn immer noch." – „Und dann das Wiesenschaumkraut am Wasser –" – „Möchtest du nicht einfach zurückfahren?" – „Zurück? Diesen Rat hat mir bisher noch niemand gegeben. So schlecht ist er nicht. Aber –" – „Ja, aber." Ich wiederholte die Worte Claudines: „Ein Blatt kann eher zu seinem alten Zweig zurückfliegen." – Sie sagte vor sich hin: „Der Mensch ist kein Blatt. Er kann hin, wohin er will. Er kann auch zurück." Ihre Antwort bestürzte mich, als hätte mir ein Kind auf einen törichten Einfall weise geantwortet. „Wie bist du eigentlich an den Weidel geraten?" Ihr Gesicht verfinsterte sich. Ich bereute meine Frage.

Da lächelte sie leichthin. „Ich besuchte Verwandte. Ich war in Köln. Ich saß auf einer Bank auf dem Hansaring. Da kam der Weidel und setzte sich neben mich in die Sonne. Wir schwatzten miteinander. Noch nie hatte irgend jemand auf diese Weise mit mir gesprochen. Solche Menschen kamen nie zu uns. Ich vergaß sein mürrisches Gesicht. Ich vergaß seine kurze Gestalt. Ich glaube, er staunte auch über mich. Er hatte immer allein gelebt. Wir trafen uns oft. Ich war sehr stolz, mich mit einem solchen Mann zu treffen, so klug, so alt. Dann sagte er mir, daß er abreisen müsse. Er könne das Land nicht mehr ertragen. Das war im ersten Hitlerjahr. Mein Vater konnte zwar auch den Hitler nicht leiden, doch war es sehr weit bis zum Nichtmehrertragen. Ich fragte Weidel, wohin er gehe. Er sagte: ‚Weit weg und für lange.' — ‚Ich hätte auch einmal gerne fremde Länder gesehen', erwiderte ich. Er fragte mich, ob ich mitfahren wolle, so wie man zum Spaß die Kinder fragt. Ich sagte ja. Er sagte zum Spaß: ‚Gut, heute abend.' Am Abend stand ich am Bahnhof. Sein Gesicht erschreckte mich, daß ich zitterte. Er starrte mich an und starrte mich an. Du mußt begreifen, er war fast immer allein. Er war auch nicht besonders schön anzusehen. Er war eher häßlich und schlecht. Und ich, wie war ich doch jung. Er war wohl kein Mensch, verstehst du, der — nun der, verstehst du, der oft, der leicht geliebt wurde. Er dachte einen Augenblick nach, dann sagte er: ‚Nun gut, komm mit!' Wie einfach fing es doch an. Es war für mich das einfachste von der Welt! Wie hat sich doch alles verwirrt. Warum? Wodurch? Wir fuhren nach dem Süden. Wir fuhren über den Bodensee. Er zeigte mir alles. Er lehrte mich alles. Und schließlich von einem Tag auf den anderen war ich des Lernens müde. Er war auch gewohnt, allein zu sein. Wir zogen in allen möglichen Städten herum. Wir kamen nach Paris. Er schickte mich oft weg. Wir waren arm, wir hatten ein einziges Zimmer. Da lief ich denn in den Straßen herum, damit er allein sein konnte –"

Auf einmal veränderte sich ihr Gesicht, sie wurde bis in die Lippen bleich, sie starrte in den müßigen, ziellosen Strom von Menschen hinter der Scheibe, sie rief: „Da kommt er!" Ich packte sie an der Schulter. Sie machte sich mit einer wilden Bewegung los. Ich sah jetzt, wen sie sah: den kleinen grauen, etwas schweren Mann mit mürrischen Zügen, der eben in den Mont Vertoux eintrat, wobei er Marie anstarrte, wie mir schien, mit Strenge und Ärger. Er starrte auch mich mürrisch an. Ich packte sie fester und schüttelte sie und zwang sie zurück auf den Stuhl und sagte: „Hör auf mit dem Unsinn! Nimm dich zusammen! Der Mensch da ist ein Franzose. Sieh doch hin! Er trägt das Band der Ehrenlegion." Der Mann blieb stehen, der Ausdruck seines Gesichts veränderte sich erstaunlich flugs, er lächelte munter.

Das Lächeln belehrte Marie noch besser als das rote Bändchen. Sie sagte: „Wir wollen weg von hier." Wir brachen rasch auf. Wir liefen und liefen, wir liefen durch ein Gewirr von Gassen hinter dem Alten Hafen, doch diesmal zu zweit, doch diesmal mein Arm über ihren Schultern. Ich fragte: „Hat er ihm wirklich ähnlich gesehen?" – „Zuerst ein wenig." – Wir liefen und liefen, als sei ein Fluch in uns gefahren, der uns nicht rasten ließ, doch eher war dieser Fluch in Marie gefahren, und ich ließ sie nicht allein. Wir liefen an einem Haus vorbei in einer engen hohen Gasse, das eine mit schwarzen, silberbronzenen Tüchern verbrämte Tür hatte, weil heute der Tod hier eingekehrt war. Doch in der Nacht glich diese verbrämte Tür des schäbigen Hauses einem düsteren Palasttor. Wir liefen in die Gasse hinein, die auf die Treppe mündet, die hoch zum Meer steigt. Wir stiegen hinauf, ich ließ Marie nicht los. Mond und Sterne standen am Himmel. Ihre Augen waren voll Licht. Sie sah auf das Meer hinaus. Auf ihrem Gesicht war der Widerschein eines Gedankens, den sie mir nie anvertraut, vielleicht überhaupt nie ausgesprochen hatte. Und eine mir unzugängliche, mir verhaßte Übereinstimmung zwischen diesem Gedanken und dem mir in diesem Augenblick gleichfalls verhaßten, gleichfalls unzugänglichen Meer. Sie wandte sich ab, wir stiegen schweigend hinunter. Wir liefen in den Gassen herum und landeten schließlich hier in der Pizzaria. Wie war ich erleichtert beim Anblick des offenen Feuers! Wie färbte es ihr Gesicht!

IX

Wir hatten schon ziemlich viel Rosé getrunken, als der Arzt eintrat. Marie hatte verschwiegen, daß sie mit ihm hier in der Pizzaria verabredet war. Ich wollte ausrücken, aber beide baten mich, noch zu bleiben, mit einer Dringlichkeit, aus der ich fühlte, daß beide froh waren, nicht allein zu bleiben. Der Arzt fragte mich wie jeden Tag: „Wie steht es mit Mariens Visum? Glauben Sie, daß es klappt?" Ich erwiderte wie jeden Tag: „Es wird schon klappen", ich fügte hinzu: „Wenn Sie mich nur gewähren lassen. Jedes Gerede kann die Suppe versalzen." – „Der ‚Paul le Merle' wird sicher noch diesen Monat abfahren. Ich komme gerade von der Transports Maritimes." – „Hör mal, mein Lieber", sagte Marie plötzlich ganz aufgeräumt mit heller klarer Stimme, sie hatte vielleicht drei Glas Rosé getrunken, „wenn du ganz genau wüßtest, daß mein Visum nie käme, würdest du dann mit dem ‚Paul le Merle' abfahren?"

„Ja, mein Lieb", erwiderte er, er hatte sein erstes Glas noch nicht angerührt, „wenn ich das wüßte, würde ich diesmal abfahren." – „Mich allein lassen?" – „Ja, Marie." – „Obwohl du mir gesagt hast", fragte Marie in etwas eigensinnigem, sonst ganz heiterem Ton, „daß ich dein Glück bin, deine große Liebe?" – „Ich hab dir auch immer gesagt, daß es etwas auf Erden gibt, was mir noch mehr wert scheint als mein Glück, als meine große Liebe."

Jetzt geriet ich in Wut. Ich rief: „Trinken Sie mal gefälligst Ihr Glas aus! Trinken Sie mal zuerst eine Zeitlang, damit Sie uns einholen. Daß Sie imstand sind, etwas Vernünftiges zu erzählen!" – "Nein! Im Gegenteil!" rief Marie immer im selben heiter eigensinnigen Ton, "trink noch nichts! Antworte mir zuerst genau, wieviel Schiffe würdest du mir zulieb überspringen?" – "Höchstens noch den ,Paul le Merle'. Aber auch darauf verlaß dich nicht. Auch das werde ich mir noch einmal sehr gut überlegen." – "Haben Sie alles gehört?" wandte sich Marie an mich, "wenn Sie mir wirklich helfen wollen, dann helfen Sie schnell." – "Hören Sie?" sagte der Arzt. "Mariens Abfahrt ist jetzt wirklich eine beschlossene Sache. Helfen Sie, lieber Freund, jeden Tag können die Deutschen die Rhonemündung besetzen, dann ist die Falle zu." – Ich rief: "Alles Unsinn! Das hat mit ihrer Abreise doch nichts zu tun. Das heißt, es kommt darauf an, was für Ihre Abfahrt den Ausschlag gibt. Es wird sich erweisen, wie wir bereits einmal feststellten, durch die Abreise selbst, was den Ausschlag gegeben hat, Furcht, Liebe, Berufstreue. Alles erweist sich durch den Entschluß, den man faßt, wodurch auch sonst? *Wir* zumindest sind ja lebendig, abreisefähig, keine Geister, die nur herumflattern."

Der Arzt trank endlich sein erstes Glas aus. Dann sagte er, als ob die Frau nicht dabeisäße: "Sie halten wohl viel von der Liebe zwischen Mann und Frau?" – "Ich? Keine Spur! Ich halte viel mehr von weniger glänzenden, weniger besungenen Leidenschaften. Doch leider ist etwas fest vermischt mit dieser flüchtigen, fragwürdigen Sache, etwas tödlich Ernstes, es hat mich schon immer gestört, das Wichtigste auf der Welt so vermischt mit dem Flüchtigsten und Belanglosesten. Zum Beispiel, daß man einander nicht im Stich läßt, das ist auch etwas an dieser fragwürdigen windigen, ich möchte sagen transitären Angelegenheit, was nicht fragwürdig ist und nicht windig und nicht transitär."

Wir sahen plötzlich beide Marie an, sie horchte atemlos. Ihre Augen waren weit offen. Ihr Gesicht war rot von dem Pizzafeuer. Ich ergriff ihren Arm. „Wie Sie schon im ersten Schuljahr gelernt haben, schon in der ersten Bibelstunde: Das hält ja nicht lange vor. Es vergeht ohnedies. Aber es kann auch schon vorher versengt werden, nämlich, wenn die Falle doch zugeht, wenn die Stadt bombardiert wird, es kann zerfetzt werden, kann verkohlen, wie sagt ihr Ärzte? Eine Verbrennung ersten, zweiten und dritten Grades."

Jetzt kam die große Pizza, die der Arzt für uns drei bestellt hatte. Zu der Pizza kam auch ein frischer Rosé. Wir tranken rasch. „Man rechnet schon in gewissen französischen Kreisen", sagte der Arzt, „auf dieses Frühjahr mit gaullistischen Unruhen." Ich sagte: „Ich verstehe nichts davon. Ich meine aber, ein Volk, das so viel hinter sich hat an Verrat und Imstichlasserei und versautem Blut und verdrecktem Glauben, das muß erst noch wieder zu sich kommen." – „Ich glaube auch gar nicht", sagte der Arzt, „daß der junge Koch, der da hinten die Pizza schlägt, in diesem Frühjahr Lust hat, zu sterben." – Ich rief: „Sie verstehen mich nie recht. Das hab ich gar nicht gemeint. Warum müssen Sie diesen Koch beleidigen, Sie, der Sie mit nichts anderem beschäftigt sind, Tag und Nacht, als wie man am besten abhaut? Sein Mann ist noch nicht gekommen. Seine Stunde ist noch nicht gekommen." – „Lassen Sie bitte jetzt ruhig Mariens Arm los", sagte der Arzt, „Ihre Beweisführung ist ja beendet."

Wir tranken aus, was es gab. „Ich habe keine Brotkarten mehr für eine zweite Pizza", sagte Marie. Also standen wir auf. Als wir aus dem Feuerschein traten, merkte ich erst, wie bleich sie war.


X

Ich traf Marie in einem kleinen Café am Place Jean Jaurès. Wir mieden jetzt wie auf Verabredung die großen Cafés der Cannebière. Sie setzte sich mir still gegenüber.

Wir schwiegen lange. Schließlich fing sie an: „Ich war auf dem mexikanischen Konsulat." Ich war bestürzt, ich rief: „Warum? Ohne mich zu fragen! Habe ich dir nicht verboten, irgend etwas allein zu versuchen?" Sie sah mich verwundert an. Dann sagte sie leise und leicht: „Mein Visum war noch nicht angekommen. Der kleine Kanzler versicherte mir, es sei eine Frage von Tagen. Doch auch die Abfahrt des ‚Paul le Merle' ist eine Frage von Tagen. Man sagt jetzt auf der Martinique-Linie, das Schiff gehe früher ab, besonderer Regierungsbefehl. Der kleine mexikanische Kanzler sprach höflich mit mir, ja, mehr als höflich. Du kennst ihn vielleicht selbst, da du ja dort aus und ein gehst. Ein seltsamer kleiner Teufel. Auf jedem anderen Konsulat kommt man sich wie ein Nichts vor, die Konsuln sprechen mit einem Nichts, mit einem Dossierphantom. Dort ist es umgekehrt. Hast du schon seine Augen bemerkt? Man glaubt, daß er alles aus einem Dossier weiß, die Wirklichkeit selbst. Er hat mich angesehen und bedauert, ganz höflich, aber mit solchen unhöflich wachen Augen bedauert, daß mein Mann nicht gleich unter seinem eigenen Namen auch mein Visum eingereicht hat." Ich verbarg meine Angst, ich fragte: „Was hast du ihm erwidert?" — „Daß ich damals noch nicht hier war. Doch er erwiderte immer höflich und immer mit demselben Blick, als ob er sich über mein blödes Lügen lustig mache, ich müsse mich da wohl täuschen, zur Zeit der Richtigstellung des Namens sei ich längst hier gewesen. Es gebe freilich in diesem Dossier allerlei Durcheinander, allerlei Namensverschiebung. Doch sei er an diese Scherze gewöhnt. Er lachte. Nicht bloß mit den Augen. Er lachte laut, mit den Zähnen. Ich schwieg nur. Ich weiß nicht, welche Papiere mein Mann da vorgelegt haben mag. Ich darf ihm nicht ins Zeug flicken. Der Kanzler wurde auch wieder ernst, er sagte, das sei seine Sache schließlich nicht, er bedaure nur die Verspätung, er habe es immer als seine Pflicht betrachtet, das Unglück der Menschen durch die ihm von Amts wegen möglichen Maßnahmen zu verringern. Doch lassen wir den Kanzler. Mir ist es schließlich einerlei, was er denkt, selbst wenn er das Richtige denkt. Mein Mann hat mein eigenes Visum nicht mit eingereicht, weil man ihm erzählt hat, ich führe mit einem anderen. Verstehst du?"

„Du wirst trotzdem dein Visum bekommen. Ich versprech es dir." Sie erwiderte nichts. Sie sah in den Regen. Auf einmal spürte ich, daß ich ihr alles sagen müsse, die ganze Wahrheit, komme, was da wolle, für sie und auch für mich. In einem furchtbaren Schweigen von vielen Sekunden begann ich nach Worten zu suchen, so hart zu suchen, daß mir der Schweiß auf der Stirn stand.

Da lächelte sie ein wenig, rückte dicht zu mir, schob ihre Hand in meine Hände, legte den Kopf an meine Schulter. Ich hörte auf, nach Worten zu suchen, mit denen ich ihr die Wahrheit hätte erzählen können. Ich dachte jetzt vielmehr, am besten sei es, sie sei bereits mit Leib und Seele zu mir übergegangen, bevor sie die Wahrheit erfuhr. Ich sagte: „Sieh mal die Frau an, dort drüben mit dem Berg Austernschalen. Ich treffe sie fast täglich. Ihr ist das Visum verweigert worden. Jetzt verfrißt sie ihr Reisegeld!" Wir lachten und sahen ihr zu. Ich kannte viele, die draußen im Regen vorbeigingen oder naß und frierend in unserem kleinen vollen Café nach Platz suchten. Ich erzählte Marie ihre Geschichten, ich merkte, wie gern sie zuhörte. Ich hörte nicht auf, zu erzählen, damit das Lächeln ja nicht aus ihrem Gesicht verschwinde und jener Ausdruck von finsterer Trauer in ihren Zügen zurückkehre, den ich am meisten fürchtete.

Im Laufe der Woche fragte der Arzt mich oft, ob das Visum noch nicht angekommen sei. Die Transports Maritimes habe das Abfahrtsdatum endgültig festgesetzt. Ich ging aber gar nicht mehr auf das mexikanische Konsulat. Ich hatte zum zweitenmal den Entschluß gefaßt, ihn ohne Marie abfahren zu lassen.

## Siebentes Kapitel

I

Ich traf den Arzt in Binnets Wohnung zum letztenmal am 2. Januar. Er untersuchte den Knaben nicht mehr, der auch schon zur Schule ging und vorerst gesund war, er brachte ihm nur ein Geschenk. Der Knabe wickelte das Geschenk nicht aus. Er stand aufrecht an die Wand gelehnt mit niedergeschlagenen Augen, mit zusammengebissenen Zähnen. Der Arzt strich ihm über den Kopf, er zog den Kopf weg. Er gab ihm nur matt die Hand. Beim Weggehn lud mich der Arzt für den nächsten Abend in die Pizzaria ein. Zum Abschiedfeiern, wie er sagte. Ich machte mir klar, daß er wirklich abfuhr, daß ich jetzt mit Marie allein blieb. Mir wurde bang wie im Schlaf, wenn ein Traum sich der Wirklichkeit ähnlich gebärdet und gleichwohl etwas Unfaßbares, etwas Unmerkliches einen belehrt, daß das, was glücklich macht oder traurig, niemals die Wirklichkeit sein kann.

Er sagte mit seiner ruhigen, der Kranken halber gewohnheitsmäßig gedämpften Stimme, mit seinem ruhigen mäßigen Blick, in dem nichts anderes mehr zu lesen war, als was er sah, in diesem Fall mein eigenes Bild, zu meiner Bestürzung klar: „Ich bitte Sie, ja, ich rate Ihnen, alles rasch zu tun, damit Marie abfahren kann, womöglich über Lissabon. Helfen Sie ihr bei der Transitbeschaffung, wie Sie ihr bei der Visenbeschaffung helfen. Das Wichtigste: Brechen Sie ihre Unschlüssigkeit." Er drehte sich noch einmal um und sagte beiläufig über die Schulter: „Marie selbst wird sich nie endgültig entschließen, zu bleiben. Ihr ist der Gedanke gekommen, der Mann selbst sei bereits abgefahren, bereits in der Neuen Welt."

Ich stand eine Weile betäubt in der Küche. Und plötzlich fühlte ich auf den Arzt eine grundlose, sinnlose Eifersucht, noch törichter als am ersten Tag, da wir hierher in Binnets Wohnung gekommen waren. Was neidete ich dem Menschen, da er doch wegfuhr? Seine Kraft? Sein Wesen, das er mitnahm? Ich dachte sogar einen Augenblick, daß er vielleicht noch besser als ich zu schweigen verstehe, daß er mehr wisse, als er verrate. Ich fühlte sogar in meiner Verwirrtheit und Torheit ein Einverständnis mit dem Toten heraus, eine Eintracht, wobei sich beide in ihrem Schweigen über mich lustig machten. Ich wachte aus diesen unsinnigen Träumen auf durch ein schwaches Geräusch im Zimmer. Ich fand den Knaben über das Bett geworfen, von Weinen geschüttelt. Ich beugte mich über ihn, er stieß mit den Füßen nach mir. Ich wollte ihn trösten, er rief: „Geht alle zum Teufel!" Ich stand ratlos dabei, als er weinte, wie ich noch nie jemanden weinen gesehen hatte. Doch dachte ich auch mit einer gewissen Erleichterung, das wenigstens sei unzweifelbar Wirklichkeit, das uneinhaltbare Weinen des Knaben, der sich verraten und verlassen vorkam. Ich nahm das Geschenk und packte es aus. Es war ein Buch, ich schob es ihm hin. Er sprang auf, warf das Buch auf den Boden. Er trampelte auf dem Buch. Ich wußte nicht, wie ich ihn beruhigen könnte.

Georg Binnet trat ein, er bückte sich nach dem Buch, schlug es auf, setzte sich, während er blätterte. Es schien seine Aufmerksamkeit mehr in Anspruch zu nehmen als der Knabe. Der trat mit seinem vom Weinen verschwollenen Gesicht hinter Georg, um selbst in das Buch zu sehen. Er riß es plötzlich aus Georgs Händen, warf sich mit dem Buch auf das Bett und schien fast sofort, das Buch an sich gedrückt, einzuschlafen. „Was hat es denn gegeben?" fragte Georg. – „Der Arzt war zum letztenmal hier. Er fährt dieser Tage ab." Georg erwiderte darauf nichts. Er zündete sich eine Zigarette an. Ich war auch auf ihn eifersüchtig: auf seine Unverstricktheit, auf sein Daheimsein.

II

Zunächst verlief der Abschied besser, als ich gefürchtet hatte. Wir hatten uns wahrscheinlich alle drei ein wenig gefürchtet. Ich war der erste, der sich einfand. Ich hatte bereits eine halbe Flasche Rosé getrunken, als beide ankamen. Ich sah dieses Paar vielleicht zum letztenmal ruhig an diesem Abend, dem letzten, den es mutmaßlich zusammen verbrachte. Als hätte mir der Abschied die Augen geöffnet, verstand ich sogar, warum Marie diesem Menschen gefolgt war, mindestens bis hierher. Er war gewiß stets derselbe gewesen, immer ruhig, auch als er sein kleines, schäbiges Auto quer durch den Krieg fuhr, vor den Deutschen her. Ich wunderte mich jetzt sogar selbst, warum sich Marie nicht ganz seiner Ruhe ergeben hatte nach soviel Umhergeziehe, soviel Wirbel. Ich dachte an diesem Abend auch, er habe auf seine Weise die Abfahrt erledigt: Er hatte das Visum verwirklicht, die nötigen Transits beschafft und auch mit allen Gefühlen gebrochen, die seine Abfahrt behindert hatten. Ich sah ihn jetzt sogar mit Hochachtung an: Ja, er war fähig abzufahren.

Marie aß einen Bissen und trank ein wenig. Auch ihr war gar nichts anzumerken. Ich hätte nicht einmal entscheiden können, ob ihr die Abreise Schmerz bereitete oder Erleichterung. Der Arzt ermahnte mich noch einmal, ja Mariens Abfahrt zu betreiben, ihr in allem behilflich zu sein. Er schien eines Wiedersehens sicher. Meine eigenen Gefühle in dieser Sache erschienen ihm offenbar unerheblich.

Wir brachen früh auf. Wir überquerten den Cours Belsunce, auf dem ein Jahrmarkt aufgebaut war. Die vielen farbigen Lampen kamen noch nicht zur Geltung in einer späten Dämmerung. Der Arzt hatte mich gebeten, auf sein Zimmer mitzukommen, um einen Koffer zuschnüren zu helfen, der schwer schließbar war. Ich war nie mehr in dem Hotel Aumage gewesen, seit ich, von Binnets geschickt, einen Arzt für den Jungen gesucht hatte. Ich hatte in jener Nacht kaum auf das Haus geachtet. Von außen stand seine Fassade schmal und schmutzig in der häßlichen Rue du Relais. Doch war das Hotel überraschend tief mit einer Unmenge von Zimmern. Sie lagen an schmalen Gängen, die auf das hohe Treppenhaus mündeten. Im Erdgeschoß auf dem Seitenflur stand ein kleiner Ofen mit einem bis in den zweiten Stock gewundenen Rohr, das etwas Wärme abgab. Verschiedene Gäste des Hotels Aumage saßen um den Ofen herum und trockneten Wäsche, ein großer Kübel stand auf der Ofenkappe. Man hatte auch kleine Gefäße mit Wasser in die Windungen des Rohres gestellt. Die Leute sahen bei unserem Eintritt neugierig auf. Sie waren lauter durchfahrendes Volk – wer hätte auch einen solchen Ort auf die Dauer gewählt? Es war ein Haus, von dem man sich sagt: Man hält es aus, weil man abfährt. Mir ging auch noch durch den Kopf, daß der Arzt Marie in diesem Haus nicht übel versteckt hatte. Die Rue du Relais war eine kurze Gasse, die einzige hinter dem Cours Belsunce, die nicht bis zum Boulevard d'Athènes durchschneidet, sondern bei der nächsten Querstraße abbricht. Wir stiegen hoch. Der Arzt schloß die Tür auf, durch die sich in jener Nacht Mariens Hand gestreckt hatte. An der Wand hing ihr blaues Kleid. Die Koffer standen zum Teil noch offen herum. Ich verschloß den einen, verschnürte den anderen, ich rollte und verschnürte die Decken. Es gab auch hier wie bei jeder Abfahrt noch mancherlei Packzwischenfälle. Die Nacht schritt vor. Ich merkte auch, daß der Arzt mit Marie nicht mehr allein sein wollte. Er öffnete eine Flasche Rum, die für die Reise bestimmt gewesen war. Wir tranken alle aus einer Flasche. Wir saßen auf den Koffern herum und rauchten. Marie war ruhig und fast heiter. Auf einmal sagte der Arzt, jetzt habe es keinen Zweck mehr, sich schlafen zu legen, ich möchte ihm helfen, einige Koffer hinunterzutragen, der Wagen sei auf fünf Uhr bestellt. Ich warf einen Blick auf Marie – So wurde ich in der Kindheit unwiderstehlich angezogen von einem Bild, das mir anzusehen unerträglich war. Auch jetzt zog sich mein Herz zusammen, obwohl an Mariens Anblick nichts Unerträgliches war. Sie blieb ruhig und heiter. Nur ihr Gesicht war mir leicht entfremdet durch eine Spur von unverständlichem Spott. Was gab es auch jetzt zu spotten? Wir kletterten dann die Treppe mehrmals hinunter und hinauf, und jedesmal blieb Marie allein im Zimmer, und jedesmal war ein Stück von dem Abschied abbezahlt. Ich dachte, daß sie vielleicht seiner spotte, weil er sie mitgeschleppt hatte quer durch das ganze Land, jetzt aber ohne sie über das Meer fuhr. Sie gaben sich zuletzt die Hand.

Ein ältliches verdrucktes Mädchen, das in dem Treppenhauszimmer die Nachtwache hatte, stieg gähnend zu uns herauf, das Auto sei gekommen. Ich ging auf die Straße und half dem Chauffeur beim Aufladen. Der Arzt, der nun doch noch drei Minuten allein mit Marie gewesen war, befahl ruhig: „Joliette Hangar fünf!"

Ich zündete mir eine Zigarette an. Ich rauchte in der Tür des Aumage ein paar Züge. Die Fenster und Türen des gegenüberliegenden Hauses waren noch nächtlich geschlossen. Ich stieg wieder hinauf.

III

Da lag sie in einer Ecke des Zimmers, als sei sie mir zugefallen als Beute in irgendeinem Kriegszug. Ich glaube, ich schämte mich damals sogar, daß sie mir allzu leicht zugefallen war, durch Würfel, nicht durch Zweikampf. Sie hatte den Kopf auf den Knien liegen, die Hände vors Gesicht geschlagen. Doch merkte ich an dem einzelnen schrägen Blick, den sie mir quer durch das

Zimmer zuwarf zwischen zwei Fingern, daß sie wohl wußte, was ihr bevorstand: noch einmal, was auch sonst, die Liebe.

Gewiß, ich werde sie jetzt gewähren lassen, sich auszutrauern nach Herzenslust. Dann mußte sie ihre Siebensachen zusammenpacken und unter mein eigenes Dach ziehen. Es war gewiß etwas kühn, das Hotel de la Providence „mein eigenes Dach" zu nennen. Ich würde ihr keinen Garten pflanzen können, doch unser beider Papiere würde ich hegen und pflegen, daß kein Polizist uns je etwas anhaben könnte. Wir könnten vielleicht auch später von Marseille wegziehen auf Marcels Farm.

So dachte ich damals. Doch muß ich wahrheitsgemäß hinzufügen, daß ich nicht weiß, was sie damals selbst dachte. Ich sprach sie nicht an und fragte sie nichts, und ich berührte auch nicht ihr Haar, das einzige, wozu ich im Augenblick Lust hatte. Ich wollte sie weder allein lassen noch mit Trost behelligen. Ich drehte mich weg von ihr und sah auf die Straße hinunter. In dieser Stunde gab es in der Rue du Relais schlechterdings nichts zu sehen. Man sah von diesem Fenster aus nicht einmal das Straßenpflaster. Ich hätte mir einbilden können, in einen Abgrund hinunterzusehen, wenn ich nicht gewußt hätte, daß das Zimmer im dritten Stock lag. Mir war beklommen. Als ich mich tiefer hinausbückte, um zu atmen, sah ich rechts unten über den Dächern gegen den hellgrauen Morgenhimmel die feinen Eisenstäbe über dem Alten Hafen. Wir werden oft diese Fähre nehmen, dachte ich damals, um auf der anderen Seite in der Sonne zu sitzen. Vielleicht in Jardin des Plantes. Wir werden abends die Binnets besuchen. Ich werde im korsischen Viertel herumlaufen, ob ich ein Stück Wurst ohne Karten finde, das sie gern ißt. Sie wird frühmorgens um eine Sardinenbüchse anstehen. Wir werden, wie es Claudine macht, aus unserer Kaffeeration die echten Bohnen herauslesen, damit wir sonntags einen Kaffee haben. Vielleicht wird mir Georg eine Halbtagsarbeit finden. Wenn ich heimkomme, wird sie am Fenster stehen. Wir werden manchmal zusammen Pizza essen und Rosé trinken. Sie wird in meinem Arm einschlafen und aufwachen. Das wird alles sein, dachte ich damals. Alle diese dürftigen Posten ergeben zusammen eine gewaltige Summe: das gemeinsame Leben. Nie zuvor hab ich mir etwas Ähnliches gewünscht, ich Wegelagerer. Jetzt aber, in dem Erdbeben, in dem Geheul der Fliegersirenen, in dem Gejammer der flüchtenden Herden, wünschte ich mir das gewöhnliche Leben herbei wie Brot und Wasser. Jedenfalls würde die Frau bei mir Frieden finden. Ich würde darauf achtgeben, daß sie nie mehr einem Burschen wie mir als Beute in die Hände fiel.

Es war inzwischen Tag geworden. In der Müllabfuhr, am Ende der Gasse, klapperten sie mit den Eimern. Die Schleusen wurden geöffnet. Ein scharfer Strahl Wasser schoß durch die Gasse und spülte den gestrigen Dreck in eine tiefer gelegene Gasse. Auf dem gegenüberliegenden Dach lag schon die Sonne. Ein Auto fuhr vor, der erste Morgengast für das Hotel Aumage.

Ich erkannte sofort zwei von den Koffern: den, den ich selbst verschnürt hatte, und den mit den Vorlegeschlössern. Der Arzt stieg aus und gab seine Anweisungen. Er kam nicht nur mit dem Gepäck, das im Hotel gewesen war, sondern auch mit dem großen Koffer, den er bereits vor zwei Tagen auf die Transports Maritimes gebracht hatte. Ich sagte: „Dein Freund ist wieder zurück." Sie hob den Kopf, sie hörte jetzt selbst seine Stimme, das Gepolter auf der Treppe. Sie sprang auf. Ich hatte sie niemals vorher so schön gesehen. Der Arzt trat ein, er gab gar nicht acht auf Marie, die heiter, mit leisem Spott in den Zügen, an der Wand lehnte. Er war bleich vor Zorn und erzählte: „Wir waren schon alle im Hangar. Die Hälfte von uns hatte schon die letzte Polizeikontrolle passiert. Da hieß es plötzlich, die Militärkommission habe alle Kabinen für die Offiziere beschlagnahmt, die nach Martinique abgehen. Man lud unser Gepäck wieder

aus. Da bin ich." Er lief herum und stöhnte: „Wieviel
Mühe hab ich verwandt, um eine Kabine zu bekommen,
wieviel Ausgaben. Nur mit einer vorausbezahlten Kabine, glaubte ich, sei ich sicher, niemand könne mir mehr
etwas anhaben. Jetzt hat die französische Militärkommission die Kabinen beschlagnahmt, und die Leute im
Zwischendeck läßt sie fahren. Diese Leute werden vielleicht ankommen. Werden schon angekommen sein,
während ich noch hier im Hotel Aumage sitze. Narren
werden ankommen, ich aber kann hier verrecken."
Während er in diesem Tonfall fortfuhr, hingen Mariens
Augen an ihm. Ich hörte ihn hinter der Tür weiterflu-
chen, ich fluchte auf der Treppe.

IV

Es war noch immer frühmorgens, als ich die Rue du
Relais verließ. Der Tag, der vor mir lag, kam mir un-
ausfüllbar vor wie mein ganzes Leben, und die Nacht, die
dann folgen mußte, wie mein Grab. Ich lief zuerst zu
Georg hinauf, der schon weg war. Der Malgaschneger
aus dem ersten Stock hatte Claudine einen großen Fisch
geschenkt, den sie gerade schuppte. Das komme ihr sehr
zustatten, sagte sie ruhig, ohne meinen Zustand gewahr
zu werden, ihre Fleischkarten seien schon alle ver-
braucht. Auf ihre Einladung ging ich nicht ein, als seien
bessere Tische für mich gedeckt und meine Freunde zahl-
los. Dem Jungen, der seit der Abfahrt des Arztes genau
so dalag, wie ich ihn vor zwei Tagen verlassen hatte, rief
ich zu: „Er ist wieder zurückgekommen." Ich hoffte, ihn
mit diesen Worten in einen ungeheuren Aufruhr zu ver-
setzen. War es schädlich für ihn, was lag mir daran, sein
Arzt war ja zurückgekommen, mochte der ihn heilen.
Dann wandte ich mich wieder an Claudine, die ihren
Fisch in ein Tuch schlug. Ich fragte sie, ob sie bisweilen
daran denke, was aus ihr werden solle. Georg werde
sicher nicht ewig bei ihr sitzen. Sie maß mich von oben

bis unten, den Kopf in die lange Hand gestützt. Sie erwiderte spöttisch: „Ich bin froh, daß ich etwas zu Mittag habe." Ich war bereits in der Tür, als sie mir nachrief: „Ich habe meinen Sohn."

Ich fuhr in die Berge hinauf nach Beaumont. Der Morgen war sonnig. Ich fand das kleine Haus leicht, in dem ich damals mit Heinz und den beiden Gesellen getrunken hatte. Es war bei Tag ein freundliches, flaches Haus, mit einer außen gelegenen Hühnertreppe, die zu dem einzigen Stockwerk führte. Das Café lag im Erdgeschoß.

Heinz hatte mir zwar verboten, ihn jemals hier oben aufzustöbern, doch wenn einen alle Gedanken verlassen, dann steigt man blind einem Menschen nach, der etwas besitzt, was einem mangelt, so wie das Vieh, wenn es krank ist, dem Kraut nachsteigt, das ihm guttut. Das Café war verlassen. Ich schlich die Hühnertreppe hinauf, ohne jemand zu treffen. Doch als ich Heinz! rief, erschien die Wirtin aus einer Tür und sagte: „Der Mieter ist schon eine Woche fort." Ich fragte: „Von hier oder überhaupt?" Sie sagte kurz: „Überhaupt" und wartete mit verschränkten Armen, bis ich ihr Haus verlassen hatte. Ich war betäubt. Daß Heinz schon für immer fort sein sollte, erschien mir in meiner Stimmung ein schwerer Schlag. Ich kränkte mich, da er ohne Abschied gegangen war.

Vielleicht hatte seine Wirtin gelogen. Ich wollte jedenfalls Klarheit haben und fuhr an den Alten Hafen zurück. Ich teilte die räudigen Perlenschnüre des Cafés. Hier war es heute nicht allzu kalt. Auf dem staubigen Boden lag buntes, gesprenkeltes Licht, in das eins von den Mädchengästen den dünnen nackten Fuß steckte. Die Katze spielte mit ihrem Pantoffel, worüber gelacht wurde. Bombello, sagte man mir, sei abgefahren, der Portugiese noch nicht gekommen.

Ich ging die Cannebière zurück in das Reisebüro. Die eine der großen Doggen, die meine Zimmernachbarin über den Ozean bringen sollte, lag vor der Tür in der Sonne. Die Herrin notierte gerade den endgültigen Platz. Der zweite Hund schnupperte nach dem Korsen, ohne ihn hinter der Schranke sehen zu können. Obwohl mein Gang auf das Büro unnötig war und zufällig, traf ich auch heute den kahlköpfigen Mann wieder, der mir auf dem amerikanischen Konsulat prophezeit hatte, daß wir uns jetzt immer treffen müßten, bis einer von uns aus der Bahn springe. Da wartete eine junge Frau, von einem Polizisten bewacht, die wohl im Bompard eingesperrt war, bis es einen Schiffsplatz für sie gab oder endgültig keinen, damit sie in ein Dauerlager eingesperrt werden könne im Innern des Landes. Ihre Strümpfe waren zerrissen, ihr halbgefärbtes Haar war schwarz in den Wurzeln, speckglänzend war das lederne Täschchen, aus dem die Ecken ihrer Papiere heraussahen, die alle schon abgelaufen sein mochten oder sonst ungültig. Wer sollte zu einer solchen Frau eine Liebe aufbringen, die groß genug war, um sie über das Meer zu retten? Sie war zu jung, um einen Sohn zu haben, der für sie hätte sorgen können, zu alt, um einen Vater zu haben, zu häßlich, um einen Liebsten zu haben, zu verkommen, um einen Bruder zu haben, der sie in sein Haus gewünscht hätte. Ihr hätte ich helfen sollen, dachte ich, und nicht Marie. Der fette Musiker von Achselroths Tisch kam herein, der schon einmal bis Kuba gekommen war. Er grüßte mich kaum, als schäme er sich der Geständnisse, die er mir letzte Woche gemacht hatte. Der Korse bohrte mit seinem Bleistift im Ohr, denn es gab nichts zu notieren. Alle verfügbaren Plätze waren schon notiert. Und bohrend und gähnend hörte er sich das Winseln und Flehen der Menschen an, die sich alle vom Tod bedroht fühlten oder wenigstens glaubten, daß ihnen der Tod drohe oder die Gefangenschaft oder was weiß ich. Gar mancher hätte gern seine rechte Hand auf dem Tisch des Korsen zurückgelassen, wenn er ihm einen Schiffsplatz versprochen hätte, ja nur versprochen, ihm einen Schiffsplatz vorzunotieren. Er versprach aber gar nichts, er gähnte. Ich hätte die Reihe abwarten können, ich hatte ja Zeit, Zeit, Zeit, ich fühlte mich auch von gar nichts bedroht, nicht einmal von der Liebe. Da fiel sein Blick auf mich, und er winkte. Ich merkte, daß er mich nicht zu den Transitären rechnete, sondern eher zu seinesgleichen. Die Leute machten mir neidisch Platz, ich fragte ihn flüsternd nach dem Portugiesen. Er erwiderte bohrend: „Im arabischen Café am Cours Belsunce." Ich lief hinaus, der fette Mann, der schon einmal bis Kuba gefahren war, faßte mich jetzt am Ärmel, ich schüttelte ihn ab, ich war eilig, ich hatte jetzt eine Verabredung, ich hatte die Zeit besetzt. Ich suchte den Portugiesen. Wie öd ist der Cours Belsunce! Wie zäh ist die Zeit zwischen zwei Abenteuern! Wie langweilig das gefahrlose Leben!

Auf den schäbigsten Polstern, in die schmierigsten Burnusse eingewickelt, lag ein Dutzend Araber herum, oder welch ein Volk sich sonst glücklich pries, sie losgeworden zu sein. Ihr ununterbrochenes Dominospiel klang zugleich munter und schläfrig. Ich sah mich nicht um, gewiß, daß mich alle beobachteten. Und wirklich erhob sich aus einer schummrigen Ecke der, den ich suchte, kam an mich heran und fragte höflich, ob ich ihn wieder brauchte. Er hatte sich seit unserer ersten Begegnung eine demütig freche Geste zugelegt, zwei Finger an den Mund zu legen. Man brachte uns einen Tee, der nicht übel nach Anis schmeckte. Ich sagte ihm, daß ich nichts anderes wünschte als Nachricht über den Freund.

Seine Mauseäugelchen glänzten auf, als ich Heinz erwähnte. O ja, man habe den Mann nach Oran gebracht. Das sei schon eine Weile her. Er sei dort nach Lissabon umgestiegen, die ganze Passage sei in portugiesischen Händen. – „Ein kostspieliger Umweg", sagte ich. – O nein, verdient sei daran nichts worden, das habe man schon für den Mann selbst getan. Ich kennte ihn ja, er sei ja mein Freund. – Er warf mir einen raschen Blick zu, dem ich entnahm, wie sehr er mich überschätzte, nur weil er mich für den Freund von Heinz hielt. Der Blick aus seinem Mausegesicht verblüffte mich. Wenn es Heinz wahrhaftig gelungen war, diesen Burschen zu einer uneigennützigen Handlung zu bewegen, dann war das Wasser, das Moses aus dem Felsen geschlagen hatte, die pure Spielerei.

Er hatte Heinz wahrscheinlich inzwischen vergessen, doch jetzt, da ich nach ihm fragte, war seine Neugierde nach dem einbeinigen Deutschen frisch erweckt. Es fiel ihm ein, daß einer der Leute, die Heinz verfrachtet hatten, bereits zurück sein mußte. Und da er genau so wenig wie ich zu tun hatte, war er bereit, ihn zu suchen.

Die Sonne war plötzlich verschwunden. Wir blinzelten vor dem kalten Wind. Warum erschien mir der Alte Hafen so kahl? Das Kanonenbootchen war weg. Wohin? Das mutmaßten alle die Müßiggänger, die vor den Cafés herumlungerten trotz des Mistrals, der fast zum Sturm wurde. Es verschlug uns beiden den Atem. Alle seine tausend Gaunereien hatten dem Portugiesen nicht einmal den Mantel eingebracht, der ihn vor der Kälte schützen konnte. Die Muschel- und Austernverkäufer räumten gerade die Körbe ab vor den teuren Gasthäusern, es war also schon drei Uhr. Ich hatte also bereits eine Strecke Zeit hinter mich gebracht. Wir stiegen eine der steilen Straßen hinauf. Für mich war es ungewohnt, von hier aus den Stadtteil zu sehen, in dem ich immer herumlief. Kalkweiß, überkreuzt von den kahlen Rahen der Fischerboote, im kalten Nachmittagslicht vor dem Hafenwasser, das trotz des Mistrals blau genug war, um alles zu spiegeln, kam er mir fremd vor wie jene unerreichbaren oder untergegangenen Städte, von denen man mir erzählt hatte. Ich aber, ich kannte doch jetzt ihre Höhlen, ich kannte jetzt ihr Geheimnis: vier Wände genau wie bei uns daheim, ein Mann und eine Frau, die auf Arbeit ausgingen, ein kranker Junge auf einem Bett.

Wir stiegen keuchend die Treppe hinauf, mein Portugiese und ich, auf der Spur eines kleinen halbzerschossenen Mannes, der in irgendeinem der Häfen des Mittelländischen Meeres verschollen war. Was für eine Kette von Händen war nötig gewesen, kilometerlang, um die lebenden Reste seines Körpers von einem Wagen zum anderen, von einer Treppe zur anderen, von einem Schiff zum anderen zu reichen. Was hatte der Greis erzählt in der Krypta von Saint-Victor? Dreimal bin ich geschlagen worden, dreimal gesteinigt, dreimal hab ich Schiffbruch erlitten, Tag und Nacht zugebracht in der Tiefe des Meeres, in Gefahr gewesen durch Flüsse, Gefahr in den Städten, Gefahr in der Wüste, Gefahr auf dem Meere.

Wir hielten vor einem räudigen Haus. Innen war es mit kostbarem Holz getäfelt, dem ein mir unbekannter Geruch entströmte. In den höheren Stiegen wurde dieser Geruch verdrängt von dem Geruch einer Druckerei. An der obersten Wohnungstür hing das Schild eines Seemannsvereins.

Auf dem Tisch verteilte man Packen einer frisch abgezogenen Zeitung. Mein Portugiese wandte sich an einen Mann, der mit seinen grauen ruhigen Augen, in deren Winkeln sich durch angespannte Sicht Fältchen gebildet hatten, wobei er alles und alle wach musterte, sich selbst aber aus dem Spiel hielt, mit seinem glatten Haar, seinem ausrasierten Kinn, seinen festen, anständigen Händen vollständig französischer Seemann war. Er hörte gleichgültig auf das Geflüster des Portugiesen, den er offenbar kannte und über den seine Meinung längst feststand, wobei er aus dem Packen Blätter abzählte und einem kleinen, frechäugigen Jungen reichte, der sie in einem Korb unterbrachte. Wie ich viel später hörte, als diese Sache durch eine Verhaftung zum Platzen kam, enthielten diese Blätter nichts als den offiziellen Regierungsaufruf, dem Heer und der Marine beizutreten, durch einen geschickten Druck war aber der Aufruf so angeordnet, daß dieses Blatt bei einer bestimmten Art des Zusammenfaltens eine gaullistische Parole ergab. Mein

Portugiese machte eine Bewegung: Versuch, ob du mehr aus dem Mann herausbekommst! Ich begann nun meinerseits, mit dem Mann zu flüstern, Heinz sei mein Freund, wir seien in einem Lager gewesen, ich hätte ihm bei dieser Reise geholfen, nun sei ich besorgt, was aus ihm geworden sei. Der kleine Junge, der die Pakete verstaute, legte sein Gesicht auf den Korbrand, um etwas von unserem Geflüster aufzuschnappen. „Kein Grund zur Besorgnis", sagte der Mann, „Ihr Freund ist sicher schon angekommen." Er war nicht im geringsten geneigt, sich näher auszulassen. In seinem ruhigen Gesicht gab es einen Augenblick einen Zug vergnügten Spottes, vielleicht die Erinnerung an eine Einzelheit ihrer Reise, einen Streich, eine Übertölpelung einer Hafenbehörde. Er hatte wahrscheinlich vor unserem Besuch auch Heinz vergessen. Seine grauen Augen erwärmten sich jetzt noch einmal bei der Erinnerung; er sah ihn wahrscheinlich noch einmal vor sich mit seinen Krücken, seinem vor Anstrengung verzogenen Mund, seinen hellen, über die eigene Gebrechlichkeit spottenden Augen. Dieser warme Schatten in den grauen Augen eines französischen Seemanns war auch das Letzte, das letzte Sichtbare, was von Heinz in diesem Erdteil zurückblieb.

Auf der Treppe stieß mich mein Portugiese an. Sein Gesicht bedeutete: Gib mir den Fine, der mir zusteht! Es war zwar alkoholfreier Tag, wir landeten aber an einer Theke, wo uns der Wirt rasch einen Schnaps in den Kaffee goß. Darauf merkten wir, der Portugiese und ich, daß wir einander gar nichts zu sagen hatten und uns zusammen langweilen müßten. Wir trennten uns höflich. Der Mistral hatte so plötzlich aufgehört, wie er begonnen hatte. Sogar die Sonne war noch einmal herausgekommen.

Ich lief allein in die Innenstadt. Ich vertrödelte ein, zwei Stunden vor den Geschäften. Den ganzen Tag über hatte ich keinen Augenblick aufgehört, an mein Unglück zu denken, an das, was ich für mein Unglück hielt. In

Claudines Küche, auf der Suche nach Heinz, im arabischen Café, im Seemannsverein, beim Fine mit dem Portugiesen – ich hatte an alles andere auch gedacht, aber immer zugleich an mein Unglück. Wie hatte ich denn nur vorher gelebt, da ich auch allein gewesen war? Mir fiel Nadine ein. Ich stellte mich in den Seitenausgang der Dames de Paris, um auf sie zu warten. Sie war mir völlig gleichgültig. Ich war trotzdem froh, daß ihr Gesicht aufstrahlte, als sie mich an der Straße erkannte. Sie sah sehr gut aus in ihrem schönen Mantel mit einer Kapuze aus Pelz.

Der schwere Arbeitstag schien ihr nichts anzuhaben. Sie hatte jede Spur Müdigkeit sorgfältig vertilgt. Der Schmetterlingsstaub lag gelblich auf ihrem Hals, auf ihrem Gesicht, auf den hübschen Ohren, die aus der Kapuze heraussahen. Sie sagte: „Du kommst mir wie gerufen." Ich wurde bei diesen Worten dankbar und froh, obwohl mich mein Unglück weiterbrannte. Nadine fuhr fort: „Denk dir nur, mein Major ist abgereist. Er hat ganz plötzlich die Order bekommen. Martinique. Eine Militärkommission." – „Der Abschiedsschmerz", sagte ich, „scheint dich nicht besonders mitzunehmen." – „Ich will dir die Wahrheit sagen. Ich hab genug von ihm gehabt. Er hatte was Drolliges in seiner Art, was mich zuerst belustigte. Doch bald ging es mir auf die Nerven. Er war mir auch zu klein, sein Kopf war klein, wir gingen gestern abend den Tropenhelm kaufen, der rutschte ihm bis auf die Nase. Er war ein sehr guter Mensch. Er hat sehr gut für mich gesorgt, du wirst es gleich selbst sehen. Darum hab ich immer Angst haben müssen, daß mir die Nerven reißen. Jetzt sind wir in bester Freundschaft auseinander. Dann auf dem Rückweg wird er in Casa bei seiner Frau aussteigen. Ich hab genug von ihm gehabt. Ein sehr guter Mensch, trotzdem. In solchen Zeiten muß man manchmal die Zähne aufeinanderbeißen und sich stellen, als ob – Jetzt wirst du mit mir hinaufgehen, damit du siehst, wie der Mensch für mich gesorgt hat. Ich werde uns beiden ein Nachtessen machen, wie du schon lange keins gegessen hast."

Sie wohnte noch immer in ihrem alten Loch, nicht weit von den Dames de Paris. Es fiel mir nicht schwer, ihr Freude zu machen durch eine große Verblüffung über die völlige Auffrischung ihres Haushalts. Schlechterdings alles war neu, die Steppdecke und die Kissen, das Geschirr und der Spirituskocher und alle Gegenstände unter dem Spiegel und der Spiegel selbst und auch die geheimsten Dinge aus Glas und Emaille. Wir öffneten eine Menge Konservenbüchsen und Flaschen. Ein ganzer Stadtteil Hausfrauen hätten dafür Schlange anstehen müssen. Sie begann eine lange Kocherei, die sie nur dann und wann unterbrach, um mir einen Schuh zu zeigen oder ein Wäschestück oder um meinen Kopf an sich zu drücken. Sie fragte nach meinen Abfahrtsplänen, ob ich etwas brauchte. Ich sagte: „Nein, mein Lieb, ich bin glücklich." – „Du brauchst vielleicht doch etwas, wie steht es denn nun mit deinen Visen?" – Ich sagte, ich brauchte im Augenblick nicht einmal ein Visum. – Sie sagte darauf, wenn ich einmal eins brauchte, sie hätte eine Schulfreundin auf der Präfektur. Ich fragte sie, ob die Schulfreundin hübsch wie sie sei. – Sie sei dick und ernst. – Dann wurde gedeckt und geschleckt, langwierige, sehr vergnügliche Zeremonien, die mich leicht ermüdeten und dadurch mein Unglück zwar nicht verminderten, aber dämpften.

Viel später – ich dachte, sie sei längst eingeschlafen, ich hatte kein Auge zugetan, stand auf und zündete eine Zigarette an, der Mond schien herein, die Scheibe klirrte, als sei der Mistral noch nicht verblasen – kam ihre Stimme ganz unerwartet, ruhig und wach: „Sei doch nicht traurig, Kleiner! Es lohnt sich nie. Glaub es mir!" Sie hatte mir also doch angesehen, wie es um mich stand, und alles getan, mich zu beruhigen.

V

Ich hatte danach keine Lust mehr, irgend jemand zu sehen. Ich ging auch nicht mehr zu Nadine. Ich setzte mich in den Cafés in eine Ecke, wo mich niemand ansprach. Trat jemand ein, den ich kannte, dann stellte ich schnell die Zeitung vor mein Gesicht. Ich bohrte sogar einmal in meine Zeitung zwei kleine Löcher, damit ich alles sehen konnte, ohne gesehen zu werden. Ich ging zu Binnets hinauf, als mir die Zeit zu öd war. Wie einem die Zeit doch öd werden kann auf der zitternden Erde zwischen zwei Feuersbrünsten! Mehr, immer mehr verlangt das Herz, das hoffnungslos an die Jagd gewohnt ist. Auch den Besuch bei Binnets bereute ich, denn der Arzt saß wieder im Zimmer. Er war bereits wieder wohlgemut. „Da sind Sie ja endlich", rief er bei meinem Eintritt. „Marie sorgt sich, wohin nun auch Sie verschwunden sind." — „Mit meiner eigenen Transitsache beschäftigt", erwiderte ich. Ich bereute sofort meine Antwort. „Wollen Sie plötzlich auch fahren?" — „Ich will jedenfalls den ganzen Kram beieinanderhaben." Bei dieser Antwort warf mir der Junge einen kurzen Blick zu. Das einzige Zeichen, an dem ich merkte, daß er meinen Besuch gewahr wurde. Er las oder stellte sich lesend. Der Arzt sprach ihn manchmal an, er tat aber, als sei der Arzt nicht mehr vorhanden. Die Rückkehr des Arztes hatte gar keinen Aufruhr in dem Knaben verursacht, sie war ihm gleichgültig. Dieser Mann war für ihn abgefahren. Er hatte ihn verlassen, hatte ihn verwundet durch die unumgängliche Abreise. Mochte er tausendmal zurückkehren, dieser Abschied war endgültig. Auch mich betrachtete er auf einmal als einen Schatten, an den zu klammern, mit dem zu reden keinen Zweck hatte.

Der Arzt erzählte uns, die zurückgewiesenen Passagiere hätten Vorzugsplätze für das nächste Schiff. Er war ganz gut gelaunt, seine Gedanken hatten sich längst von der mißglückten Passage gelöst und auf die nächste geworfen, für die er vornotiert war, für die er alles erhoffte. „Marie wird auch ihr Visum bekommen", versicherte er, „fragen Sie bitte bald nach." Ich erwiderte, dazu hätte ich keine Lust mehr, meine Mission auf dem Konsulat sei beendet, alles sei ordnungsgemäß beantragt, es bleibe nur das Abholen, das Marie allein besorgen könne. Er sah mich scharf an, weil meine Stimme schroff war. Er sagte höflich, spottlos: „Wir haben Ihnen Ungelegenheiten gemacht. Marie war diesmal entschlossen abzufahren. Hab ich Ihnen nicht alles im voraus gesagt?" Ich erwiderte nichts darauf, sondern ging. Woher kam ihm die Sicherheit in einer Wirrnis aus Zufällen?

Ich beschloß, den Abend auf meinem Zimmer zu bleiben. Wenn ich die steile Treppe hinaufstieg, dann winkte ich meiner Wirtin zu in ihrem kleinen Fenster, und manchmal lobte ich ihre Frisur. Ich hatte es immer zuwege gebracht, meine Miete zu zahlen aus den „Abfahrtsspesen". Ich war erstaunt, als sie mich anhielt. „Ein Herr hat nach Ihnen gefragt, ein französischer Herr mit einem kleinen Schnurrbart. Er hat seine Karte zurückgelassen." Ich konnte nicht ganz meinen Schrecken verbergen.

Auf meinem Zimmer studierte ich dann die Karte: „Emile Descendre, Seiden en gros." Ich hatte nie diesen Namen gehört. Ein Irrtum, dachte ich.

Ich hasse Irrtümer von ganzem Herzen, Irrtümer in Begegnungen. Verwechslung und Irrtümer sind mir zuwider, soweit sie mich selbst betreffen. Ich neige sogar dazu, allen menschlichen Begegnungen übermäßige Bedeutung zu schenken, als seien sie höheren Orts angeordnet, als seien sie unentrinnbar. Im Unentrinnbaren, nicht wahr, darf es keine Verwechslungen geben. Ich rauchte und grübelte noch, als man klopfte. Mein Gast, den Hut in der Hand, sehr wohl gekleidet, warf einen Blick auf die Karte, die vor mir lag. Ich verbeugte mich unwillkürlich so höflich wie er. Ich bot ihm den einzigen Stuhl an, ich setzte mich auf mein Bett. Er hatte sich schon in den

Grenzen der Höflichkeit in dem Zimmer umgesehen. „Verzeihen Sie, daß ich Sie störe, Herr Weidel", begann er. „Sie werden aber begreifen, daß ich den Wunsch hatte, Sie zu sehen." — „Verzeihen Sie", sagte ich, „durch die furchtbaren Ereignisse, die Ihr Land und uns alle heimgesucht haben, hat nicht nur mein Augenlicht gelitten —" — „Beunruhigen Sie sich bitte nicht. Wir beide kennen uns, ohne uns zu kennen. Denn wenn Sie mich früher auch nicht gesehen haben, ohne mich wären Sie nicht hier." — Ich sagte, um Zeit zu gewinnen, das sei vielleicht eine Übertreibung, doch fügte ich rasch hinzu, weil sein rotes, gesundes, selbstzufriedenes Gesicht überaus verdrießlich bei meiner Feststellung wurde: „Wenn Sie auch Ihren Anteil daran gehabt haben mögen." — „Ich bin nur froh, daß Sie wenigstens das zugeben. Meine Karte, mein Name belehrt Sie ja, wer ich bin: Emile Descendre." Ich fragte: „Wie sind Sie zu meiner Adresse gekommen?"

Ich hatte zuerst eine Regung von Furcht gehabt. Jetzt war ich nur erstaunt. Der Kummer, von welcher Art er auch sein mag, verwundet nicht nur, er feit einen auch gegen vieles. Was mir auch von außen zustoßen mochte, mir war es gleichgültig. Mein Gast antwortete: „Ganz einfach. Ich bin Geschäftsmann. Ich fragte zuerst nach Herrn Paul Strobel. Seine Schwester ist mit meiner Braut befreundet, wie Sie wohl wissen." In meinem Gedächtnis entstand noch keine Erleuchtung, doch eine Art schwacher Dämmerung: das Paulchen, seine Schwester, ein Bräutigam, ein Seidenhändler. Ich sagte: „Bitte."

Er fuhr vergnügt fort: „Herr Paul hat mir mehrfach Ihre Adresse versprochen. Er glaubte, sie aufnotiert zu haben, doch dann erwies sich, er fand sie weder in seinen Privatpapieren noch in den Listen des Komitees, zu dessen Leitung er gehört. Herr Paul ist sehr beschäftigt. Er verwies mich an das mexikanische Konsulat." Ich horchte gespannt. Er ruckte mit seinem frisierten Kopf wie ein schmucker Vogel auf einer Stange. „Ich möchte noch erwähnen, daß ich mich selbstverständlich zuerst an Madame Weidel wandte. Ich traf sie mehrmals. Ich konnte gewiß ihre heikle Lage verstehen, ich trug ihr Rechnung. Um so wichtiger ist es für mich, mit Ihnen die Dinge zu regeln – Ich wollte auch, da Frau Weidel behauptete, Ihre Adresse nicht zu kennen, sie im Gegenteil selbst zu suchen, die Dame nicht weiter belästigen. Ich ging auf das mexikanische Konsulat. Mit Ihrer Adresse, Herr Weidel, gibt es ja wirklich viel Mißgeschick. Dort muß es eine Verwechslung gegeben haben insofern, als die dort angegebene Straßennummer in Wirklichkeit nicht existiert. Die Straße, in der Sie wohl früher gewohnt haben, war überhaupt bis zu der besagten Nummer nicht ausgebaut. Ich ging auf den Rat der mexikanischen Herren auf das mexikanische Reisebüro. Der Chef dieses Büros besaß als Adresse auch nur das mexikanische Konsulat. Ganz abgesehen davon, daß ich Geschäftsmann bin und also auf Spesen sehen muß, ich setzte mir in den Kopf, Sie zu finden. Der Chef Ihres Reisebüros verwies mich an einen portugiesischen Herrn, mit dem Sie bisweilen ausgehen. Ich versprach diesem Herrn eine kleine Gefälligkeit. Er wußte zwar auch nicht, wo Sie wohnen, doch kannte er ein gewisses Fräulein in den Dames de Paris."

Ich dachte, da ist mir das Mäuslein nachgehuschelt aus lauter Langeweile.

„Ich bitte Sie sehr, sich nicht zu ärgern. Kein böses Blut deshalb! Das Fräulein hatte Ihre Adresse nicht einmal verraten. Ich mußte Zuflucht zu ihren Kolleginnen nehmen. Die Mädchen kennen sich aus. Und schließlich bekam ich dann das Geheimnis verraten, denn eines der Fräulein Kolleginnen aus den Dames de Paris wohnt in der Nähe – in der Rue des Baigneurs. Verzeihen Sie bitte! Ich kann nicht meine Geschäfte darunter Not leiden lassen, daß Ihre Familienverhältnisse sich hier verschoben haben. Ich muß aus meinen Spesen herauskommen."

Ich sagte: „Gewiß, Herr Descendre."

„Ich bin nur froh, daß Sie das einsehen. Frau Weidel hat mich damals an Sie verwiesen. Ich hoffte auf einen Teil der Rückerstattung bereits im besetzten Paris. Doch leider ist es mir damals nicht mehr gelungen, Ihre Bekanntschaft zu machen. Ich übergab meinen Auftrag Herrn Paul, der mir durch seine Schwester bekannt war."

Ich sagte: „Was für Spesen, Herr Descendre?"

Er rief verärgert: „So hat Ihnen also Frau Weidel nichts gesagt? Wahrscheinlich weil sie jetzt andere Interessen hat. Verzeihen Sie, Herr Weidel, ich würde die Umstände gar nicht erwähnen, wenn ich Sie selbst nicht auch als getröstet betrachten dürfte. Ich sah die Dame in anderer Begleitung. Für mich aber bleiben Spesen Spesen. Und damals hat mir Frau Weidel hoch und heilig versprochen, mir einen Teil meiner Spesen zu ersetzen, falls ich ihre Botschaft mitnehme. Ich habe mich nämlich damals sehr schwer zu einer Reise ins besetzte Gebiet entschlossen. Die Sache war kostspielig, ungewiß, so kurz nach dem Einmarsch. Man mußte auch trotz der deutschen Genehmigung mit den Schwierigkeiten der Rückfahrt rechnen. Die Demarkationslinie konnte geschlossen oder verschoben werden. Meine eigene Braut beschwor mich, die Reise aufzugeben. Ich hatte aber im Frühjahr Rohseideballen an die Firma Loroy geliefert. Die sollten zu Heereszwecken verwandt werden, zu Ballonhüllen, Fallschirmen. Ich konnte damals keine Gewißheit darüber erlangen, ob meine belieferte Firma evakuiert war mit meiner Rohseide, oder ob die Deutschen sie beschlagnahmt hatten. Im zweiten Falle war die Auszahlung der Entschädigung nur zu erlangen mit Nachlieferungskontrakt. Für mich stand viel auf dem Spiel. Doch hat Ihre Frau Gemahlin den letzten Ausschlag gegeben — sie versteht es, Männer zu bitten. Sie seien mir ewig dankbar, behauptete sie, es sei eine Frage von Tod und Leben, ob dieser Brief Sie erreiche, die Mitbeteiligung an den Spesen spiele da überhaupt keine Rolle. Es war auch verboten, Post mitzunehmen. Leibesvisitation! Die Dame muß es wirklich verstanden haben, mich zu rühren. Ich glaubte an eine große Leidenschaft. Um so peinlicher war dann mein Eindruck bei der Rückkehr. Ich hatte während der ganzen unangenehmen Fahrt das Gesicht der kleinen Frau vor Augen. Wahrhaftig, so seltsam es klingt, ich dachte bei mir: Die Kleine wird sich freuen, wenn ich ihr sage, ich habe den Auftrag erledigt. Denn daß ich Sie damals nicht selbst erreichte, das war ja gewiß nicht meine Schuld. Ein Unstern waltet über Ihren Wohnungen, mein Herr. Sie haben Pech mit Ihren Adressen. Sie waren auch in Paris unerreichbar. In Ihrem alten Quartier wußte niemand, wo Sie verblieben waren, Sie waren nicht um- und nicht abgemeldet, Herr Paul aber, wie ich zu meiner Genugtuung sehe, denn Sie sind ja hier, hat meinen Auftrag pünktlich erledigt. Die Dame mag wohl ihren neuen Freund nicht um Geld angehen. Ich aber kann nichts dazu, wenn die Leidenschaften vergehen. Ich muß auch auf kleine Posten achten. Denn ohne dieses Prinzip wäre ich nie im Leben die Firma Descendre geworden."

Ich sagte: „Schon gut, Herr Descendre. Wie hoch belaufen sich diese Spesen der Briefüberbringung?"

Er nannte seine Summe. Ich dachte nach. Ich hatte nur das Geld zu Verfügung, das mir der Kubareisende vor zwei Wochen für den Weidel geschenkt hatte. Ich zählte es auf den Tisch. Bisweilen erreicht man mit einer gewissen Aufrichtigkeit genau so viel wie mit Lügen. Ich sagte: „Mein lieber Herr, Sie sind vollständig im Recht. Sie haben den Auftrag anständig ausgeführt. Sie haben niemand im Stich gelassen. Es war auch nicht Ihre Schuld, daß Sie mich damals nicht selbst in Paris antrafen. Ihr Brief hat mich trotzdem erreicht. Sie müssen mit Ihren Spesen rechnen. Sie sehen aber, ich bin arm. Ich zahle Ihnen, soviel ich kann. Obwohl sich die Umstände meines Lebens gewandelt haben, bleibt mir dieser Brief viel wert. Ich will mich sogar bemühen, die Spesen der Überbringung abzuzahlen, sobald ich es kann."

Er hörte mich aufmerksam an, er ruckte mit seinem Kopf hin und her. Dann unterschrieb er die Quittung. Er machte mir eine Andeutung, daß er hier zu meiner Verfügung sei, daß er außerdem auch die Möglichkeit habe, bei der Visa-de-sortie-Abteilung der Präfektur vorzusprechen. Zuletzt entschuldigte er sich, wobei er einige Worte über die Dichtkunst einflocht. Wir verbeugten uns voreinander.

VI

Ich setzte mich in die Glasveranda des Café Rotonde, dem Belsunce gegenüber. Mein leerer Kopf nahm willenlos ein Gespräch auf, das am Nachbartisch geführt wurde. In einem Hotel in Portbou jenseits der spanischen Grenze hatte sich in der Nacht ein Mann erschossen, weil ihn die Behörde am nächsten Morgen nach Frankreich hatte zurückschaffen wollen. Die beiden ältlichen, kränklichen Frauen – die eine hatte zwei kleine Knaben bei sich, vielleicht ihre Enkel, die aufmerksam zuhörten – ergänzten wechselweise diesen Bericht mit lebhaft klingenden Stimmen. Der Vorgang war ihnen weit klarer als mir, weit einleuchtender. Was hatte denn dieser Mann für unermeßliche Hoffnungen an sein Reiseziel geknüpft, daß ihm die Rückfahrt unerträglich dünkte? Höllisch, unbewohnbar mußte ihm das Land erschienen sein, in dem wir alle noch stecken, in das man ihn zwingen wollte zurückzukehren. Man hört ja wohl von solchen erzählen, die den Tod der Unfreiheit vorzogen. Doch war der Mann jetzt frei? – Ja, wenn es so wäre! Ein einziger Schuß, ein einziger Schlag gegen diese dünne schmale Tür über deinen Brauen, und du wärst für immer daheim und willkommen.

Ich erblickte Marie, die langsam am Rand des Belsunce entlangging. Sie trug einen kleinen zerknitterten Hut in der Hand. Sie trat in das Café Cuba ein, das neben der Rotonde liegt. Ob sie dort von dem Freund erwartet wurde? Ob sie immer noch weitersuchte? Ich hatte sie seit der Rückkehr des Arztes verzweifelt gemieden. Ich konnte mich jetzt nicht bezwingen und wartete, mein Gesicht an der Scheibe. Sie kam bald zurück mit leerem enttäuschtem Gesicht. Sie ging fast an mir vorbei. Ich duckte mich hinter den Paris Soir. Doch irgend etwas hatte sie unbewußt von mir wahrgenommen, mein Haar oder meinen Mantel oder, falls es dergleichen gibt, den übermächtigen ausschließlichen Wunsch, sie möchte noch einmal umkehren.

Sie trat in die Rotonde ein. Ich sprang in den inneren Raum; mit böser, kranker Freude sah ich mir an, wie sie suchte. Denn etwas in ihrem Suchen, in ihren Zügen verriet mir, daß der, den sie heute suchte, kein Schatten war, sondern Fleisch und Blut, und auffindbar, falls er sich nicht aus Bosheit versteckte. Sie kam in den inneren Raum, und ich lief durch die hintere Tür in die Rue des Baigneurs. Ich lief, von neuem verhext, in den Straßen herum. Ich würde mich ihrer durch mein Verschwinden, mein unerklärliches Unsichtbarwerden, desto besser versichern. Sie sollte mich suchen, wie sie imstand war zu suchen, Tag und Nacht, rastlos. Ich könnte mir, da ja mein Spiel schon begonnen war, Abfahrtspapiere verschaffen, eins nach dem andern. Ich könnte mich selbst bei der Abfahrt des Schiffes verstecken. Ich könnte dann auf dem Meer oder auf einer Insel oder im fremden beklemmenden Licht des neuen Landes wie durch Zauber vor ihr stehen. Dann gab es nichts anderes zwischen ihr und mir als meinen mageren Nebenbuhler mit dem langen ernsten Gesicht. Die Toten, die wir zurückließen, würden längst von ihren Toten begraben sein.

Ich zog mich mit solchen Träumen in meine Höhle zurück in die Rue de la Providence. In meinem Zimmer war immer noch ein süßlicher fremder Friseurgeruch von meinem Besuch, dem Seidenhändler.

# Achtes Kapitel

I

Inzwischen näherte sich der Tag meiner endgültigen Vorladung auf das Konsulat der Vereinigten Staaten. Ich war fest entschlossen, mir das Transit zu sichern. Für mich war damals alles ein Spiel. Doch die Gesichter der Menschen, die in der Vorhalle warteten, um in die höhere Vorhalle hinaufgelassen zu werden, waren bleich vor Furcht und Hoffnung. Ich wußte, die heute mit mir vorgelassenen Männer und Frauen hatten ihr bestes Zeug geschont und gebürstet, sie hatten auch ihre Kinder zu gutem Verhalten ermahnt, als ob sie zur ersten Kommunion sollten. Sie hatten alle möglichen Vorbereitungen getroffen an ihrem Äußeren, in ihrem Inneren, um in dem richtigen Zustand vor dem unbeweglichen Gesicht des Konsuls der Vereinigten Staaten zu erscheinen, in dessen Land sie sich niederlassen oder durch das sie wenigstens ziehen wollten, um in ein anderes Land zu gelangen, in dem sie sich vielleicht niederließen, falls sie es je erreichten. Und all diese Männer und Frauen besprachen sich rasch und zum letztenmal mit vor Aufregung rauhen Stimmen, ob es besser sei, vor dem Konsul der Vereinigten Staaten eine Schwangerschaft zu verbergen oder sie ihm einzugestehen, da ja dieses Kind nach dem Willen des Konsuls, der das Transit bestimmte, auf dem Ozean geboren werden konnte oder auf einer Insel des Ozeans oder schon in dem neuen Land – wobei man auch in Erwägung zog, daß dieses ungeborene Kind, falls die vor dem Konsul angegebenen Termine für seine

Geburt unmöglich waren, gar nicht das Licht der Welt zu erblicken brauche, soweit da von Licht die Rede war — ob es besser sei, die Gefährlichkeit einer Krankheit zu verschweigen oder sie eindringlich zu beschreiben, weil eine Krankheit, langwierig, wohl zu Lasten des amerikanischen Staates gebucht werden konnte, ein Mensch aber, der nach ärztlichem Zeugnis bestimmt rasch starb, niemandem zur Last war — ob man wirklich vollständig arm sein dürfe, oder ob man auf irgendeine geheimnisvolle Geldquelle hindeuten solle, obgleich man nur mit den Billetts der Komitees hier angekommen war, nachdem die Vaterstadt verbrannt war und in der Vaterstadt Hab und Gut und mancher Nachbar — ob es richtig sei einzugestehen, die deutsche Kommission könne mit Auslieferung drohen, falls sich das Transit verzögere, oder ob es doch besser sei zu verschweigen, daß man ein solcher Mensch sei, den die Deutschen mit Auslieferung bedrohten.

Ich aber, ganz elend von dem Transitgeflüster, ich staunte sehr, wenn ich derer gedachte, die in den Flammen der Bombardements und in den rasenden Einschlägen des Blitzkrieges zugrunde gegangen waren, zu Tausenden, zu Hunderttausenden, und viele waren daselbst auch zur Welt gekommen, ganz ohne Kenntnisnahme der Konsuln. Die waren keine Transitäre gewesen, keine Visenantragsteller. Die waren hier nicht zuständig. Und selbst wenn von diesen Unzuständigen einige sich bis hierher gerettet hatten, an Leib und Seele noch blutend, sich in dieses Haus hier doch noch geflüchtet hatten, was konnte es einem Riesenvolk schaden, wenn einige dieser geretteten Seelen zu ihm stießen, würdig, halbwürdig, unwürdig, was konnte es einem großen Volk schaden?

Die Treppe herunter kamen mit vor Freude bleckenden Zähnen die drei Erstabgefertigten, ein kleiner dicker Mann mit zwei hohen, geputzten Frauen. Sie hatten alle drei ihr amerikanisches Visum in den Händen, von weitem erkennbar an den roten Bändchen, die durch das steife Papier gezogen waren, ich weiß nicht zu welchem Zweck. Die roten Bändchen, die an die Ehrenlegion erinnerten, waren auch eine Art Ordensband, des Ordens der Ehrenlegion der amerikanischen Transitäre. Kurz nach den dreien erschien, bereits in den höheren Stockwerken abgefertigt, mein kahlköpfiger Mittransitär, den ich seit einigen Wochen zu treffen pflegte. Er stieg sehr ernst die Treppe herab und hatte leere Hände. Das wunderte mich; er war mir bei unserer flüchtigen Bekanntschaft als ein Mann erschienen, der in dieser nun einmal so beschaffenen Welt erreicht, was ihm nützt. Als er sich durch die Wartenden schob, erblickte er mich und lud mich ein in das Café Saint-Ferréol. Darauf erschien meine Zimmernachbarin auf der Treppe, mit fröhlicher Miene, die beiden Hunde zur Seite. Sie winkte mir zu und wickelte dann die Leinen der Hunde um ihre Handgelenke, damit wir ein paar Worte wechseln könnten. Sie hatte für mich längst aufgehört, ein häßliches, putziges Weib zu sein mit frechem Gesicht und schiefen Schultern, mit zwei riesigen Kötern, sie war mir zugleich vertraut und entfremdet, eine sagenhafte Person, eine Art Diana der Konsulate.

„Es hat sich herausgestellt", sagte sie, „daß diese zwei Tiere noch eine Bescheinigung brauchten, daß sie wirklich die Hunde von Bürgern der Vereinigten Staaten sind. Ich möchte die beiden am liebsten schlachten, weil sie daran schuld sind, daß ich immer noch nicht abfahren kann, doch weil mir ihre Besitzer kaum mein Leumundszeugnis bestätigen würden, falls ich die Tiere zu Gulasch zerhacke, muß ich sie pflegen und bürsten und baden, denn schließlich hätte ich ohne sie noch kein Visum." Mit diesen Worten, die für die Umstehenden unverständlich waren, lockerte sie ihre Leinen und zog hinaus auf den Place Saint-Ferréol.

Inzwischen hatte mein Viertelstündchen geschlagen. Ich war auf den 8. Januar vor den Konsul bestellt, auf zehn Uhr fünfzehn. Mir klopfte das Herz vor dem Rennen, das ich alsbald gewinnen mußte. Doch war es diesmal kein holpriges furchtsames Klopfen, sondern ein scharfes, gespanntes. Der Treppenhüter gab mir den Zugang frei, ich bezog den zweiten Vorraum. Er war voll, so daß ich noch Wartezeit hatte. Wie ich bald gewahr wurde, gehörten all diese wartenden Menschen, etliche Frauen, Männer, Kinder, deren ich einige von dem letzten Wartetag wiedererkannte, sowie auch das alte, in sich versunkene Weib der gleichen Familie an, die aber heute hier vollzählig antrat. Alle, sogar die kleinsten Kinder, befanden sich im Augenblick meines Eintritts in großer gemeinsamer Erregung, alle bebten vor Schreck und Empörung; alle, Alte und Junge, flüsterten durcheinander oder bemühten sich wenigstens, zu flüstern, denn es gab immer eins, das dazwischen aufschrie oder aufseufzte oder aufschluchzte. Nur die Alte, um die sich alle drängten, saß reglos, als sei sie mumifiziert, mit allen Zeichen ihres Zerfalls und nahen Endes.

An der Tür lehnte, von diesen Menschen abgesondert, ein junger Herr, der mit seiner Baskenmütze spielte und lächelte. Er verstand, worum es ging, und es machte ihm sichtlich Spaß, und es war ihm einerlei. Aus dem Zimmer des Konsuls flog auf leichten Füßen, wie der Engel vom Throne des Herrn, jenes junge Geschöpf mit kleinen Brüsten und hellen Locken, das den ganzen Krieg, von aller Unbill behütet, auf einer rosigen Wolke verbracht hatte. Es stellte sich vor die Tür des zweiten Vorraumes und bedeutete der Familie in strengem und zugleich sanftem Ton, sich endlich zu entscheiden, im selben Ton, in dem auch ein Engel dieselben Seelen aufgefordert hätte, zu bereuen oder von dannen zu fahren. Darauf hoben alle ihre Hände, auch die kleinsten Kinder, seufzten und baten um einen Aufschub. Ich fragte den jungen Herrn mit der Baskenmütze, worum es hier gehe.

„Das sind lauter Kinder, Enkel, Urenkel und sonstige

Anverwandte dieser uralten Frau. Ihre Papiere sind vollständig in Ordnung. Der Konsul will sofort seine Unterschrift geben. Er will sie alle einwandern lassen, bis auf die Alte. Der Konsulatsarzt hat ihr nämlich bescheinigt, daß sie in höchstens zwei Monaten sterben wird. Und solche Leute läßt man auf kein amerikanisches Schiff: wozu denn auch? Die ganze Familie aber, wie diese Art Leute nun einmal verrannt sind, will entweder mit der Alten reisen, damit sie bei ihnen sterben kann, oder alle wollen bei ihr zurückbleiben, bis sie gestorben ist. Wenn sie nun alle hier bleiben, bedenken Sie doch, dann stirbt zwar die Alte sowieso, die Visen aber verfallen, die Transits verfallen, und wie Sie wissen, sperrt man in Frankreich die Leute gern ein, die alle Visen haben und alle Transits, aber doch nicht abhauen, und sie gehören ja auch dann eingesperrt, mindestens ins Irrenhaus."

Darauf erschien die Botin des Konsuls zum zweitenmal, ich bemerkte, wie zart ihre Haut war, doch ihre Stimme war streng. Aus der Familie erhob sich ein Männlein, in dem ich ihr Oberhaupt nie erkannt hätte, und verkündete ruhig die Entscheidung in einem Gemisch aus den Sprachen der Länder, die er mit den Seinen durchkreuzt hatte. Sie hatten sich entschlossen, solange die Alte lebte, bei ihr zu bleiben. Denn wenn er hier bei ihr bliebe als ihr ältester Sohn, seine Frau aber ziehe weg mit den Söhnen, was sei denn da den Seinen geholfen ohne ihn? Oder wenn die jüngste Schwester zurückbleibe, die sich eben erst verheiratet habe und ihr erstes Kind erwarte, wie könne sie hier gebären ohne den Mann, der sein Schwager war? Und wenn dieser Schwager selbst bleibe, auf dessen Namen das Geschäft laute – Die Botin des Konsuls aber rief schon den nächsten Namen auf. Alle zogen ab, indem sie der Alten die Treppe hinunter halfen, sich gegenseitig zur Vorsicht ermahnend, traurig, verstört, doch ganz ohne Reue. Darauf erschien der eben erst aufgerufene junge Herr, er versicherte munter, er habe sein Visum sofort verweigert bekommen, er sei wegen Scheckschwindel vorbestraft. Er hüpfte die Treppe hinunter. Dann rief man meinen Namen auf.

Einen Augenblick dachte ich klar, alles könne verloren sein, die Polizei könne schon bereit sein. Man könne mich abführen. Ich dachte auch klar, auf welche Weise ich das Gebäude verlassen könne, bevor man Hand an mich legte. Ich würde mich, einmal auf der Straße, dann doch noch herauswinden. Nadines Kammer war nicht weit.

Nichts war verloren. Das Paulchen hatte sich offenbar überwunden und seinem Kollegen das beste Zeugnis ausgestellt. Sein Stolz hatte andere Gefühle besiegt. Ich meine, sein Stolz auf die Macht des Leumund-ausstellen-Könnens, auf die Macht, die Konsuln dieser Welt mitberaten zu dürfen. Der Leumund war freilich ein Nachruf. Er konnte den Mann weder freuen noch kränken, der gewiß schon im Leben hochmütig und schweigsam gewesen war.

Mich aber führte man höflich in jenen Raum, in dem man die letzte Hand an diejenigen Menschen legte, die man endgültig abziehen läßt.

Man setzte mich vor die junge Person, die dazu bestellt war, mein Transit auszufüllen. Mir tat es leid, daß ich nicht an die Zarte, die Hellgelockte geraten war. Doch auch mein Schutzengel war nicht übel: mit schwarzen Locken, mit brauner Haut, die sich anfühlen mußte wie Samt. Sie sah mir fest in die Augen mit Ernst und mit Härte, als gäbe es da eine Voruntersuchung zum Jüngsten Gericht. Ich staunte über ihre Fragen. Sie trug meine Antworten sorgfältig ein, alle Daten meines verbrachten Lebens, den Zweck der verbrachten Jahre. So dicht, so ausgeklügelt, so unentrinnbar war dieses Netz aus Fragen, daß dem Konsul keine Einzelheit meines Lebens hätte entgehen können, wenn es nur mein Leben gewesen wäre. So weiß, so leer war nie ein Fragebogen gewesen, auf dem sie an diesem Ort versuchten, ein schon entflohenes Leben einzufangen, von dem nicht mehr zu befürchten war, daß es in Widersprüche verwickelt wurde. Alle Einzelheiten stimmten. Was machte es aus, daß das Ganze nicht stimmte? Alle Spitzfindigkeiten waren da, um den Mann klarzustellen, dem man erlauben wollte, fortzuziehen. Nur der Mann selbst war nicht da. Sie ergriff mich dann am Handgelenk, führte mich zu dem Tisch, auf dem die Maschinerie stand, um die Daumenabdrücke der Transitäre festzuhalten. Sie belehrte mich geduldig, wie ich aufzudrücken hatte, nicht zu leicht, nicht zu fest, meinen rechten, meinen linken Daumen, alle meine Finger und die Ballen meiner Hände. Nur daß es gar nicht die Finger des Mannes waren, den man fortziehen lassen wollte. Wie fühlte ich durch das saftige tintenbefleckte Fleisch meiner Hände die fleischlosen Hände des anderen durch, die nicht mehr geeignet waren zu solchen Späßen! Mein Schutzengel lobte mich sehr, weil ich alles genau und sorgsam ausführte. Ich fragte sie, ob ich auch ein rotes Bändchen bekäme, sie lachte über den Scherz. Ich wurde schließlich vor den Tisch des Konsuls geführt, als ein in Ordnung befundener, vorbereiteter Transitär. Der Konsul stand aufrecht da. Etwas in seinem Gesicht und seinen Gebärden deutete an, daß der Akt, den er jetzt an mir vollzog, den er so oft vollzog wie ein Pfarrer Taufen, doch immer gleich bedeutungsvoll sei. Die Schreibmaschinen klapperten noch eine Weile, dann kamen die Federn. Als alles oft genug unterschrieben war, machte der Konsul eine leichte Verbeugung. Ich versuchte seine Verbeugung nachzuahmen.

Vor der Tür untersuchte ich mein Transit, besonders das rote, durch die rechte Ecke gezogene Bändchen. Es schien ein reines Schmuckstück zu sein, ohne weiteren Zweck. Ich erschien jetzt meinerseits auf der Treppe über den Köpfen der Wartenden, die neidisch zu mir heraufsahen.

II

Ich trat in das Café Saint-Ferréol. Mein kahlköpfiger Mittransitär saß versteckt in der hintersten Ecke. Ich dachte, er habe vielleicht bereut, mich eingeladen zu haben. Er sah nicht aus wie ein Mann, der Gesellschaft sucht. Ich setzte mich abseits in eine andere versteckte Ecke. Ich konnte von meinem Platz aus den Raum übersehen. Er hatte zwei Eingänge. Der eine schien den Präfekturgängern bestimmt, der andere den amerikanischen Konsulatsanwärtern. Das Café füllte sich langsam.

Ich ergriff eine Zeitung und schlug sie vor meinem Gesicht hoch. Marie trat ein. An demselben Ort hatten wir gesessen, sie und ich, nach meinem ersten Gang auf das Konsulat. An diesem Ort hatte sie mir von dem unauffindbaren Mann erzählt. Und ich, ich hatte den Kopf geschüttelt über die zähe Unauffindbarkeit. Jetzt sah ich selbst, wie leicht es war, sich ihr unauffindbar zu machen. Wie ungeschickt sie ihn suchte! Wie flüchtig sie alle Plätze abging! Wie leicht es mir war, sie zu täuschen, indem ich flugs hinter ihrem Rücken meinen Stuhl vertauschte mit diesem anderen zwischen zwei Vorhängen hinter dem angesprungenen Palmkübel! So war ihr die Freude schon vergangen an ihrem wiedergekehrten Freund. Ich war es, den sie brauchte. Selbst wenn sie mich nur für Ratschläge zu brauchen schien, für irgendwelches Visenspiel, mich verdroß es nicht mehr. Ich wußte, das war nur ein Vorwand, den sie sich selbst erfand, mich noch einmal wiederzusehen, noch einmal alles in Frage zu stellen. Mit diesen Blicken, mit diesen unruhigen Händen, diesem weißen Gesicht sucht man mehr als Visenberatung. Ich gab das Aufleuchten ihres Gesichts, wenn ich jetzt auf die Füße spränge und laut „Marie" riefe, gern drein für solche hartnäckige Suche, deren Zeuge ich sein durfte.

Nur eins, und das störte mich grimmig: Wie lange würde sie suchen? Kein Zweifel, sie suchte jetzt stark, doch wichtiger war die Frage: Wie lange? Noch fünf Minuten? Bis zum Mittagessen? Die Woche über? Noch ein Jahr?

Sie konnte sicher nicht immer weiter den suchen, mit dem sie ein purer Zufall zusammengeführt hatte, auf einer Bank in Köln am Rhein oder auf dem Cours d'Assas vor dem mexikanischen Konsulat. Womit eine Zwischenzeit ausfüllen, von der sie nicht wußte, ob sie Stunden dauerte oder ewig? Doch immer nur mit demselben Spiel, so täuschend gespielt, daß es ernst schien. Wenn du, Marie, dem Freund in dem Arm hängst, einmal, zehnmal, das kann ich ertragen. Es ist mir nicht wohl dabei, doch ich kann es ertragen. Doch was ich durchaus nicht ertragen kann, ist, daß dieses Spiel bis zu Ende gehen soll, in guten und in schlechten Tagen, bis daß der Tod auch euch scheidet.

Schon hatte Marie den Raum verlassen. Sie überquerte bereits den Place Saint-Ferréol. Um ihre Suche fortzusetzen? Um endgültig abzubrechen?

Die Sicht wurde mir versperrt durch den Mann, der vor meinen Tisch trat: mein kahlköpfiger Mittransitär. Er sagte: „Ich sah Sie zwar schon hier eintreten, doch sahen Sie mir zunächst nicht gerade durstig auf Gesellschaft aus."

Ich bat ihn rasch, sich zu setzen. In diesem Augenblick freilich nur, um den Platz übersehen zu können. Er war leer. Nicht nur unermeßliche Leere schien den Platz zu erfüllen trotz seiner Zeitungsbuden und frierenden Bäume, sondern unermeßliche Zeit. Vermischt mit dem Staub, schien der Wind ungeheure Stöße von Zeit daherzufegen. Marie, so schien es mir, hatte sich nicht nur spurlos entfernt, sondern zeitlos, für jetzt und für immer — Die Stimme des anderen schlug an mein Ohr: „Sie sind, wie ich sehe, Besitzer eines Transits." Ich fuhr zusammen, ich hatte die ganze Zeit über den steifen Bogen in meiner Hand behalten mit dem törichten roten Bändchen in der oberen rechten Ecke.

Mein Begleiter fuhr fort: "Ich auch, aber es nützt mir zu nichts." Er holte sein Glas an meinen Tisch und bestellte "Fine" für sich und mich. Ich fühlte, wie er mich schärfer ansah mit seinen kalten, hellgrauen Augen und dann meinem Blick folgte. Ein Menschenschub kam aus der Präfektur und wimmelte auf dem Platz, auf dem die Zeit plötzlich stillstand. Es schien kein Mittelding zwischen beiden zu geben: Jagd und völliger Stillstand. Doch fühlte ich plötzlich stark wie ein Trost, daß ich gar nicht allein war mit diesem Mann am Tisch, welcher Art er auch sein mochte. Ich wandte mich an ihn: "Warum nützt Ihnen denn Ihr Transit nichts? Sie sehen mir aus wie einer, der seine Papiere zu nutzen versteht."

Ich trank und wartete, bis er von selbst erzählte: "Ich bin in einer Gegend geboren, die vor dem Weltkrieg zu Rußland gehörte, die nach dem Weltkrieg polnisch wurde. Mein Vater war Tierarzt. Er war tüchtig in seinem Fach. Obwohl er Jude war, bekam er eine halbamtliche Stelle auf einem Versuchsgut. Ich bin auf diesem Gut geboren. Warten Sie einen Augenblick, Sie werden sehen, was dieser Umstand heute mit meinem Transit zu tun hat. Das große Versuchsgut lag mit zwei kleineren Gütern zusammen sowie einer Mühle, zu der natürlich auch das Haus der Müllers gehörte. Der Mühlbach floß zwischen der Mühle und unserer Dienstwohnung. Um in das nächste Dorf zu gelangen, mußte man über den Bach und über zwei Hügelchen, die zwar winzig waren, aber so steil, daß der Himmel daran stieß."

Ich sagte, weil ich glaubte, er schweige aus Erinnerung: "Das muß schön gewesen sein." – "Schön? Na, es war sicher auch schön. Ich beschreibe Ihnen die Landschaft jetzt nicht wegen ihrer Schönheit. Unser Gut, die zwei anderen Gutshöfe und die Wohnung des Müllers hatten alle zusammen zu wenig Einwohner, um als Dorf zu gelten. Sie wurden also zu jenem nächsten Dorf gerechnet, es hieß Pjarnitze. Die Angaben machte ich auch vor dem Konsul. Ich war exakt, ich glaubte mich ebenso exakt wie der Konsul, ich schrieb: Gehörte früher zur Gemeinde Pjarnitze. Der Konsul aber war doch noch exakter, seine Karte war doch noch exakter. Stellte sich also heraus, daß mein Heimatort, den ich nie mehr wiedergesehen habe, sich stark vergrößert hat, so daß er nach zwanzig Jahren doch eine eigene Gemeinde bildete, und zwar noch im Staate Litauen. Mir nützten also die polnischen Ausweise nichts mehr, ich brauche die Anerkennung der Litauer. Das ganze Gebiet ist außerdem längst von den Deutschen besetzt. Ich brauche jetzt also neue Staatsbürgerschaftsnachweise, dazu brauche ich irgendwelche Geburtsnachweise aus einer Gemeinde, die nicht mehr besteht. All das braucht Zeit. Wenn die Umbürgerung auf sich warten läßt, muß ich meinen Schiffsplatz abbestellen."

Ich sagte: „Warum gleich abbestellen? In Ihrem Fall eilt es nicht. Sie sind nicht in Gefahr. Sie gehören doch auch nicht zu den Leuten, die glauben, unser Erdteil knackt, weil wieder einmal bewaffnete Horden darüber ziehen und Städte anzünden. Sie werden noch immer ein Schiff bekommen." — „Ich zweifle nicht daran. Ich beschäftige mich schon ziemlich lange und ziemlich geduldig mit Reisevorbereitungen. Irgendwann werden meine Papiere beisammen sein. Irgendwann wird sich auch für mich ein Schiff finden. Es wird sich finden. Nur kann ich mich plötzlich nicht mehr daran erinnern, warum ich einmal so versessen darauf war, abzufahren. Ich hatte wahrscheinlich vor irgend etwas Furcht. Oder, da ich wohl von mir sagen kann, daß meine Natur ziemlich kräftig ist, im allgemeinen furchtlos, man hat mir eingebleut, daß ich Furcht haben müsse. Die Ansteckung hat sich gegeben, die Furcht hat nachgelassen. Ich bin des ganzen Unsinns herzlich satt, ich war es schon bei unserer letzten Begegnung. Ich habe jetzt endgültig genug." — „Sie wissen doch ganz genau so wie ich, daß man Sie hier nie in Frieden wird bleiben lassen." — „Wenn schon gereist werden muß, dann will ich jetzt eine andere Reise machen. Zunächst einmal morgen eine sehr bescheidene Fahrt: mit der elektrischen Bahn nach Aix. Dort sitzt die deutsche Kommission. Ich werde mich bei ihr zur Heimreise melden. Ich will an meinen Geburtsort zurück." – „Freiwillig? Sie wissen doch, was Sie dort erwartet." – „Und hier? Was erwartet mich hier? Sie kennen vielleicht das Märchen von dem toten Mann. Er wartete in der Ewigkeit, was der Herr über ihn beschlossen hatte. Er wartete und wartete, ein Jahr, zehn Jahre, hundert Jahre. Dann bat er flehentlich um sein Urteil. Er konnte das Warten nicht mehr ertragen. Man erwiderte ihm: ‚Auf was wartest du eigentlich? Du bist doch schon längst in der Hölle.' Das war sie nämlich: ein blödsinniges Warten auf nichts. Was kann denn höllischer sein? Der Krieg? Der springt euch über den Ozean nach. Ich habe jetzt genug von allem. Ich will heim."

III

Ich aber ging in das spanische Konsulat. Ich stellte mich in die Reihe für Anträge auf Transits. Unsere Reihe war lang vor dem Tor auf der Straße. Die Menschen erzählten vor mir und hinter mir Legenden von spanischen Transits, die zwar schließlich gekommen waren, aber so knapp vor der Abfahrt des Schiffes, daß man unmöglich rechtzeitig in Lissabon hatte ankommen können. Ich aber wartete so geduldig, wie man nur wartet, wenn man das Warten um des Wartens willen tut und das, worauf man wartet, unerheblich ist. Ich mußte auch schon sehr tief in der Hölle stecken, von der mir mein Mittransitär im Café Saint-Ferréol erzählt hatte, wenn sie mir nicht einmal übel vorkam, verglichen mit allem, was hinter mir lag und wahrscheinlich vor mir, erträglich und kühl, Legendenerzähler vorn und hinten.

So rückte ich schließlich nach ein paar Stunden in die Toreinfahrt des spanischen Konsuls, und hinter mir wuchs der Schwanz in die Straße, auf die inzwischen ein kalter Regen herunterfiel, und nach ein paar Stunden rückte ich in die Halle des Konsulats. Ich rückte, ich weiß nicht nach welcher geheimen Regel, vor einen gelben hageren Beamten mit langem Gesicht und dünnen Lippen, der mich mit gemessener Höflichkeit befragte, als warte nicht hinter meinem Rücken ein Schwanz bis zur nächsten Straßenecke, den er wahrscheinlich nie selbst gesehen hatte; denn er war immer innen und der Menschenschwanz immer außen. Er zog sich mit meinen Papieren hinter ein Buch zurück, in dem er den Namen zu suchen schien. Wie sollte ein Name, ein armer verwehter Name, der höchstens noch manchmal von einer Mutter gesprochen wurde, falls sie noch lebte, gerade in diesem Buch eingezeichnet sein? Er war aber eingezeichnet. Ein höchst verdrießliches Lächeln krümmte die Lippen des spanischen Konsulatskanzlers. Er verkündete höflich, mein Antrag sei zwecklos, ich könne niemals durch Spanien fahren. Ich fragte: Warum nicht? – Das müsse ich selbst am besten wissen. – „Ich bin", erwiderte ich, „noch niemals in Ihrem Lande gewesen." – „Sie können ein Land auch schädigen", sagte er, „ohne je seinen Boden betreten zu haben." Er war sehr gemessen und stolz auf die Macht, ein Transit verweigern zu können. Er hatte ein wenig Macht geschleckt mit seiner Zunge, die ich zu sehen bekam, da sie leicht beim Sprechen anstieß. Und die Macht hatte ihm geschmeckt. Doch irgend etwas mußte ihm in meinem Gesicht stark mißfallen, vielleicht ein Ausdruck von Freude, der ihn überraschte und ihm den Geschmack verdarb. Er ist also doch nicht nur Staub, dachte ich, nicht nur Asche, nicht nur eine schwache Erinnerung an irgendeine vertrackte Geschichte, die ich kaum wieder erzählen könnte, wie jene Geschichten in der Dämmerung, die man mir in alten Zeiten erzählt hat, als ich noch nicht ganz schlief, aber auch nicht mehr ganz wach war. Es bleibt noch etwas zurück, das genug lebt, das genug gefürchtet wird, damit man die Grenzen vor ihm sperrt, damit man ihm

Länder verschließt. Wahrscheinlich haben das die paar Zeilen bewirkt, die mir der amerikanische Konsul bei meinem ersten Besuch vorhielt. Ich läse sie für mein Leben gern. Vielleicht sind sie auch schon Asche. Doch unverziehen an diesem Ort, so wie sie ihm das Aufenthaltsrecht an einem anderen schenkten. Ich stellte mir einen gespenstischen Durchzug vor: in der Nacht, durch das Land, das er nie im Leben betreten hatte. Und wo er durchfährt, regen sich Schatten in den Äckern, in den Dörfern, in dem Pflaster nie gesehener Straßen. Schlecht verscharrte Tote, die sich ein wenig bei seiner Durchfahrt regen, weil er wenigstens soviel für sie tat. Nur wenig, ein paar Zeilen in einem Anfall von Eingreifenmüssen, so wie es bei mir auch nur ein Faustschlag gewesen war in das Gesicht irgendeines SA-Lümmels. In dieser Beziehung gab es sogar zwischen uns beiden eine gewisse Ähnlichkeit. Ein jähes Eingreifen-Müssen in einem Nur-eben-dahin-Leben – Der spanische Konsulatsbeamte starrte mich an mit seinen zu stark gewölbten Augen. Ich bedankte mich freudig, als ob er mir mein Transit gezeichnet hätte.

IV

Ich setzte mich in den Mont Vertoux, um alles zu erwägen. Ich hatte noch nichts gegessen und auch kein Geld mehr, um etwas zu kaufen. Ich trank ein wenig. Uns dreien war also der Weg durch Spanien verwehrt, dem Toten, mir und dem Arzt. Ein anderes Schifflein war uns bestimmt, vermutlich der klapprige Kasten, den jeden Monat die Transports Maritimes nach Martinique schickte. Der Arzt hatte ihn ja schon einmal durch das Tor des Hangars liegen sehen. Was hatte er mir bereits vor seiner ersten, mißglückten Abreise mitgeteilt? Marie sei jetzt zum Fahren entschlossen. Er glaubte wahrscheinlich, er habe damit das Spiel gewonnen, doch war Marie denn nicht auch damals zur Fahrt entschlossen, als er sein Auto über die Loire jagte auf halb zersprengten Brückenbögen? Ich aber, mit dem er nicht rechnen konnte, weil es mich damals gar nicht gab, ich hatte sie gleichwohl eingeholt, aus dem Nichts gesprungen, zur Stelle.

Der Mont Vertoux begann sich mit Gestalten zu füllen. Ein schönes helles flockiges Nachmittagslicht fiel mir auf die Hände. In meinem Kopf fing ich an, die irdische Hinterlassenschaft meines Toten zu ordnen. Wir hatten da unseren gemeinsamen Schatz in Portugal. Der Korse mußte ihn heben helfen. Wir brauchten das Reisegeld, außerdem die Kaution, die sie forderten, auf daß wir nicht klebenblieben – wie nannten sie es? – in der östlichen Hemisphäre. Ein lichtes, erhabenes Wort, das besser dem Toten anstand als mir mit meinen festen Fingern und breiten Nägeln, die mich immer ärgerten. Ich rief den Kellner und bat ihn um einen Atlas. Er brachte mir so ein schmieriges, abgegriffenes Reisehandbuch mit einer eingehefteten Weltkarte. Ich suchte mir Martinique, wozu ich bisher zu faul gewesen. Da hing es wirklich, ein Pünktchen zwischen zwei Hemisphären, die kein Präfekturtrick waren, keine konsularische Erfindung, sondern echt, von Ewigkeit zu Ewigkeit.

Ich weiß nicht, wieviel ich getrunken hatte, da faßte jemand meine Schulter. Ich sah an meinem Zimmernachbar hinauf, an seiner ordenschimmernden Brust. Ich weiß nicht, warum ich ihn immer traf, wenn ich viel getrunken hatte. Der kleine, stämmige Mann steckte immer in einem ordenglitzernden Nebel. Er fragte mich, ob er sich setzen dürfe. Ich sagte, ich sei über Gesellschaft froh. „Was macht Nadine?" – „Nadine? Sie ist wieder verhext. Ich sehe mir die Augen aus dem Kopf. Ich gehe nachts alle Gassen ab, alle Cafés." – „Sie brauchen sich ja nur abends um sechs am Personalausgang der Dames de Paris aufzustellen." – „Ich? Nie. Ich brächte das niemals fertig. Ich muß sie durch Zufall treffen, irgendwann, irgendwie – Doch was fehlt Ihnen? Denn Ihnen fehlt auch etwas."

Ich tat, was ich immer tat, wenn einer mir mißliche Fragen stellte. Ich fragte ihn meinerseits: „Sie sind mir noch Ihre Geschichte schuldig. Wie sind denn gerade Sie zu all den Dingern gekommen, die Ihnen auf der Brust baumeln?" Er erwiderte: „Indem ich ein paar Dutzend junger Leute, die ungefähr in demselben Zustand wie Sie waren, gehindert habe, ganz vor die Hunde zu gehen." – Ich lachte und fragte ihn, ob er sich aus dieser Gewohnheit an meinen Tisch gesetzt hätte. Er erwiderte ernst: „Wahrscheinlich." – Doch dann begann er von selbst zu erzählen, weil es ihm not tat.

„Ich lebte am Anfang des Krieges still in einem Dorf im Var. Man war dort gut gegen Fremde, ich hätte vielleicht bis heute dort unangefochten leben können. Mein Vater aber lebte im Departement Garonne. Dort sperrte man alle Fremden ein, die unter sechzig waren. Mein Vater konnte nur freikommen, wenn ich, sein Sohn, mich zum Heer meldete. Ich dachte nach und hielt es für meine Pflicht, mich zu melden. Ich glaubte auch damals, wie die meisten, an einen echten Krieg gegen Hitler. Ich wurde gemustert, wobei sich herausstellte, daß ich untadelig gesund bin. Das hatte ich schon gewußt, doch hatte es bis jetzt mit meiner Gesundheit eine besondere Bewandtnis, ich gehörte zu jenen auserwählten Gesunden, die alle leiblichen Vorbedingungen für die Fremdenlegion erfüllten. Ich kam also in das Ausbildungslager der Fremdenlegion. Ich war ein wenig erstaunt, glaubte aber, das alles gehöre nun einmal zum Krieg. Inzwischen war auch mein Vater aus dem Lager entlassen worden. – Was fehlt Ihnen denn?"

Marie ging draußen vorbei. Sie trug einen fremden grauen Mantel, den ich nie an ihr gesehen hatte. Ich glaubte schon, sie sei in der Menge verschwunden, da betrat sie den Mont Vertoux.

Sie war nicht wie sonst auf der Suche. Sie setzte sich still in eine Ecke. Sie sah still vor sich hin. Sie war offenbar nur hereingekommen, um ungestört allein zu sein.

Ich war nur froh, daß sie da war, selbst ohne mich zu suchen, daß sie lebte, noch lebte. „Mir fehlt gar nichts mehr", sagte ich, „ich bitte Sie, erzählen Sie." — „Man schickte uns nach Marseille. Man schickte uns dort hinauf." Er deutete auf das Fort Saint-Jean, hinter dem Alten Hafen. „Da inwendig ist es kalt, es stinkt, es trieft von Schmutz. Auf den Wänden waren Inschriften: ‚Ohne Rast und Ruh.' Das ist die Parole der Legion. Man führte uns jeden Morgen ans Meer. Es gibt dort hinter dem Fort eine kleine Bucht. In der Bucht liegen viele Steinklötze. Man ließ uns die Steinklötze aus der Bucht die steile Treppe hinaufwälzen, die in den Berg gehauen ist, und waren wir oben angekommen, dann ließ man uns diese Steinklötze wieder ins Meer zurückwerfen. Das war die spezielle Ausbildung. Wir sollten dadurch an Gehorsam gewöhnt werden. Ich langweile Sie vielleicht?"

Ich ergriff seine Hand, um zu beteuern, daß er mich keineswegs langweile. Und während er fortfuhr, betrachtete ich Mariens Gesicht, so still im Abendlicht. Sie mußte schon tausend Jahre an diesem Fenster gesessen haben, in kretischen und phönizischen Tagen, ein Mädchen, das vergebens nach seinem Geliebten späht unter den Heeren der Völkerschaften, doch diese tausend Jahre waren vergangen wie ein Tag. Jetzt ging die Sonne unter.

„Wir fuhren eines Tages nach Afrika. Man pferchte uns in den Lagerraum eines Schiffes. Es fuhr, ich weiß nicht wieviel Jahrzehnte, wieviel Jahrtausende, Legionäre nach Afrika. Der niemals aufgewaschene Schmutz von Generationen von Legionären! Wir kamen abermals in ein Ausbildungslager. Es war noch härter. Die Ansprachen unserer Vorgesetzten wimmelten von geheimen Anspielungen, von Drohungen, daß wir das Beste noch vor uns hätten. Wir kamen nach Sidi-bel-Abbès. Die Unteroffiziere waren selbst alte Legionäre. Sie waren irgendwann einmal durchgebrannt aus ihren Vaterländern, weil sie jemand erschlagen oder ein Haus angezündet oder gestohlen hatten."

Ich fühlte, wie es ihm not tat, alles von Anfang an zu erzählen. Ich konnte inzwischen nachdenken, wie ich das Schiff erreichte, auf dem Marie bald abfuhr. Gerade war eingetreten, worauf ich gelauert hatte: Sie hatte das Suchen abgebrochen. Ja, heute, vielleicht im siebzehnten Monat ihrer Flucht aus Paris, im fünfzehnten Monat ihrer Ankunft. Ich konnte dem Toten die glatte Zahl vorweisen. Sie war durchaus nachzurechnen. Und dann hatte sie überdies mich gesucht – mich oder uns beide. Trotzdem vollzog sich der Abbruch der Suche ganz anders, als ich erwartet hatte. Es war nichts Jähes darin, kein wildes Wennschon-Dennschon. Es war ein stiller Entschluß, dem Zufall zu gehorchen. Doch schien sich der Zufall selbst zu wundern, wie sie da saß mit gesenktem Kopf und gesenkten Augen, in einer Ergebenheit, die ihm, dem Zufall, noch nie widerfahren war und die er nur dem Umstand verdankte, daß er etwas anderem verteufelt ähnlich sah.

Die Stimme meines Begleiters schlug an mein Ohr. Ich hätte nicht schwören können, ob er inzwischen weitererzählt oder geschwiegen hatte.

„Die Offiziere waren Franzosen, von denen sich viele in Europa im Dienst etwas hatten zuschulden kommen lassen. Nur wir, wir waren hierher geraten durch den Krieg. Weil wir Hitler besiegen wollten. Doch niemand schenkte uns Glauben. Und wenn sie uns geglaubt hätten, sie hätten uns dann noch mehr gehaßt. Sie hatten durchgemacht, was wir durchmachen, sie wollten es deshalb erhalten wissen, es sollte so weitergehen bis in Ewigkeit, es sollte nicht hinter ihnen plötzlich abbrechen und besser werden.

Dann kam der Tag, an dem wir in die Wüste zogen. Vor unserem Abzug erreichte mich noch ein Brief meines Vaters, er sei im Begriff, nach Brasilien zu fahren, ich möchte mich eilen und nachkommen. Ich fluchte meinem Vater, was mir immer leid tun wird."

Ich hütete mich, ihn auch nur mit einer Bewegung zu

stören. Ich horchte reglos, um ihn zu beruhigen, wobei ich kein Auge von Marie ließ. Ich wußte, daß er erst jetzt, in dieser Minute, an diesem Tisch, sein vergangenes Leben abschloß. Denn abgeschlossen ist, was erzählt wird. Erst dann hat er diese Wüste für immer durchquert, wenn er seine Fahrt erzählt hat.

„Wir kamen in das Fort Saint-Paul. Es liegt in einer Oase. Dort gab es Palmen und Brunnen. Es gab die kühlsten steinernen Häuser. Französische Legionäre saßen im Schatten, spielten und tranken. Wir hofften auf bessere Tage. Doch diese französischen Legionäre verachteten uns, man hatte ihnen erklärt, wir seien dreckiges Pack, das alle Erniedrigung auf sich nehme, nur um ein paar Sous zu verdienen. Uns führte man vor die Stadt in die Wüste. Wir sahen die Lichter der Stadt. Wir mußten für unser Lager Schotter in den Sand schütten, damit es nicht zu weich sei, damit wir nicht verweichlichten."

Marie saß unbeweglich gegen den Hafen, ich fühlte, so daß es mich brannte, unser aller verfluchte Zusammengehörigkeit. Mein Zimmernachbar fuhr fort: „Man schickte uns weiter, tief in die Wüste hinein, gegen ein kleines Fort, nicht weit von der italienischen Grenze. Alles war gelb. Die Erde, der Himmel und wir. Die Offiziere ritten, wir waren zu Fuß, auch die Unteroffiziere. Die Offiziere verachteten uns, weil sie ritten und wir gingen, die Unteroffiziere haßten uns, weil sie gingen und wir auch gingen. Ich weiß nicht mehr, wie lange wir in die Wüste hineinzogen. Mir dünkte es vierzig Jahre lang wie in der Bibel.

Wir waren noch eine Woche von unserem Bestimmungsort entfernt. Wir sollten dort die Besatzung ablösen. Jetzt kamen die italienischen Flieger. Wir waren zwei Regimenter, allein zwischen Himmel und Erde. Die Flieger gingen en pique herunter. Sie hätten ebensogut auf ein einzelnes Schiff im Meer herunterstoßen können. Wir gruben uns in den Sand, und gab es einmal eine Pause, dann zogen wir weiter. Und immer wieder stieg aus dem Himmel ein neuer Schwarm von den Todesvögeln. Da fingen unsere Leute an zu verzweifeln. Sie warfen sich in den Sand, sie blieben. Sie wollten sterben. Unser Wasser ging aus. Verzeihen Sie bitte, Sie kennen vielleicht auch ähnliche Märsche.

Ich wollte Ihnen ja auch nur Ihre Frage beantworten, wieso ich zu diesen Dingern gekommen bin, die jetzt auf meiner Brust hängen. Ich hatte bis jetzt noch keine Gelegenheit gehabt, meine Tapferkeit zu beweisen. Steinklötze bergauf schleppen, Überfahrten in vollgekotzten Schiffen, die man seit hundert Jahren nicht ausgewaschen hat, schlafen in einem Brei aus zerquetschten Wanzen, herunterspringen mit schwerem Gepäck von einer vier Meter hohen Mauer in einen Graben, der ausgefüllt ist mit Scherben und Steinen, wenn man dabei nur die Wahl hat, durch diesen Sprung zu krepieren oder an die Wand gestellt zu werden wegen Gehorsamsverweigerung, das ist ja noch kein Beweis für Tapferkeit. Das ist vielleicht ein Beweis für Ertragen. Jetzt aber – in der Wüste –, ich schwöre Ihnen, ich merkte gar nicht, daß ich auf einmal anfing, tapfer zu sein. Ich fing nur an, meinen Mitlegionären ein wenig Mut zuzusprechen. Besonders den jüngeren. Ich redete ihnen ein, es gebe da irgendein Gesetz für die Menschen, das gar nichts mit der Legion zu tun habe, es gebe da irgendein Gesetz, man müsse sich bis zum Tod anständig aufführen. Und diese Einbildung vermischte sich immer mit irgendeinem Versprechen auf Wasser, auf eine entfernte Ankunft. Und manchmal glaubten sie mir ein paar Minuten lang. Sie rafften sich aus dem Sand heraus und trotteten noch eine Stunde weiter. Und ich sei dabei, erzählte ich ihnen, und müßte ja alles auch ertragen. Als ob sie das hätte trösten können, daß zufällig ich es mit ertrug! Der Kapitän fing jetzt manchmal an, sich abgesondert an mich zu wenden. Wie lange es noch dauern könne, was noch zu erwarten sei, wie das letzte Wasser verteilt werden solle, wann und wo? Und immer wieder die Flieger, in immer kürzeren Abständen. Sie stießen herab und hackten. Und mancher von meinen Jungens, dem ich eben noch hoch und heilig geschworen hatte, wir kämen in Kürze an, ging dabei in Fetzen. Ich nahm manchmal einem das Gepäck ab. Ich schwöre Ihnen, es kam mir nicht in den Sinn, daß all das irgend etwas mit Tapferkeit zu tun habe. Ich hörte viel später, wir seien die einzige Truppe gewesen, die doch noch einigermaßen heil an ihrem Bestimmungsort ankam. Der Kapitän behauptete dann, ich hätte viel dazu beigetragen. Ich wurde später auf unserem Fort zur ‚Ordre de la Nation' zitiert. Die Wachen mußten vor mir strammstehen. Ich bekam diese Orden angehängt. Der Kapitän küßte mich vor der Truppe. Das Sonderbare an der Geschichte war, daß mich das alles freute. Noch sonderbarer war, daß plötzlich alle mich achteten. Ich schwöre Ihnen, daß ich es war, war dabei ganz gleichgültig. Die Achtung war plötzlich wieder da. Vor irgend etwas Achtung. Es war so gleichgültig, daß es mich betraf, wie es gleichgültig war, zu welcher Order ich da zitiert worden war, zur Order von welcher Nation. Was aber an dieser Geschichte mißlich, das Sonderbarste ist: Ich gewann sie alle lieb, ich sie und sie mich. Ich fing auf einmal an, sie mit Leib und Seele zu lieben, all diese gemeinen, grausamen, schuftigen Menschen, all diese schuftigen, grausamen Schweine, mit Leib und Seele, ich sie und sie mich. Nie ist mir ein Abschied so schwergefallen wie die Trennung von ihnen."

Ich fragte: „Wie kamen Sie frei?"

Er sagte: „Durch eine Verwundung. Ich werde jetzt demobilisiert werden. Dann kann ich den Rock mitsamt den Orden einpacken. Mein Vater ist inzwischen gestorben. Er hatte da drüben vor seinem Tod große Posten Handschuhe vorbestellt. Ich habe zwei unverheiratete alte Schwestern. Die können ihr Handschuhgeschäft nicht ohne mich aufmachen. Ich muß jetzt rasch zu ihnen."

Wir streiften im Fortgehen Mariens Tisch. Doch

wurde sie meiner nicht gewahr. „Die Frau da", sagte ich, „wartet auf einen Mann, der nie mehr wiederkommen wird." — „Ich bin zurückgekommen", sagte er traurig, „doch niemand wartet auf mich. Nur zwei alte Schwestern. Ich habe kein Glück in der Liebe. Und was Ihre Nadine angeht — Sie glauben doch nicht im Ernst, daß sie gerade auf mich verfällt."

V

Frühmorgens ließ mich die Wirtin herunterrufen. Ich glaubte zuerst, der Seidenhändler sei wiedergekommen und fordere eine frische Rate von Reisespesen. Doch ich erkannte gleich in dem jungen Mann, der mir entgegenblinzelte, den Arm in das Fenster der Wirtin gestützt, einen Beamten der Geheimpolizei. Ich war auf Böses gefaßt. Ich merkte auch gleich, daß mich die Wirtin mit geheimer Schadenfreude beobachtete. Er forderte meine Papiere in schlimmem Ton, mit gespitztem Mund. Ich legte sie ordentlich auf das Fensterbrett. Er fragte in höchstem Erstaunen: „Sie haben ein Visum? Sie haben ein Transit? Sie wollen abfahren?" Er tauschte einen Blick mit der Wirtin, in deren Gesicht die Schadenfreude sofort einer tiefen Enttäuschung Platz machte. Aus ihrem gemeinsamen Ärgernis entnahm ich, daß sie bereits unter sich im Geiste die Prämie geteilt hatten, die auf der geglückten Razzia stand, auf meinen Fang, um derentwillen mich diese Wirtin diesem Beamten angezeigt hatte, um ihr Kolonialgeschäft rascher zu beginnen. Der Beamte fuhr fort: „Sie haben vor dieser Dame behauptet, Sie wollten durchaus in der Stadt bleiben, Sie dächten nicht an Abfahrt." Ich sagte: „Die Aussagen vor einer Wirtin sind nicht vereidigt. Ich darf erzählen, wozu ich Lust habe." Er redete in verbissener Wut auf mich ein, das Departement Bouches du Rhône sei übervölkert, die Vorschrift laute, ich müsse so rasch wie möglich das Land verlassen, nur unter dieser Bedingung sei ich noch frei, ich müsse mich zu einer Vorbuchung melden, auf welchem Schiff auch immer. Ich möchte gefälligst endlich verstehen, die Städte seien für mich nicht zum Wohnen da, sondern zum Abfahren.

Inzwischen war auch mein Zimmernachbar, der Legionär, auf der Treppe erschienen und hörte sich meine Verwarnung an. Er nahm mich dann unter den Arm und zerrte mich auf den Belsunce und erzählte mir, ich müsse sofort mit ihm auf das brasilianische Konsulat, es gebe seit heute nacht ein Gerücht, ein brasilianischer Dampfer fahre hinüber, es sei schon bald kein Gerücht mehr, sondern wahrscheinlich, und wahrscheinlich morgen Gewißheit. Ich sah auch plötzlich bei seinen Worten das Phantom eines Schiffes entstehen, durch den unstillbaren Wunsch der Abfahrtsdurstigen von Geistern in Hast gebaut, in dem Dunst von Gerüchten, auf einem gespenstigen Dock. Ich fragte: „Wie heißt es denn?" Er erwiderte: „Antonia."

VI

Ich dachte, Marie könnte mit mir das neue, eben entstandene Schiff besteigen. Ich folgte dem Legionär auf das brasilianische Konsulat. Dort fanden wir uns in einem Haufen mir bisher unbekannt gebliebener Transitäre, der gegen die Schranke gequetscht wurde. Und hinter der Schranke weitete sich ein grüner, durch eine große Landkarte noch mehr erweiterter Raum mit zwei mächtigen Schreibtischen. Er war leer. Es kam zunächst auch niemand. Die Menschen warteten fieberhaft, ein Konsul möge sich zeigen, ein Angestellter des Konsuls, ein Kanzler, ein Schreiber, irgend jemand, der sie anhöre. Es war ihnen angedeutet worden auf einer Schiffahrtsgesellschaft, ein Schiff gehe alsbald ab nach Brasilien. Gar viele wollten so wenig hin wie ich selbst. Doch jedenfalls ging ein Schiff ab, und einmal auf einem Schiff, war man allem entronnen und reicher um alle Hoffnungen. Wir drängten uns hinter der Schranke. Der Konsulatsraum aber blieb leer. Nur aus dem entlegenen, uns verborgenen Nebenraum strömte ein leichter Kaffeegeruch bis zu uns, als hätte sich der Konsul in eine Kaffeewolke verflüchtigt. Der ungewohnte Geruch erregte uns. Wir mutmaßten einen Sack, einen Keller mit Vorräten für die unsichtbaren Angestellten. Nach einigen Stunden erschien in dem leeren Raum ein sehr gut gekleideter, sehr genau gescheitelter schmächtiger Mensch, der uns ganz verblüfft anstarrte, als sei in ein Wohnzimmer eine Rotte verzweifelter, fiebriger Menschen gedrungen, die um etwas Unverständliches flehen. Wir erhoben auch alle im Chor unsere bittenden Stimmen. Er aber zog sich entsetzt zurück. Wir warteten weitere Stunden. Er erschien endlich noch einmal. Er verschob auf einem der mächtigen Schreibtische ein paar Papiere. Dann trat er zögernd an die Schranke, als ob wir ihn hätten packen wollen und in unsere Welt herüberreißen. Nur mein Freund hatte schweigsam gewartet mit seiner teuer erworbenen Wüstenruhe. Jetzt schlug er plötzlich auf die Schranke. Der junge schmächtige Mensch sah erschrocken auf. Sein Blick wurde durch die Orden gefangengenommen, durch das Geglitzer. Er trat zögernd darauf zu. Mein Begleiter drückte ihm rasch seinen Visumantrag in die Hand. Ich wollte dem jungen Brasilianer rasch auch meinen aufdrängen. Doch winkte er erschöpft gegen alle übrigen Wartenden, die auch bereits mit ihren Visenanträgen wedelten. Er zog sich mit den Papieren meines Begleiters zurück, ich hatte den Eindruck: auf Jahre.

VII

Ich lief an der Pizzaria vorbei, ohne hineinzusehen. Da lief jemand hinter mir her und faßte mich. Der Arzt war erregter als sonst. Vielleicht auch nur, weil er atemlos war. „So hat Marie doch recht gehabt. Ich hätte geschworen, Sie seien auf und davon. Ich habe Marie fast überredet, Sie seien so plötzlich verschwunden, wie Sie kamen, es sei zwecklos, Sie zu suchen."

„Nein. Ich bin hier. Den ruhigen sicheren Menschen, wie Sie einer sind, gelingt es am besten, die anderen zu queren Dingen zu überreden." Er stutzte und sagte: „Sie haben ja nicht einmal mehr die Binnets besucht. Und die sind doch Ihre alten, echten Freunde." Ich dachte: Ja, Binnets sind meine alten, echten Freunde. Ich habe mich nicht mehr um sie gekümmert. Ich bin krank. Die Abfahrtskrankheit hat mich angesteckt.

„Marie sucht Sie und sucht Sie. Ich glaube, seit Wochen. Es ist nämlich sehr wahrscheinlich geworden, daß wir mit dem nächsten Martiniquedampfer fahren. Er heißt ,Montreal'." – „Hat sie denn ihr Visum?" – „Noch nicht in der Hand. Doch kann es jede Stunde kommen." – „Haben Sie denn das Reisegeld?" Ich sah zum erstenmal einen Funken Belustigung auch in seinen Augen. Ich hätte ihm in die Augen schlagen mögen. „Das Reisegeld? Ich hatte es schon in der Tasche, als wir über die Loire fuhren. Das Reisegeld für uns beide bis zum Bestimmungsort." – „Das Transit?" – „Muß ihr der Konsul geben nach Vorweisung ihres Visums. Nur –" – „Wieder ein Nur!" Er lachte. „Kein schwerwiegendes. Nein, diesmal ist es ein kleines bescheidenes Nur. Marie möchte nicht wegfahren, bevor sie Sie noch einmal gesehen hat. Sie hält Sie, glaube ich, für den treuesten Freund, den sie je besessen hat. Ihr plötzliches Unsichtbarwerden hat Ihren Ruhm nur vergrößert. Ich halte es für das beste, Sie kommen jetzt mit mir herein und trinken Rosé, und wir warten zusammen." – „Sie irren sich", sagte ich, „nein. Ich kann jetzt nicht mehr mit Ihnen hineingehen. Ich kann nicht mehr mit Ihnen Rosé trinken. Ich kann nicht mehr mit Ihnen warten." Er trat einen Schritt zurück. Er runzelte die Stirn. „Sie können nicht? Warum nicht? Marie hat sich nun einmal darauf versteift. Wir werden bestimmt diesen Monat fahren. Es ist ausgemacht. Marie will Sie vor ihrer Abfahrt noch einmal sehen. Sie können ihr diese kleine Beruhigung verschaffen." – "Wozu? Ich kann nun einmal die Abschiedsfeiern nicht leiden, die letzten und vorletzten Wiedersehen. Sie fährt ja mit Ihnen ab, es ist ausgemacht. Sie fährt ein wenig beunruhigt, nun, man kann ihr nicht alles schenken." Er sah mich genau an, als könne er dadurch meine Antwort besser verstehen. Ich ließ ihn gar nicht zu Rande kommen. Ich lief ihm weg und fühlte, daß er mir nachsah.

Die Wirtin lauerte auf mich, als ich heimkam. Ihr Blick war böse. Sie lächelte böse. Mir schien es, ihr seien die Zähne seit heute nacht gewachsen und schärfer und blanker geworden. Sie drückte die große Brust auf das Fensterbrett. „Na?" Ich fragte zurück: „Was, na?" – „Wo ist Ihre Vorbuchung? Ihr Zimmer ist übrigens auf den 15. dieses Monats vermietet. Sie müssen ja auch bis dahin fort sein." Sie hatte sich sicher all die Monate nur verstellt, in Wirklichkeit war sie keine Wirtin, nur eine verkappte, von einer geheimen Behörde gedungene Austreiberin. Ich zweifelte stärker denn je an ihrer Erscheinung, bis auf die derbe Büste im Fenster, sie endete unter dem Sims in Gott weiß was, vielleicht in einen Fischschwanz. Ich machte augenblicklich kehrt.

VIII

Ich lief in die Rue de la République. Die Menschen drängten sich vor dem Schalter der Transports Maritimes. Das nächste Schiff sollte am 8. fahren. Die Plätze waren längst alle vorgebucht. Ich buchte vor für das übernächste. Man prägte mir ein, man könnte mir mein Billett nur ausstellen, wenn ich mein Visa de sortie brächte.

Ich ging hinaus und stellte mich mit dem Rücken zur Rue de la République, um das Schiffsmodell im Schaufenster der Maritimes zu betrachten. Das Visa de sortie gab man nur solchen, die Reisegeld vorweisen und die

Kaution. Der Korse mußte mir meinen Schatz in Portugal heben helfen. Ich mußte ihn gleich um Rat fragen.

Da berührte jemand meine Hand. „Was suchst du hier?" fragte Marie. „Willst du vielleicht doch abfahren? Wir sind an deine Zauberkünste gewöhnt. Ich werde mich gar nicht wundern, wenn du auf hoher See aus einem Schornstein herauskriechst." Ich sah hinab auf ihr braunes Haar. Sie fuhr fort: „Du wüßtest mir immer Rat und Hilfe. Ich wäre dann nie allein." Ich griff das Wort auf: „Allein?" Sie drehte ihr Gesicht weg, als ob ich sie ertappt hätte. „Ich meine natürlich, allein mit ihm. Wo warst du die ganze Zeit? Ich habe dich überall gesucht. In dieser verfluchten Stadt findet man nie, wen man sucht, man findet alle durch Zufall. Inzwischen ist viel geschehen. Ich brauch auch wieder deinen Rat. Komm mit." – „Ich hab keine Zeit." Ich steckte die Hände in die Taschen. Sie nahm mich beim Daumen und zog mich quer über die Straße in das große häßliche Café Ecke de la République-Alter Hafen. An einem Fenster des Cafés saß die dicke gefräßige Frau, die ihr Reisegeld immer noch nicht verschlungen hatte. Der Tscheche, der seit meiner Ankunft in englische Dienste gehen wollte, durchquerte mit finster entschlossener Miene das Café und stellte sich an die Theke. Ich sah auch hinter der Glastür den Burschen vorbeigehen, dem man seiner Vorstrafen halber das amerikanische Transit verweigert hatte.

All diese gleichgültigen Begegnungen, all diese sinnlosen Wiedersehen bedrückten mich in ihrer sturen Unvermeidlichkeit. Marie hatte den Kopf in die Hand gestützt. Mit der anderen Hand hielt sie noch immer meinen Daumen. Ich hätte sie überall treffen mögen, treffen müssen. Ich gab es auf, mich dagegen zu sperren, ich fragte: „Was fehlt dir, Marie, was kann ich für dich tun?"

Sie lehnte den Kopf an meine Schulter. In ihrem Blick lag etwas, was ich mir noch nie gewünscht, was ich noch nie empfangen hatte: unendliches Vertrauen. Ich nahm ihre Hand zwischen meine beiden Hände. Ein Vorgefühl sagte mir, daß ich gleich etwas zu hören bekäme, was neu und erstaunlich für mich sei. Doch mein Vorgefühl täuschte. Sie sagte: „Du weißt noch nicht, daß ich jetzt wirklich mein Visum habe. Die Mexikaner haben mir wirklich das Visum ausgehändigt. Jetzt fehlt mir nur noch das Transit." — „Da brauchst du meinen Rat nicht. Geh hinauf zum amerikanischen Konsul! Er wird es dir ausstellen." — „Ich war schon beim Konsul. Ja, er wird es mir ausstellen. Hier ist meine Vorladung. Ich werde mein Transit am 12. des nächsten Monats bekommen, doch das Schiff fährt wahrscheinlich am 8. Du glaubst doch nicht etwa, daß mein Freund, der das Visum nicht abgewartet hat, jetzt das Transit abwarten wird?" — „Ist dir wirklich gar nichts beim Konsul eingefallen", fragte ich, „um die Vorladung ein paar Tage voraus zu legen? Keine Bitte, kein Vernunftgrund, keine Lüge? Hat ihn dein bloßer Anblick nicht gerührt?" — „Du sollst dich jetzt nicht mehr über mich lustig machen. Mein Anblick hat ihn nicht gerührt. Mir ist auch nichts eingefallen. Der Konsul hat aus meinen Akten herausgelesen, daß mir das Visum erteilt wurde als der Begleiterin eines Schriftstellers namens Weidel. Er fragte mich, wenn es mir so eile, warum ich nicht gleich gekommen sei, denn Weidel sei doch vor kurzem selbst oben gewesen. Ich sagte, daß ich mein eigenes Visum erst jetzt erhalten hätte. Ich war noch froh, daß ich wenigstens diese Worte herausbrachte. Ich war zu Tode erschrocken. Er war noch vor kurzem hier. Vor kurzem!" — Da fuhr es mir plötzlich heraus: „Er mag inzwischen abgereist sein." — „Mit welchem Schiff denn? Da er noch vor kurzem beim Konsul war? Er kann mit keinem Gespensterschiff gefahren sein. Oder über Spanien? Er war noch vor kurzem hier. Er war noch hier, und auch ich war hier. Ich aber habe die letzten Wochen zuweilen geglaubt, daß er tot ist." — Ich rief: „Marie! Was sagst du da? Ich habe dir selbst einmal diesen Gedanken nahegelegt, da hast du gelacht und böse Worte gebraucht." — "Ja, hab ich damals gelacht? Wie viele Jahre sind wohl vergangen, seit ich gelacht habe? Ich bin wohl jung, sieh mal in den Spiegel dort drüben!"

Ich drehte mich um. Ich fuhr vor Bestürzung zusammen, als ich uns beide erblickte, an einem Tisch, Hand in Hand. Sie fuhr fort: "Ich sehe selbst, daß ich jung bin. Wie kann es nur möglich sein, daß ich noch jung bin, ganz jung? Wie kann es nur möglich sein, daß mein Haar noch braun ist? Denn hundert Jahre sind es gewiß, seit es hieß, die Deutschen stehen vor Paris. Du hast mich nie danach gefragt. In dieser Stadt fragt man die Menschen nur: Wohin? Nie: Woher?

Mein Liebster, ich meine natürlich jetzt meinen ersten Freund, ich meine den anderen, den ersten, den richtigen, brachte mich im Krieg in ein Haus aufs Land, damit ich nicht in ein Lager verschleppt würde. Warum er mich nicht bei sich behalten hat? Ich habe dir schon erzählt, daß er krank und schlecht war, daß er meistens allein sein wollte. Da kam jener andere Mann, der jetzt mein Freund ist, in das Haus, in dem ich lebte. Er kam als Arzt und pflegte ein Kind und war gut zu allen. Er kam oft, ich war allein, wir gefielen einander. Dann kamen die Deutschen immer näher. Ich fürchtete mich, ich fuhr nach Paris hinein, die Deutschen standen plötzlich dicht vor Paris, ich suchte meinen Freund, ich meine den ersten, den richtigen, aber er war nicht mehr in seinem Quartier, das Haus, in dem er gewohnt hatte, war versperrt, niemand wußte, wo er geblieben war, aus Notre-Dame waren die Glasfenster herausgenommen, alle Menschen brachen auf, ich sah eine Frau, die ein totes Kind auf einem Karren aus Paris hinausfuhr. Ich war allein, ich lief in den Straßen herum, die Wagen entlang. Da rief mich plötzlich der andere an auf dem Boulevard Sébastopol. Mir war es wie ein Wunder. Mir war es wie ein Fingerzeig Gottes. Es war aber gar kein Wunder. Es war aber gar kein Fingerzeig. Es war ein Zufall, der sich so anstellte, als ob er das Schicksal selbst sei. Ich stellte mich auch danach ein. Ich kletterte in das Auto hinein. Er sagte: ,Sei ruhig, ich werde dich über die Loire bringen.' Damit fing es an. Ich mußte über die Loire, und weil ich damals über die Loire mußte, muß ich jetzt über das Meer. Ich hätte bleiben sollen und weitersuchen. Das war meine Schuld. Denn kannst du mir sagen, warum ich durchaus über die Loire gemußt habe? Ach, diese Fahrt! Die Flieger kamen auf uns herunter, wir krochen zwischen die Räder. Wir lasen ein Weib von der Straße auf, ihr Fuß war zerschossen, wir warfen unser Gepäck hinaus, wir nahmen die Frau, es war zu spät, sie verblutete. Wir warfen sie wieder hinaus. Und schließlich kamen wir an die Loire, die erste Loirebrücke war gesprengt, die Autos und Wagen hingen am Ufer und in den Stücken der Brücke, die Menschen hingen dazwischen und schrien, wir hielten uns immer dicht umschlungen, er und ich. Und ich, ich versprach, ihm weiter zu folgen bis ans Ende der Welt. Das Ende erschien mir nah, die Strecke kurz, das Versprechen leicht. Wir kamen aber über die Loire, wir kamen hier an. Da war auf einmal der Zufall ein Schicksalsschlag, ich war allein mit dem Mann, der mich gefunden hatte, statt mit dem Mann, den ich gesucht hatte, was ein Schatten gewesen war, hatte Fleisch und Blut, was für kurz hätte sein sollen, hatte ewigen Bestand, was für ewig gedacht war –"

Ich rief: „Hör auf mit dem Unsinn! Du weißt, daß es Unsinn ist. Was ein Zufall ist, wird nie Schicksal, was ein Schatten ist, wird nie Fleisch und Blut, was wirklich Bestand hat, wird nie ein Schatten. Du lügst auch und hast mir selbst alles einmal ganz anders erzählt. Du hast auch damals deinem Mann einen Brief geschrieben –" Sie rief: „Ich? Einen Brief? Wieso weißt du etwas von diesem Brief? Wie kannst du denn etwas von diesem Brief wissen? Ja, ich schrieb einen Brief. Doch dieser Brief kann nie angekommen sein. Nichts ist mehr angekommen, in jenen Tagen ist alles verlorengegangen oder verbrannt. Ein solcher Brief kann nie angekommen sein, solch ein furchtbarer Brief. Ich schrieb ihn auf der Flucht, ich schrieb ihn gleich hinter Paris, auf dem Knie dieses anderen Mannes. Doch damals kam nichts mehr an. Ich schrieb aber auch noch andere Briefe, gleich als wir hier ankamen. Und diese Briefe sind angekommen. Sie müssen wohl angekommen sein, mein Mann muß hergefahren sein. Sie sagen ja auf den Konsulaten, er sei dagewesen. Ich habe freilich geglaubt, wenn er kommt, wenn er wirklich da ist, ob ich treu bin oder untreu, schön oder häßlich, er muß mich suchen und finden. Nur er, kein anderer, er würde ‚Marie, Marie' rufen, wenn er mich sieht, und wenn ich auch plötzlich alt wäre oder entstellt oder unkenntlich verändert. Es ist unmöglich, sagt mir mein Herz, daß er hier sein kann, ohne mich zu rufen. Die Konsuln aber sagen, es sei so. Mein Herz aber sagt mir jetzt, er muß tot sein. Er würde mich holen, wenn er lebte. Sie irren sich, die Konsuln. Sie haben einem Toten das Visum ausgestellt und einem Toten das Transit."

Ihre Hand zwischen meinen Händen war jetzt so kalt wie Eis. Ich fing sie zu reiben an, wie man im Winter die Hände von Kindern reibt. Doch meine eigenen Hände waren zu kalt, um ihre zu wärmen. Ich mußte jetzt auf der Stelle alles erzählen. Ich suchte nach Worten. Da sagte sie ganz ruhig: „Vielleicht kam er vor uns hier an. Vielleicht ist er schon abgereist. Ja, das wird die Lösung sein, er ist schon abgefahren. Die Worte ‚vor kurzem' bedeuten doch in dem Mund eines Konsuls etwas ganz anderes, als wenn wir sie aussprechen. Für einen Konsul ist die Zeit etwas anderes. Für einen Konsul bedeuten ein paar Monate gar nichts. Ich habe nicht zu fragen gewagt. Was ist denn die Zeit für einen Konsul der Vereinigten Staaten? Für einen Konsul der Vereinigten Staaten bedeutet vielleicht, was sich vor ein paar Monaten zutrug: vor kurzem."

Ich packte sie fest ums Handgelenk, ich rief: „Du

kannst ihn gar nicht einholen. Er ist dir ja längst verlorengegangen. Du hast ihn in diesem Land nicht mehr gefunden, nicht einmal in dieser Stadt. Du mußt mir glauben, er ist zu weit fort, um ihn jemals zu finden. Er ist unerreichbar geworden."

In ihren sanften grauen Augen erglänzte ein neues, fast unerträgliches Licht. „Ich weiß ja, wohin er ist. Ich werde ihn diesmal einholen. Diesmal wird mich nichts abhalten. Wenn mir der Konsul das Transit nicht ausstellt, so werde ich eben zu Fuß aus dem Land kommen ohne Transit. Ich werde nach Perpignan gehen und dort, wie es andere vor mir getan haben, einen Führer dingen, der mich durch die Berge bringt. Ich werde mir einen Schiffer dingen, der mir einen Winkel gibt in einem Schiff, das nach Afrika fährt." – „Du wirst diesen Unsinn lassen", rief ich. „Man wird dich einfangen und in ein Lager sperren, so daß du erst recht nicht fort kannst. Bedenke doch, wie es zugeht. Sie rufen euch an, sie rufen dreimal, dann schießen sie." Sie lachte und sagte: „Du willst mich erschrecken. Du solltest mir lieber helfen, wie du mir früher geholfen hast. Da hast du kein Wenn und Aber gebraucht, du hast nur geholfen." Ich ließ ihre Hand los, ich sagte: „Und wenn du recht hast? Wenn sich die Konsuln irren? Wenn es den Mann nicht mehr gibt? Was dann?" Das Grau ihrer Augen wurde stumpf, sie sagte: „Wie sollten sich wohl die Konsuln irren? Kein Pünktlein entgeht ihnen in deinem Paß, kein Strichlein in deinem Dossier. Sie würden ja eher, wenn ein einziger Buchstabe fehlt, hundert Richtige hier zurückbehalten, als einen Falschen ziehen lassen. Mir kam auch dieser sinnlose Gedanke nur, weil man mich zwingt, hier stillzusitzen. Sobald ich suche, weiß ich, es gibt den Mann. Solange ich suche, weiß ich, ich kann ihn noch finden."

Auf einmal veränderte sich ihr Gesicht, sie sagte: „Da draußen geht mein Freund. Ich will ihn rufen. Verstehst du, er ist ein sehr guter Mensch."

Ich sagte: „Unnötig, ihn zu loben. Ich kenne seine

Vorzüge." Sie lief an die Tür und rief auf die Straße. Er kam herein und begrüßte uns in seiner gewöhnlichen, ruhigen Art. „Setz dich zu uns", sagte Marie, „wir brauchen wieder einmal eine Transitberatung. Meine zwei lieben Freunde."

Er nahm ihre Hand, sah sie aufmerksam an und fragte: „Du hast ja kalt. Warum bist du bleich?" Er rieb ihre Hände genau wie ich selbst vor ein paar Minuten. Marie sah mich gerade an mit ihren klaren, zu klaren Augen. Sie schienen zu sagen: Du siehst, daß er nun einmal meine Hände nimmt. Das hat nichts auf sich. Du siehst, daß wir nun einmal zusammengeraten sind. Es war ein Zufall. – Ich dachte: Es ist vielleicht wirklich gut. Und sicher glaubt er, weil er nun einmal ein Arzt ist, an Heilung. Ich aber, ich glaube nicht daran. Wenigstens nicht durch diesen Arzt. Für mich war kein Zweifel, nach wessen Hand sie greifen müsse, sobald die Wahrheit herauskam. Ich wandte mich ausschließlich an den Toten: Wir werden sie ihm bald wegnehmen. Sei ruhig, er wird sie nicht lange behalten.

Ich sagte: „Gib mir deine Konvokation. Ich will versuchen, ob ich mit diesem Wisch etwas anfangen kann." Sie kramte ihr Zettelchen hervor.

Als wir aufstanden, nahm mich der Arzt beiseite. Er sagte: „Sie haben jetzt selbst eingesehen, daß es gut für Marie ist, abzufahren. Ich habe mich nicht eingemischt. Das hätte nur alles verzögert." Er fügte leicht hinzu, erst später erschienen mir seine Worte gewichtig: „Sie wird endlich Ruhe finden. Ich werde sie sicher hinüberbringen."

Ich folgte ihnen nicht. Ich blieb an meinem Tisch sitzen und sah ihnen nach, als sie, ohne sich an den Händen zu fassen, in bedrückender Eintracht den Quai des Belges hinuntergingen.

# Neuntes Kapitel

I

Den Rest des Tages lief ich, Mariens Konvokation in der Tasche, die Cannebière hinauf und hinunter, auf der Suche nach einem Helfershelfer. Ich hatte genug gelernt. Marie würde sich jetzt auf keine Verschiebung mehr einlassen, auf keinen Zufall und keinen Trick. Erst jetzt verstand ich die Botschaft, die mich in Paris an Stelle des Toten erreicht hatte. „Verein dich mit mir durch welche Mittel immer, damit wir zusammen das Land verlassen!" Ihr neuer Freund war im Irrtum gewesen, sie hatte in Wahrheit nie gezögert. Wir hatten gezögert, der Arzt und ich, und uns um die Frau gestritten, die immer entschlossen gewesen war. Sie war nur geblieben, solange sie wollte, und jetzt, da sie fahren wollte, würde es rasch gehen, uneinholbar rasch, wenn ich nicht sofort für uns beide handelte. Ich erwog sogar, ob ich nicht noch einmal zum amerikanischen Konsul hinaufsteigen solle. Ich zerbrach mein Gehirn nach einem Einfall, womit ich aus dem anderen Gehirn, dem konsularischen, einen Funken Einsicht herausschlagen konnte. Mir kam kein brauchbarer Gedanke außer dem einzigen, daß es sicher nie auf der Welt einen unbestechlicheren Beamten gegeben hat. In seiner Weise gerecht, versah er sein schwieriges Amt, wie ehemals am selben Ort ein römischer Beamter die Abgesandten der fremden Stämme empfing mit ihren dunklen, für ihn sinnlosen Forderungen von Göttern, die ihm unbekannt waren. Die Vorladung, einmal eingetragen, mit seinem Namen versehen, war unverrückbar, Gott selbst, wenn es ihn gab, würde eher einen Urteilsspruch zurückziehen, er würde eher einmal seine eigene unerforschliche Weisheit Lügen strafen, da ohnedies, wenn es ihn gäbe, alles bei ihm enden würde. Er brauchte sich ja auch nie zu fürchten, das winzige Zipfelchen Macht, an dem er die um sich schlagende Welt noch hielt, aber festhielt, könnte ihm entgleiten.

Mit solchen Betrachtungen über die Güte Gottes verbrachte ich auch den nächsten Vormittag. Da fiel mein Blick auf eine Gruppe im Café Source, es war Alkoholtag. Das Paulchen, Paulchens Freundin, der Imstichlasser, das dünne Mädchen, um dessentwillen er jenes andere Mädchen im Stich gelassen hatte, das im Stich gelassene Mädchen, der Kubareisende und seine Frau tranken dort ihren Aperitif. Sie waren sich selbst genug und keineswegs glücklich über meine Begrüßung. Ich war wahrscheinlich für sie ein lästiges, unvermeidliches Anhängsel aus den alten Lagerzeiten.

Achselroth sagte: „Wie geht es denn deinem Freund, dem Weidel? Er machte, als ich ihn letzthin sah, einen sehr erniedrigten und beleidigten Eindruck." – „Erniedrigten und beleidigten Eindruck? Weidel?" – „Was siehst du mich denn an? Das soll doch dich nicht beleidigen, wenn ich sage, er machte einen beleidigten Eindruck, als ich ihn gestern sprach." – „Ihn gestern sprach?" – „Am Telefon." – „Am Telefon? Weidel?" – „Ach Gott, nein, entschuldige. Bei mir rufen täglich hundert Leute an. Ich bin eine Art Vizekonsul. Jeder braucht einen Rat. Es war ja gar nicht dein Weidel, der diesmal anrief, das war ja der Meidler. Seit fünfzehn Jahren passiert mir immer das Unglück, diese zwei zu verwechseln. Dabei sind sie unter sich wie Hund und Katze. Ich vergesse nie Weidels Gesicht, als ich ihm in Paris aus Versehen zu Meidlers Filmpremiere gratulierte. Ich habe übrigens auch seine Frau diese Woche im Mont Vertoux gesehen. In dieser Beziehung passieren mir keine

Verwechslungen. Sie sieht etwas mitgenommen aus, wenn auch immer noch sehr anmutig."

„Ich habe mich immer gewundert", sagte das Paulchen, „wie Weidel zu dieser Frau kam." Achselroth erwiderte langsam, wobei sich sein schönes Gesicht ein wenig verhärtete: „Er hat sie sicher irgendwo aufgelesen als sehr kleines Mädchen. In einem Alter, in dem die Kinder noch an den Weihnachtsmann glauben. Da hat er ihr allerlei aufgeredet, zum Beispiel, daß Mann und Frau sich lieben." Er wandte sich an mich und sagte: „Bestellen Sie bitte der jungen Frau meine ergebensten Grüße."

Ich fühlte zu meinem Erstaunen und meiner Beunruhigung, daß dieser Mensch in seinem Gedächtnis ein klares Bild von Marie bewahrt hatte, so wie sie in Wirklichkeit beinahe war. Wahrscheinlich war das Gehirn dieses Menschen so angelegt, daß es alles ganz klar verzeichnete, auch das Zarteste und Stillste, so daß er es später aufschreiben konnte, wie auch ein Kurzsichtiger oder Halbblinder eine Apparatur bei sich tragen kann, die alles scharf registriert, astronomische Photographie treibt, wo ein gesundäugiger Mensch beirrt wird von allerlei Nebel und Flecken, die sich dann doch auflösen. Er hatte sicher mit diesem Gehirn die unwahrscheinlichsten und geheimsten Vorgänge registriert, und jetzt war zufällig Marie an der Reihe, und mir wurde bang. Ich dachte aber sofort scharf nach, wie ich diesen Menschen zu Hilfe zwingen könnte. Er dürfte nie etwas tun, ohne auf seine Kosten zu kommen, genau wie mein armer schäbiger Portugiese. Der hatte wenigstens einmal etwas selbstlos getan. Doch Achselroth würde nie etwas tun, nie. Er würde in seine unermeßliche Leere hinein immer neue Menschen ziehen und anlocken und nie, nie ein Opfer finden, über dem sich sein eigener Abgrund schließen würde. Wußte er etwas von sich selbst? Ich glaube, nein. Da hatte ihm die Natur einen Streich gespielt, die sonst sein Angesicht und sein Gehirn so gut ausgestattet hatte. In dieser Beziehung glich er einer Amöbe, einer Alge. In dieser Beziehung war ihm sogar mein kleiner schäbiger Portugiese weit überlegen.

Ich sagte: „Ich werde deine Grüße noch heute ausrichten. Du könntest allerdings deine Ergebenheit auch noch anders bezeugen. Die junge Frau ist jetzt sehr schlecht dran." Er sagte ganz aufmerksam: „Woran fehlt es denn?" – „Es fehlt an einem Transit. Sie hat zwar bereits ihre Vorladung zu dem amerikanischen Konsul. Das Datum klappt aber nicht. Man müßte die Vorladung umdatieren lassen. Das Schiff geht früher." Er sagte lebhaft: „Von Lissabon ab? Am 12.? Die ‚Nyassa'? Ich bin bereits auch vorgebucht. Ich habe mich gerade entschlossen, meine Zelte abzubrechen." Ich log: „Ja eben, mit der ‚Nyassa'." Ich sah ihn wohl eine Spur zu genau an, sein Gesicht leerte sich. Ich fügte hinzu: „Falls das Transit noch rechtzeitig ausgestellt wird." – „Das läßt sich schon machen", sagte er, „wir werden die reizendste Reisegesellschaft abgeben. Und wenn ein Sturm kommt und man sucht den Schuldigen, wird man Weidel über Bord schmeißen." – „Du wirst ihn mit Meidler verwechseln", sagte Paulchen. „Beruhige dich, ich werde ihn nicht verwechseln. Ich werde den richtigen schmeißen." Er fuhr strahlend fort: „Ich habe zwar schon einmal ganz umsonst versucht, Weidel so gründlich wie möglich im Stich zu lassen. Auch das war daneben geglückt. Wir kamen beide hier an. Und Weidel wird sicher auch diesmal von einem Walfisch verschluckt werden und mit uns allen gleichzeitig ankommen." – „Ich glaube sogar", sagte ich, „daß er noch vor uns ankommen wird. Zunächst aber braucht seine Frau ein Transit. Du bist der Freund des Konsuls." – „Gerade weil ich sein Freund bin, kann ich ihn nicht mit Anliegen dieser Art beschweren." Ich rief: „Du bist doch klug. Du gefällst Männern und Frauen. Wenn einer einen Rat weiß, bist du es. Gibt es nichts und niemand, der einen Konsul bewegen kann, ein Datum durchzustreichen?"

Er lehnte sich zurück. Er schwieg einen Augenblick. Dann sagte er: „Es gibt einen einzigen Mann in Marseille, der Einfluß auf den Konsul hat. Er ist zufällig diesen Monat hier. Wahrscheinlich wird er auch mit der ‚Nyassa' fahren. Er ist an der Spitze einer Kommission zur Untersuchung der Kriegsfolgen auf die Zivilbevölkerung. Die Kommission bringt Schiffsladungen von Essen für die Kinder Frankreichs. Ein ausgezeichneter Mensch. Er ist ein Freund des Konsuls. Zugleich eine Art von geistlichem Berater. Der Konsul wird auf ihn hören. Sein Wort hat für den Konsul ethisches Gewicht." — „Ethisches Gewicht?" — „Gewiß", sagte Achselroth, in vollem, echtem Ernst, „ethisches Gewicht. Er würde den Konsul überzeugen, wenn ihm die Sache selbst einleuchtet. Das allerdings muß sie. Er tut nie etwas gegen sein Gewissen." — „Nun, hoffen wir", sagte ich, „daß sein Gewissen ihm eingibt, das Transit um ein paar Tage vordatieren zu lassen. Und hoffen wir auch, daß der Konsul auf den Mann Gottes hören wird. Es gibt in der Bibel Fälle —" Achselroth sagte kalt: „Wir haben es hier mit dem amerikanischen Konsul zu tun." Ich fürchtete, er könne sein Hilfsangebot zurückziehen, und sagte rasch: „Verzeih! Ich kenn mich nicht aus. Du weißt alles am besten." Er zog einen Füllfederhalter aus der Tasche, der meine Aufmerksamkeit fesselte. Man konnte darin in gelblichem Glas die Tinte steigen sehen. Er schrieb zwei Zettel, steckte sie in Umschläge und sagte: „Gib bitte beide noch heute der jungen Frau! Sie soll mich auf dem laufenden halten. Am besten morgen zwischen acht und neun. Ich bin ein Frühaufsteher." Ich riß, sobald ich allein war, Mariens Umschlag auf. Sie durfte und sollte nichts wissen, ich würde alles allein machen. Achselroths Handschrift war schlicht. Auch der Inhalt war schlicht: „Ich erfahre Ihre Sorgen. Ich denke nach, was ich für Sie tun kann. Professor Whitaker wird Sie anhören, wenn Sie ihm meinen Brief vorausschicken. Benachrichtigen Sie mich sofort."

Diesen Brief zerriß ich. Auf dem andern Umschlag stand die Adresse Professor Whitakers, Hotel Splendide. Ich ging sofort hin.

II

Ein paar Polizisten tummelten sich in der Nähe der Drehtür des Hotels Splendide, und rechts und links waren auffällig ein paar Burschen flankiert, die Zigarren lutschten. Ich sah leidlich aus, ich passierte. Die große Hotelhalle war warm. Vielmehr mir kam erst beim Eintritt zum Bewußtsein, wie kalt es seit Monaten draußen war. Ich wartete in einem Sessel, während mein Brief hinaufgeschickt wurde.

In unserem Lager am Meer war alles zusammen gewesen, was das gemeinsame Band vereinigte, der Stacheldraht. Verdreckt und verlaust, Helden und Diebe, Ärzte und Schriftsteller und Proleten, vermischt mit den schlechtestbezahlten, zerlumptesten Spitzeln. In dieser großen, warmen, durch Spiegel verzehnfachten Halle waren auch alle beisammen, gepflegt und gebügelt: Herren aus Vichy, Herren von der Deutschen Kommission, italienische Agenten, Leiter der Roten-Kreuz-Kommission, Leiter der großen amerikanischen, ich weiß nicht was, Kommission, und in den Ecken des Spiegelsaales unter den Palmen standen auffällig-unauffällig, lutschend an den besten Zigarrenmarken der jeweiligen Länder, die bestgekleideten, bestbezahlten Spitzel der Welt.

Ein Abgeordneter des Portiers kam zu mir, Whitaker könnte mich erst in einer Stunde empfangen, ich möchte also die Güte haben, zu warten oder wiederzukommen.

Also ich wartete. Zuerst machte mir Spaß, was ich sah. Bald fing ich an, mich zu langweilen. Auch die Wärme machte mir keinen Spaß mehr, ich hätte gern meine Jacke ausgezogen. In den unentwegt kalten Hotelzimmern, Cafés und Amtsvorräumen war ich zu einer Art Amphibium geworden. Ich sah den Leuten zu, die die Treppe hinauf- oder herunterstiegen oder aus dem Lift kamen und die Halle durchquerten, lebhaft oder steif, sich unmerklich begrüßend oder unmerklich schneidend, todernst oder lächelnd, aber alle so rollentreu, so präzis das ausdrückend, wofür sie selbst sich hielten oder wofür sie gehalten sein wollten, daß es aussah, als säße in dem Hoteldach einer, der sie an Fäden zog. Ich fragte mich, um meine Langeweile zu vertreiben, was für einen Beruf wohl der kleine, zarte Amerikaner haben möge mit dem großen, weißhaarigen Kopf. Er beschwerte sich bei dem Portier, der ihn demütig anhörte. Dann stieg er, statt den Lift zu benutzen, die Treppe hinauf, wie ich annahm, um sich zwischen zwei Kommissionen Bewegung zu machen. Ich hörte hinter meinem Rücken undeutlich den Klang deutscher Stimmen. Ich verschob meinen Sessel. In einem Speisesaal hinter der Glastür an einem weißen gedeckten Tisch saß eine Gesellschaft von Deutschen, teils in dunklen Röcken, teils in Uniformen. Ich sah in dem Nebel aus Spiegel und Rauch und Glas ein paar Hakenkreuze herumzucken. Gerade weil mir bei ihrem Anblick kalt wurde, gewahrte ich sie alsbald, wo immer sie steckten, wie ein Mensch, dem es vor Spinnen graust, ihrer immer gewahr wird. Doch hier in der durchgewärmten Halle am Boulevard d'Athènes bestürzten sie mich noch mehr als daheim in den Untersuchungsräumen der Zuchthäuser oder im Krieg auf den Röcken der Soldaten. Ich hatte unrecht gehabt, den Todesschauer der Menschen gering zu achten, die bei dem Durchsausen des Hakenkreuzautos ins Meer hätten laufen wollen. Hier hatte das Auto gehalten, am Boulevard d'Athènes, hier waren sie ausgestiegen, um mit den kleineren Herren der Welt zu verhandeln. Und war die Verhandlung zu Ende, dann würden wieder um einen den Herren gewährten Preis ein paar tausend Menschen mehr hinter Stacheldraht zugrunde gehen, ein paar tausend Menschen mehr mit zerfetzten Gliedern in den Gassen der Städte herumliegen.

Meinem Sessel gegenüber hing eine große Uhr mit vergoldeten Zeigern. Zwanzig Minuten Frist. Dann mußte ich zu dem Mann Gottes hinaufsteigen. Ich schloß die Augen. Wenn der Konsul den Mann anhörte, dann war Mariens Transit entschieden. Sie mußte abfahren. Ich mußte ihr Schiff erreichen. Ich mußte die Erde verlassen, die mir lieb war, mich jenen Schattenschwärmen anschließen, als sei ich einer von ihresgleichen, nur um Marie einzuholen. Wie hatte sie mich nur dazu gebracht, das zu betreiben, was ich am meisten fürchtete? Gedanken voll Scham und Reue erfüllten mich. Ich hatte als Kind meine Mutter vergessen, wenn ich angeln gegangen war. War ich beim Angeln, dann brauchte mir nur ein Flößer zu pfeifen, und ich kletterte zu ihm hinauf und vergaß mein Angelzeug. Er brauchte mich nur ein kleines Stück auf dem Floß mitzunehmen, und ich vergaß meine Heimatstadt.

Ja, alles war immer nur durch mich durchgegangen. Deshalb trieb ich mich auch noch immer unversehrt in einer Welt herum, in der ich mich allzu gut auskannte. Ja, sogar jener Ausbruch von Wut, der damals in meiner Heimat über mein Leben entschieden hatte, auch er war nur vorübergehend. Ich blieb nicht auf der Höhe der Wut, ich trieb mich herum, meine Wut verrauchte. Mir selbst gefällt nur, was hält, was anders ist, als ich bin.

Mein Herz war traurig und bang, als ich vor der Tür des Mannes stand, der an den Gewissen der Konsuln rüttelte. Ich fragte mich, wie er aussehen möge. Doch gab es hier auch erst noch ein Vorzimmer, auch noch eine Wartezeit.

Da wurde die letzte Tür geöffnet. Der kleine Mann, der sich hinter den Schreibtisch zurückzog, war eben der zarte, großköpfige Amerikaner, der sich vorhin beim Portier beschwert und statt des Lifts die Treppe benutzt hatte. In seinem großen Kopf saß ein kleines Gesicht. Es war ein wenig zerknittert. Er hatte einen scharfen Blick. Er ritzte an mir entlang, vom Kopf bis zu den Füßen. Auf seinem Tisch lag das Empfehlungsschreiben des Imstichlassers, das ich heraufgeschickt hatte. Er las es mit ungeheurer Aufmerksamkeit, als käme ihm aus den Zeilen selbst eine Eingebung und das Verständnis aller Zusammenhänge. Dann sah er mir wieder scharf ins Gesicht, daß es stach. Er sagte: „Der Brief bezieht sich gar nicht auf Ihre Person. Warum kommen Sie statt der Frau?"

Ich fühlte, daß dieser Mann beinahe noch klüger war als der Konsul. Ich antwortete demütig: „Verzeihen Sie bitte, ich komme an Stelle der Frau. Ich bin ihre einzige Stütze."

Er seufzte und bat mich um alle Papiere. Er sah sie ebenso aufmerksam durch wie den Brief. Man merkte ihm an, daß er Tausende solcher Papiere durchsuchen konnte, ohne seine Aufmerksamkeit zu erschöpfen. Ich staunte, wieso ihm, gerade ihm, die Wahrheit aus einem Bündel Papier offenbart wurde. Doch waren sie schließlich nicht weniger dürr als der Dornbusch, in dem Gott auch einmal jemand erschienen war. Ich legte ihm auch das rotgebänderte Transit auf den Tisch und Mariens Konvokation. Er sagte: „Sie möchten mit dieser Frau auf einem Schiff abreisen?"

Ich rief: „Nichts lieber." Er runzelte die Stirn. Er sagte: „Die Frau trägt nicht Ihren Namen, warum nicht?" – Sein Blick war so streng, seine Aufmerksamkeit war so echt, was hätte ich anders erwidern können als die Wahrheit? „An mir lag es nicht. Die Umstände waren dagegen."

Er fragte: „Und was gedenken Sie künftig zu tun? Was sind Ihre Pläne? Ihre neue Arbeit?" Sein Blick war wie eine Zange, ich antwortete: „Ich werde versuchen, ein Handwerk auszuüben."

Er sagte ein wenig verwundert, mit einer Spur von Teilnahme: „Wie denn, Sie wollen kein Buch schreiben?" – Da brach es aus mir heraus unter seinem strengen Blick, der die Wahrheit forderte, die volle Wahrheit: „Ich? Nein. Ich will Ihnen sagen, was ich darüber denke. Als kleiner Junge habe ich öfters Schulausflüge gemacht. Die Ausflüge waren soweit ganz lustig. Doch leider, am nächsten Tag kam der Lehrer und gab uns als Klassenaufsatz das Thema: ‚Unser Schulausflug.' Und nach den Ferien gab es immer als Aufsatz: ‚Wie ich die Ferien verbrachte.' Und selbst nach Weihnachten, nach dem heiligen Christfest, gab es als Aufsatz: ‚Weihnachten.' Da kam es mir schließlich vor, ich erlebte den Schulausflug, meine Ferien, Weihnachten nur, um darüber den Klassenaufsatz zu schreiben. Und all diese Schreibenden, die mit mir in einem Lager steckten, die mit mir flohen, für die sind plötzlich die furchtbarsten und die seltsamsten Strecken unseres Lebens bloß durchlebt, um darüber zu schreiben: das Lager, der Krieg, die Flucht."

Er machte sich irgendeine Notiz und sagte mit einem Schimmer von Güte: „Das ist ein schwerwiegendes Geständnis für einen Mann wie Sie. Was wollen Sie denn für ein Handwerk ergreifen?" — „Ich habe Begabung für Feinmechanik." — Er sagte darauf: „Sie sind noch nicht alt. Ihr Leben ist noch durchaus zu verändern. Ich wünsche Ihnen Glück." — Ich rief: „Mein Glück ist fragwürdig ohne die Frau. Ach, wenn Sie wirklich helfen könnten. Ihr Wort hat ethisches Gewicht." Er lächelte und sagte: „In wenigen Fällen. Mit Gottes Hilfe. Ich bitte Sie, nehmen Sie alle Papiere zurück bis auf die Konvokation der Frau. Ich sehe den Konsul heute abend in unserer gemischten Kommission. Beruhigen Sie sich bitte!"

III

Ich stieg zum Fort Saint-Jean hinauf, um allein zu sein und das Meer zu sehen. Wo der Wind am stärksten war, bei der Wendung der Straße, lief mir Marie entgegen. Der Wind blies sie gegen mich. Ich nahm sie in meinen Arm und wunderte mich nicht einmal in meiner Torheit, wie leicht sie mir folgte, als hätte uns wirklich nur ein Windstoß an dieser Wendung der Straße vereint. Ich lud sie ein in die Pizzaria, wir gingen zurück an den Alten Hafen. "Ich habe nur allein sein wollen", sagte sie, "und das Meer ansehen."

Wir setzten uns dicht an das Pizzafeuer. In seinem scharfen Geflacker erschien ihr Gesicht unruhig und heiß, ich ahnte, wie es aussehen könne, von jähen Freuden und Wünschen bewegt. Doch immer, wenn ich mit ihr allein war, drohte es mir, der Augenblick sei jetzt nahe, in dem ich alles sagen müsse. Man brachte Rosé, wir tranken. Ich fühlte mich augenblicklich leichter, die Drohung wog weniger schwer, Marie zupfte ein wenig an meinem Ärmel herum. Sie sagte: "Der Konsul hat meine Vorladung umdatiert? Wenn du überall solche Freunde findest, die mir in meinen Papieren helfen, warum lässest du dir nicht selbst helfen? Ich kann es nicht glauben, daß wir uns trennen. Sieh mich nur an. Ja, du wirst auf dem Schiff auftauchen oder auf irgendeinem Landungssteg. Wie heute, bei irgendeiner Wendung der Straße in einer fremden Stadt."

Ich sagte: "Wozu?" Ich sah sie scharf an. Das Flackern des Feuers verdarb mir aber ihr wahres Gesicht. Sie sagte: "An diesem Feuer könnte ich sitzen und sitzen, nur immer zuhören, wie man den Teig schlägt, und immer das Feuer ansehen und alt dabei werden." – "Dann wundert es mich", erwiderte ich, "warum du nicht sitzen bleibst. Ich brauchte dir dann nicht erst nachzufahren, nicht erst auf einem Schiff aufzutauchen oder in einer fremden Stadt. Wir könnten zusammen hier sitzen, sooft und solange wir wollten." Sie sah mich traurig an. "Du weißt, daß ich fort muß. Mir kommt es zuweilen vor, als hörtest du mir kaum zu oder hieltest nichts von meinen Worten." Ich dachte: Sie hat recht. Sie muß fort. Die Wahrheit würde jetzt alles auch nur noch mehr verwikkeln. Laß einmal erst das Schiff abstoßen, zurückliegen dieses verwünschte Land, die guten und bösen Erinnerungen, das zusammengeflickte Leben, die Gräber und all den Unsinn von Schuld und Reue. „Nun ist ja morgen der Tag der Konvokation vor dem amerikanischen Konsul. Mir ist bang. Ich bitte Gott um dieses Transit." – „Ein sonderbares Gebet, Marie. Wir Menschen baten früher die Götter um guten Wind. Kannst du denn nicht einen Augenblick bei mir sitzen bleiben, ohne an diese Abfahrt zu denken?" – „Du sollst auch an sie denken", sagte Marie, „gerade du." Bei ihren Worten dachte ich plötzlich an den Greis, der mich in meiner ersten Marseiller Nacht mit ähnlichen Worten ermahnt hatte. Ich sah einen Augenblick sein augenloses, sein bodenloses Gesicht im Pizzafeuer beim Geklapper der Teigschläger.

Marie bettelte um ein wenig Pizza ohne Brotkarten. Doch der Kellner blieb hart. Er gab uns nur zu trinken.

IV

Am Abend fand ich den Durchgang zu meinem Zimmer verstopft durch eine Menge Gepäck, bewacht von den beiden Hunden, die neue Halsbänder trugen. Die Zimmernachbarin kam bald selbst mit einem Rest von Hartspiritus und von Zuckerrationen, von Kaffee-Ersatz, einer Schokoladenrippe, zwei Eiern, die sie mir als Erbe zugedacht hatte. Ich freute mich über die Augen, die Claudine am nächsten Tag machen würde, wenn ich das Zeug hinauftrug. Die Zimmernachbarin war jetzt bereit, am nächsten Tag nach Lissabon zu fahren. Auch für die Hunde waren schon Plätze gebucht im Hunderaum der „Nyassa".

Sie jaulten freudig zur Abreise. Am Morgen war dann der Gang mit neuem Gepäck verstopft. Zwei alte Leute zogen ein, die mit dem Frühzug angekommen waren. Sie waren beide klein und rund, mit grauen, wirren Haaren. Doch hatten sie trotz ihrem Alter ein kindliches Gebaren. Sie wurden mit ihren Packen und Päckchen in einer unverständlichen Welt herumgeworfen, die es doch nicht zuwege gebracht hatte, ihre runzligen Hände zu trennen.

Die Alte lieh bei mir sofort einen Korkenzieher, um ihre
Brennspiritusflasche zu öffnen. Sie merkte auch augenblicklich, daß ich allein war, und lud mich ein zu dem dünnen Frühkaffee auf dem Spirituskocher. Und weil auch mein Zimmernachbar auf der Schwelle erschien, nachdem er mich in meinem eigenen Zimmer gesucht hatte, wurde er gleichfalls eingeladen. Der Kaffee war ein Ersatzkaffee aus getrockneten Erbsen, der Zucker war Sacharin. Der Spiritus war ein stinkender Ersatzspiritus, doch sein Flämmchen erfüllte unsere entleerten Herzen mit einem Ersatz von Heimat und Herd. Auf unsere Frage erzählten die beiden, sie seien auf dem Wege nach Kolumbien. Der Alte war längst aus Deutschland geflohen, als man sein Gewerkschaftshaus in Brand steckte. Der eigene älteste Sohn war in der deutschen Armee. Man gab ihn für verloren. Der jüngste Sohn hatte einst schlecht getan in der Heimat, man hatte ihm einst das Haus versperrt, da war er damals ausgewandert. Nun war es eben dieser verlorene Sohn, der ihnen sein Haus in Kolumbien öffnete. Wir halfen den Alten, ihr Gepäck zu verstauen. Das Konsulat von Kolumbien öffnete erst um die Mittagszeit. Die Alten setzten sich nebeneinander ans Fenster. Der Alte sah auf die Rue de la Providence. Die Alte begann, seine Socken zu stopfen.

V

Wir aber, der Legionär und ich, mit gleichfalls vielen Stunden unausgefüllter Zeit, wir zogen die Cannebière entlang von Café zu Café und dann in die Rue Saint-Ferréol. Ich schickte, um ihm eine Freude zu machen, Nadine einen Brief in die Dames de Paris, in dem ich sie bat, sie möchte zu uns herunterkommen. Wie bleich mein Freund wurde, wie er erschrak, als sie sich wirklich an unseren Tisch setzte. Sie ging mit ihm heiter und fröhlich um. Sie blinzelte auf seine Orden, die sie sich aufzählen ließ. Er war verstört und verwirrt. Ich sah, ihm entglitt der Augenblick, ihm fehlten die Worte, er konnte nicht rechtzeitig fassen, daß das, was ihm unerreichbar gedünkt hatte, plötzlich an seinem Tisch war mit großem lachendem Mund.

Dann zogen wir auf das brasilianische Konsulat. Der Innenraum war genau so leer wie das letztemal, und hinter der Schranke seufzten und jammerten alle Wartenden in die Leere. Der junge Herr kam auch wieder, doch diesmal kam er nur bis zur Mitte des Raumes, denn er war jetzt schon gewitzt. Irgendeiner der Visenanträge, die bei seinem Eintritt über die Schranke zu flattern begannen, von verzweifelten Händen geweht, konnte an ihm haftenbleiben. Er wollte sich rasch zurückziehen, da wurde mein Freund wild, er drückte die Tür in der Schranke ein, er war mit einem Satz innen, er packte den jungen Menschen am Arm, ich war ihm nachgesprungen, und plötzlich warfen sich alle Wartenden in den Innenraum und schrien dem jungen Mann in die Ohren: „Wir müssen mit diesem Schiff abfahren! Wir können nicht länger warten! Wir brauchen das Schiff!" Mein Freund aber hielt den jungen Menschen gepackt, der unerwartet ganz kräftig auf portugiesisch zu fluchen begann, bis aus dem innersten Innenraum des Konsulats nie gesehene, nie geahnte Beamte heraussprangen, die Wartenden zurückdrängten bis auf meinen Freund, der nicht losließ. Auf einmal fingen die Schreibmaschinen zu klappern an, die Visenanträge wurden eingesammelt. Mein Freund bekam Papierstücke in die Hand, wobei man ihm bedeutete, daß er sofort zu dem Arzt des Konsulats fahren müsse, damit er den Nachweis brächte, daß seine Augen gesund seien, er müsse sofort zu diesem Arzt fahren, der nur eben jetzt zu sprechen sei, denn nur mit gesunden Augen dürfte er einreisen. Man drängte ihn hinter die Schranke zurück, aus dem Konsulat hinaus, und wie ich noch einmal zurücksprang, weil ich meine Mütze auf der Schranke hatte liegenlassen, da war der von meinem Freund entfachte Sturm vorbei, die Schreibtische waren unbesetzt, die

Beamten hatten sich alle in innere Räume zurückgezogen, die Wartenden seufzten und klagten, weil ihre soeben eingesammelten Anträge in einem einzigen Packen auf der Schranke liegengeblieben waren.

Wie schief sind ihm seine Sachen gegangen, ihm, der es besser verdient hätte! Er wurde tags darauf demobilisiert. Er legte die Orden in eine Pappschachtel, die Pappschachtel in den Koffer. Dann lud er Nadine ein, mit ihm zu Mittag zu essen. Er kam ziemlich bald zurück, ziemlich traurig. Ihr Lächeln sei kühl gewesen, ihre Heiterkeit höflich; sie habe mit freundlichen Worten ein Wiedersehen umgangen. Er sagte: „Ich habe mich gleich gefragt, warum Nadine gerade auf mich verfallen sollte. Sie hält es vielleicht auch für töricht, sich zu binden, da ich ohnedies bald abfahre. Ich hätte sie glatt mitgenommen."

Die Abfahrt des brasilianischen Dampfers war auf das Ende der Woche festgelegt. Er hatte seine Papiere beisammen, er war zur letzten Viseneinzeichnung vorbestellt, sein Billett vorbezahlt. Ich begleitete ihn vor das Konsulat. Es sollte erst in einigen Stunden geöffnet werden. Das Treppenhaus war gedrängt voll bis auf die Straße. Zuweilen erschien der Brasilianer am Fenster, starrte herab, machte den Mund auf und schloß ihn wieder, als sei er vor Entsetzen zu schwach, einen Laut hervorzubringen. „Sie werden nicht öffnen", sagte der eine. „Sie müssen", sagte der andere, „da doch das Schiff abfährt." – „Niemand kann sie zwingen, uns zu öffnen." – „Wir werden sie zwingen", schrie ein dritter. – „Dadurch wird uns noch kein Visum ausgestellt." Mein Freund stand schon still mit gerunzelter Stirn in der Reihe. Das Fenster wurde noch einmal geöffnet, ein schönes Mädchen in grünem Kleid sah verblüfft herunter und lachte auf. Die brasilianischen Transitäre antworteten ihr mit Wutgeheul. Ich stellte mir auf dem Heimweg vor, daß sie warten und warten müßten, daß sie immer noch warteten, wenn das Schiff auch schon abfuhr, ein leeres Schiff in ein leeres Land.

Am Abend klopfte mein Zimmernachbar. Er rief: "Man läßt mich nicht nach Brasilien." – "Bist du augenkrank?" – "Ich hatte alles. Ich hatte auch das Gesundheitsattest des Augenarztes. Das Konsulat wurde schließlich sogar geöffnet. Ich drang sogar in das Zimmer des Konsuls. Da war gerade ein Telegramm eingelaufen: Man forderte den Ariernachweis. Ich aber muß jetzt, nach dem Gesetz dieses Landes, zurück in mein Ursprungsdepartement. Und weil ich muß, will ich heute noch. Ich will zurück in das Dorf, aus dem ich fortzog, weil mein Vater eingesperrt wurde, den ich damals auslösen sollte, der inzwischen aber gestorben ist. Ich aber, ich werde jetzt dort ein neues Visum erwarten. Mir steht diese Stadt auch schon bis zum Hals, und ich will meine Ruhe."

Ich begleitete ihn zum Nachtzug. Ich sah von dem hochgelegenen Bahnhof hinab auf die nächtliche Stadt, die nur schwach erleuchtet war aus Furcht vor den Fliegern. Seit tausend Jahren war sie die letzte Bleibe für unsereins, die letzte Herberge dieses Erdteils. Ich sah von der Bahnhofshöhe hinunter ihr stilles Abgleiten in das Meer, den ersten Schimmer der afrikanischen Welt auf ihren weißen, dem Süden zu gerichteten Mauern. Ihr Herz aber, ohne Zweifel, schlug immer weiter im Takt Europas, und wenn es einmal aufhören würde zu schlagen, dann müßten alle über die Welt verstreuten Flüchtlinge auch absterben, wie eine gewisse Art Bäume, an welche Orte sie auch verpflanzt werden, gleichzeitig abstirbt, da sie alle aus einer Aussaat stammen.

Ich kam gegen Morgen zurück in das Hotel de la Providence. Das Zimmer zur linken Wand war schon besetzt. Ich schlief nur wenig, weil diese neuangekommenen Leute mit ihren Koffern rumpelten. Am Morgen klopften sie bei mir an um etwas Spiritus für den Kocher. Sie waren junge Leute. Die Frau war sicher sehr zart gewesen. Jetzt war sie bis auf ihr stilles Gesicht breit und plump, weil sie ein Kind erwartete. Der Mann war ein kräftiger offener Bursche, durch List aus einem Lager entschlüpft, er war Offizier in Spanien gewesen, er rechnete mit der Auslieferung an die Deutschen, so hatten sie denn den Abschied beschlossen und seine sofortige Abfahrt. Er bat mich, der Frau beizustehen. Ich sah auf ihr einfaches stilles Gesicht, das nicht mehr schön war, das keine Verzweiflung zeigte und keine Furcht vor Alleinzurück-Bleiben und nicht einmal den Mut ihres Herzens, der keinen anderen Zeugen brauchte und hatte als mich, ihre einzige Stütze, da man mich zufällig in der letzten Stunde um etwas Spiritus anging.

VI

Ich wartete auf Marie im Café Saint-Ferréol. Es war erst zehn Uhr morgens. Das Café war aber schon voll von Menschen, die auf die Präfektur wollten dem Platz gegenüber oder auf das amerikanische Konsulat. Ich kannte viele dieser vorbeiziehenden Menschen, doch gab es auch neue Gesichter. Denn unaufhörlich strömte es weiter in den einzigen Hafen des Landes, auf dem noch französische Flaggen wehten. Die Menschen, die diesen Erdteil verlassen wollten, hätten jede Woche eine gigantische Flotte bemannen können. Es fuhr aber jede Woche nicht einmal ein kleines, armseliges Schifflein. Von ihrem Polizisten geführt, ging das Mädchen aus dem Lager Bompard vorbei, das ich schon einmal bei dem Korsen getroffen hatte. Sie trug keine Strümpfe mehr, das Pelzchen, das sie zur Feier des Tages umgelegt hatte, sah räudig und zerfressen aus. Der Polizist griff ihr unter die Achseln, ihr Gang war schwankend geworden. Wahrscheinlich war eben ihre letzte törichte Hoffnung gescheitert. Man würde sie wahrscheinlich morgen schon aus dem Bompard zurück in ein endgültiges Lager schikken, dort würde sie rasch vollends zerfallen. Da war es ja in den alten Zeiten besser gewesen, man hatte ein solches Mädchen kaufen können, der Herr hatte schlecht sein können, aber auch gütig, er hätte sie für sein Haus benutzt, zum Warten der Kinder, zum Hühnerfüttern, so häßlich oder verkommen sie war, es wäre ihr doch ein wenig Hoffnung geblieben. – Ich sah drei Prestataire vorübergehen, ohne Waffen, ohne Achselstücke. Marie trat in die Tür. Sie hatte das Transit in der Hand. Ich erkannte das rote Bändchen.

Sie ging auf mich zu und sagte: „Er hat es mir wirklich gegeben." Sie wollte Aperitifs für uns beide bestellen, um diese Transitgewährung zu feiern. Doch leider war Alkoholverbotstag. Es gab nicht einmal Zitronensaft mehr und auch keinen echten Tee. Sie nahm von selbst meine Hand wie in den alten Tagen. Sie strich sich sanft damit über ihr Gesicht. Ich fragte, ob sie zufrieden sei. Sie ließ eine Hand auf meiner liegen und eine Hand auf dem Transit.

„Da hast du nun wieder gezaubert", sagte sie, „du verstehst dich aufs Zaubern, wie sich mein anderer Freund aufs Heilen versteht. Was der eine von euch nicht kann, kann der andere."

„Ich fürchte, Marie, jetzt ist ausgezaubert. Meine Künste sind zu Ende. Man braucht sie nicht mehr. Ein Gang auf die Visa-de-sortie-Abteilung der Präfektur, und alles ist erledigt." – „Es ist noch nicht alles erledigt. Ich war schon dreimal umsonst auf der Präfektur. Sie haben mir dort gesagt, ich muß morgen wiederkommen. Sie müssen erst in den Dossiers nachsehen. Denn alles hängt davon ab, ob man meinem Mann das Visa de sortie bereits erteilt hat. Dann wird man es mir auch ohne weiteres geben. Ich denke, man hat es ihm ausgestellt gleich nach der Transiterteilung. So werde ich endlich morgen alles erfahren."

Ihre eben noch warme Hand wurde kühl auf der meinen. Ich dachte verzweifelt: Ich muß sofort zu Nadine hinaufgehen, sie muß noch heute zu ihrer Freundin. Sie hat mir da neulich nachts von einer Freundin gesprochen, die auf der Präfektur sitzt. Die Angelegenheit auf der

Fremdenabteilung muß bis morgen in Ordnung kommen.

Da sagte Marie: „Ich frage mich immer: Wie mag es dort drüben sein? Wird es so sein wie hier? Wird es anders sein?" – „Wo drüben, Marie? Was meinst du?" – Sie hob ihre Hand von dem Transit auf und deutete in die Luft von sich weg. „Drüben. Drüben." – „Wo denn drüben, Marie?" – „Dort drüben. Wenn alles vorbei ist. Wird wirklich endlich Friede sein, wie mein Freund glaubt? Gibt es dort drüben ein Wiedersehen? Und wenn es ein Wiedersehen gibt – werden wir, die sich wiedersehen, so verwandelt sein, daß es gar keinem Wiedersehen gleichkommt, sondern dem, was man hier auf Erden immer umsonst gewünscht hat: einen neuen Anfang. Ein neues Zum-erstenmal-Treffen mit dem Geliebten? Was glaubst du selbst?"

„Meine liebe Marie, ich habe hier in der Stadt manchen Dreh herausbekommen. Ich weiß hier ziemlich Bescheid nachgerade. Ich kenne mich ganz gut aus in den irdischen Verhältnissen. Obwohl sie ziemlich verworren sind. Hier hab ich ganz gute Beziehungen. Da drüben kenne ich mich gar nicht aus." – „Er ist gewiß schon angekommen. Er hat gewiß wie ich selbst gedacht, ich sei schon vor ihm gefahren. Kann er wissen, wann ich nachkomme? Mit welchem Schiff? Wird er mich erwarten? Ich glaube jetzt, wenn wir ankommen, wird er dort stehen und mich erwarten." – „Ach so, du meinst dort. In dem Land, das dir das Visum gewährt hat? Darüber habe ich auch noch nicht viel nachgedacht. Ich denke, daß alles anders als hier sein wird, andere Luft, andere Früchte, andere Sprache. Und trotzdem wird alles ebenso sein. Die Lebenden werden leben wie bisher, die Toten werden tot bleiben." Sie sagte gedehnt, geringschätzig: „Er wird nicht auf einmal dastehn, glaubst du. Von Schiff zu Schiff auf mich warten." – „Da drüben, Marie, ich glaube nicht –"

Plötzlich sah ich durch die gegenüberliegende Tür

Achselroth eintreten. Das Paulchen war bei ihm, Paulchens Freundin, seine eigene Freundin, die Kubafahrer. Ich packte Mariens Hand zusammen mit ihrem Transit, ich zog sie auf die Straße, ich zog sie in irgendein anderes Café. „Es war da jemand", erklärte ich, „den ich durchaus nicht treffen wollte. Er sollte auch dich nicht sehen, ich kann ihn nicht leiden." Sie lachte und sagte: „Wer war es denn? Was hat er denn auf dem Kerbholz?" – „Ein unangenehmer Bursche, ein rechter Imstichlasser." – „Imstichlasser?" sagte Marie noch lächelnd. „Hat er dich im Stich gelassen? Dich nicht? Deinen Freund? Wen sonst?" Das Lächeln verging aus ihrem Gesicht, sie starrte mich an. „Was hast du? Was hast du nur? Wen hat er im Stich gelassen? Wo? Warum?" – „Hör endlich auf mit deinem Gefrage", rief ich, „kannst du mir zuliebe nicht einmal von einem Café ins andere wechseln, ohne zehnmal warum zu fragen?"

Sie senkte den Kopf und schwieg. Ich wartete beinah verzweifelt darauf, sie möchte wieder zu fragen beginnen, in mich dringen, mich quälen, die ganze Wahrheit endgültig aus mir herausfragen.

VII

Ich ging in die Dames de Paris in Nadines Abteilung. Sie stutzte bei meinem Anblick. Die Aufseherin stand drei Schritte von uns entfernt. Nadine bat mich mit einer Handbewegung, zu warten. Sie probierte gerade einer Kundin den Hut auf.

Wie war es mir gut, an diesem Ort zu warten, der keinem der Orte glich, an denen ich mich sonst herumtrieb. Die Aufseherin wollte mich bedienen, ich bestand auf Nadine. Sie kenne sich aus, meine Frau sei ihre Kundin. Sooft Nadine einen Hut vom Ständer nahm und ihn sich selbst auf den schönen Kopf drückte, entstand auf dem Gesicht der Kundin ein Ausdruck von zögernder Hoffnung, und wenn ihr Nadine den gleichen Hut vor dem Spiegel aufdrückte, veränderte sich ihr Gesicht in Scham und Enttäuschung, und auch der Hut war verändert in eine Art von Hutkobold. Nachdem Nadine spöttisch höflich ihren Triumph an einem Dutzend Hüten bewiesen hatte, wurde schließlich ein Einkauf beschlossen. Ein rostfarbiger Hut mit breiter Krempe und spitzem Kopf, der ganz gut zu dem paßte, was die Frau von sich selbst im Spiegel sah, doch übel zu ihrem übrigen Rumpf.

„Ich will jetzt auch einen Hut kaufen", sagte ich zu Nadine, da die Aufseherin nicht wich. Sie fing sofort an, mir etliche vorzuführen. „Du mußt mir", sagte ich, sobald die Aufseherin sich ein wenig zurückzog, „deine Mittagspause schenken. Du mußt sofort auf die Präfektur. Ich hoffe, es gibt dort noch deine Freundin, die du mir nachts erwähnt hast." – „O ja, Rosalie. Sie ist sogar meine Kusine. Wozu brauchst du sie? Willst du abfahren?" Ich schwieg. „Oder diese Frau, die dir nichts als Kummer gemacht hat?" In ihrer Stimme klang eine leise Verachtung. „Gut, laß uns alles tun, damit sie abfährt!" Sie rückte an ihren Hutständern. Sie drehte einen Hut auf dem Zeigefinger, einen runden Kinderhut, der, wenn ich mich recht erinnere, ganz dem alten Hut glich, den Marie, zerdrückt und zerknäult, nie auf dem Kopf, sondern immer in der Hand trug. „Du gibst mir jetzt die Adresse dieser Rosalie. Ich muß sie gleich sprechen in ihrer eigenen Wohnung." Die Aufseherin trat herzu, und ich nahm den Hut und bezahlte. Nadine notierte Rosaliens Adresse auf die Quittung.

Ich störte Rosalie beim Essen auf. Das Wasser lief mir im Mund zusammen beim Geruch ihrer Bouillabaisse. Sie aß zusammen mit ihrer Mutter, einer stumpfen dicken Frau, einer erloschenen Rosalie. Rosalie war ziemlich dick, ihre glänzenden schwarzen, etwas hervortretenden Augen erschienen riesenhaft, da sie blauschwarz untermalt waren. Sie erinnerte mich stark an den Hund im Märchen, an den Hund mit Augen wie Wagenräder. Sie bot mir leider nur ein Glas Wein an, keine Bouillabaisse. Sie aß rasch, mit Genuß, von der Mutter genau bedient. Zum Nachtisch gab es winzige Tassen echten Kaffee.

Ich brachte jetzt mein Anliegen vor. Ich legte alle Papiere auf den Tisch. Sie wischte sich ihren Mund ab, stemmte die Ellenbogen, patschte mit ihren kleinen dikken Händen in den Papieren.

Sie sagte: „Sie können zehnmal Nadines Freund sein, ich kann nicht um Ihrethalben meine Stelle riskieren." — „Sie sehen ja, meine Papiere sind soweit in Ordnung, ich habe mein Visum, mein Transit. Ich brauche bis morgen mein Visa de sortie. Ich will Sie auch gerne für Ihre Mühe entschädigen." Sie sagte: „Verwechseln Sie mich doch nicht mit Nadine. Für mich gibt es bloß eine einzige Entschädigung: eine Hilfeleistung für jemand, der in Gefahr ist." Ich starrte sie an. Die Maske dieses Gesichts war ihr also nur aufgesetzt worden, die Maske eines fetten augenrollenden Weibes, vortrefflich ihr wahres unsichtbares Gesicht verbergend, das sicher streng, gütig und tapfer war. Ich schämte mich, weil ich nachgedacht hatte, wie ich ihr beikommen könnte, durch welche Art von Bestechung. Sie sagte: „Warum bis morgen?" — „Die Schiffsbuchung wird morgen abgeschlossen. Ich kann nur mit dem Visa de sortie endgültig buchen." — „Sie haben noch keine Kaution gezahlt." — „Ein Nachweis genügt vorerst, daß mir das Visa de sortie ausgestellt wird, wenn ich die Kaution einzahle." Sie hatte längst aufgehört, sich über irgendeinen Schiffahrtsgesellschaftstrick zu wundern, sie fragte nur: „Sie sind darauf aus, gerade mit diesem Schiff zu fahren?" — „Ich bin darauf aus." Sie stemmte den Kopf auf die dicken kleinen Fäuste. Sie grübelte über meinem Dossier. Sie glich einer Wahrsagerin, die über Karten brütet.

„Sie haben da einen Flüchtlingsschein. Sie sind aus dem Saargebiet abgewandert in ein französisches Dorf. Sie brauchten dann die Erlaubnis unserer Regierung, um unser Land zu verlassen. Nach Ihrem Geburtsort in

diesen Papieren waren Sie Deutscher. Sie brauchten dann die Erlaubnis der deutschen Kommission. Einen Augenblick, bitte, ich kenne mich gut genug aus in jeder Art von Papieren, um zu wissen, ob sie stimmen. Ihre stimmen sicher nicht. Einen Augenblick. Beunruhigen Sie sich nicht! Sie stimmen als solche. Als Ganzes stimmen sie nicht. Ich weiß nicht genau zu sagen, warum sie nicht stimmen, ich müßte sie dazu studieren, wozu ich jetzt keine Lust habe. Doch eine Frage müssen Sie mir beantworten. Von mir verlangen Sie ja, daß ich manches riskiere. So kann ich von Ihnen ein wenig Vertrauen verlangen. Riskieren Sie in einem Punkt die Wahrheit, der mich allein angeht? Was haben die Deutschen gegen Sie?"
Ich wunderte mich. Niemand in den letzten Jahren hatte sich mehr meine alte, längst überholte, längst übertroffene Geschichte anhören wollen. Nur diese Frau, die doch von Amts wegen täglich hundert solcher Geschichten hörte, horchte noch immer mit Aufmerksamkeit, mit einer Art von Ehrerbietung. „Ich bin einmal aus einem Lager geflohen", sagte ich, „ich bin über den Rhein geschwommen." Sie sah mich an, ihr echtes strenges Gesicht sah ihr aus den Augen. „Ich will sehen, was sich machen läßt." Ich schämte mich sehr. Zum erstenmal half mir hier jemand, weil ich der war, der ich war, und doch traf diese Hilfe den Falschen. Ich ergriff ihre kleine dicke Hand. Ich sagte: „Ich habe noch eine Bitte. Wenn jemand in Ihrer Abteilung nach mir fragen sollte, heute oder morgen, ob ich abgefahren bin, ob ich abfahren werde, geben Sie keine Auskunft! Lassen Sie sich nicht rühren! Verschweigen Sie, daß ich heute hier war! Sie werden begreifen, daß es mir darum zu tun ist, unerkannt abzufahren."

## VIII

Mich aber packte zum erstenmal und deshalb mit Wucht die Furcht, zurückzubleiben. Schon waren viele davon, an die sich mein Herz gehängt hatte. Mein Vorsprung vor ihnen war mir einstmals gewaltig erschienen, und doch war er trügerisch, sie hatten mich plötzlich eingeholt. Ich sah Mariens Gesicht, als schwebe sie fort, immer kleiner, immer blasser, einer Schneeflocke gleich. Wie, wenn ich wirklich zu wählen hätte zwischen dem letzten Schiff und unverrückbarem Hierbleiben? Da sah ich nicht mehr um mich herum die Häuser von Bleibenden vollgepfropft, mit ihrem Rauch aus zahllosen Schornsteinen, die Arbeiter in den Fabriken und Mühlen, die Fischer, Barbiere und Pizzabäcker, ich sah mich allein, als sei ich auf einer Insel im Ozean, ja auf einem Sternchen im Weltall. Ich war allein mit der schwarzen vierarmigen Riesenkrabbe, dem Hakenkreuz.

Ich stürzte, als sei dieser Ort ein geweihter Tempel, der einem von Furien geschüttelten Menschen Zuflucht gewährte, die unermeßliche Öde in sich, auf das amerikanische Reisebüro. Der Korse wandte sich sofort an mich, obwohl sich genug gehetztes Volk hinter der Schranke quälte. „Er ist im arabischen Café oder am Quai du Port." — „Ich brauche den Portugiesen nicht mehr", rief ich, „ich brauche Sie. Ich will auch fahren." Er sah mich enttäuscht und belustigt an und erwiderte: „Dann müssen Sie in die Reihe treten." Ich stellte mich ein und hörte stundenlang auf das Flehen, auf Drohen, Bitten, Bestechungen, auf das Knacken ineinandergeschlungener Hände. Doch heute kam alles aus meinem Herzen. Ich trat endlich vor die Schranke, der Korse langte gähnend mein Dossier, er bohrte mit dem Bleistift im Ohr. Er sagte: „Sie haben noch schrecklich viel Zeit. In drei, vier Monaten wird ein Platz frei auf der American Export in Lissabon." Ich rief: „Ich will diese Woche fahren, mit dem Martiniquedampfer." — „Womit? Ihr Reisegeld liegt ja in Lissabon. Selbst wenn man es hierher schicken sollte, dann wäre der Dampfer längst weg, Sie hätten dann keine Dollars mehr, sondern idiotische Franken. Das Geld wäre stark zusammengeschmolzen und langte nicht mehr für Lissabon. Wozu all der Unsinn?" Ich rief: „Sie müssen mir Geld leihen, auf das Geld, das ja ankommen wird, wenn ich weg bin. Ich brauche nur einen kleinen Teil dieses Geldes, und der Rest gehört Ihnen." Ich hatte wieder den Eindruck, als müßte ich seine Blicke von meinem Gesicht wegwischen. Ich trommelte mit geschlossenen Fäusten auf seiner Schranke herum. Er zuckte mit den Schultern in einem kurzen stummen Lachen. „Nein. Ich habe das zwar schon einmal gemacht, doch ging es gar zu schlecht aus. Ich lieh das Geld. Die Hafenkommission wies die Leute ab, die ganze Familie wurde zerstört, kein Reisegeld war mehr da, sie wurden alle in Lager verteilt, nach Curs, nach Rieucros, nach Argèles. Sie schreiben mir alle heute noch wüste Briefe aus drei Konzentrationslagern, als hätte ich ihnen selbst diesen teuflischen Ratschlag gegeben. Dergleichen tu ich nie mehr." – Ich sagte außer mir: „Verstehen Sie mich! Ich muß mit diesem Schiff fahren. Es kann das letzte sein." Er wechselte seinen Bleistift von einem Ohr auf das andere. Er lachte. „Das letzte? Vielleicht! Und wenn? Warum müssen Sie, gerade Sie, noch darauf sein? Sie bleiben in guter zahlreicher Gesellschaft zurück. Die Mannschaft dieses Erdteils. Ich bin ein gewöhnlicher Angestellter eines gewöhnlichen Reisebüros. Die Vorbuchung war ja noch keine Verpflichtung, daß Sie die Zeitläufte überleben." Er trat einen Schritt zurück vor meinem wilden Gesicht. „Und dann, dieses Schiff nach Martinique! Was für ein Unsinn. Das ist doch kein Schiff für Sie. Ein schlechtes abscheuliches Schiff. Es wird Sie nie dahin bringen, wohin Sie wollen." Er kümmerte sich nicht mehr um mich, nachdem er mein Dossier eingereiht hatte.

Ich drückte daheim vor Wut den Kopf an die Wand.

Ich hätte jemand berauben mögen, um mir das Reisegeld zu verschaffen. Ich hatte nie ganz an Mariens Abfahrt geglaubt. Jetzt war sie endgültig. Ich konnte meinen Geldnachweis vorlegen von meinem Schatz in Portugal. Vielleicht lieh mir jemand. Doch jetzt brach die Nacht schon an, längst waren alle Türen geschlossen.

## *Zehntes Kapitel*

I

Ich ging in die Brûleurs des Loups. Ich litt darunter, daß dieser zähe Tag kein Alkoholtag war. Ich rauchte und grübelte. Bald überwältigte mich die Furcht, Mariens Schiff könne das letzte sein, bald wurde ich ruhig in einer unbestimmbaren, für den Verstand grundlosen Zuversicht. Auf wen? Auf was? Das hätte ich nicht einmal mir selbst sagen können.

Auf einmal berührte jemand meine Schulter. Der Arzt stand an meinem Tisch. Er sah mich einen Augenblick nachdenklich an, bevor er sich zu mir setzte, worum ich ihn nicht gebeten hatte. Er sagte: „Ich habe Sie überall gesucht." – „Mich? Warum?" – „Es gibt nichts Besonderes", fuhr er fort, doch etwas in seinem Blick verriet mir, daß es sogar für ihn diesmal etwas Besonderes gab. „Marie kam von der Präfektur, sie fing zu packen an. Sie schickte mich dreimal auf die Transports Maritimes, ob das Schiff ja abfahre, ob ja nichts mehr dazwischenkomme, ob unsere Plätze ja gebucht seien. So wie sie bisher gezögert hat, so ist sie jetzt auf die Abfahrt erpicht. Sie hat ihr Visa de sortie erhalten. Doch kommt es mir vor, als müsse ihr dort auf der Fremdenabteilung der Präfektur etwas zugestoßen sein."

Ich verbarg meinen Schrecken und sagte: „Was könnte ihr dort wohl zugestoßen sein? Sie hat bekommen, was sie wollte, rasch bekommen." – „Das ist es ja eben. Das Visa de sortie des Mannes war bereits ausgestellt. Marie hat sicher in den Beamten gedrungen. Man hat ihr wohl keine klare Auskunft gegeben – das hätte sie mir denn doch erzählt. Man hat ihr vielleicht eine neue Hoffnung gemacht, vielleicht durch ein Lächeln, vielleicht durch ein unbestimmtes Wort. Vielleicht nur in ihrer Einbildung, vielleicht nur durch eine Verwechslung. Doch hat es genügt, um Marie heimfliegen zu lassen, um ihre Abfahrt auf einmal toll zu betreiben, als würde sie dort auf der anderen Seite des Meeres zu einer bestimmten Stunde erwartet."

„Ihr Wunsch ist erfüllt", sagte ich, „sie fährt ab. Sie sind vielleicht nicht mehr ganz glücklich über den Anlaß. Sie können sich aber schon jetzt trösten, daß es schwierig sein wird, einen Mann in einem Erdteil zu finden, der in Marseille nicht gefunden wurde." Er sah mich etwas zu fest an, schwieg ein wenig und sagte: „Sie irren sich. Sie können auch gar nicht anders, als sich irren, so wie Sie nun einmal sind. Aus welchem Anlaß Marie jetzt abfahren mag, mit ganzem Herzen, ich bin froh, daß sie abfährt. Für mich steht es fest, daß sie Ruhe finden wird, ja Ruhe und Heilung, sobald einmal dieses Schiff von der Joliette abstößt. Einmal auf dem Meer, einmal das Land hinter sich, einmal ein für allemal die Vergangenheit hinter sich, wird sie so oder so geheilt werden. Aus welchem Anlaß sie auch weggetrieben wurde, sie wird dann auch aufhören, einen Mann zu suchen, der gar nicht gefunden sein will, sie wird aufhören, einen Mann aufzustöbern, der offenbar keinen anderen Wunsch mehr hat, als nie mehr aufgestöbert zu werden, als in Ruhe gelassen zu werden." – Er sprach ganz genau das aus, was ich selbst dachte. Gerade darum geriet ich in Wut. Er hatte auch gegen alle Erwartung das Spiel fast gewonnen, er hatte das Geld, die Papiere. Und ich, der behender als er war und schlauer, ich war nicht abfahrtbereit. Ich rief: „Das können Sie gar nicht wissen. Der Mann wäre vielleicht im Gegenteil glücklich, wenn er noch einmal aufgestöbert werden könnte."

„Beunruhigen Sie sich doch nicht um einen Menschen,

den Sie nie im Leben gesehen haben! Sein Schweigen erscheint mir beharrlich, sein Entschluß erscheint mir endgültig."

Wir gingen zu zweit heim. Wir gingen schweigend über den leeren Belsunce. Wir traten vorsichtig auf, um nicht in den Netzen hängenzubleiben, die über den nächtlichen Riesenplatz gezogen waren. Da trockneten sie, mit Steinen beschwert, die Netze derer, die immer gefischt haben und immer fischen werden — Der Arzt bog in die Rue du Relais ein, ich schlug mich durch das Gewimmel von Gassen in die Rue de la Providence.

II

Bei Morgengrauen stand ich in der Rue de la République. Doch war ich nicht der einzige, der schon bei Sternengefunkel wartete, die Transports Maritimes möge die Läden hochziehen. Die frierenden Männer und Frauen klagten, ein neuer Krieg stehe bevor, der Hafen von Lissabon sei gesperrt, Gibraltar sperre, dieses Schiff sei das letzte.

Ich fühlte sofort vor dem Schalter der Schiffahrtsgesellschaft, daß meine Stimme falsch klang, weil sie bittend klang. Der Beamte erwiderte auch: „Auf solche Umschreibungen lassen wir uns nicht ein. Sie haben Frist bis zum Mittag, dann verfällt jede Vorbuchung."

Ich hatte mich noch nicht endgültig vom Schalter abgekehrt. Doch als ich auf das Geflehe der Menschen hörte, da faßte mich plötzlich in meiner eigenen Abfahrtsbesessenheit eine Art Scham, daß ich dahin geraten war. Da packte mich jemand am Handgelenk, jemand sagte: „Sie wollen also doch fahren?" Ich blickte auf: mein kahlköpfiger Mittransitär. Ich sagte: „Ich habe mein Visum, mein Transit. Die Anwartschaft auf das Visa de sortie. Doch habe ich bis jetzt kein Billett." Er sagte: „Sie haben ein Billett. Sie wissen es nur noch nicht." Ich sagte: „Leider nein, bestimmt nicht." Er sagte streng: „Sie haben ein Billett. Hier ist es. Ich bin im Begriff, mein eigenes zurückzugeben. Ich trete es Ihnen ab." Ich verbarg meine Bestürzung.

Er war erregter als sonst, wie es Menschen zu sein pflegen, die einen großen Entschluß gefaßt haben, den sie zum erstenmal einem anderen mitteilen. „Ich werde Ihnen gleich alles erklären. Ich lade Sie ein, die Platzabtretung zu feiern. Ich werde allerdings auch abfahren, aber in anderer Richtung." Er zog mich zurück zum Schalter der Schiffahrtsgesellschaft. Ich machte mich los und rief: „Sie irren sich. Ich habe kein Geld, um dieses Billett zu bezahlen. Ich habe kein Geld, um eine Kaution zu bezahlen, ohne die man mir nie das Visa de sortie gibt. Und ohne das Visa de sortie kein Billett." Er packte mich fest ums Handgelenk. Er sagte gleichmütig: „Wenn das das einzige Hindernis ist! Ich brauche hier Ihr Geld gar nicht. Mir ist es viel lieber, das Geld befindet sich außerhalb Frankreichs." Mir klopfte mein Herz. Er aber hielt mich fest um das Handgelenk, und während er ruhig und fest auf mich einsprach, begann ich zu begreifen, daß ich das Spiel bis zu Ende gespielt hatte, bis zu Ende gespielt und gewonnen. „Sie haben ja einen Brief in der Tasche, daß Ihre Route im voraus bezahlt ist. Ihr Reisegeld liegt in Lissabon."

Er setzte sich und fing an zu rechnen. Ich stand starr dabei. Er sagte schließlich: „Nach Abzug dieser Billettkosten und dem Geld für die Präfektur haben Sie immer noch einen kleinen Haufen Geld dort in Lissabon. Ich rechne Ihnen den Kurs zu sechzig. Ist das in Ordnung? Die Summe, die Sie mir schulden, ist unbeträchtlich, denn diese Fahrt auf dem dreckigen Kahn ist ja billig. Sie unterschreiben mir diesen Schein, daß die kleine Summe von Ihrem Konto in Lissabon auf meines geht."

Ich steckte das Geld ein, einen Knäuel Papier. Ich hatte noch nie so viel beisammen gehabt. Dann sagte er: „Sie haben gerade noch Zeit, auf die Präfektur zu fahren. Ich werde hier auf Sie warten. Sie kommen zurück mit dem

Visa de sortie, wir werden dann mein Billett umtauschen."

Er hatte während dieser Minuten, selbst während der Abrechnung und der Unterschrift, mein linkes Handgelenk nicht mehr losgelassen. Es war in seinem Griff verblieben wie in einer Handschelle. Jetzt ließ er es los. Er lehnte sich etwas zurück. Ich sah auf seinen kegelförmigen kahlen Schädel. Die kalten grauen Augen griffen mich an. „Auf was warten Sie noch? Ich kann mein Billett noch in dieser Minute loswerden, hundertmal. Da, sehen Sie nur!" Er zeigte leicht auf die Menschen, die aus der Rue de la République in die Transports Maritimes drängten. Einige kamen bereits mit Gepäck. Sie hatten wohl schon die Billetts gebucht, sie hatten ihr Visa de sortie schon in der Tasche, schon flatterten Abschiedsgedanken auf ihren bleichen erregten Gesichtern. Doch viele drängten sich vor die Schranke der Schiffahrtsgesellschaft, die gar nichts hatten. Sie waren bereits am Tonfall des ersten Wortes erkennbar, an ihren zuckenden Händen und Lippen. Man konnte glauben, ihr Schicksal sei ihnen auf den Fersen, der Tod stehe bereits Ecke Quai des Belges-Rue de la République, er habe sie eben noch einmal durchflitschen lassen auf die Transports Maritimes mit der Drohung: Wenn ihr nicht mit einem Billett herauskommt, dann! Und ohne Hoffnung und ohne Geld und Papier stürmten sie händeringend die Schalter, als sei dieses eingetragene Schiff das letzte ihres Lebens, das letzte, das je ein Meer überquerte. Ich murmelte: „Sie aber, fahren Sie nicht ab?"

Er sagte: „Ich fahre ja heim. Ich kann zurück. Ein Ghetto zwar, aber zurück. Für Sie aber gibt es ja jetzt kein Zurück. Sie würde man an die Wand stellen." Er hatte recht. Und wenn er nur sein Billett wehen ließ, dann würde ein Haufen gepeinigter Menschen vor ihm auf den Knien herumrutschen. „Ich fahre zur Präfektur", entschied ich. Er faßte wieder mein Handgelenk. Er führte mich ab. Er pfiff einem Taxi, verstaute mich, zahlte.

Sie kennen ja selbst die Präfektur von Marseille. Die Männer und Frauen, die in den dunklen Gängen der Fremdenabteilung warten von früh bis spät. Ein Polizist scheucht sie fort, sie dringen von neuem vor die Abteilung Visa de sortie, die vielleicht durch ein Wunder ein paar Stunden früher geöffnet wird. Ein jeder in dieser Schlange der Abfahrtbereiten hat soviel hinter sich wie sonst eine ganze Generation unseres Menschengeschlechtes. Er fängt auch an, seinem Nebenmann zu erzählen, wie er dreimal dem sicheren Tod entrann. Doch auch sein Nebenmann ist dem Tod mindestens dreimal entronnen, er hört flüchtig hin, dann zieht er es vor, sich mit dem Ellenbogen in eine Bresche hineinzuschieben, wo ihm ein neuer Nebenmann gleich erzählen wird, wie er seinerseits dem Tod entrann. Und während dieser Wartezeit fällt die erste Bombe auf jene Stadt, in die man hat ziehen wollen, um Frieden zu finden, erlöschen Visen, kommt hinter der Tür, vor der man wartet, das Kabel an, durch welches das Land gesperrt wird, das einem die letzte Zuflucht schien. Und wenn du dich nicht durch List und Gemeinheit noch vordrängst zu den zehn ersten, wenn du nicht zu den zehn ersten gehörst, die mit dem Visa de sortie ausgestattet zur Transports Maritimes zurückfliegen, dann ist die Schiffahrtsliste schon abgeschlossen, dann nützt dir nichts zu nichts.

Ich gehörte zu den zehn ersten. Ich sah mich schon auf der Schwelle nach Nadines Freundin, Rosalie, um. Ich fand sie auch, ihren runden Kopf zwischen beiden Fäusten, hinter einem Schreibtisch, in Dossiers brütend. Ich drückte mich an das äußerste Ende der Schranke, um ungestört mit ihr zu verhandeln. „Ich habe für Sie alles vorbereitet. Haben Sie jetzt das Geld beisammen?" Sie zählte mit ihren kleinen patschigen Fingern, und ohne mich anzusehen, sagte sie: „Nun rate ich Ihnen Vorsicht an, da Sie unerkannt abfahren wollen. Ich kann sie Ihnen gar nicht genug anraten. Die Polizei fährt mit auf dem Schiff, der Zivilkommissar fährt mit, er studiert die

Dossiers in seiner Kajüte. Von dieser Art ist das Schiff. Wir hatten vor zwei Monaten einen Fall. Ein Spanier fuhr auf falsche Papiere, ein wenig verkleidet. Seine Schwester fuhr auf demselben Schiff. Sie hatte überall das Gerücht verbreitet, der Bruder sei tot. Er war zuerst aus Spanien und dann aus dem Lager geflohen. Er sei in den Blitzkrieg geraten, erzählte die Schwester und trug sich schwarz. Doch irgendwie konnte sie dann ihre Freude nicht meistern, daß der Mann auf ein Schiff gelangt war. Da gibt es immer Spitzel unter den Passagieren, vergessen Sie das nie! Auch auf jenem Schiff fuhr ein Kommissar. Man verriet ihm den Mann, und das war das Ende vom Lied, daß er, angekommen in Casablanca, bei der Zwischenlandung von Bord mußte und an Franco ausgeliefert wurde. Geben Sie ja auf sich acht!"

Mein Platzabtreter stand vor der Tür der Transports Maritimes, als ich anfuhr. Er packte wieder mein Handgelenk, er zog mich an den Schalter. Bestürzung und Staunen lag auf dem jungen frischen Gesicht des Beamten der Schiffahrtsgesellschaft, der das Billett in den Fingern drehte. Mein Platzabtreter fragte: „Was paßt Ihnen nicht? Für Sie kann es doch egal sein, wer fährt." — „Vollkommen egal. Nur daß man dieses Billett schon zum drittenmal abtritt. Gewöhnlich reiben sich die Leute die Knie wund nach Billetten, nur dieses Billett wird immer abgetreten."

Wir gingen darauf in das erste beste schmierige Café in der Rue de la République. Er erzählte: „Ich war in Aix bei der deutschen Kommission. Drei Offiziere verhörten mich. Der eine lachte bei meinem Gesuch und murmelte irgendein Schimpfwort. Der andere fragte mich, was ich daheim wolle. Ich bilde mir doch nicht ein, daß mich ein Extraempfang erwarte. Ich sagte: ‚Es handelt sich nicht um Empfänge. Es handelt sich hier um Blut und Boden. Das müssen Sie doch verstehen.' Er war ein wenig verdutzt, dann fragte er mich nach meinem Vermögen. ‚Ich habe', sagte ich, ‚eine Tochter in Buenos Aires von einer

Frau, die ich dort einmal kurz geliebt hatte. Ich habe dem Mädchen mein Vermögen überschrieben. Beunruhigen Sie sich nicht um mein Geld, da ich mich nicht darum beunruhige!' Der dritte hörte sich alles an und schwieg. Ich setzte meine Hoffnung auf den dritten. Die einzigen Leute, mit denen man heute reden könnte, sind die, die schweigen. So wurde denn mein Gesuch beglaubigt und günstig beschieden." Er trank ein wenig und sagte: „Ich habe mich dreißig Jahre in allen möglichen Ländern herumgetrieben, in einer Zeit, in der es üblich war, in seinem eigenen Land Bäume zu pflanzen. Jetzt ziehen die anderen ab und ich heim."

III

Ich aber fuhr nach der Joliette. Ich hielt vor dem Hafenamt. Sein Vorraum war fast leer, gemessen an den Tausenden, deren Ziel das Hafenamt war. Er war der letzte aller Vorräume. Wenn der, der ihn schließlich durchwartet hatte, nicht doch noch zurück mußte, endgültig, hoffnungslos, dann kam danach gar kein Warteraum mehr, nur das Meer.

Eine Spanierfamilie drang ein. Zu meinem Erstaunen schleppten sie auch jenen alten Spanier mit, dessen Söhne im Bürgerkrieg gefallen, dessen Frau beim Übergang über die Pyrenäen zugrunde gegangen war. Er sah viel frischer aus, als hoffe er, bald die Seinen wiederzufinden in einem Jenseits hinter dem Ozean.

Mein altes Paar aus dem Hotel rückte an mit seinen Packen und Päckchen. Sie dachten nicht im geringsten darüber nach, daß sie zu den wenigen gehörten, die hier hatten eindringen dürfen. Sie hatten unschuldig, Hand in Hand, wenn auch durch viele Päckchen behindert, den Konsulatsweg zurückgelegt, auf dem die meisten stekkenblieben. Ich drehte mich gegen die Wand, um Fragen zu entgehen.

Der Hafenamtsvorstand öffnete seine Tür. Er schlüpfte

hinter den wuchtigen Schreibtisch, ein eichhörnchenhaftes Männlein, das aussah, als ob es die Meere hasse. Es roch und roch an meinen Papieren. Es fragte: „Wo ist Ihr Flüchtlingsschein?" Ich kramte Yvonnes Schein hervor. Er kam zu den Akten. Das Hafenamt stempelte. Ich war abfahrtsbereit.

IV

Ich trat aus dem Hafenamt heraus auf den äußersten Rand des Quais. Die großen Hangars versperrten die Sicht. Das Wasser zwischen den Pflöcken war seicht, der Anfang des unendlichen Meeres. Ein handbreites Stück Horizont lag zwischen dem Hangar und der mit Kranen besetzten Mole. Ein alter, ziemlich heruntergekommener Schiffer stand ein paar Meter von mir entfernt und starrte reglos hinaus. Ich fragte mich, ob seine Augen wohl schärfer als meine seien, weil sie etwas mir Unsichtbares anstarrten. Doch merkte ich bald, er sah auch nichts anderes als den Strich zwischen Mole und Hangar, wo Himmel und Meer sich berührten, den dünnen Strich, der unsereins viel mehr erregt als die wildeste zackige Kurve der kühnsten Bergketten.

Ich ging den Quai entlang, und plötzlich schüttelte mich wie ein Fieber der Wunsch, rasch abzufahren. Jetzt konnte ich abfahren. Nur jetzt. Ich würde noch auf dem Schiff Marie ihrem Begleiter abjagen. Ich würde den Zufall zunichte machen, der sie zusammengefügt hatte auf der Flucht und nur auf der Flucht, ohne Sinn und Ziel, in einer verzweifelten Stunde, auf dem Boulevard Sébastopol. Ich würde endlich alles zurücklassen und neu anfangen. Ich würde spotten über das unerbittliche Gesetz, daß das Leben einmalig ist und eingleisig. Doch wenn ich zurückblieb, dann würde ich immer derselbe sein. Langsam alternd, ein etwas mutiger, etwas schwächlicher, etwas unzuverlässiger Bursche, der höchstens mit Ach und Krach, ohne daß es die anderen auch nur gewahr würden, etwas mutiger werden könnte, etwas weniger schwächlich und ein klein wenig zuverlässiger. Nur jetzt konnte ich abfahren. Dann nie mehr.

Am Steg hinter dem Hangar lag ein kleines sauberes Schiff. Es mochte seine 8000 Tonnen haben. Ich konnte zwar den Namen nicht lesen, wahrscheinlich war es die „Montreal". Ich rief den Schiffer, der langsam auf mich zukam. Ich fragte ihn, ob das die „Montreal" sei. Er sagte, das Schiff sei der „Marcel Millier", die „Montreal" liege wohl eine Stunde von hier entfernt bei dem Hangar 40. Seine Antwort ernüchterte mich. Ich hatte mir schon vorgestellt, dieses Schiff sei meins, es sei mein Schicksal. Das richtige Schiff lag aber weit weg.

V

Ich fuhr in die Rue du Relais. Zum dritten- und letztenmal stieg ich die Treppe hinauf, die sich um die Höhle wand, wo der Arzt Marie versteckt hielt. Ihr jetzt keine Silbe verraten, erst auf dem Schiff vor ihr stehen, das würde das beste, der echteste Zauber sein. Doch wußte ich nicht genau, ob ich stark genug war, den Abschied zu spielen.

Der Ofen brannte nicht mehr, die Kälte war seit ein paar Tagen gebrochen, der Winter im Abziehen. Ich klopfte, eine Hand streckte sich heraus, auf die ein blauer Saum fiel. Marie trat einen Schritt zurück. Ich konnte mir ihr Gesicht nicht erklären, das ernst und etwas starr war. Sie fragte rauh: „Warum kommst du?" Die Koffer standen herum wie an jenem Morgen, als der Arzt hatte abfahren wollen. Jetzt war das ganze Zimmer verstaut.

„Ich komme", sagte ich leichthin, obwohl mein Herz schlug, „um dir ein Reisegeschenk zu bringen. Einen Hut." Sie lachte auf, küßte mich zum erstenmal, rasch und leicht, setzte sich den Hut vor dem Waschtischspiegel auf. Sie sagte: „Er paßt sogar. Du hast die verrücktesten Einfälle. Warum sind wir zwei erst zusammengekommen im Winter vor der Abfahrt? Wir hätten uns längst kennen sollen." – Ich sagte: „Gewiß, Marie. Ich hätte mich, damals, wo war es, in Köln auf die Bank setzen sollen statt jenes anderen Mannes." Sie wandte sich ab und tat so, als ob sie packe. Sie bat mich, den Koffer zu verschließen. Wir setzten uns nebeneinander auf den verschlossenen Koffer, sie schob ihre Hand in meine Hände. Sie sagte: „Wenn mir nur nicht bang wäre! Warum ist mir nur bang? Ich weiß, daß ich abfahren muß, und ich will abfahren, und ich werde abfahren. Doch manchmal wird mir so bang, als hätte ich etwas vergessen, etwas Wichtiges, Unersetzbares. Ich könnte die Koffer wieder auspacken und wühlen und alles herauswerfen. Und während mich alles fortzieht, grüble ich nach, was es ist, was mich zurückhält."

Ich fühlte, mein Augenblick kam, ich sagte: „Vielleicht ich." Sie sagte: „Ich kann es gar nicht glauben, daß ich dich nie wiedersehen soll. Ich schäme mich nicht, es dir einzugestehen, mir kommt es vor, du seiest nicht der letzte, den ich gekannt habe, sondern der erste. Als seiest du schon damals dabei gewesen in meiner Kindheit, in unserem Land, von jenen wilden und braunen Knabengesichtern eines, das zwar den Mädchen noch nicht die Liebe eingibt, aber die Frage, wie wohl die Liebe sein mag. Als seiest du unter den Knaben gewesen, mit denen ich Klicker gespielt habe in unserem kühlen Hof. Doch kenn ich gerade dich die kürzeste Zeit, am allerflüchtigsten. Ich weiß nicht, woher du kommst und warum. Das dürfte nicht sein, daß ein Visenstempel, der Urteilsspruch eines Konsuls die Menschen für immer trennt. Nur der Tod dürfte endgültig sein. Nie ein Abschied, nie eine Abfahrt." Mein Herz klopfte vor Freude, ich sagte: „Das meiste hängt immer noch von uns ab. Was würde aber der andere sagen, wenn ich plötzlich auf dem Schiff stünde?"

Sie sagte: „Ja eben – der andere."

Ich fuhr heftiger fort: „Ihm bleibt ja sein Reiseziel, sein

Beruf. Er hat uns ja selbst erzählt, das sei ihm viel wichtiger als sein Glück."

Sie schob ihren Kopf unter meinen Arm, sie sagte: „Ach, der? Wir wollen einander doch nichts vormachen. Du weißt, wer uns trennt. Wir wollen einander doch nicht belügen, in der letzten Minute, du und ich."

Ich legte mein Gesicht auf ihr Haar, ich fühlte, wie lebend ich Lebender war und wie tot der Tote.

Sie lehnte den Kopf an meine Schulter. Wir saßen minutenlang da mit geschlossenen Augen. Ich hatte die Empfindung, der Koffer schaukle. Wir fuhren sachte dahin. Das waren für mich die letzten Minuten vollkommenen Friedens. Ich war auf einmal zur Wahrheit bereit, ich rief: „Marie!" Sie riß sofort ihren Kopf zurück.

Sie sah mich scharf an. Sie wurde bis in die Lippen bleich. Der Ton meiner Stimme vielleicht, vielleicht der Ausdruck meines Gesichts warnte sie, daß ihr etwas Unglaubliches bevorstand, ein unerhörter Angriff auf ihr Leben. Sie hob sogar ihre beiden Hände, als wollte sie einen Schlag abwehren.

Ich sagte: „Ich bin dir vor der Abfahrt die Wahrheit schuldig. Dein Mann, Marie, ist tot. Er hat sich das Leben genommen in der Rue de Vaugirard beim Einmarsch der Deutschen in Paris."

Sie senkte die Hände und legte sie in den Schoß. Sie lächelte. Sie sagte: „Da sieht man, was man von euren Ratschlägen halten kann. Da sieht man, was eure sicheren Nachrichten wert sind. Gerade seit gestern weiß ich für sicher, daß er noch lebt. So sieht deine große Wahrheit aus."

Ich starrte sie an und sagte: „Du weißt gar nichts. Was weißt du?"

„Ich weiß jetzt, daß er noch lebt. Ich ging auf das Fremdenamt in der Präfektur, um mein Visa de sortie abzuholen. Da gab es eine Beamtin, sie fertigte meine Papiere aus, sie half mir. Sie war zwar sonderbar anzusehen, klein und dick, doch war mehr Güte in ihren Augen, als mir sonst in diesem Land begegnet ist. Sie half auch allen mit Rat und Tat, kein Dossier war ihr zu verzwickt. Man fühlte sofort, daß diese Frau allen helfen wollte, daß sie selbst besorgt war, wir möchten alle noch rechtzeitig abfahren, damit keiner den Deutschen in die Hände fiel oder nutzlos in einem Lager zugrunde ging. Man sah ihr an, daß sie nicht zu jenen gehörte, die träge denken, daß nichts mehr zu etwas nützt, daß sie vielmehr besorgt war, es möchte, selbst wenn auch nichts mehr nützte, in ihrem Bereich keine Unordnung sein, nichts Schadbares aufkommen. Sie gehörte zu jenen, verstehst du, um derentwillen ein ganzes Volk gerettet wird."

Ich sagte verzweifelt: „Du beschreibst sie gut. Ich kann mir die Frau vorzüglich vorstellen."

„Da faßte ich mir ein Herz. Ich wagte sonst nie, eine Frage zu stellen. Ich fürchtete ja, ich könne mit Fragen schaden. Jetzt aber, mit meinen letzten Papieren in der Tasche, jetzt konnte ich niemand mehr schaden. Ich fragte diese Frau. Sie sah mich aufmerksam an, als hätte sie die Frage bereits erwartet. Sie erwiderte, ihr sei nicht erlaubt, mir zu antworten. Da drang ich denn in sie und bat und bat, sie möge mir, falls sie es wisse, wenigstens sagen, ob mein Mann noch lebt. Da legte sie ihre Hand auf mein Haar und sagte: ,Beruhigen Sie sich, meine Tochter! Sie werden vielleicht noch auf der Fahrt mit Ihrem Liebsten vereint werden.'"

Marie sah mich schräg an mit ihrem listigen Lächeln. Sie stellte sich vor mich hin und fragte: „Du zweifelst vielleicht auch jetzt noch? Glaubst immer noch diesen Gerüchten? Was kannst denn du wissen? Was weißt denn du? Hast du ihn denn vielleicht tot gesehen mit deinen eigenen Augen?"

Ich mußte eingestehen: „Nein." Ich merkte erst nachher den dünnen Atem, den leichten, unmerklichen Ton von äußerster Furcht in ihren kurzen spöttischen Fragen. Sie sagte dann völlig erleichtert und heiter: „Mich hält jetzt nichts mehr zurück. Wie leicht wird mir jetzt die Abfahrt!"

Da gab ich es auf. Der Tote war uneinholbar. Er hielt in der Ewigkeit fest, was ihm zustand. Er war stärker als ich. Mir blieb nichts anderes übrig als fortzugehen. Was hätte ich auch entgegensetzen können? Womit sie überzeugen? Wozu überzeugen? Und dann, wie sinnlos es mir auch jetzt vorkommt, war ich von ihrer Torheit einen Augenblick lang angesteckt. Was wußte ich denn über diesen Toten? Nichts als das Geschwätz einer boshaften Wirtin. Wie, wenn er wirklich noch lebte? Wie, wenn ihn Achselroth wirklich gesehen hätte? Nicht durch die Ewigkeit von uns getrennt, sondern nur durch ein Zeitungsblatt, in das er sich zwei Löchlein gebohrt hatte, um uns ungestört zu beobachten und Verwicklungen anzuspinnen, mit denen verglichen die unseren kümmerlich waren?

Ich traf den Arzt auf der Treppe. Er lud mich zu einem Aperitif ein, dem letzten, zu dritt, in den Mont Vertoux. Ich glaube, ich murmelte etwas von Alkoholverbotstag.

VI

Ich ging in die Rue de la République. Die Transports Maritimes war schon offen. Ich trat an den Schalter und fragte, ob ich mein Billett noch zurückgeben könnte. Der Beamte am Schalter riß Maul und Augen auf. Obwohl ich nur mit ihm flüsterte, entstand, bevor er mich selbst noch richtig verstanden hatte, in dem wartenden Haufen das Gerücht, ein Billett sei zurückgegeben. Ja, dieses Gerücht mußte unglaublich schnell bis in die Stadt gedrungen sein. Denn plötzlich wurden die Türen gestürmt, die Rippen wurden mir beinah gegen den Schalter zerknackt, die schwächlichsten, hilflosesten Menschen kamen drohend und wild in letzter unsinniger Hoffnung, da sei ein Billett zurückgegeben. Doch der Beamte hob nur seine Arme und fluchte, da legte sich das Gerücht, die

Menschen schrumpften zusammen und schlichen fort, der Beamte versteckte mein Billett in einer kleinen seitlichen Schublade. Ich verstand, daß es schon vorausbestimmt war, für einen, der sich das erste freie Billett hatte vormerken lassen, und für diese Vormerkung etwas bezahlt hatte, was all diese Menschen nicht zahlen konnten, eine andere Art von Mensch, der sich niemals anstellen würde für ein Billett, sondern vormerken lassen, ein Mensch, der Macht hatte. Da runzelte denn der Beamte seine Stirn, indem er die Schublade abschloß, er preßte den Mund in einem verkappten Lächeln zusammen wie einer, der auch keinen Schaden leidet.

VII

Ich lag die ganze Nacht wach. Ich hörte hinter der Wand die letzten zärtlichen Worte des Mannes, der morgen abfahren wollte und seine Liebste zurückließ mit einem Kind, das er niemals sehen würde. Es war noch stockdunkel, da hörte ich schon auf der Treppe die aufgeregten Stimmen des Elternpaares, die zu dem verlorenen Sohn fuhren. Ich kleidete mich an. Ich ging hinunter, die Source wurde gerade geöffnet, ich war der erste Gast. Ich schluckte einen bitteren Kaffee, dann lief ich über den Belsunce. Die Netze waren zum Trocknen gelegt. Ein paar Frauen, die ganz verloren aussahen auf dem riesigen Platz, flickten an den Netzen. Das hatte ich noch nie gesehen, ich war noch nie so früh über den Belsunce gegangen. Ich hatte bestimmt das Wichtigste in der Stadt noch nie gesehen. Um das zu sehen, worauf es ankommt, muß man bleiben wollen. Unmerklich verhüllten sich alle Städte für die, die sie nur zum Durchziehen brauchen. Ich sprang vorsichtig über die Netze weg. Die ersten Läden wurden geöffnet, die ersten Zeitungsjungen schrien.

Der Zeitungsjunge, die Fischerfrauen auf dem Belsunce, die Händlerinnen, die ihre Läden öffneten, die Arbeiter auf dem Weg zur Frühschicht, sie alle gehörten zur Menge derer, die nie abfahren, mag geschehen, was will. Der Einfall, abzufahren, kommt ihnen so wenig wie einem Baum oder einem Grasbüschel. Und wenn ihnen auch der Einfall käme, für sie gibt es keine Billette. Die Kriege sind über sie weggegangen und die Feuersbrünste und die Rache der Mächtigen. Wie dicht auch immer die Haufen von Flüchtlingen waren, die alle Heere vor sich trieben, sie waren geringfügig im Vergleich zu denen, die trotzdem geblieben sind. Was wär auch aus mir, dem Flüchtling, in all den Städten geworden, wenn sie nicht geblieben wären! Sie waren mir, dem Waisen, Vater und Mutter, sie waren mir, dem Geschwisterlosen, Bruder und Schwester.

Ein junger Bursche half seiner Liebsten den schweren Torflügel einhaken. Dann half er ihr unglaublich schnell das eiserne Öfchen einrichten, auf dem sie Pizza buk. Schon drängten sich Pizzakäufer. Drei Straßenmädchen, die schlapp aus dem nächsten Haus kamen, in dem die rote Ampel noch brannte, ein Autobusschaffner, Geschäftsleute. Die Pizzabäckerin, ohne schön zu sein, glich doch den Schönsten der Schönen. Sie glich allen Frauen der alten Sagen, die immer jung bleiben. Sie hatte immer auf diesem Hügel am Meer auf ihrem uralten Gerät die Pizza gebacken, als andere Völker dahergezogen waren, von denen man heute nichts mehr weiß, und sie wird auch immer noch Pizza backen, wenn andere Völker kommen.

Mein Wunsch, Marie noch einmal zu sehen, war stärker als mein Wille. Ich trat, um Abschied zu nehmen, in den Mont Vertoux. Marie saß auf demselben Platz, auf dem ich gesessen hatte, als sie zum erstenmal in den Mont Vertoux gekommen war. Sie sah so glücklich aus, daß ich selbst lächelte. Wenn jemand uns beobachtet hätte, er würde sicher geglaubt haben, das weiße Papier, das sie schwenkte, betreffe unsere gemeinsame Zukunft. Doch war es der Titre de Voyage mit allen zur Abreise nötigen Stempeln.

„Ich fahre", rief sie, „schon in zwei Stunden." Ein

Wind von Freude bewegte ihr Haar und straffte ihre Brust und ihr Gesicht. „Du darfst leider nicht in den Hangar kommen. Wir können uns ebensogut gleich verabschieden." Ich hatte mich noch nicht gesetzt. Sie stand jetzt auf und legte mir ihre Hände auf die Schultern. Ich hatte gar kein Gefühl, nur das Vorgefühl eines Schmerzes, der mich sicher gleich treffen würde, vielleicht sogar tödlich treffen. Sie sagte: „Wie warst du doch gut zu mir!" Sie küßte mich rasch rechts und links, wie es in diesem Lande üblich ist. Ich nahm ihren Kopf zwischen meine Hände und küßte sie.

Da sagte der Arzt, der plötzlich an unseren Tisch getreten war: „Hier wird wohl Abschied gefeiert?" — „Ja", sagte Marie, „wir sollten gleich etwas zusammen trinken." Er sagte: „Dazu ist leider keine Zeit. Du mußt sofort auf die Transports Maritimes. Du mußt deine Unterschrift unter die Gepäckversicherung geben. Wenn du nicht doch lieber hierbleiben willst —"

Er war offenbar seiner Sache jetzt völlig sicher. Zu sicher, wie mir schien. Wir sahen beide die Frau an. Sie strahlte gar nicht mehr. Sie sagte mit einem sanften unmerklichen Spott: „Ich habe wohl schon einmal versprochen, dir zu folgen bis ans Ende der Welt." — „Dann lauf auf die Transports Maritimes und gib deine Unterschrift!"

Sie gab mir die Hand und ging wirklich weg, endgültig, für immer. Ich dachte, wie man bei einem Schuß oder Schlag denkt, ich müsse jetzt gleich den unerträglichen Schmerz fühlen. Doch der Schmerz blieb völlig aus. Ich hörte nur immer noch weiter den Klang ihrer letzten Worte: bis ans Ende der Welt — Ich schloß die Augen. Ich sah einen grüngestrichenen Zaun mit welken dünnen Winden. Ich sah nicht über den Zaun, ich sah nur die raschen Herbstwolken in den Latten, ich mußte noch sehr klein sein, ich dachte, das sei das Ende der Welt.

Der Arzt sagte: „Mir bleibt nur übrig, Ihnen für alles zu danken. Sie haben uns geholfen." Ich erwiderte: „Das war bestimmt nur ein Zufall." Er wandte sich nicht sofort ab. Er sah mich scharf an. Er schien auf etwas zu warten, wovon er vielleicht ein Vorzeichen in meinem Gesicht erblickte. Ich aber schwieg, so daß er sich schließlich nur kurz verbeugte und ging.

Ich setzte mich endlich allein an meinen Tisch. Ich war belustigt über die höfliche, kurze, stramme Verbeugung, die alles auf einmal beendigte. Doch war es eine traurige Belustigung. Denn plötzlich, ich weiß nicht, warum gerade jetzt, ergriff mich der Kummer um den Toten, den ich nie im Leben gekannt hatte. Wir waren zusammen zurückgeblieben, er und ich. Und niemand war da, um ihn zu trauern, in diesem von Krieg und Verrat geschüttelten Land, niemand war da, um ihm ein wenig von dem zu erweisen, was man die letzte Ehre nennt, als ich in dem Gasthaus am Alten Hafen, der sich mit dem anderen um die Frau des Toten gestritten hatte.

Der Mont Vertoux hatte sich dicht gefüllt. In vielen Sprachen schlug sein Geschwätz an mein Ohr: von Schiffen, die nie mehr abgehen würden, von angekommenen, gescheiterten und gekaperten Schiffen, von Menschen, die in die Dienste der Engländer gehen wollten und in die Dienste de Gaulles, von Menschen, die wieder ins Lager zurück mußten, vielleicht auf Jahre, von Müttern, die ihre Kinder im Krieg verloren hatten, von Männern, die abfuhren und ihre Frauen zurückließen. Uraltes frisches Hafengeschwätz, phönizisches und griechisches, kretisches und jüdisches, etruskisches und römisches.

Ich habe damals zum erstenmal alles ernst bedacht: Vergangenheit und Zukunft, einander gleich und ebenbürtig an Undurchsichtigkeit, und auch an den Zustand, den man auf Konsulaten Transit nennt und in der gewöhnlichen Sprache Gegenwart. Und das Ergebnis: nur eine Ahnung – wenn diese Ahnung verdient ein Ergebnis genannt zu werden – von meiner eigenen Unversehrbarkeit.

## VIII

Ich stand auf, müde, mit schweren Knien, ich ging in die Rue de la Providence, legte mich auf mein Bett und rauchte. Doch ich wurde unruhig und ging in die Stadt zurück. Die Menschen um mich herum schwatzten unaufhörlich von der „Montreal", die heute abfuhr, wahrscheinlich das letzte Schiff. Doch plötzlich, am frühen Nachmittag, hörte alles Gerede auf. Die „Montreal", sicher, war ausgelaufen. Da warf sich denn alles Gerede auf das nächste Schiff, das jetzt das letzte war.

Ich ging zurück in den Mont Vertoux, ich setzte mich aus alter Gewohnheit mit dem Gesicht zur Tür. Mein Herz, als ob es noch nicht die Leere verstanden hätte, die ihm von nun ab beschieden war, fuhr fort, zu warten. Es wartete immer noch weiter, Marie könnte zurückkehren. Nicht jene, die ich zuletzt gekannt hatte, an einen Toten geknüpft, und nur an ihn, sondern jene, die damals zum erstenmal der Mistral zu mir hereinwehte, mit einem jähen und unverständlichen Glück mein junges Leben bedrohend.

Da faßte mich jemand an der Schulter, der dicke Musiker, Achselroths Freund, mit dem er schon einmal bis Kuba gekommen war. Er sagte: „Er hat jetzt auch mich im Stich gelassen." – „Wer?" – „Achselroth. Ich war so töricht, die Partitur abzuschließen. Jetzt braucht er mich nicht mehr. Doch hätte ich mir nie träumen lassen, daß er das auch mit mir fertigbrächte, sang- und klanglos abzuziehen. Ich hing an ihm, wissen Sie, noch aus der Kindheit her, er hatte, ich kann nicht sagen wodurch, Macht über mich." Er setzte sich, stützte den Kopf in die Hände und brütete vor sich hin. Er wachte erst auf, als ihm der Kellner den Fine zwischen die Ellenbogen pflanzte.

„Wie das zuging? Er hatte ja wohl einen Haufen Geld. Da zahlte er ein bei allen Schiffahrtsgesellschaften in der Stadt, er schmierte sich ganze Garden Beamte und Angestellte, er legte sich eine lückenlose Sammlung von Visen an und eine ebenso lückenlose Sammlung von Transits. Das nennt man Voraussicht. Zwar hatte er mir fest versprochen, mich mitzunehmen, doch mir fällt jetzt ein, er hat auch einmal die Behauptung aufgestellt, man solle sich hüten, den gleichen Reisebegleiter für zwei Reisen zu benutzen, besonders wenn schon einmal eine Reise so schiefging wie unsere. Es hat wohl irgend jemand sein Billett noch zurückgegeben auf der Martinique-Linie, das fiel ihm dann zu. Er fährt mit der ‚Montreal'."

Ich brachte durchaus nicht den Grad von Erstaunen auf, zu dem ich das Anrecht gehabt hätte. Ich sagte nur, da mir kein anderer Trost in den Sinn kam: „Was grämen Sie sich? Sie sind ihn los. Sie sagen ja selbst, er hatte von früher her Macht über Sie, aus der Kinderzeit. Das sind Sie nun endlich alles los."

„Was soll aber jetzt aus mir werden? Die Deutschen können schon morgen die Rhonemündung besetzen. Ich aber, ich könnte bestenfalls erst in drei Monaten abfahren. Bis dahin kann ich zugrunde gerichtet sein, deportiert, in ein Lager verschleppt, ein Häufchen Asche in einer zerschossenen Stadt." Ich tröstete diesen Mann: „Das kann einem jeden von uns zustoßen. Sie bleiben ja schließlich nicht allein." So einfältig meine Worte waren, er horchte auf. Er sah sich um.

Ich glaube wirklich, er hat sich damals zum erstenmal umgesehen. Zum erstenmal nahm er wahr, daß da von Alleinsein die Rede nicht sein konnte. Er horchte zum erstenmal auf den uralten frischen Chor von Stimmen, die uns bis zum Grab beratschlagen, beschwatzen, beschimpfen, verspotten, belehren, trösten, aber am meisten trösten. Er sah auch zum erstenmal das Wasser und die Lichter der Anlegestelle, die aber noch schwächer waren als der Abendglanz in den Fenstern. Er sah das alles zum erstenmal an als das, was ihn nie im Stich lassen würde. Er atmete auf.

„Der Achselroth hat sich vielleicht besonders beeilt, weil er erfuhr, daß die junge Frau auf dem Schiff ist, die ihm in der letzten Zeit von weitem gefiel. Weidels Frau. Denn Weidel, das wissen Sie ja, fährt nicht mit."

Ich nahm mich zusammen, bevor ich antwortete: „Noch einer, der nicht mitfährt! Wieso aber wissen Sie davon?"

„Man weiß es", sagte er gleichgültig. „Er hat zwar sein Visum, doch er fährt nicht mit. Es hat etwas in sich, finden Sie nicht, ein Visum zu haben und doch nicht mitzufahren? Es sieht ihm ähnlich. Er tat immer Unerwartetes. Vielleicht fährt er nicht, weil die Frau ihn im Stich ließ. Sie wurde bisweilen mit einem anderen gesehen. So fährt er denn nicht, weil ihn alles im Stich ließ, seine Freunde, die Frau, die Zeit selbst. Denn wissen Sie, er ist ja nicht der Mann, um solche Dinge erst noch zu kämpfen. Das lohnt sich ihm nicht. Er hat um Besseres gekämpft." Ich unterdrückte ein Lächeln. „Um was soll denn der gekämpft haben?"

„Um jeden Satz, um jedes Wort seiner Muttersprache, damit seine kleinen, manchmal ein wenig verrückten Geschichten so fein wurden und so einfach, daß jedes sich an ihnen freuen konnte, ein Kind und ein ausgewachsener Mann. Heißt das nicht auch, etwas für sein Volk tun? Auch wenn er zeitweilig, von den Seinen getrennt, in diesem Kampf unterliegt, seine Schuld ist das nicht. Er zieht sich zurück mit seinen Geschichten, die warten können wie er, zehn Jahre, hundert Jahre. Ihn hab ich übrigens eben gesehen." – „Wo?" – „Er saß dahinten am Fenster gegen den Quai des Belges. Gesehen ist freilich übertrieben. Ich sah das Zeitungsblatt, hinter dem er sich verschanzt hielt." Er stand halb auf und beugte sich seitlich. „Er ist nicht mehr hier. Er geht vielleicht aus sich heraus und wird sichtbar, sobald die Frau weg ist."

Ich fragte, um meine Beklommenheit zu verbergen, das erste beste, was mir einfiel: „Das Paulchen ist wohl schon abgehauen? Der ist ja auch ein findiger Bursche, der allerhand Macht hat."

Er lachte auf. „Sein eigenes Dossier in Ordnung zu bringen, so viel Macht hat er anscheinend doch nicht. Die Visen und Transits, ja, die gibt man ihm wohl auf sein Marseiller Papier ‚Zwangsaufenthalt in Marseille'. Doch leider gibt man den Hafenamtsstempel keinem, der ausgewiesen ist aus Marseille. Und eben das kleine Papierchen, worauf die Anweisung steht, wird dort gestempelt. Er wird nie richtig wegfahren können, das Paulchen, und nie richtig bleiben."

IX

Am nächsten Morgen ging ich hinauf zu Binnets. Ich war in meinem verworrenen Zustand schon lange nicht mehr bei ihnen gewesen. Der Junge saß mit dem Gesicht zum Fenster. Er machte Schulaufgaben. Er fuhr herum beim Klang meiner Stimme und starrte mich an mit aufgerissenen Augen. Auf einmal warf er sich gegen mich, weinte, weinte. Ich streichelte seinen Kopf, ich war bestürzt, ich wußte nicht, was ich aus diesen Tränen machen sollte. Claudine kam herzu und sagte: „Er hat geglaubt, du seiest abgefahren." Er machte sich los und sagte ein wenig beschämt und schon wieder lächelnd: „Ich habe geglaubt, ihr fahrt alle." – „Wie kannst du so etwas glauben? Ich habe dir doch versprochen, zu bleiben." Ich lud ihn ein, um ihn ganz zu beruhigen. Wir gingen die Cannebière hinauf auf der Sonnenseite in unvergleichlicher Eintracht. Wir landeten schließlich in den Triaden. Ich sah hinaus auf das Tor des mexikanischen Konsulats. Die Spanier drängten sich, Männer und Frauen, von Polizisten bewacht. Ich ließ mir Tinte und Feder bringen, ich schrieb: „Herr Weidel hat mich beauftragt, Ihnen sein Visum zuzustellen, desgleichen sein Transit, sein Visa de sortie, sowie die Summe, die er zur Reise entliehen hatte. Ich habe gleichzeitig die Ehre,

Ihnen sein Manuskript zu schicken, mit der Bitte, es seinen Freunden zu geben, die es sicher bewahren werden. Es ist nicht fertig geworden aus demselben Grund, aus dem Weidel verhindert war, abzufahren."

Ich packte alles zusammen, bat den Jungen, hinüber zu gehen und alles dem Kanzler selbst zu geben. Ein Unbekannter, sollte er sagen, habe ihn um den Dienst gebeten. Ich sah ihm nach, wie er über den Platz lief und sich dann bei den Spaniern anstellte. Nach einer halben Stunde kam er heraus; ich freute mich, wie er sich zwischen den Bäumen gegen das Fenster bewegte. Ich rief begierig: „Was hat er gesagt?" – „Er hat gelacht. Dann hat er gesagt: ‚Das war vorauszusehen.'" Ich fühlte bei dieser Auskunft ein leises Unbehagen, als hätte der kleine Kanzler, kaum daß er mit seinen wachen Augen bei meinem ersten Besuch in das Dossier schaute, bereits meine ganze Geschichte aus diesem Buche des Lebens herausgelesen.

Wie ich den Jungen bei seinen Leuten ablieferte, empfing mich Binnet. „Ich soll dir etwas bestellen von meinem Freund François." Ich sagte: „Ich kenne keinen François." – „Gewiß, du kennst ihn. Du warst einmal bei ihm in seinem Seemannsverein mit einem kleinen Portugiesen. Er hat einem Deutschen geholfen, der wiederum auch dein Freund ist. Ein Einbeiniger. Der läßt dich grüßen, er sei gut angekommen. Er dankt dir auch. Er sei jetzt auch froh, dort drüben zu sein. Es gäbe dort drüben andere Völker, neue, junge. Er sei jetzt froh, das alles noch einmal zu sehen. Du sollst hier auf ihn warten."

Er rührte sich seinen Seifenschaum, dabei fuhr er fort: „Für dich ist es richtig, zu bleiben. Was sollst denn du da drüben? Du gehörst zu uns. Was uns geschieht, geschieht dir."

Ich rief: „Das hat er mir alles sagen lassen?" – „Ach was, das sage ich dir. Wir kennen dich, wir sagen dir alle dasselbe: Man sagt es dir."

X

Das Schiff war kaum einen Tag unterwegs, da kam ein Brief von Marcel, ich könne jetzt auf die Farm, meine Ankunft sei sogar erwünscht, denn die Frühjahrsarbeit habe begonnen. Ich beruhigte Binnets Jungen, meine Abfahrt bedeute keine Trennung, ich sei so nahe von Marseille, daß er mich jederzeit leicht besuchen könne.

Ich bin nicht auf Landarbeit versessen, ich bin durch und durch Städter. Doch Marcels Verwandte sind ebenso redliche Leute wie ihre Angehörigen in Paris. Die Arbeit ist erträglich. Das Dorf liegt nicht weit vom Meer an einem Ausläufer der Berge. Ich bin jetzt ein paar Wochen dort. Mir kommen sie wie Jahre vor, so schwer wiegt die Stille. Ich schrieb einen Brief an Yvonne, in dem ich sie noch einmal um einen Sauf-conduit bat. Denn das Gesetz ist immer noch gültig, daß man Genehmigung braucht, um seinen Aufenthaltsort zu wechseln.

Ich ging zum Dorfbürgermeister mit allen neuen einwandfreien Papieren. Ich stellte mich als eine Art Saarflüchtling vor, der den Winter in einem anderen Departement verbracht hat und nun zur Arbeit ans Meer fährt. Er hielt mich nach meiner Ankunft für einen entfernten Verwandten Binnets. So gibt mir denn diese Familie, gibt mir dieses Volk bis auf weiteres Obdach. Ich helfe beim Säen und Entraupen. Wenn die Nazis uns auch noch hier überfallen, dann werden sie mich vielleicht mit den Söhnen der Familie Zwangsarbeit machen lassen oder irgendwohin deportieren. Was sie trifft, wird auch mich treffen. Die Nazis werden mich keinesfalls mehr als ihren Landsmann erkennen. Ich will jetzt Gutes und Böses hier mit meinen Leuten teilen, Zuflucht und Verfolgung. Ich werde, sobald es zum Widerstand kommt, mit Marcel eine Knarre nehmen. Selbst wenn man mich dann zusammenknallt, kommt es mir vor, man könne mich nicht restlos zum Sterben bringen. Es kommt mir vor, ich kennte das Land zu gut, seine Arbeit und seine Menschen, seine Berge und seine Pfirsiche und seine Trauben. Wenn man auf einem vertrauten Boden verblutet, wächst etwas dort von einem weiter wie von den Sträuchern und Bäumen, die man zu roden versucht.

Gestern bin ich wieder einmal hierhergefahren, um Claudine etwas Gemüse zu bringen und Obst für den Jungen, den ich mit ernähren helfe. Man findet ja hier nicht einmal mehr eine Zwiebel. Ich setzte mich zuerst in den Mont Vertoux. Ich hörte mir all den Hafenklatsch an, der mich gar nichts mehr anging. Ich hatte nur eine schwache Erinnerung, schon einmal irgendwo ein ähnliches Geschwätz angehört zu haben. Da kam mir die Nachricht zu Ohren, die „Montreal" sei untergegangen. Mir kam es vor, das Schiff sei in uralten Zeiten abgefahren, ein Sagenschiff, ewig unterwegs, dem Fahrt und Untergang zeitlos anhaften. Die Nachricht hinderte keineswegs ganze Scharen von Flüchtlingen, um Vorbuchung für das nächste Schiff zu betteln. Ich wurde bald dieses Geredes so überdrüssig, daß ich mich hierher in die Pizzaria zurückzog. Ich setzte mich mit dem Rücken zur Tür, denn jetzt erwarte ich nichts mehr. Doch jedesmal, wenn die Tür aufging, fuhr ich wie früher zusammen. Ich strengte mich gewaltsam an, meinen Kopf nicht zu wenden. Doch jedesmal maß ich vor mir den neuen dünnen Schatten auf der weißgetünchten Wand. Marie konnte ja wieder auftauchen, wie Schiffbrüchige unversehens durch eine wunderbare Rettung an einer Küste erscheinen, oder wie der Schatten eines Toten mit Opfer und inbrünstigem Gebet der Unterwelt entrissen wird. Der abgerissene Fetzen von einem Schatten vor mir auf der Wand suchte noch einmal Anschluß an Fleisch und Blut. Ich konnte den Schatten an meinem eigenen Zufluchtsort in dem abgelegenen Dorf verstecken, wo er noch einmal aller Hoffnungen und aller Gefahren gewärtig wäre, die das Leben der echt Lebendigen belauern.

Bei einer Wendung der Lampe oder nur beim Schließen

der Tür verblaßte der Schatten an der Wand wie das Trugbild in meinem Kopf. Ich sah nur noch auf das offene Feuer, das ich nie müde werde, zu betrachten. Ich könnte mir höchstens noch einmal ausmalen, daß ich bang auf sie wartete wie früher am gleichen Tisch. Sie läuft noch immer die Straßen der Stadt ab, die Plätze und Treppen, Hotels und Cafés und Konsulate auf der Suche nach ihrem Liebsten. Sie sucht rastlos nicht nur in dieser Stadt, sondern in allen Städten Europas, die ich kenne, selbst in den phantastischen Städten fremder Erdteile, die mir unbekannt geblieben sind. Ich werde eher des Wartens müde als sie des Suchens nach dem unauffindbaren Toten.